J. Kenner

Procureur dans le sud de la Californie, J. Kenner consacre tout son temps libre à sa passion : l'écriture de livres érotiques. Les trois tomes de la série Stark (2013), *Délivre-moi*, *Possède-moi* et *Aime-moi*, ont été classés sur la liste des best-sellers du *New York Times* et de *USA Today*. Elle publie ensuite une autre trilogie composée de *Te désirer* (2014), *T'enflammer* (2014) et *T'envoûter* (2015). En 2016 a paru *Sur tes lèvres*, premier tome d'une nouvelle saga, suivi de *Sur ta peau*.
Tous les ouvrages de J. Kenner ont paru aux éditions Michel Lafon et sont repris chez Pocket.

Retrouvez toute l'actualité de l'auteur sur :
www.juliekenner.com

T'ENFLAMMER

DU MÊME AUTEUR
CHEZ POCKET

LA SULFUREUSE TRILOGIE STARK

DÉLIVRE-MOI
POSSÈDE-MOI
AIME-MOI

TE DÉSIRER
T'ENFLAMMER

J. KENNER

T'ENFLAMMER

Traduit de l'anglais (États-Unis)
par Anna Souillac

MICHEL LAFON

Titre original :
HEATED

Les personnages, les lieux et les situations de ce récit étant purement fictifs, toute ressemblance avec des personnes ou des situations existantes ne saurait être que fortuite.

MIXTE
Papier issu de sources responsables
FSC® C003309
FSC www.fsc.org

Pocket, une marque d'Univers Poche, est un éditeur qui s'engage pour la préservation de son environnement et qui utilise du papier fabriqué à partir de bois provenant de forêts gérées de manière responsable.

ISBN : 978-2-266-25973-6

Chapitre premier

Le vrai et le faux.

Le bien et le mal.

Le noir et le blanc.

Tels sont les paramètres du monde dans lequel on vit, et quiconque essaie de vous dire le contraire en affirmant que rien n'est absolu, qu'il y a toujours des nuances de gris, est soit un idiot fini, soit en train d'essayer de vous arnaquer.

Du moins, c'est ce que je croyais.

Mais ça, c'était avant de le rencontrer. Avant de plonger mes yeux dans les siens. Avant de lui faire entièrement confiance.

Peut-être que je suis une idiote. Peut-être que j'ai perdu la tête en même temps que le contrôle.

Je ne sais pas.

Tout ce que je sais, c'est que tout a changé le jour où je l'ai rencontré. Un regard, et j'ai senti que j'allais avoir des ennuis.

Un geste, et j'ai su que je devais m'enfuir.

Un baiser, et j'étais perdue.

Il n'y a plus qu'une seule question, désormais :

redeviendrai-je un jour celle que j'étais ? Mais, plus encore, en ai-je seulement envie ?

Rien n'est jamais aussi simple que ça le devrait.

C'est mon père qui m'a appris ça. Il a travaillé pendant vingt ans comme agent spécial pour le FBI, avant de quitter son poste pour prendre la tête de la police de Galveston, au Texas. Une ville insulaire avec suffisamment de crimes pour l'occuper, et suffisamment de soleil et de beau temps pour le rendre heureux.

Pendant toute mon enfance, je l'ai vu passer des heures, des jours, des semaines et même des mois à monter des dossiers en béton contre les pires criminels ayant foulé cette terre. Des milliers d'heures de labeur. Des centaines d'éléments de preuve. Un véritable travail d'orfèvre qui n'a strictement jamais servi à rien. La défense débarquait toujours avec un vice de procédure, le juge cédait, et paf, tout ce travail partait à la poubelle.

Comme je l'ai dit, rien n'est simple. C'est le premier principe qui régit ma vie.

Le second va de pair avec le premier : personne n'est ce qu'il paraît.

C'est mon beau-père qui m'a appris ça. C'était un joueur de base-ball de ligue 1, dont la carrière avait été fulgurante et que la presse adorait. Les journalistes l'appelaient « l'enfant chéri », prédisaient qu'il allait conduire son équipe en finale et lui faisaient toutes sortes de courbettes, quasiment des génuflexions, dès qu'il apparaissait quelque part. Mais ils n'ont jamais parlé de la façon dont il frappait ma mère. De la façon dont il m'obligeait sous la menace à le regarder faire, en me disant que ce serait bientôt mon tour. Ses mains, ses poings, un tesson de bouteille de bière. Tout ce qui pouvait faire l'affaire. Je sursautais chaque fois en entendant craquer les os de ma mère. Je sentais les coups, moi aussi, et mes hurlements se mêlaient aux siens pour former une horrible symphonie mal accordée.

Bizarrement, le journal local n'a jamais fait mention de toutes ses visites à l'hôpital, et les rares fois où les flics s'étaient pointés chez nous, il n'y avait pas eu de suite. Harvey Grier avait le visage d'un prince et le sourire d'un jeune premier. Et si sa belle-fille de quatorze ans appelait les flics au milieu de la nuit pour une histoire délirante qui aurait pu ruiner sa réputation et mettre fin à ses contrats lucratifs, c'était forcément pour tromper l'ennui, comme toutes les ados de son âge. Ce n'était sûrement pas parce qu'elle vivait avec un monstre jour après jour, et qu'elle avait su voir presque trop bien derrière le masque du beau-père idéal.

À l'heure qu'il est, mon beau-père est mort. Si vous voulez mon avis, c'est plutôt une bonne nouvelle. Ce type n'a jamais servi à rien, si ce n'est à m'enseigner cette autre leçon de la vie : des monstres peuvent se cacher sous les apparences les plus innocentes, et si vous baissez votre garde, ils vous mordront. Jusqu'au sang.

Comment faire pour les éviter ? Ne soyez jamais sûr de rien. Et ne faites jamais confiance à personne. Je suppose que ça fait de moi une cynique. Mais ça fait aussi de moi un putain de bon flic.

Je sirotais du champagne, tout en pensant à mon boulot et aux deux grandes vérités que je viens de vous exposer. J'étais appuyée contre une des colonnes drapées du Palm Court, le restaurant à l'élégance contenue du Drake. Je ne connaissais absolument personne. D'abord, parce que je m'étais incrustée à cette soirée, mais aussi parce que je faisais de mon mieux pour me fondre avec cette colonne afin de pouvoir me détendre un peu, observer le monde qui m'entourait et les gens qui circulaient. Venue avec un plan précis, je cherchais un visage en particulier. Et j'avais bien l'intention de rester dans mon coin à jouer les cariatides jusqu'à ce que je le repère.

Cela faisait près d'une heure que j'étais là, debout, et je commençais à me dire que la nuit allait être longue. Mais j'avais survécu à des planques bien pires et n'étais pas du genre à manquer de détermination.

J'étais déjà venue ici une fois auparavant, un week-end avec mon père où nous avions décidé de partir en vadrouille. Mais les tables, à l'époque, avaient été remisées pour permettre aux invités de bavarder autour de l'élégante fontaine et de cet immense arrangement floral. D'après mes observations, le thème vestimentaire de la soirée était « en direct de la Fashion Week », et la seule raison pour laquelle personne ne m'avait encore pointée du doigt était que ma robe, dénichée au rayon des soldes, était si passe-partout qu'elle me rendait totalement invisible.

Un air de musique de chambre flottait dans la pièce, joué par un orchestre qu'on avait parqué dans un coin. Mais personne ne dansait. Les gens se contentaient de se mêler les uns aux autres, de bavarder, de rire. Tout était du meilleur goût. Très élégant. Très festif.

Et moi, j'étais à mille lieues de mon élément.

Mon habitat naturel était l'Indiana. J'y étais d'ailleurs une sorte de célébrité, en tant que la plus jeune détective d'Indianapolis. J'étais venue à Chicago parce que je devenais folle à cause d'un passage à vide après un arrêt maladie. Alors, quand l'une de mes indics, Candy, m'avait demandé de retrouver sa colocataire qui avait disparu du jour au lendemain, j'avais décidé de mener ma petite enquête en secret.

Selon Candy, Amy travaillait, il y avait deux semaines encore, comme stripteaseuse dans un club chic de Chicago, le Destiny.

— Ça faisait un mois qu'elle bossait là-bas, assurait-elle, et elle croulait sous les pourboires. Elle était même copine avec les autres filles. Et je suis à peu près sûre qu'elle baisait l'un des proprios. Ce n'est donc pas comme si elle avait une raison de partir du jour au lendemain.

Selon moi, baiser le patron pouvait être une raison suffisante pour mettre les voiles, surtout si le patron en question vous avait dit de l'oublier.

— Ouais, mais elle me l'aurait dit, avait répondu Candy quand je lui avais donné mon avis. Elle aurait peut-être changé de boulot, voire déménagé, mais elle aurait appelé dès son arrivée. Il s'est passé quelque chose.

En général, ce genre de récit ne m'aurait pas inquiétée. Après tout, des stripteaseuses de vingt-deux ans déménagent et disparaissent tous les jours. Elles essaient peut-être simplement de tourner la page. Ou peut-être qu'elles suivent un mec. Amy vivait seule depuis l'âge de quinze ans, et elle savait se débrouiller. Elle ne se droguait pas, il était donc peu probable qu'elle soit morte d'overdose dans un quelconque squat d'héroïnomanes. De plus, je savais qu'elle rêvait que le prince charmant débarque et l'emmène sur son cheval blanc au crépuscule. Elle avait donc peut-être compris que baiser le proprio du club n'était pas un plan génial sur le long terme, et avait décidé de partir à New York ou Vegas, des villes où il y a une multitude de mecs riches et aux abois.

Mais je ne croyais à rien de tout ça. Candy était enceinte de sept mois quand Amy avait déménagé à Chicago. Amy avait promis de revenir les bras chargés de cadeaux pour le bébé, et surtout d'être là pour l'accouchement. En supposant que l'enfant arrive à la date prévue, il restait moins de deux semaines.

J'espérais sincèrement qu'elle s'était juste emballée pour un garçon et qu'elle allait refaire surface à l'improviste, avec plein d'histoires de nuits torrides et d'anecdotes sexuelles démentes. Mais je travaillais à la criminelle, et il était dans ma nature d'imaginer le pire.

Je m'étais arrêtée sur la route entre l'Indiana et Chicago pour passer un coup de fil à un ami de la police de Chicago. Il m'avait confirmé qu'elle n'était pas en train de se tourner les pouces dans une prison du comté. D'une certaine façon, j'étais soulagée de savoir qu'elle avait été assez intelligente pour ne pas s'attirer ce genre d'ennui. Mais pour être sincère, j'avais secrètement espéré qu'elle s'était fait arrêter pour vol à l'étalage et se sentait simplement trop fière pour demander à Candy de payer sa caution.

J'étais arrivée à Chicago un peu après dix-neuf heures le mercredi soir, et m'étais directement rendue au Destiny. L'endroit était propre et classieux, les boissons n'étaient pas coupées à l'eau, les filles semblaient contentes d'être là. Elles n'étaient pas du tout défraîchies, et la clientèle semblait vraiment appartenir au gratin. L'endroit avait un bar immense, avec de la Guinness à la pression et un menu correct auquel figuraient des frites au fromage plutôt délicieuses.

J'avais vu des endroits bien pires, à n'en pas douter. Et assise au comptoir, en détaillant la salle d'un œil de flic, je ne vis rien qui me semblât louche.

Ce qui nous ramène à notre second grand principe : personne n'est ce qu'il a l'air d'être. Ou, dans ce cas précis, aucun *lieu* n'est ce qu'il a l'air d'être.

Je l'avais compris, quand j'avais retrouvé pour le petit déjeuner le lendemain matin l'agent Kevin Warner, un pote du FBI, et qu'il m'avait exposé la liste complète de toutes les conneries gravement illégales qui se déroulaient, selon lui, dans ce club. Il lançait les accusations comme on lance du riz à la sortie de l'église. Et quand il se mit à balancer des histoires de Mann Act – prostitution, esclavage moderne et autres délits bien gratinés – je tendis l'oreille.

— Du calme, cow-boy, dis-je. Ils ont été arrêtés pour ces trucs-là ?

— Putain d'immunité, dit Kevin. Ils ont aidé à coincer un réseau esclavagiste basé sur la côte ouest, et qui officiait jusque dans notre chère ville.

— Ils ? répétai-je.

— Black, August et Sharp, dit-il en citant les trois propriétaires du Destiny – trois entrepreneurs célèbres, considérés comme l'élite de Chicago.

Même moi, qui n'étais pas de Chicago, je les connaissais par cœur.

— Ils sont malins, ces trois-là, continua Kevin. Malins, rusés, et aussi dangereux que des requins dans des eaux sombres. Ils peuvent se cacher derrière leur accord d'immunité, et moi je peux balancer mon enquête à la poubelle.

J'acquiesçai. L'immunité faisait partie du jeu. Elle n'avait qu'une fonction, protéger un suspect de tout jugement potentiel. S'il n'était pas coupable, pourquoi cette protection aurait-elle été nécessaire ? En bref, il était rare qu'on accorde l'immunité à un suspect qui n'avait pas du tout les mains sales.

Pour être sincère, le principe d'accorder l'immunité à un suspect m'énervait, mais je savais que c'était un mal nécessaire. De plus, je me disais que la justice trouverait toujours le moyen de s'exercer. C'était du moins ce qu'affirmait mon père chaque fois qu'un avocat de la défense sortait une de ces conneries de vice de procédure, faisant ainsi un bras d'honneur à la loi.

Le karma avait un côté garce, et je me demandais s'il avait Black, August et Sharp dans son viseur. Avaient-ils les mains aussi sales que Kevin le prétendait ? Étaient-ils de simples citoyens qui partageaient leurs infos avec les fédéraux ? Ou se situaient-ils quelque part entre les deux ?

Je n'en avais aucune idée, mais mon instinct me disait qu'il devait s'agir de la première ou de la dernière option.

— Jusqu'où s'étend leur immunité ? demandai-je.

— Si ça ne dépendait que de moi, elle serait bien plus limitée. Je suis plus que convaincu qu'ils trempent dans toutes sortes de conneries. Paris illégaux, contrebande, blanchiment d'argent. Pots-de-vin, dessous-de-table, fraude. Ils sont impliqués dans tout ce qui pourrait te venir à l'esprit. Mais ils ont des amis puissants, et je ne suis pas autorisé à enquêter officiellement sur quoi que ce soit.

J'entendis la frustration dans sa voix. Il voulait coincer ces types, il le voulait vraiment. Je comprenais ça. J'étais devenue flic pour de nombreuses raisons, mais il ne s'agissait jamais, au fond, que d'une seule chose, protéger les innocents et arrêter les méchants. S'assurer que le système fonctionne et que ceux qui dépassent les bornes paient pour leurs excès.

Je vivais littéralement pour mon boulot. Il était à la fois ma rédemption et mon salut. Et j'étais vraiment douée pour mon métier.

— Je ne peux pas aller plus loin dans cette histoire, dit-il. Mais toi, oui.

Il avait raison. Je passais déjà en revue les différentes options pour faufiler mon petit cul au Destiny, discuter avec les filles et récupérer des infos sur Amy. Une fois infiltrée pour glaner des infos sur elle, il n'y avait aucune raison pour que je ne puisse pas en glaner sur eux.

Honnêtement, ce serait même avec plaisir. L'immunité est peut-être un mal nécessaire dans le monde de la jurisprudence, mais j'étais plus que ravie de donner un petit coup de pouce au karma. Et si je découvrais que ces types étaient impliqués dans d'autres conneries, les faire tomber serait une façon idéale de rééquilibrer la balance de la justice.

Tout cela expliquait donc comment ma mission de retrouver une stripteaseuse disparue pour la ramener dans l'Indiana s'était transformée en une opération secrète à part entière. L'espace d'une seconde, j'avais imaginé débarquer au Destiny en annonçant franco que je cherchais une amie, mais quand j'appris que les propriétaires étaient peut-être des criminels, cette option était partie directement aux oubliettes. Je voulais savoir ce qu'ils trafiquaient, et, si les accusations d'esclavage moderne étaient vraies, je comptais bien botter quelques culs.

Mais la dimension « secrète » de mon opération péchait un peu. Vous auriez tendance à penser que ça doit être facile pour une fille plutôt mignonne – à savoir, moi – d'obtenir un boulot comme serveuse dans une boîte de strip-tease de Chicago ? Eh bien, vous avez tort. Malgré mon visage de mannequin, ma jolie paire de nichons et mon petit cul bien ferme, la candidature que j'avais posée la veille avait été poliment refusée. Et tout cela malgré mes compétences, promis-juré, de serveuse.

Ce qui illustre notre première grande vérité : rien n'est jamais aussi simple que ça devrait l'être.

Et cela nous ramène à l'autre vérité : personne n'est ce qu'il a l'air d'être.

Prenez Evan Black, par exemple. C'était à sa soirée que je m'étais incrustée. Une réception très formelle pour fêter ses fiançailles avec Angelina Raine, la fille du sénateur Thomas Raine, candidat à la vice-présidence.

Je le regardai debout de l'autre côté de la pièce, beau comme une star de cinéma, le bras autour d'une petite brune époustouflante qui devait être Angelina. Elle s'appuyait contre lui tandis qu'ils parlaient avec deux autres couples – elle semblait étourdie de bonheur. Tous tirés à quatre épingles et plus beaux les uns que les autres. Mais si Kevin disait vrai, Black n'était pas l'homme qu'il prétendait être.

Je ne vous parle même pas de Cole August, l'associé

de Black, que la presse et le public adulaient parce qu'il s'était sorti tout seul du fumier dans lequel il était né. Parce qu'il avait survécu à son enfance dans les quartiers sud de Chicago pour devenir l'un des hommes d'affaires les plus influents de la ville. Il est vrai qu'il était beau à en crever, allant et venant de l'autre côté de la salle, son portable vissé sur l'oreille. Le portrait parfait de l'homme d'affaires établi.

Mais il se trouve que je savais qu'August n'avait pas laissé le fumier de son enfance aussi loin derrière lui qu'il aimait le prétendre.

Et puis il y avait Tyler Sharp.

— C'est lui, avait dit Candy quand je lui avais cité les trois noms. Amy était raide dingue de ce type.

— C'était réciproque ?

— Sais pas.

— Mais elle baisait avec lui ?

— Ouais. Enfin, je crois. C'est pas non plus comme si elle postait des photos sur Facebook, hein. Mais il n'y a pas moyen qu'elle l'ait quitté de son plein gré et, d'après ce que tu dis…

On se parlait par téléphone, mais je pouvais voir le haussement d'épaules de Candy quand elle s'interrompit. Je savais ce qu'elle voulait dire. J'avais fait une enquête encore plus approfondie sur Tyler Sharp, et j'en avais raconté une partie à Candy. Pour résumer, il avait un faible pour les femmes, et j'avais bien l'intention de profiter de ce talon d'Achille. Si mes talents incroyables de serveuse ne me permettaient pas d'entrer au Destiny, j'y entrerais grâce à l'homme.

En bref, j'avais l'intention de le séduire.

Tout bien réfléchi, c'était même une meilleure approche que celle que j'avais d'abord considérée.

Être serveuse m'aurait seulement permis d'accéder au club, alors que le sexe ouvrait bien d'autres portes. Les confidences sur l'oreiller. L'accès à l'ordinateur. Et qui sait quoi d'autre encore... Si j'abattais intelligemment mes cartes, je m'assurais une place aux premières loges pour le meilleur spectacle de la ville, qu'il s'agisse de paris illégaux, de contrebande ou de quelque chose de bien plus odieux.

Et si je découvrais que Tyler avait impliqué Amy dans quoi que ce soit d'illégal, j'allais castrer ce fils de pute.

Mais d'abord, il fallait que je le trouve.

Il était en voyage ces dernières semaines, je ne l'avais donc toujours pas vu en chair et en os. Mais j'étais sûre de le reconnaître à la seconde où il entrerait dans la salle. Comme je l'ai dit, j'avais fait mes devoirs, et regarder des photos de Tyler Sharp ne pouvait pas vraiment être considéré comme une corvée. Il mesurait un peu plus d'un mètre quatre-vingts, carrure mince, athlétique, et ce genre de cheveux châtain clair qui deviennent dorés par endroits sous le soleil de l'été. Je savais qu'il avait des intérêts financiers dans de nombreuses entreprises et qu'il possédait une carte American Express Black. Il avait au moins une douzaine de voitures, qu'il ne conduisait que rarement, leur préférant sa moto Ducati.

— Vous avez l'air perdue.

J'avais les yeux rivés sur l'entrée, mais en tournant la tête vers la gauche, je découvris une blonde aux jambes interminables et aux yeux marron, avec des cheveux si épais et brillants qu'elle avait l'air tout droit sortie d'une pub pour du shampooing. Elle me tendit la main, et je la pris sans réfléchir.

— Je suis Katrina Laron. Kat, dit-elle en agitant son pouce en direction d'Angelina Raine. Je suis la meilleure amie de la future mariée, ce qui fait de moi une sorte d'hôtesse pour la soirée. Et vous êtes ?

Son sourire était poli, mais elle n'avait pas l'air dupe. Bon sang, j'étais certaine qu'elle savait que je m'étais incrustée à cette soirée.

Super.

— Sloane O'Dell, dis-je, en utilisant le nom de jeune fille de ma mère au lieu de Watson, le mien.

— Vous êtes venue avec qui ? Je pense connaître tous les invités de Lina, donc vous devez être une amie d'Evan ?

Toujours ce sourire poli. Toujours cet air de ne pas être dupe.

— À vrai dire, je suis à la recherche de Tyler, dis-je, très fière de réussir à la fois à mentir et à dire la vérité.

— Oh, vraiment ?

Elle haussa un sourcil.

— Amie ou ennemie ?

— Pardon ?

J'essayais d'avoir l'air décontractée, espérant que ma peau naturellement pâle n'avait pas rougi.

— Je sais que Tyler n'est pas venu accompagné, et si vous n'êtes ni une amie d'Angie, ni une amie d'Evan…

Merde. Merde, merde, merde.

— J'ai tenté ma chance, dis-je, toujours en choisissant d'être plutôt honnête. Je crois qu'il sera content de me voir.

Bon, soit, ça, je n'en étais pas forcément sûre.

— Écoutez, je ne veux pas avoir l'air d'une garce, mais Tyler est un type plutôt secret qui attire énormément les femmes, dit-elle en haussant les épaules. Vous voulez m'expliquer pourquoi vous pensez qu'il sera content de vous voir ?

— Non. Pas vraiment, non.

Elle me regarda sévèrement, elle était de toute évidence en train de m'analyser. Puis elle attrapa un verre de vin sur le plateau d'un serveur qui passait et en but une grande gorgée.

— Très bien. Allons le trouver, alors.

— C'est ce que j'essaie de faire depuis le début de la soirée, dis-je avec ironie.

— Il est arrivé juste avant que je ne vienne poliment vous demander qui vous étiez. Ne bougez pas, dit-elle en se hissant sur la pointe des pieds et en agitant un bras. Je le vois.

Je tendis le cou, mais comme je mesurais bien dix centimètres de moins qu'elle, j'ignorais si elle avait réussi à capter son attention.

Les secondes passèrent, et je commençais à croire que soit il ne l'avait pas vue, soit il avait choisi de l'ignorer. Et puis j'aperçus les reflets dorés de ses cheveux. Il portait un costume gris anthracite, et les lignes épurées du tissu précieux contrastaient avec ses cheveux légèrement en bataille, qu'il portait juste un petit peu trop longs pour un homme d'affaires. Ils étaient coiffés en arrière, ce qui accentuait les angles saillants de ses joues et de sa mâchoire.

Ses yeux bleu ciel étaient le contrepoint parfait du châtain doré de ses cheveux. Quand on le regardait, on pensait au soleil et au sable, à des journées folles et à des nuits endiablées. Pour résumer, il avait un air désinvolte que sa barbe de trois jours ne faisait qu'accentuer. Mes doigts s'agitèrent et, avec horreur, je me surpris à vouloir tendre la main pour lui caresser la joue, laisser le brut de sa barbe lisser mon côté dur, comme du papier de verre sur le bois.

Il dépassa la fontaine et dansa à travers les invités, avec cette sorte de certitude que les gens vont s'écarter de votre chemin, simplement parce que vous êtes parfaitement cool.

— Tyler ! appela à nouveau Kat, et j'eus l'envie irrationnelle de la bâillonner de ma main.

C'était pour me rapprocher de ce type que j'étais venue ici, mais à cette minute-là, je ne me sentais pas prête du tout.

Je savais en venant ici que Tyler Sharp était un des hommes les plus beaux de la planète, mais je n'aurais jamais imaginé la réaction viscérale que j'eus en le voyant, ce frisson en moi.

J'avais envie de me cacher derrière la colonne. J'avais envie de déguerpir. J'avais envie de trouver un refuge où rester jusqu'à avoir complètement repris mes esprits. Mais ce n'était pas envisageable. Il nous avait vues, et même s'il avait fait un signe de tête à Kat, j'étais celle sur qui son attention semblait se concentrer. Son regard croisa le mien et son intensité me transperça, me laissant faible et perdue. Je n'avais jamais vu Tyler Sharp, je ne le connaissais qu'en photo, je ne savais de lui que ce que j'avais lu dans des articles et appris en bavardant avec quelques flics. Mais à cet instant, j'avais l'impression de le connaître depuis toujours.

Il s'arrêta devant nous. Il fallait que je me reprenne. Je n'étais pas le genre de femme à perdre son sang-froid à cause d'un homme. Du moins je ne l'étais pas jusqu'à il y a deux minutes.

Il me regarda, et sa bouche sensuelle s'entrouvrit comme s'il s'apprêtait à goûter à quelque chose de délicieux – et ce quelque chose, c'était moi. Je frémis. Cette idée me prit par surprise, et je me mis à trembler sans prévenir. Cependant, je ne pouvais pas nier que j'aimais ça.

Il me fallut un effort surhumain pour réussir à me redresser et à croiser froidement son regard, bien déterminée à reprendre un semblant de contrôle sur la situation.

— Sloane te cherchait, dit Kat.

— Vraiment ? (Ses yeux ne quittaient pas mon visage, et je crus un instant que si j'avançais d'un pas, j'allais me noyer dans l'océan de son regard.) C'est drôle. C'est exactement la femme que je cherchais, moi aussi.

Chapitre 2

C'est exactement la femme que je cherchais, moi aussi.

Ses mots m'enveloppèrent, aussi séduisants qu'une caresse, et le contrôle auquel je prétendais m'agripper s'envola comme les aigrettes d'un pissenlit.

Cette faiblesse ne dura cependant qu'un instant. Elle fut dissipée par des années d'expérience au sein de la police, et par l'extrême cynisme dans lequel je vis depuis mon enfance. Tyler Sharp était un escroc, un séducteur, et qui sait quoi d'autre encore. Il savait flatter, attirer, faire qu'une femme se sente unique et intéressante et, oui, un peu excitée aussi. Mais il était impossible qu'il me cherche lui aussi. Il avait été absent pendant deux semaines, et je savais qu'il était rentré l'après-midi même. Alors non, je ne pouvais pas être dans sa ligne de mire.

Je me dis que c'était une bonne chose. Si Tyler Sharp avait l'intention de s'intéresser à moi, j'allais m'assurer qu'il ne voie que ce que je voulais bien lui montrer.

Comme s'il avait lu dans mes pensées, il baissa les yeux et parcourut mon corps du regard, en commençant par mes orteils fraîchement vernis de rose, et en remontant si lentement qu'il me fallut faire tous les efforts du monde pour ne pas frissonner. Quand ses yeux arrivèrent à nouveau à la hauteur des miens, je faillis suffoquer en voyant le feu incroyable derrière le bleu glacial et perçant. Une flamme envoûtante et folle, qui avait le pouvoir de réduire mon assurance en cendres et de me laisser à nu, dévoilant ainsi tous mes secrets à cet homme.

L'idée aurait dû m'énerver. Elle aurait dû au moins m'inquiéter.

Au contraire. Elle m'excita.

Tu perds le contrôle, Sloane. Va-t'en. Contente-toi de t'en aller, rassemble tes affaires et laisse tomber cette enquête dès demain.

C'était un bon conseil, à vrai dire. Et pourquoi en serait-il autrement ? J'étais un foutu bon flic, après tout.

J'étais apparemment aussi une véritable idiote, parce que je n'avais aucune intention de m'en aller. Je ne savais pas exactement si je restais pour l'enquête ou pour l'homme, mais je me dis que ça n'avait, au fond, aucune importance. Que ce petit frisson de plaisir sensuel que je ressentais dans mon bas-ventre n'était pas une faiblesse, mais un atout. Il ne s'agissait que de séduction, après tout. Quelques étincelles entre nous ne feraient que faciliter la tâche. Et beaucoup d'étincelles la rendraient même beaucoup plus amusante.

Quoi qu'il en soit, j'étais reconnaissante envers Tyler Sharp – ou envers mes hormones. Parce que ma réaction face à cet homme me rappela combien je devais être prudente. Tyler Sharp était une espèce dangereuse, et bien qu'il ne le sût pas encore, lui et moi étions engagés dans une bataille sans merci. Et j'avais bien l'intention d'en sortir victorieuse, même si cela impliquait de ne pas jouer tout à fait selon les règles.

Kat, qui était toujours à côté de moi, changea de position. Son geste retint mon attention et je me tournai vers elle. Elle regardait Tyler.

Il lui fit un minuscule signe de tête et elle se racla la gorge.

— Je vais juste aller embrasser encore une fois Lina et Evan. Assumer mes tâches de presque hôtesse. Peut-être trouver un vaccin contre le cancer et régler une fois pour toutes ce problème de paix dans le monde. J'espère que vous allez vous débrouiller sans moi, tous les deux.

— Je crois qu'on va s'en sortir, dit Tyler. Je promets de bien m'occuper de Sloane.

— Ouais, dit Kat. Je n'ai aucun doute là-dessus.

Elle me fit un clin d'œil et s'éloigna en se dandinant. Je regardai la foule l'avaler et fus contente d'avoir un moment pour rassembler mes esprits. Ce que ne fit pas Tyler. Quand je me retournai vers lui, il était toujours entièrement concentré sur moi.

— Enfin seuls, dit-il.

Je me dandinai un peu sur place, je n'aimais pas la façon dont cet homme me troublait. J'étais détective, nom de Dieu. Je dévorais des suspects dès le petit déjeuner, et mon jeu de flic, effrayant pendant les interrogatoires, aurait mérité un oscar. Je n'avais cependant jamais travaillé en mission secrète, et j'eus tout à coup un grand respect pour mes collègues en planque qui réussissaient à ne pas trahir le secret de leur couverture.

En même temps, j'avais l'habitude des masques et

des secrets. Je pouvais le faire. Comme pour me le prouver, je lui lançai un regard de biche, espérant que l'effet serait aussi sexy que je l'imaginais.

— Devrais-je être nerveuse ? Un homme comme vous qui me cherche ?

— Un homme comme moi ? (Sa voix était profonde et envoûtante.) Intéressant. Mais dites-moi, qu'est-ce qu'un homme comme moi ?

Je fis un pas vers lui, levai la main comme si j'avais l'intention de le toucher, puis reculai, l'air légèrement gênée.

— Tentant, dis-je.

Et bien que le mot soit calculé, il n'en était pas moins vrai.

— Ah oui ? (Il regarda ostensiblement mes mains.) Et cela vous rend nerveuse ?

— Non. (J'inspirai en réfléchissant à mon prochain coup et en essayant de déterminer, comme aux échecs, jusqu'où il me mènerait.) Je résiste très bien à la tentation.

— Ah oui ? (Il se pencha, sa bouche était si proche de mon oreille que je pouvais sentir le murmure de son souffle dans mes cheveux.) Ce n'est pas mon cas. En ce qui me concerne, céder à la tentation est l'un de mes seuls plaisirs véritables.

Oh, mon Dieu ! Une braise de désir brûla en moi, je me mis à rougir et mes genoux tremblèrent.

Il le remarqua peut-être, mais ne dit rien. En revanche, il se mit à marcher lentement autour de moi, comme un homme ferait le tour d'une statue dans un musée.

Je me mis à tourner sur moi-même, suivant son mouvement.

— Non, dit-il avec une autorité indéniable dans la voix. Ne bougez pas. Regardez devant vous.

Je m'arrêtai, hésitante, puis tournai ma tête pour regarder les invités face à moi, qui semblaient flotter dans la pièce, vêtus de leurs costumes élégants et de leur jolies robes. Ils n'étaient que rires et sourires, et la qualité du vin ou le rythme de l'orchestre étaient les seules choses qui semblaient les intéresser.

Je me dis que mon assentiment faisait simplement partie du plan – c'était un homme qui aimait avoir le contrôle, je devenais donc la femme qui tombait sous son charme.

En réalité, il y avait autre chose, et je le savais. Ces palpitations que j'avais senties dans mon ventre, ce n'était pas seulement l'excitation de la poursuite, mais l'anticipation de ses caresses.

Ouais, Tyler Sharp était dangereux comme il faut.

Il se tenait désormais derrière moi, et même si je ne pouvais pas le voir, je sentais sa présence, aussi sûrement et doucement qu'un baiser. Je n'arrivais pas à respirer et je réalisai que je fantasmais sur l'effleurement du bout de ses doigts sur ma nuque, puis de sa main sur mon dos que ma robe laissait nu.

Mais la caresse ne vint pas et ma respiration resta bloquée.

Il parla à voix basse, comme si trop de décibels pouvaient rompre le charme.

— Vous êtes une énigme, mademoiselle…

— O'Dell, murmurai-je.

Il était juste là, mais je ne pouvais pas le voir. Je pouvais juste sentir son parfum, frais et boisé comme une forêt après la pluie. Sexy, envoûtant et inexorablement viril.

— Sloane O'Dell, dit-il. J'aime bien.

— J'aime la façon dont vous le prononcez.

Je parlais à voix basse, d'un ton plein de promesses.

— Vraiment ? demanda-t-il en finissant son tour. Je suis ravi de l'entendre.

Je le regardai, ce visage parfait, et je sentis mes doigts se contracter tellement ils avaient envie de le toucher, un désir amplifié par la réciprocité que je ne devinais que trop. Tyler Sharp avait, lui aussi, envie de moi. Peut-être qu'il s'amusait, qu'il jouait avec moi. Peut-être qu'il avait un plan. Je ne savais pas. Tout mon univers tournait autour du fait de deviner les choses, deviner les gens, deviner les preuves, deviner la vérité. Et je devinais la vérité dans la façon dont les pupilles de Tyler se dilataient. Dans le léger rougissement de sa peau. Dans la façon dont son pouls battait juste un peu trop fort dans son cou.

Oui, il avait envie de moi – et pourtant, il n'y avait aucun doute sur le fait qu'il était également en train de mijoter quelque chose. Nous étions prisonniers d'un jeu, et même si c'était moi qui l'avais initié, je devais avouer que je n'en comprenais pas encore vraiment les règles.

Je me sentais partir à la dérive, perdre le contrôle. Pourtant, je me sentais également incroyablement vivante, plus que je ne l'avais été depuis longtemps.

Je réussis à me reprendre, non sans quelques efforts.

— Vous n'avez pas encore dit pourquoi vous me cherchiez.

— Non. En effet.

Je ne pus m'empêcher de sourire. Oubliez les échecs, tout ça était bien plus amusant.

— Suis-je censée deviner ?

Il ne répondit pas et se contenta de sourire. Un sourire doux et décontracté, plein de promesses décadentes.

— Sloane, dit-il.

Juste une syllabe. Juste un prénom. Mais c'était mon prénom, et dans sa bouche, on aurait dit qu'il regorgeait de miel. J'avais envie d'y goûter. J'avais envie de le goûter, lui.

Un frisson me parcourut le dos. L'intérieur de mes cuisses devint chaud et mes seins se contractèrent dans le corset de ma robe. Cela faisait des années que je n'avais pas réagi aussi puissamment à la présence d'un homme. Il était peut-être plus dangereux que tous les autres, mais c'était un des aspects qui rendaient mon boulot excitant – plus dangereuse est la proie, plus forte est la sensation.

Tyler fit un pas en avant, et j'en fis un en arrière en conséquence. Puis un autre, parce que j'avais besoin de me vider la tête. Je réalisai trop tard qu'il m'avait coincée contre la colonne. J'aurais pu essayer de m'enfuir, mais il n'y avait nulle part où aller, surtout quand Tyler se pencha en avant et posa la main sur le pilier, juste au-dessus de mon épaule. Il était là, juste devant moi, si près que je pouvais sentir l'air se réduire entre nous.

— Tyler, dis-je à voix basse, à peine un murmure. Je ne crois pas que…

— Non. Ne réfléchis pas. Attends simplement. Ferme simplement les yeux.

Je fis taire mon envie de protester, car finalement, c'était ce que je voulais. M'approcher de cet homme. Faire monter la pression et voir jusqu'où on pourrait la supporter. Peu importe à quel point j'avais l'impression de perdre le contrôle, je devais me souvenir que ce jeu était le mien, et que même s'il marquait quelques points, j'étais celle qui en avait inventé les règles.

— En voilà une fille sage, dit-il quand il me vit clore mes paupières tremblantes.

Je me concentrai sur ma respiration, en essayant d'ignorer les poils qui se hérissaient sur mes bras, une réaction à l'électricité qui tourbillonnait dans les quelques centimètres d'air qu'il restait entre nous. De sa main libre, il saisit ma mâchoire, puis caressa doucement ma joue avec son pouce. *Il allait m'embrasser.*

Bon sang, mon cerveau tournait à plein régime, titubait entre l'excitation et l'incertitude. Tyler n'était qu'un instrument que j'étais censée utiliser, un suspect, un criminel. Et pourtant, j'en avais envie, et pas seulement parce que la séduction faisait partie de mon plan.

J'avais simplement envie de l'homme. Que je sois maudite, mais j'avais vraiment envie de lui.

Je sentis ses lèvres effleurer mon oreille quand il se mit à parler. Sa voix était aussi douce et sensuelle que le baiser que j'attendais, mais les mots me piquèrent au vif.

— Tu ne devrais pas être ici.

Mon sang se glaça, puis me brûla, et je restai aussi figée qu'une statue.

Il m'a démasquée. Putain, comment a-t-il pu me démasquer ?

Mais non. La manière n'avait aucune importance. Tout ce qui comptait désormais, c'était de nier et de limiter les dégâts.

Je ne me laissai qu'une seconde pour reprendre le contrôle de ma peur. Je m'autorisai à rougir – ce n'était pas fou, vu les circonstances – puis j'ouvris les yeux. Il avait reculé, et je plongeai mes yeux dans les siens avec audace. Je m'attendais à voir une expression accusatrice de colère sur son visage, mais je n'y vis que de la chaleur.

— Je… (Je refermai la bouche et me repris.) De quoi parles-tu ?

— Tu ne devrais pas rester dans l'ombre comme ça. (Il parla simplement et ne sembla absolument pas remarquer mon embarras.) Tu devrais être le centre de l'attention. Tu vois cet arrangement floral ? demanda-t-il, en avançant le menton vers le bouquet époustouflant qui trônait au milieu du Palm Court. Tu brilles mille fois plus.

Son compliment était on ne peut plus banal, il n'était pas du tout à la hauteur de l'homme. Je voulus le lui dire, mais étant donné que mon objectif était de me rapprocher de lui, l'insulte n'était peut-être pas le meilleur moyen. Pour être sincère, j'étais si nerveuse que je n'avais pas la moindre idée de ce que je devais faire. Tout ce que je savais, c'est que j'étais sur la défensive et qu'il fallait que cela cesse avant qu'il ne s'en rende compte.

Je dus me concentrer pour réussir à lui sourire timidement.

— C'est vraiment gentil, soufflai-je. Et je suis très flattée.

Il ne dit rien pendant quelques secondes, mais je vis une lueur d'interrogation dans ses yeux. Il pencha légèrement la tête, comme s'il analysait un objet étrange.

— Non, finit-il par dire. Je ne crois pas que tu sois le moins du monde flattée.

— Pardon ?

Je ne pus m'empêcher de le dire sur un ton agacé, mais qui m'était destiné à moi plutôt qu'à lui. J'aurais dû continuer dans l'audace, au lieu d'être faussement timide. J'aurais dû avancer au lieu de reculer.

J'avais fait un mauvais calcul. Et je n'aimais pas perdre.

— Tu n'as pas l'air d'une femme qui a besoin de mots doux et de flatterie. Je crois que tu aimes les approches plus directes.

Une fois encore, il s'approcha. Une fois encore, l'air scintilla d'une chaleur explosive, cette fois, c'était celle du danger, un danger qui avait le pouvoir de tout enflammer.

— C'est ce que tu penses ?

— C'est ce que je sais. C'est ce que tu es.

Il saisit mon poignet, le choc de sa peau contre la mienne étouffa efficacement le mensonge que j'avais eu l'intention de lui servir.

— Dis-moi pourquoi tu me cherchais, Sloane. Dis-le-moi franchement.

Je pris une longue inspiration pour gagner du temps, évaluer les options et considérer comment mêler le vrai au faux.

— Je t'ai vu, finis-je par dire. À la télévision, dans les magazines, les journaux. Tu m'as paru puissant, et un peu mystérieux.

— Il est toujours bon d'intriguer le public et la presse. Ça consolide le mythe.

— Ah oui ? Eh bien, je crois que ça a marché. Tu n'as pas quitté mes pensées, Tyler Sharp. J'ai donc décidé qu'il fallait que je t'approche. Il fallait que je sache si l'homme en chair et en os était aussi intrigant qu'il l'était dans mes fantasmes.

Je soutins son regard, m'assurant qu'il puisse voir la chaleur qui se dégageait du mien.

— Je voulais me rapprocher de toi. Je voulais voir si tu étais le genre d'homme que je voulais dans mon lit.

— Et ?

— Maintenant, je t'ai vu, dis-je en dégageant doucement mon bras.

Mais mon sourire était sincère, détendu et plein d'invitation.

Je m'éloignai doucement, laissant ce tout petit appât traîner derrière moi.

Chapitre 3

Je réussis à garder le dos droit tout en ajoutant un joli petit balancement de hanches à ma démarche et à traverser la salle jusqu'aux toilettes. Je n'avais certainement pas l'intention de me retourner pour vérifier, mais j'imaginais qu'il était en train de me regarder m'éloigner, et je n'avais pas le droit de flancher. Pas maintenant. Pas après avoir pris le genre de risque que je venais de prendre.

Dès que j'eus passé la porte des toilettes, en revanche, je courus m'enfermer dans la cabine la plus proche. Même les toilettes étaient élégantes, comme tout au Drake, et ma petite cabine était loin de tout ce qu'on voit habituellement. Elle n'abritait pas seulement des toilettes, non, il y avait aussi une coiffeuse en marbre, un lavabo et une lunette tapissée sur laquelle je fus reconnaissante de pouvoir m'affaler. Je m'accoudai au lavabo, fixai mon reflet et soupirai.

— C'était soit une tactique géniale, soit une idée délirante, annonçai-je à haute voix.

Mais la fille dans le miroir se contenta de se taire, et je ne pouvais pas vraiment lui en vouloir. Sa peau d'habitude si pâle semblait briller, et l'excitation qui lui colorait les joues faisait ressortir sa ribambelle de taches de rousseur. Sa masse de cheveux roux et ondulés – l'autre héritage de ses origines irlandaises – tombait du chignon désordonné qu'elle avait fait avec deux baguettes fantaisie au-dessus de son crâne. Quelques mèches s'échappaient pour venir encadrer son visage de façon assez coquette.

Comme on ne pouvait vraiment pas prévoir l'issue de cette opération, elle avait l'air bien trop contente d'elle, bien trop excitée. Comme si elle partait pour une grande aventure.

— Espèce d'idiote, lui dis-je – me dis-je – en jetant un œil à ma montre pour essayer d'estimer combien de temps je devais attendre avant de retourner dans la salle de bal.

Je lui avais jeté un gant en pleine figure parce que je savais que Tyler était le genre de type qui avait besoin d'être défié, mais si je disparaissais trop longtemps, mon plan risquait de se retourner contre moi. Une autre femme pourrait se glisser dans ses bras. Et il pourrait décider d'arrêter les frais et de partir. Il pourrait décider que je n'étais qu'une source d'emmerdes.

Très bien. Assez, avec le lancer de gant. Il était l'heure de remonter en selle.

Je sortis de la cabine à toute vitesse, balançai un coup dans la porte des toilettes pour l'ouvrir et me dirigeai vers la salle de bal. Je passai la pièce au crible, à la recherche de Tyler, mais en vain.

Et merde.

Honnêtement, j'aurais dû m'y attendre. Rien n'est aussi simple que ça le devrait, après tout.

Je ne suis pas du genre fêtarde. Je ne suis pas vraiment douée non plus pour parler de la pluie et du beau temps. Et ma colonne rassurante et confortable se trouvait de l'autre côté de la pièce. C'est vers elle que je me dirigeais quand je le vis debout au milieu d'un petit groupe de femmes. Je grinçai des dents quand une blonde avec des nibards sublimes, et le genre de décolleté qui aurait pu provoquer un accident de la route, rit à gorge déployée et glissa son bras autour de sa taille, en se penchant sur lui comme si elle était sur le point de tomber à la renverse, tellement il était drôle.

Avec un grand sourire, il ajouta quelque chose que je fus incapable d'entendre. Tout le monde semblait captivé, et pour être honnête, j'étais surprise que toute la salle ne se retourne pas vers lui, envoûtée par le charme de son attitude et le caractère contagieux de son sourire. À cet instant, j'étais convaincue que les histoires d'escroquerie et d'arnaque dont m'avait parlé Kevin étaient vraies ; Tyler avait la beauté, le charme et tout ce qu'il fallait pour séduire, voler et arnaquer n'importe quel pigeon, pigeon qui se serait contenté de rester là et de lui donner avec plaisir tout ce qu'il voulait. J'étais bien placée pour le savoir. Il ne lui avait fallu qu'un regard pour me déstabiliser.

J'observais la scène. Tyler pencha la tête comme s'il avait entendu quelque chose, et balaya distraitement la pièce du regard. Mais ses yeux n'avaient rien de distrait quand ils se posèrent sur moi. Au contraire, ce fut une explosion, et je reculai, rien que devant la puissance de son regard.

Je restai là, chancelante, et pourtant incapable de regarder ailleurs. Les yeux qui, il y a encore quelques secondes, brillaient comme une mer turquoise, semblaient désormais possédés par une flamme violente plus que prête à s'enhardir.

Je pouvais voir son corps se contracter, ses muscles se tendre, comme un animal sauvage sur le point de bondir. Son avidité ne faisait aucun doute, et mon pouls s'accéléra tandis que j'essayais de lutter contre mon envie soudaine de déguerpir.

Va-t'en, me dis-je bêtement. *Tu n'as pas compris que c'était toi, la proie ?*

C'était peut-être le cas, mais je ne pouvais le quitter des yeux. J'étais captivée, figée sur place par ce simple regard. Et s'il avait l'intention de me détruire, je compris à cet instant que je le laisserais volontiers me réduire en poussière.

Et puis, tout s'arrêta.

Il se retourna délibérément et murmura quelque chose à l'oreille de la blonde. Elle se mit à rire, un son aigu et énervant. Heureusement que j'avais laissé mon arme dans la boîte à gants, parce qu'à cette minute j'aurais bien vidé quelques cartouches. À dire vrai, il me fallut faire tous les efforts du monde pour ne pas marcher d'un pas énervé jusqu'à eux et voir si mon meilleur coup droit s'abîmerait ou non sur son front gavé de Botox.

Putain.

Je n'étais pas censée être agacée comme ça. Au contraire, c'est lui qui aurait dû être agacé.

Apparemment, mon plan avait un effet boomerang.

Double putain.

Dans un effort colossal, je fis bouger mes pieds. Vu que je n'avais pas de meilleure idée, je décidai de rejoindre le bar, en me disant qu'un verre de vin m'aiderait soit à réfléchir, soit à apaiser le coup donné à ma fierté. Je fus cependant distraite par le grand type aux cheveux gris qui s'avançait vers moi. Il ouvrit la bouche pour parler, mais je fis non de la tête sans même m'arrêter, et continuai jusqu'au bar. Il se glissa à côté de moi juste après que le barman eut posé un verre de merlot devant moi, et commanda une bière.

— Belle fête, dit-il. Vous connaissez le futur marié ?

— Un peu, dis-je. Et vous ?

— On peut dire ça, dit-il en me tendant la main. Je suis Tom Cray.

Ce n'était pas vraiment un scoop : je connaissais Tom depuis toujours. Il avait travaillé pour mon père sur le terrain, au bureau du FBI d'Indianapolis, avant de déménager à Chicago. J'avais téléphoné à son bureau en arrivant deux jours auparavant, mais il était apparemment passé à autre chose et faisait désormais partie des gros bonnets de Washington.

— Sloane O'Dell, dis-je, et je vis à ses yeux qu'il avait compris.

On s'éloigna instinctivement du bar, tout en discutant loin des gens et des oreilles qui traînaient.

— Vous êtes en mission, dit-il.

Ses mots me rappelèrent que je n'étais pas venue à Chicago pour me faire embrouiller par un homme. J'étais venue pour retrouver Amy et il fallait que je calme mes putains d'hormones.

— Pas officiellement. Une amie d'une de mes indics dans l'Indiana a disparu. Je termine mon arrêt-maladie, et je me suis dit que j'allais l'aider.

— Maladie ? demanda-t-il sur le ton d'un père inquiet.

— Rien de grave sur le long terme, dis-je en posant aussitôt la main sur ma hanche gauche. J'ai pris une balle, mais ça cicatrise comme il faut. Ça tire un peu à la fin d'une longue journée, mais rien que je ne puisse supporter.

Ça me faisait mal à cet instant, et les chaussures ridicules que j'avais mises pour cette nouba n'aidaient pas vraiment. Mais je n'allais pas partager ces considérations vestimentaires avec Tom.

— Et votre coéquipier ? Hernandez, c'est ça ?

— J'avais oublié que vous vous connaissiez, tous les deux. Ce salaud m'a laissée tomber, dis-je avec un énorme sourire.

— Il a enfin pris sa retraite ?

— Meredith a pété un câble quand je me suis fait tirer dessus, dis-je en parlant de sa femme. Elle a dit que j'étais jeune et que je m'en remettrais. Mais qu'à son âge à lui, ça l'aurait cloué sur un lit d'hôpital, handicapé à vie, voire tué s'il avait chopé un de ces méchants virus dont on parle et qui infestent les hôpitaux. Meredith est du genre inquiète et hypocondriaque. Pas idéal pour une femme de flic. Mais il était prêt. Ils ont déménagé dans le Wisconsin. Une vieille maison victorienne dont elle a hérité il y a quelques années. Ils la louaient jusqu'ici, mais je crois qu'Hernandez va passer beaucoup de temps à la réparer. (Je haussai les épaules.) Moi, je deviendrais folle, mais je crois qu'il était plutôt content du projet.

— Et qui le remplace, alors ?

— Personne, pour l'instant. Le capitaine a dit qu'il désignerait quelqu'un quand je rentrerais de convalescence.

Je vis le coin de son œil se plisser.

— Et je constate que vous faites de votre mieux pour vous reposer et récupérer.

Je fis les gros yeux.

— Ces maudits médecins. Je vais parfaitement bien, mais ils ont insisté pour que je prenne dix jours de plus. Alors je fais une petite enquête en sous-marin.

Il regarda la pièce richement décorée.

— Et vous croyez que cette fille qui a disparu se cache au milieu des robes chic et des bouteilles de champagne ?

— Hélas, elle ne me facilite pas la tâche. Elle était stripteaseuse, ajoutai-je, et, quand son regard se posa sur Evan Black, je sus qu'il avait fait le lien.

— Vous pensez que les Chevaliers savent quelque chose au sujet de sa disparition ?

— Vous parlez de Black, Sharp et August ? Ouais, peut-être. Eux ou quelqu'un qui travaille au Destiny. Quoi qu'il en soit, c'est un point de départ. (Je regardai Tyler de l'autre côté de la pièce.) Vous les avez appelés les Chevaliers ?

Il glissa la main dans sa poche.

— C'est Howard Jahn qui leur a donné ce surnom, si j'ai bien compris. Et c'est resté. Vous savez qui était Jahn, je suppose ?

— Bien sûr.

Tout le monde savait que feu Howard Jahn, un des hommes d'affaires les plus vénérés de Chicago, avait été le mentor de Tyler Sharp, Cole August et Evan Black.

Cette relation m'avait d'ailleurs amenée à me questionner sur les soupçons que Kevin avait, concernant ces trois hommes. J'avais fait mon enquête, Howard Jahn avait un casier judiciaire totalement vierge, et il avait laissé un héritage époustouflant qui comprenait une fondation caritative et un siège, en tant que fondateur, à l'école de commerce de l'université de Northwestern. Si Sharp, August et Black avaient les mains aussi sales que Kevin le prétendait, Jahn les aurait-il vraiment fréquentés ?

Je n'en savais rien. Mais j'avais bien l'intention de le découvrir.

— Voilà pourquoi je suis ici, dis-je à Tom. C'est quoi, votre histoire à vous ? Je devrais savoir quelque chose ?

— Je suis ici de façon totalement non officielle. Je connais le père d'Angelina, le sénateur, depuis des années, et je l'ai rencontrée assez souvent quand elle sortait avec Kevin. Je connais même le marié. Je l'ai croisé il y a quelques mois pour une opération.

— Attendez, revenez en arrière une seconde. Vous parlez de Kevin Warner ? Il sortait avec Angelina ? Pourquoi n'est-il pas là ?

— Ce n'était pas la meilleure des ruptures. Le fait qu'il ait tenté de coincer le fiancé d'Angie pour violation du Mann Act n'a pas vraiment aidé.

— Je peux comprendre, dis-je, tandis qu'un bourdonnement de colère grandissait dans mon ventre. (Je fis tout mon possible pour garder un air décontracté et une voix naturelle.) J'ai une question – je sais que vous ne pourrez sans doute pas m'en dire beaucoup, mais à quel point pensez-vous que ces trois-là trempent dans quelque chose d'illégal ? Je sais qu'ils ont obtenu l'immunité en ce qui concerne le Mann Act quand il y a eu le démantèlement de ce réseau, mais…

— Mon avis ? En général, je pense qu'il n'y a pas de fumée sans feu, dit-il en confirmant mon opinion sur la culpabilité et les accords d'immunité. Mais ce qui me fait m'interroger, concernant ces trois-là, c'est le sénateur Raine.

— Que voulez-vous dire ?

— C'est lui qui dirigeait la force de frappe du Mann Act, donc, j'imagine qu'il en sait plus que quiconque à leur propos, du moins en ce qui concerne les accusations de trafic d'humains dont ils font l'objet. Je crois qu'il pense que tout ça n'est pas vrai. Si ce n'était pas le cas, ajouta-t-il en pointant Angelina du menton, je vois mal comment ce mariage irait jusqu'au bout.

Sa remarque était juste.

— Kevin a l'air convaincu qu'ils trempent dans toutes sortes de conneries.

Tom fit la moue.

— Peut-être que les raisons de Kevin ne sont pas purement professionnelles, dit-il. Quand bien même, il n'est pas fou de penser que ces trois garçons ont joué du mauvais côté de la barrière une fois ou deux. Mais je ne vous ai rien dit.

— Dit quoi ? demandai-je sur un ton innocent, en essayant d'organiser mes pensées.

Je ne savais pas ce que mijotait Kevin, mais j'étais certaine qu'il préparait quelque chose, et je n'avais aucune intention de le laisser se servir de moi.

— Je vais aller saluer la fiancée, dit Tom. Je ne suis en ville que pour la soirée, mais si vous avez besoin de quoi que ce soit, n'hésitez pas à appeler mon bureau à Washington.

— Merci, dis-je, je dois bien l'avouer, d'une façon un peu distraite.

À la fois à cause de cet accès de colère soudain contre Kevin, mais aussi de mon incapacité à trouver comment exploiter cette chaleur que j'avais vue dans les yeux de Tyler. J'avais juste envie de faire dégager la bimbo pour récupérer ma place à côté de Tyler. Mais même si j'y étais arrivée sans me faire massacrer dans une bagarre de femmes enragées, ce n'était pas le chemin que je voulais suivre. Pour l'instant, j'avais les cartes en main. Si je cédais au désir et que c'était moi qui le rejoignais, je perdais cet avantage.

Non, je voulais que ce soit lui qui vienne. Mais je ne savais pas comment l'inciter à le faire. Et puis j'eus une idée.

— Tom ! lançai-je. Monsieur Cray !

Il n'avait fait que quelques pas et se retourna, le sourcil froncé et l'air interrogateur.

— Maintenant que vous le dites, il y a bien quelque chose que vous pourriez faire pour moi tout de suite.

Chapitre 4

Une demi-heure plus tard, j'étais sur la piste de danse dans les bras de Murray Donovan, un journaliste qui, d'après Tom, avait harcelé les filles du Destiny et s'était ainsi mis les Chevaliers à dos. Si on prenait en considération ce que m'avait dit Kevin, sa présence à cette soirée faisait de lui un homme très courageux – ou alors, le dernier des idiots.

Aussi idiot soit-il, il faisait parfaitement l'affaire pour mon plan.

De toute la liste de candidats que Tom m'avait exposée, il était à vrai dire mon second choix. Le premier était un courtier en immobilier appelé Reggie, dont je m'étais extirpée au bout de cinq minutes à peine. Il m'avait collée d'un peu trop près, et franchement, entre son haleine de bière mêlée aux côtes de porc aux asperges du buffet dont il s'était gavé et sa façon de me peloter le cul, difficile de dire ce qui m'avait le plus agacée.

Murray, lui, au moins, n'était pas un peloteur. Mais même ce petit avantage ne fit plus le poids, quand il se mit à déblatérer de façon stupide et peu judicieuse sur les femmes en général. Et sur les filles du Destiny en particulier.

— Je dis juste que ça n'a aucun sens, selon moi, dit-il en faisant référence à la façon dont les filles avaient non seulement refusé ses demandes incessantes d'interview, mais avaient demandé aux Chevaliers d'intervenir pour faire cesser son harcèlement.

— Peut-être que les filles ne voulaient pas figurer dans un article de magazine.

— Foutaises. L'article les aurait mises sous le feu des projecteurs. Il les aurait sans doute sorties de leur vie de merde. Quelle femme ne voudrait pas qu'on parle d'elle dans une revue nationale ?

— Moi, je ne voudrais pas, dis-je.

Je m'étais redressée depuis que j'avais entendu son commentaire sur « leur vie de merde ». Lors de ma première année en tant que détective, j'avais arrêté un violeur qui s'en prenait aux stripteaseuses. C'est comme ça que j'avais connu Candy. Elle ne faisait pas partie des victimes, mais elle avait bossé deux des trois soirs où il y avait eu des agressions, et elle avait un bon œil, une mémoire solide des visages et une tendance à écouter les conversations des clients.

Comme plusieurs autres danseuses du club, elle était mère célibataire et n'avait jamais fini le lycée. Elle élevait un gamin, étudiait pour passer son bac et faisait tout son putain de possible pour s'en sortir et avoir une vie décente.

Son boulot était parfait – il payait les factures et lui laissait le temps d'étudier et de rester avec son petit garçon. En trois ans, elle avait obtenu son diplôme et avait commencé à prendre des cours de commerce à la fac des environs. Elle avait quitté le podium de danse pour les bureaux du club en tant que manager, et s'était fiancée avec le barman sur lequel elle avait eu des vues dès son premier jour de boulot. Sans oublier qu'elle était ravie d'être enceinte de son deuxième gamin. Elle s'était construit une vie, une bonne vie, et tout ça grâce à ce boulot.

Bien évidemment, il existait des clubs où on traitait les filles comme de la merde, les clients encore plus mal, et où dans l'arrière-boutique avaient lieu des opérations aussi lucratives qu'illégales. Mais Candy ne travaillait pas dans un de ces endroits et ce n'était pas ce qu'elle voulait. C'était une danseuse qui rêvait d'avoir sa propre boîte un jour et elle n'aurait jamais, au grand jamais, accepté d'être le sujet d'un article de magazine qui aurait suggéré que le club était miteux ou qu'elle luttait pour se sortir de sa vie de merde. C'était juste une femme qui faisait de son mieux pour qu'elle et son fils s'en sortent, et bon sang que je la respectais pour ça. Il était clair que ce n'était pas le cas de Murray Donovan.

— Pour rien au monde je n'apparaîtrais dans ce genre d'article, répétai-je, juste pour qu'il comprenne bien le message.

— Bon sang, bien sûr que non. Pas vous. Ça se voit rien qu'à vous regarder. Vous avez bien trop de classe, ajouta-t-il, comme pour m'énerver encore plus. Qu'est-ce que vous faites, chérie ?

— J'ai pour habitude de casser le nez des connards qui m'appellent chérie.

Il gloussa.

— C'est bien ce que je dis. Vous avez bien trop de mordant, de fougue pour vous prostituer comme ça.

Honnêtement, cette histoire de cassage de nez était de plus en plus tentante.

— Allez, sérieusement, que faites-vous dans la vie ?

— Je suis fonctionnaire.

— Et voilà, dit-il sur un ton qui semblait souligner que je venais de confirmer la théorie de la gravitation universelle. Un métier honnête. Intègre. Respectable. Vous ne prendriez pas un boulot qui consisterait à servir des verres torse nu, ou à glisser de haut en bas sur une barre en acier.

— Vous croyez ça ?

Ma voix était glaciale. Mon regard encore plus.

— Vous le feriez ?

— C'est mon corps, et si je peux me faire plus en dansant quatre heures sur une barre qu'en agonisant huit heures derrière un bureau, pourquoi pas ? Surtout si je suis des études en même temps et que j'ai un gosse à nourrir.

— Je ne vous crois pas, vous dites ça par esprit de contradiction. J'aime ça chez une femme.

Oh ! mon Dieu, que quelqu'un m'achève sur-le-champ.

Je regardai fébrilement dans la salle en espérant voir Tyler bouillir de colère dans un coin, sur le point de venir me sauver. Je savais qu'il nous avait vus tous les deux ensemble, parce qu'il avait regardé dans notre direction quand je m'étais glissée dans les bras de Murray tout à l'heure. Mais il n'y avait aucun signe d'un quelconque Chevalier venant à ma rescousse.

Soit Tyler Sharp avait une volonté de fer, soit il n'en avait rien à foutre.

J'espérais vraiment qu'il s'agissait de la première option.

Je tins encore cinq minutes, puis m'excusai en prétendant devoir aller aux toilettes. Ce n'était pas le cas, mais j'en profitai pour mouiller une serviette et la tamponner contre ma nuque. Un truc pour me calmer. On ne peut pas dire que ça fonctionnait vraiment bien.

Je ressortis, toujours aussi tendue à cause de ma rencontre désagréable avec Murray. Je n'avais plus qu'un plan, rentrer chez moi et repenser les choses le lendemain matin. Mais je retombai sur Reggie, le peloteur de cul.

Putain.

— Vous voilà, dit-il en m'envahissant de son odeur de bière. Je pensais que vous m'aviez échappé.

— Moi aussi, dis-je avec un sourire où la froideur se mêlait à la minauderie.

Les gens qui m'entouraient riaient, dansaient et s'amusaient. Et moi j'étais là, coincée dans ma conception personnelle de l'enfer.

— Une autre danse ?

— Non. Merci, mais non.

Il s'approcha encore plus près. Je reculai d'un pas.

— Je pensais qu'on s'entendait bien tous les deux.

— Ce n'est vraiment pas le cas.

Il se mit à rire comme si je venais de dire la chose la plus drôle au monde, puis glissa son bras autour de ma taille.

Je me dégageai brusquement.

— Bas les pattes, mec.

— Putain, tu es tellement belle.

— Croyez-moi, vous voulez reculer d'un pas, dis-je en réussissant à parler malgré mes dents serrées.

— Ce que je veux, c'est te goûter.

Ma main se serra en poing. Et merde…

— Si j'étais vous, je ferais ce que la dame vous a dit.

Tyler.

Je me dégageai du peloteur de cul, tandis que Tyler le tirait loin de moi.

— Je suis sérieux, Reggie, dit Tyler.

Le charme habituel de sa voix avait disparu, remplacé par une dureté glaciale.

— Je… je ne savais pas qu'elle était avec vous, Tyler. Sincèrement. Je veux dire, elle a dansé avec moi, et…

— Sloane partage mon goût pour les œuvres de charité.

— Quoi ?

Reggie fronça un sourcil.

— Mais nous ne sommes pas à un gala de bienfaisance, et…

Sa bouche se referma. Puis la colère et l'affront envahirent son visage.

— C'est *moi,* l'œuvre de charité ? Alors écoutez-moi bien, Sharp. Il n'y a pas moyen que…

— Si, dit Tyler calmement. Vous allez partir. Et tout de suite.

Les yeux de Reggie se posèrent sur moi.

— Vous pouvez mieux faire.

— Que vous ? Oh, ça ne fait aucun doute.

C'était un coup bas, mais le type était un gros con, et j'avoue avoir été contente en voyant son cou se contracter de colère.

— Vous vous méritez l'un l'autre, tous les deux.

Tyler se retourna vers moi, ignorant Reggie qui s'en allait.

— C'est la première chose sensée que dit cet homme.

— J'aurais pu m'en débarrasser toute seule.

— Je n'en doute pas une seconde.

Il baissa les yeux sur mon poing toujours serré.

— Mais je ne crois pas qu'Angie aurait apprécié que tu le mettes K-O. Les hôtels de luxe comme celui-ci augmentent l'addition, quand les femmes de ménage doivent nettoyer du sang.

Je ris, ce qui me détendit un peu.

— Soit. Je suppose que je dois donc te remercier de m'avoir sauvée. Même si ça t'a pris un temps fou.

— C'est une critique ?

Sa main glissa autour de ma taille, mais plutôt que de me dégager comme je l'avais fait avec Reggie, je dus me retenir pour ne pas m'écraser contre lui.

— Simple observation.

Il m'entraîna sur la piste de danse, puis commença à balancer en rythme avec les doux accords de la musique. Je me sentais légère, comme si les mains de Tyler étaient la seule chose qui me gardait sur terre.

— Je suis ravi de l'entendre, dit-il. Mais je pense avoir un peu perdu de ma crédibilité en tant que *bad boy* chevaleresque.

— Un peu.

Ma voix chuchotait, j'avais envie de fermer les yeux et de fondre sous la chaleur que provoquait sa main sur mon dos nu.

Je m'étais perdue dans un tourbillon de sensations et d'émotions. Je tâtonnai à l'aveugle pour essayer de me raccrocher à la moindre corde, mais j'échouai lamentablement. Je ne suis pas le genre de femme à perdre tous ses moyens dans les bras d'un homme, mais à cet instant, j'étais en train de me décomposer. Et mon secret sombre et angoissant, c'était que j'aimais ce que je ressentais.

— Je suppose qu'il faudra que je la gagne à nouveau.

Ses mots, murmurés à mon oreille, glissèrent le long de ma peau comme un courant électrique. Ce n'étaient que des sons dénués de sens. Juste les tons graves et sexy de sa voix.

— Humm ? demandai-je stupidement. Gagner quoi, à nouveau ?

— Ma crédibilité. Tu as dit que j'avais perdu ma crédibilité de *bad boy* chevaleresque.

— Oh… Oui.

Je réussis à retrouver mes esprits et levai la tête vers lui. Je vis le désir dans le feu bleu de ses yeux et le laissai m'envelopper, profitant de sa chaleur.

— Oui, je crois qu'il va le falloir. Qu'est-ce qu'un chevalier sans réputation chevaleresque ?

— Pour info, ça valait la peine, il fallait rétablir la vérité.

— Et de quelle vérité parles-tu ?

Son expression changea, et je me sentis à nouveau piégée par son regard. J'avais l'impression que c'était plus que du simple désir, j'avais l'impression qu'il était en train de m'affirmer que je lui appartenais.

— Je n'ai pas aimé que tu me laisses en plan. Et je crois que tu n'as pas aimé que je sois loin de toi.

— Non, admis-je. Je n'ai pas aimé ça.

Je baissai à nouveau la tête, je ne voulais pas qu'il puisse analyser de trop près l'expression de mon visage. Non pas parce que j'étais en train de mentir, mais parce que mes mots étaient, au contraire, plus sincères que je n'aurais aimé l'admettre.

Sa main caressa doucement mon dos et on continua à tanguer sur la piste. Je m'appuyai contre lui en soupirant, mon corps était chaud et à deux doigts de fondre.

— Souviens-toi de ça, dit-il d'une voix douce. Ne me laisse plus jamais en plan.

Mon corps mou se contracta d'un coup, je m'arrêtai et me dégageai de ses bras pour le regarder bien au fond des yeux. Les couples qui nous entouraient tournaient toujours, mais je les remarquais à peine.

— Tu te fous de moi ?

— Non, dit-il simplement. Pas du tout.

Il m'attira à nouveau contre lui, et en un seul geste, nous avions rejoint le reste des danseurs.

— Bon sang, tu es du genre sûr de toi.

— Très. À quoi t'attendais-tu ? Tu t'es dit que me laisser en plan allait m'agacer ? Que ça allait me faire te désirer encore plus, ou quelque chose comme ça ?

Sa voix, chaude et grave, provoqua des frissons le long de mon corps.

— Je vais te dire un secret, Sloane. Je te désire déjà encore plus. Je t'ai vue, et j'ai su que j'avais envie de toi.

Je me léchai les lèvres, mais ne dis pas un mot. D'abord parce que je voulais savoir où cette conversation allait nous mener, mais aussi parce que j'avais peur d'en dire trop.

Il s'arrêta au milieu de la piste, puis recula d'un pas pour me regarder de bas en haut.

— Je ne sais pas à quel genre de jeu tu joues, mais je m'en moque.

Je secouai la tête.

— Je ne joue à aucun jeu.

— Ah non ?

Son regard s'attarda sur mon visage, et je dus résister à l'envie de me retourner, j'avais peur qu'il ne voie la vérité dans mes yeux.

— Dommage, dit-il. Parce que moi, si. J'ai commencé à jouer dès l'instant où je t'ai vue.

J'avalai ma salive, je ne savais pas si je devais m'enfuir ou me blottir dans ses bras.

— Je ne comprends pas.

— Oh si, dit-il. Je crois que tu comprends très bien. (Son regard avait beau être doux, je voyais la passion et le danger dans ses yeux.) Tu es le prix, Sloane. Et je suis là pour le gagner.

— Moi ?

— Toi, dit-il.

Il s'approcha encore, et l'intensité de mon désir sembla faire scintiller l'air qui nous séparait.

— Est-ce que cela t'excite, Sloane ? De savoir que je te désire ? Que j'ai envie de toi ?

— Oui.

Ma voix s'était effacée. Un murmure. Mon cœur battait à un rythme insensé. Je commençai à réaliser ma victoire, pourtant, ce n'était pas un sentiment de victoire qui brûlait mes veines, mais la passion. Une passion brute et animale que je n'avais jamais ressentie, mais que je ne pouvais pas nier apprécier.

— Mon Dieu, oui.

Il posa les mains sur ma taille et m'attira à nouveau contre lui, puis glissa doucement pour frôler la courbe extérieure de mes seins. Je pris une inspiration tremblante, et même si ma seule envie était de fermer les yeux et de laisser le plaisir m'envahir, la raison me revint d'un seul coup.

— Les gens, murmurai-je pour protester. Tyler, il y a tous ces gens.

— Ça te gêne ?

— Je… oui. Peut-être.

Il gloussa, et je sentis mes joues rougir.

— Très bien. Suis-moi. Mon Dieu, Sloane, suis-moi tout de suite.

Sa voix semblait aussi brute que mes émotions, il zigzagua entre les danseurs jusqu'à l'autre côté de la salle, et je le suivis de mon plein gré. Avec hâte. Et un peu étourdie, ne serait-ce que par l'excitation de savoir que mon plan se déroulait à merveille, et que j'étais sur le point d'en savourer les avantages collatéraux.

Il me conduisit dans l'arrière-cuisine, on traversa une porte camouflée qui donnait sur un couloir de service aux murs de béton remplis de chariots recouverts d'assiettes. La zone de mise en place pour le buffet et les serveurs, réalisai-je, sans qu'on m'en laisse vraiment le temps. Tyler me plaqua contre le mur, serrée entre deux tables, ses mains sur mes seins.

Il pinça doucement mes tétons déjà très sensibles, et une onde brûlante de désir fusa de mes seins à mon sexe. Je voulus protester en disant qu'on était toujours entourés, mais j'eus le souffle coupé par le plaisir. Les serveurs. Quelques femmes de chambre. D'une certaine façon, ça ne me dérangeait plus vraiment. Tout ce que je voulais, c'était sa main sur mon corps.

— Est-ce que je devrais te le dire ? demanda-t-il.

Est-ce que je devrais te dire exactement ce dont j'ai envie ? Exactement ce que je veux te faire ?

Sa bouche était tout près de mon oreille, si proche que je pouvais sentir ses lèvres m'effleurer, tandis que ses mots m'excitaient. Je ne voulais pas que tout ça m'obsède – je ne voulais pas sentir mon corps se liquéfier sous la violence du désir. Mais bon sang, il m'y conduisait peu à peu, et j'allais bientôt me noyer sous les vagues de ses mots.

— Dois-je te décrire de façon détaillée comment je vais te caresser ? Comment le bout de mes doigts va jouer avec tes tétons ? Comment ma langue va danser le long de la courbe de ton oreille ? Est-ce que ça te ferait mouiller de savoir à quel point je bande ? À quel point j'ai envie de m'enfoncer au plus profond de toi ?

Je fis un tout petit bruit. J'avais, je crois, essayé de dire oui.

Ses mains glissèrent vers le bas, le long de mes hanches, puis attrapèrent mon derrière. Il m'attira contre lui, je sentis sa cuisse contre mon sexe, il appuyait si fort que je sentis aussi la bosse de son érection contre mon bas-ventre. Je tendis instinctivement les bras pour garder l'équilibre et trouvai le bord des deux tables de service. Je m'y agrippai désespérément, parce que je savais pertinemment que si je lâchai, ne serait-ce qu'une seconde, je viendrais me liquéfier sur le sol.

— J'imagine que tu as un goût de miel, murmura Tyler. Et quand je glisserai ma langue entre tes jambes, je me perdrai dans ton jus sucré. Je veux voir ton visage quand l'orgasme montera en toi. Je veux te sentir trembler sous moi. Et quand tu exploseras enfin, je veux te tenir fermement dans mes bras et que mes baisers te ramènent à la réalité.

Je frissonnai, le corps brûlant et crépitant. J'étais excitée, mes seins étaient lourds, mon sexe désespéré. J'avais envie qu'il me touche – envie qu'il me fasse tout ce qu'il avait dit.

Bon sang, j'avais simplement envie.

Je pris une inspiration. Une fois, deux fois. Il fallait que je me reprenne, que je retrouve mes esprits. Il fallait que je maintienne un semblant d'apparence, qu'il ne voie pas qu'il m'avait complètement anéantie rien qu'avec ses mots.

— Waouh, réussis-je finalement à dire. Tu ne perds pas de temps, n'est-ce pas ?

Il eut un sourire amusé et décontracté.

— Pour ma part, j'ai toujours pensé que le temps était une chose bien trop précieuse pour qu'on le gâche.

Il caressa ma joue, mes cheveux. Ses doigts s'emmêlèrent dans mes cheveux. De plus en plus loin, pas assez pour que cela me fasse mal, mais suffisamment pour que je sois surprise quand il me tira la tête en arrière et plongea ses yeux dans les miens. Leur bleu était désormais glacial. Comme une tempête de neige dont le froid avait aussi teinté sa voix.

— Dis-moi la vérité, Sloane, est-ce que tu me fais perdre mon temps ?

Je sentis le sang me monter à la tête, mon pouls s'accélérer. Il ne s'agissait pas de peur – pas vraiment. Il s'agissait d'excitation. De défi. Et, oui, d'un peu de frustration aussi, parce que la victoire que j'avais si avidement proclamée n'était apparemment pas si sûre.

— Lâche-moi, dis-je, sur un ton aussi froid que ses yeux. Je ne sais pas de quoi tu parles.

Il lâcha mes cheveux et recula d'un pas. Je me redressai et en profitai pour calmer mes nerfs. En dépit de mon cœur qui battait comme un fou, tout ce qui m'importait à cette seconde, c'était de la jouer cool. Comme lorsque j'interrogeais un suspect, je ne devais pas lui montrer qu'il m'avait déstabilisée.

— Je sais à quel jeu je joue, dit-il. J'essaie de comprendre le tien.

— Je ne joue à aucun jeu, dis-je, en mentant.

— Tout le monde joue un jeu.

Il n'y avait aucun humour dans sa voix. Je ne dis rien. J'avais déjà nié et me répéter ne me mènerait nulle part.

— Beaucoup de gens veulent quelque chose de moi, Sloane. Qu'est-ce que tu veux, toi ? Que je te présente quelqu'un ? De l'argent ? Je veux savoir pourquoi tu es ici. Je veux savoir ce que tu veux.

Je secouai doucement la tête.

— Je ne suis pas là pour l'argent, si c'est ce que tu crois. Et je t'ai déjà dit ce que je voulais. Bon sang, *tu* m'as déjà dit ce que je voulais.

Je fis un pas en avant, puis posai la main sur sa queue, elle était dure sous son pantalon bien ajusté. J'observai son visage tandis que je le touchais. Je ne bougeais pas, je ne faisais que le toucher.

— *Je veux te sentir trembler sous moi.* Voilà ce que tu as dit. C'est ce que je veux moi aussi. Mon Dieu, Tyler, n'est-ce pas évident, ce que je veux ? Ce pour quoi je suis venue ici ? J'ai envie de toi.

Je sentis sa queue se durcir encore sous ma main. Il regarda vers le bas, puis à nouveau mon visage.

Le sien était dur et saillant, comme s'il luttait pour garder le contrôle.

— Ne bouge pas, dit-il. Ne respire même pas.

— Je…

— Non.

Il appuya un doigt sur ma lèvre avant de le faire descendre. Il effleura mon menton, le long de mon cou, il suivit délicatement mes salières. Puis, plus bas, il traça des cercles autour de mon téton, je retins mon souffle et me mordis la lèvre pour empêcher les sons, qui voulaient désespérément s'échapper de moi, de sortir.

Je portais une robe dos nu, deux triangles de tissu partaient de ma taille et allaient se nouer autour de mon cou. Il suivit le tissu, son doigt caressa ma nuque juste en dessous du nœud.

— Devrais-je la dénouer ? La faire tomber ? Devrais-je prendre tes seins nus dans ma bouche ici même, jouer avec ton téton entre mes dents ? Dis-moi la vérité, Sloane, est-ce que ça t'exciterait ?

J'avalais avec difficulté. Ma bouche était si sèche. Je pensais aux serveurs. Aux appareils photo des téléphones portables. À Internet et à ces images de nous, de sa bouche sur mon sein, ma tête plongée en arrière, mes lèvres entrouvertes de plaisir. J'y pensais et sentis l'accélération dans mon ventre. La contraction de mon sexe.

J'y pensais – et je murmurai la seule réponse que je pus lui donner :

— Oui.

— C'est bien, dit-il tandis que sa main se faufilait vers le bas sans toucher ma robe.

Je soupirai de soulagement, puis suffoquai quand

son doigt s'aventura le long de mon décolleté. Il glissa sa main juste assez loin sous le tissu pour que ses doigts s'amusent un peu et que la chaleur de sa paume enveloppe ma poitrine.

— Tyler, dis-je en gémissant quand il retira sa main.

Je m'agrippais toujours fermement aux tables de chaque côté, parce si je les lâchais, il était évident que j'allais m'écrouler.

— Chut, dit-il en s'approchant. (Sa main se faufila autour de ma taille et trouva la fermeture Éclair au dos de ma robe. Il l'ouvrit tout doucement.) Maintenant, écarte les jambes, ordonna-t-il en glissant sa main dans ma robe, du creux de mes reins à la courbe de mon cul.

Je portais une culotte élastique en dentelle, il caressa ma peau nue avant de trouver la bande de tissu humide entre mes jambes. Il la tira sur le côté. Il me chercha et j'entendis le son désespéré de mon propre gémissement, puis je suffoquai quand il glissa facilement un doigt en moi et que mon corps se contracta autour de lui.

Il grogna de satisfaction.

— Mon Dieu, tu es trempée, dit-il, la voix étranglée. Je sais que tu as envie de moi, Sloane. Et Dieu sait que j'ai envie de toi, moi aussi.

Son doigt pénétra mon sexe, une fois puis deux, puis il retira sa main et je dus me mordre la lèvre inférieure pour ne pas laisser échapper un cri plaintif.

— Mais il y a quelque chose d'autre dans cette jolie tête, ajouta-t-il en remontant la fermeture Éclair de ma robe, me laissant, par conséquent, avide, perdue et frustrée. Et je découvrirai ton secret.

Il recula d'un pas, puis s'arrêta pour me regarder de haut en bas. J'essayais d'imaginer ce qu'il voyait. Mes fringues en vrac. Ma peau rougie. Mais je relevai la tête, bien déterminée à ne pas me laisser intimider.

Il marcha jusqu'à la porte et l'entrouvrit. Les bruits de la fête flottèrent doucement jusqu'à nous, résonnèrent dans le couloir de service. Ses yeux plongèrent dans les miens et, l'espace d'un instant, je vis la vraie profondeur et la vraie puissance de cet homme qui tenait Chicago au creux de sa main.

— Je vais te donner ce que tu veux, Sloane, dit-il. Ce que nous voulons tous les deux. Mais réfléchis bien avant de te décider. J'aime certaines choses. J'attends certaines choses de la part de la femme qui est dans mon lit. Et je ne joue selon aucune règle à part les miennes.

Chapitre 5

J'attendis que la porte se referme, puis m'écroulai sur le sol, le dos contre le mur, entre deux tables recouvertes de desserts.

Il m'avait déstabilisée, aucun doute là-dessus. Déstabilisée, intriguée, attirée. Mon plan avait peut-être été de séduire l'homme, mais je ne pouvais pas nier le fait qu'il avait inversé la vapeur, et encore moins que cela m'avait plu.

Parce que ça m'avait plu. Que Dieu me pardonne, je n'avais joué aucun rôle. Ça m'avait plu. *Il* m'avait plu.

Comment diable était-ce possible ? Bon sang, je savais que cet homme était un escroc. Un voleur. Peut-être même bien pire. Un homme qui faisait un doigt d'honneur à la loi et au système que j'avais juré de faire respecter. Il représentait tout ce contre quoi je luttais. Merde, il était tout ce que j'évitais d'habitude. Tout ce que je m'évertuais désespérément à ne pas être.

J'essayai violemment d'effacer les images qui me venaient à l'esprit. Celles contre lesquelles je bataillais chaque putain de jour. Le sang. La peur. La culpabilité. Le bruit d'un pistolet qui fait feu résonna dans ma tête, mélangé aux hurlements des sirènes de police et aux gémissements violents et profonds d'une douleur déchirante.

Tyler Sharp était ce genre d'homme qui aimait plier la loi jusqu'à ce qu'elle se brise. Et moi, qui essayais de recoller les morceaux de toutes mes forces, bon sang, qui m'évertuais à réparer tout ce que j'avais moi-même un jour cassé, moi, pourtant, j'étais prête à me glisser dans son lit !

Ma mission ne pouvait même pas me servir d'excuse. C'était peut-être le point de départ, mais moi, et moi seule, la poursuivais. C'était moi qui avais envie d'aller plus loin.

Je pris une inspiration et me passai la main dans les cheveux. Je ne lui faisais pas confiance, pas le moins du monde. Mais je voyais à travers lui. Tyler Sharp était beaucoup de choses, mais il était surtout beaucoup plus que cette attitude cool qu'il affichait. C'était un homme qui aimait la vie, qui acceptait le monde comme il était, et qui ne tolérait aucune connerie de qui que ce soit.

J'admirais ces qualités, et pendant l'espace d'une toute petite seconde, j'aurais aimé être une fille sans plan et sans attente. Une femme, pas un flic. Une femme qui n'aurait rien su de toutes les taches qui noircissaient son casier judiciaire. Qui ne serait pas à cet instant en train de chercher la meilleure façon de se rapprocher de lui, pour le faire parler et obtenir des infos.

Il était là, le nœud de toute cette histoire : la femme

contre le flic. La femme voulait son corps, ses caresses. Elle voulait ressentir la chaleur qu'il provoquait en elle, au plus profond d'elle-même.

Le flic savait qu'une fois qu'on a baisé un mec, on risque un angle mort, surtout si ce mec, vous l'avez déjà dans la peau.

Je m'étais peut-être servie de la séduction comme d'un outil pour mon plan, mais Tyler Sharp, lui, s'en était servi comme d'une arme, et il m'avait touché en plein cœur. Il avait vu derrière mon jeu le véritable désir en moi, et il l'avait utilisé à son avantage. Il en avait usé. Il avait pris le contrôle.

Mon Dieu, j'étais un cliché ambulant. La femme forte, renversée par le mec cool avec une queue bien dure.

Sans doute. Mais je n'avais pas l'intention d'oublier mon objectif pour autant. J'étais venue à Chicago pour retrouver Amy, et à cet instant, Tyler Sharp et le Destiny étaient mon meilleur point de départ.

Bref, j'allais rester. J'allais passer cette porte, retourner à la fête, et j'allais le rejoindre. Je le savais, et je savais à la façon dont Tyler m'avait regardée qu'il le savait lui aussi.

La fête battait toujours son plein quand je revins dans la salle. Je suppose que c'était logique, car je m'étais absentée moins d'une demi-heure. Mais mon monde avait été tellement chamboulé dans ce laps de temps qu'il me sembla un peu étrange que tout soit exactement comme avant.

Puis je vis Tyler de l'autre côté du restaurant, je le vis me regarder. Je vis la chaleur de ses yeux.

Non, pensai-je. *Rien n'est plus comme avant.*

J'envisageai une seconde de me la jouer faussement timide, mais je me dis que cela ne devait pas être le genre de truc qui plaisait à Tyler. Et, surtout, je n'en avais aucune envie. Il avait clairement jeté la balle dans mon camp. C'était à moi de la lui renvoyer.

Je tendis mon sac à main à un des serveurs et empruntai un stylo au barman pour gribouiller un mot sur une serviette en papier. Je la pliai, appelai l'une des serveuses et la lui confiai.

— Assurez-vous que cela lui parvienne, à lui, dis-je en pointant Tyler du doigt.

Elle me lança un sourire entendu.

— C'est comme si c'était fait. Bonne chance.

— On se passe des mots pendant les cours ? demanda Kat en croisant la serveuse qui s'éloignait.

— Quelque chose comme ça.

— Je vous offre un autre verre de vin ? ajouta-t-elle, en montrant deux doigts au barman.

— Ils sont gratuits, dis-je.

— Ne laissez pas ce détail ternir ma générosité.

Elle prit les verres et m'en tendit un.

— Au succès, lança-t-elle en levant son verre pour trinquer.

— Quel succès ?

— À celui-ci. Quel qu'il soit, dit-elle en désignant de la tête la serveuse qui venait juste d'arriver à la hauteur de Tyler.

Je le vis prendre le mot, le déplier, puis, avec une lenteur extrême, lever les yeux vers moi. *Viens ici*, articula-t-il en silence, et son ordre, chaud et séduisant, me combla.

— Eh bien, dit Kat, avec une certaine inflexion dans la voix. Tout ça est très intéressant.

Je l'entendis à peine. J'étais déjà en train de traverser la salle.

Tyler me retrouva à mi-chemin, une petite concession qui me fit plus plaisir qu'elle n'aurait dû. Je m'étais attendue qu'il fasse traîner ce petit jeu de pouvoir et me demande de venir jusqu'à lui. Le fait qu'il ne le fasse pas me donna un frisson d'un autre genre encore.

— J'ai été ravi de ton mot, dit-il en le sortant de sa poche. (Il déplia la serviette puis lut à haute voix. *J'ai envie de jouer*. Il leva les yeux vers moi.) Est-ce que tu en es sûre ?

— Tu me surprends. Tu n'avais pas l'air d'être le genre d'homme à laisser une porte de sortie à une fille.

— J'ai fait une exception pour cette fois.

Il me prit la main et la retourna, paume vers le haut. Il caressa doucement l'intérieur avec ses doigts. C'était une caresse toute simple, elle n'avait absolument rien d'érotique, et pourtant elle tourbillonna en moi, m'embrasa, nourrit le désir qui bouillonnait dans mes artères depuis qu'il m'avait laissée dans ce couloir.

— Tu ne vas même pas me demander en quoi consiste le jeu ? Ce que je veux, ce que j'attends de toi ? (Il se pencha, puis me murmura à l'oreille :) N'as-tu pas envie que je te dise exactement comment je vais te toucher ?

Si, si, avais-je envie de crier. Je voulais savoir. Je voulais être préparée. Mais cela ne faisait pas partie du jeu – ça, j'en étais sûre. Alors je résistai et secouai la tête.

— Je te l'ai déjà dit, j'ai envie de toi. C'est tout. C'est tout ce que j'ai besoin de savoir.

— Je suis ravi de l'entendre. (Il prit une boucle de mes cheveux et l'enroula négligemment autour de son doigt.) Comme ça, je n'ai pas besoin de perdre un temps précieux à te raconter comment j'ai l'intention de te déshabiller entièrement. Comment j'ai l'intention de t'allonger et de goûter à chaque délicieux centimètre de ton corps.

Je tremblais.

— Non, murmurai-je. Tu n'as pas besoin. Mais si tu as envie de me le raconter, je ne vais pas t'arrêter.

Il rit, un rire chaud et plein de vie.

— Tentant. Mais non.

Il prit ma main et nous fit traverser la salle.

— Sortons d'ici, d'accord ?

J'eus une seconde d'hésitation, comme si la réalité me faisait tout à coup douter.

Il s'arrêta et posa les yeux sur moi.

— Un changement d'avis ?

— Je... non, dis-je, bien trop vite, à en croire l'expression suffisante de son visage. Je suis juste... nerveuse, admis-je.

Il s'approcha de moi, le regard aiguisé. Sa proximité me calmait et me bouleversait en même temps.

— On dit parfois que la nervosité renforce l'excitation.

Je réussis à lui sourire avec ironie.

— Impossible, dis-je. Mon plafond d'excitation a déjà explosé.

— Chérie, il y a toujours moyen d'aller encore plus loin. (Il me prit le bras.) Suis-moi. Tout de suite, dit-il, en reprenant le chemin de la sortie.

— Tyler !

La voix grave avait surgi derrière nous.

— Attends une seconde, mec.

Tyler s'arrêta, et je me retrouvai main dans la main avec lui tandis que Cole nous rejoignait en trois enjambées.

— Qu'est-ce qui se passe ?

— Simple vérification. On est toujours bons pour demain ?

— Absolument, dit Tyler. (Il me jeta un coup d'œil.) Sloane, je te présente un de mes partenaires. Cole August.

Je tendis la main, elle disparut dans celle, immense, de Cole. Son geste, en dépit de la taille de cet homme, était étonnamment doux.

— Je ne vais pas vous retenir. Je suis sûr que Tyler et vous avez des projets.

L'expression de son visage était parfaitement plaisante, mais son ton avait quelque chose de sombre. Quand il lâcha ma main, je ne pus m'empêcher de ressentir une certaine inquiétude.

Instinctivement, je me rapprochai de Tyler et fus soulagée quand il passa son bras autour de moi.

— On se voit plus tard, dit Cole en recentrant son attention sur Tyler.

— Tout va bien ? demanda-t-il en me jetant des coups d'œil.

— Impeccable. On s'appelle demain.

— Je vais prévenir Evan.

Il se tourna vers moi, et, bien que son sourire soit radieux, ses yeux semblaient vides.

— Ravi de vous avoir connue, Sloane, dit-il, puis il se retourna en me laissant un sentiment étonnamment confus, comme si je n'arrivais pas à lire entre les lignes.

Mais Tyler me prit la main et la porta à ses lèvres. Il posa un baiser sur ma paume. Malgré la délicatesse de son geste, ce baiser provoqua une meute de sensations dans mon corps.

— Viens, dit-il.

On s'arrêta rapidement au vestiaire pour récupérer mon sac à main, et il me conduisit vers la sortie. On quitta le Palm Court et il me fit traverser le hall. Un bel endroit, richement décoré sans être prétentieux pour autant. Très bien aménagé. Confortable, tout en étant élégant.

J'avais à peine eu le temps de le voir, bon sang.

Il me tira vers la droite, puis en bas de l'escalier qui menait à la sortie. Une fois sur le trottoir, il fit signe au voiturier. Quelques secondes plus tard, une Lexus noire et rutilante s'arrêta devant nous, et le voiturier en ouvrit la portière.

Tyler me fit signe de monter, et une fois que je lui eus obéi, il posa la main sur le toit de la voiture et se pencha vers moi. Il glissa sa main sur ma nuque, emmêla ses doigts à mes cheveux. Il m'attira vers lui, posa sa bouche sur la mienne. La puissance de son baiser tambourina à travers moi, mon corps se contracta et mon pouls s'accéléra.

— Tyler, murmurai-je, quand il se redressa doucement.

Je vis de la tendresse dans ses yeux, tandis qu'il faisait un petit signe de tête au chauffeur.

— Donne ton adresse et ton numéro de téléphone à Red. Demain, dit-il. Tiens-toi prête.

Je le regardai, bouche bée. Il m'aurait balancé un seau d'eau glacée sur la tête que je n'aurais pas été plus choquée.

— Tu te fous de moi ?

— L'anticipation, ma belle, dit-il doucement. C'est le plus puissant des aphrodisiaques.

— Ah ouais ? dis-je. T'as qu'à m'anticiper ça, continuai-je en lui lançant un doigt d'honneur.

Il se mit à rire, ce qui n'était vraiment pas la réaction que je recherchais, d'autant que son sourire était un poil trop arrogant.

— Oh oui, dit-il, avec une voix aussi brûlante et profonde qu'un whisky ambré. Je vais adorer te baiser.

Oh ! Sainte Marie, Mère de Dieu. Mon corps faillit vibrer d'un mélange de désir et de frustration. Mais, je réussis à garder mon sang-froid.

— Tu aurais en effet adoré, confirmai-je d'une voix de velours. Mais bon sang, tu viens de louper ta chance.

Puis, avant que Tyler ou le voiturier ne puissent faire le moindre geste, j'attrapai la poignée et fermai cette foutue portière.

Chapitre 6

Qu'est-ce que c'était que ce bordel ? Nan, mais sérieux. Il venait de se passer quoi, là, putain ?

Je me laissai aller contre le cuir noir et doux du siège, frustrée, et fusillai du regard la nuque de l'homme qui me conduisait.

Red. Tyler m'avait dit que le type s'appelait Red, ce qui voulait sûrement dire que c'était un de ses employés, et non pas le chauffeur d'une quelconque compagnie.

J'envisageai une seconde de laisser Red faire exactement ce qu'avait dit Tyler : me reconduire chez moi. Mais il aurait fallu que je prenne un taxi le lendemain matin, pour revenir chercher ma voiture, qui était restée au Drake.

Mais surtout, je n'avais aucune envie de rentrer à la maison. J'étais stressée et tendue, et même si je savais que cet état n'était que la conséquence du seau d'eau que Tyler avait jeté sur ma libido en furie, j'essayais de me convaincre que toute cette frustration venait du fait d'avoir complètement merdé mon plan : infiltre-toi, approche-toi de l'intéressé, trouve des infos sur Amy.

Je pris une grande inspiration pour me rappeler pourquoi j'étais venue à cette soirée. Et ce n'était pas pour me glisser dans le lit de Tyler – même si ç'aurait été un plus, à n'en pas douter. Mais à cause d'Amy.

Ce n'était donc pas parce que Tyler m'avait claqué la porte au nez qu'il fallait que j'enterre mon objectif initial.

J'avais un plan B. Et même s'il était risqué dans l'absolu, il n'était pas plus risqué que de se foutre à poil devant un homme que l'intégralité des forces de police du Midwest considérait comme un criminel. Avec un peu de chance, ce plan pourrait même réussir.

Nous étions sur Lake Shore Drive ; je me penchai vers Red pour lui dire de faire demi-tour sur Michigan Avenue.

— Je suis d'humeur à marcher, dis-je. Vous pouvez me déposer n'importe où.

Il eut l'air circonspect, mais ne discuta pas, et je me dis que c'était bon signe. Il me déposa devant le centre commercial de Water Tower Place, et je m'assurai qu'il me voie bien entrer dans l'immeuble. On était samedi soir, il n'était pas tout à fait vingt et une heures, donc le centre était encore ouvert et il y avait du monde. J'y traînai pendant dix bonnes minutes avant de ressortir. Je tendis la main et trouvai presque aussitôt un taxi.

Et puis, je me rendis au Destiny.

J'y étais déjà allée deux fois auparavant, bien sûr. La première fois pour repérer les lieux. Pour me faire une idée de l'ambiance et, je l'avais espéré, discuter un peu avec les filles. Mais les employées n'avaient pas vraiment été d'humeur bavarde, surtout concernant leur ex-collègue, et ma tentative de lancer une conversation sur le parking avait été un échec cuisant.

La seconde fois, j'étais entrée et j'avais postulé pour un job. Si les filles ne parlaient pas à une étrangère, elles parleraient peut-être à une des leurs. Mais ce plan avait lui aussi foiré.

Désormais, je pouvais jouer la carte Tyler. Et la beauté de l'histoire, c'est que même si ça dégénérait, mes arrières étaient protégés, tout ça parce que Tyler m'avait laissée à l'agonie devant le Drake.

Malgré tout, ce plan ne me rassurait pas totalement et, en payant et en descendant du taxi garé devant l'entrée du Destiny, mon cœur battait à plein régime. J'entrai. J'appris que c'était gratuit pour les filles le samedi et avançai jusqu'à la salle principale. Je m'arrêtai sur le seuil de la porte pour regarder autour de moi, en faisant semblant de vérifier quelque chose sur mon téléphone. Comme j'étais déjà venue, je savais à quoi m'attendre : des tables, qui entouraient plusieurs podiums de danse surélevés. Les filles avec leur barre en acier. Les hommes qui regardaient, buvaient et laissaient des pourboires. Et qui en laissaient encore plus quand les filles s'approchaient, pour leur donner une vue en gros plan de leurs nichons ou leurs culs, tout ça en échange de quelques billets supplémentaires.

Je réfrénai un sourire, me souvenant de la somme que se faisait Candy les bons soirs, à l'époque où elle était encore danseuse. Éreintant, peut-être, mais si on était dans la bonne boîte, danser pouvait être une activité plus que lucrative.

À cet instant précis, cependant, ce n'étaient pas les danseuses qui m'intéressaient, ni les hommes, ni ce qui se passait dans les coins sombres et isolés. Tout ce que je voulais, moi, c'était trouver le bureau de Tyler.

Je vis une porte avec une seule vitre de l'autre côté de la salle obscure, juste à droite du bar. Une plaque était vissée dessus et, même si j'étais trop loin pour pouvoir lire, je me doutais bien qu'elle annonçait que l'accès était réservé aux employés uniquement.

Je marchai vers la porte, attrapai la poignée et la poussai.

Comme prévu, le barman m'interpella.

— Les toilettes sont de l'autre côté, m'indiqua-t-il en pointant l'endroit d'où je venais.

— Merci, dis-je d'un ton adorable. Mais je n'en ai pas besoin. Je vais simplement attendre Tyler dans son bureau.

— Vraiment ?

— Hin, hin, couinai-je en caressant légèrement mes salières du bout des doigts.

J'espérais avoir l'air juste un petit peu ivre et extrêmement en chaleur. J'espérais avoir l'air d'une fille que Tyler emmènerait dans l'arrière-boutique.

Le barman hésita suffisamment longtemps pour que cela me stresse, je décidai donc d'en rajouter une couche.

— Je viens de le quitter au Drake. Il devait terminer un truc avec Cole, mais il m'a dit de le retrouver ici. (Je lui fis un sourire.) Il m'a donné des instructions assez claires sur l'endroit où il voulait que je l'attende – et la façon dont je devais, hum, m'habiller ajoutai-je. (Puis je haussai les épaules.) Appelez-le si vous voulez, mais il sera là dans une demi-heure au grand maximum.

Puis, le cœur battant, je poussai la porte et pénétrai dans le couloir.

Je me disais que le barman n'appellerait pas pour vérifier mes dires, en tout cas pas dans la prochaine demi-heure. D'ici là, j'aurais déjà fouillé les dossiers des employés du Destiny. J'espérais que ces dossiers seraient dans le bureau personnel de Tyler – je supposais qu'il en avait un – mais si ce n'était pas le cas, je me dis que le bureau principal devait, lui aussi, se trouver au bout du couloir.

J'ouvrirais les dossiers, verrais les infos qu'ils contenaient sur Amy – des notes, une adresse ici, une pour le suivi de son courrier – puis je m'échapperais par la porte de service à l'arrière du bâtiment. J'aurais à gérer les conséquences de tout ça le lendemain matin, de toute évidence, mais au moins j'aurais obtenu les infos.

Dans le meilleur des cas, je m'en sors sans le moindre problème et je chope un taxi à la station la plus proche.

Dans le pire des cas, le barman appelle les flics, et j'attends d'être seule avec eux après qu'ils m'ont embarquée pour leur dire qui je suis vraiment, et supplier ces collègues de me faire une fleur.

Franchement, les deux me convenaient. Et à dire vrai, j'avais hâte de fouiner un peu sans en avoir officiellement le droit. Je n'étais pas en service, et au diable le quatrième amendement ! Je n'étais pas sûre de savoir si c'était à cause de la situation ou parce que mon sang crépitait encore en se souvenant des caresses de Tyler. Tout ce que je savais, c'est que je n'avais pas été aussi remontée depuis très longtemps.

Et j'aimais ça.

Le bureau de Tyler se trouvait sur la gauche, et j'eus un soupir de soulagement en constatant qu'il n'était pas fermé à clé. J'entrai, puis verrouillai la porte derrière moi. Juste au cas où.

L'endroit était décoré avec simplicité. Un mur d'étagères où s'alignaient les dossiers. Un grand bureau fonctionnel. Deux fauteuils pour les visiteurs. Un petit canapé qui semblait tout de même confortable. Sur un des murs, on avait vissé un grand tableau Velleda sur lequel était gribouillé l'emploi du temps des employés.

Les autres murs étaient recouverts de photos d'immeubles encadrées. Prises sous des angles étranges. Des arcs intéressants. Des gratte-ciel qui poussaient vers le ciel. Elles étaient toutes en noir et blanc, et chacune semblait se concentrer sur un élément architectural différent. Elles étaient vraiment belles, et même si je n'avais jamais imaginé tomber sur ce genre d'œuvre d'art au Destiny, comme je connaissais désormais Tyler, ces photos lui correspondaient tout à fait.

J'aurais sincèrement aimé passer un peu de temps à les admirer. Mais le devoir m'appelait et je me dirigeai vers les dossiers. Ils étaient dans des colonnes en métal qui faisaient presque ma taille, composées chacune de quatre tiroirs. Les étiquettes indiquaient qu'ils étaient rangés simplement par ordre alphabétique. Je priai en silence pour que ce soit bien ceux du Destiny, et pas les dossiers personnels de Tyler.

J'ouvris le tiroir indiqué D-F, me disant que le plus logique serait de classer le dossier d'Amy à D, comme « Dawson », ou à E, comme « Employé ».

Mais le tiroir ne s'ouvrit pas d'un millimètre, et je remarquai enfin le cadenas.

Bon sang.

Je me hâtai jusqu'au bureau. Je venais à peine de me mettre à chercher la clé, quand j'entendis la poignée de la porte s'agiter.

Je jetai un œil à l'horloge – je n'étais pas là depuis cinq minutes. Je refermai le tiroir du bureau et courus de l'autre côté sur la pointe des pieds pour ne pas faire claquer mes talons sur le parquet en bois. J'entendis le cliquetis de la clé dans la serrure, puis vis la poignée s'abaisser. Je venais à peine de bondir sur le bureau, quand quelqu'un poussa la porte. Je me penchai en arrière pour accentuer mon décolleté et pris mon plus beau sourire, espérant convaincre le barman que j'étais bien venue ici pour m'encanailler avec Tyler, et rien d'autre.

Sauf que ce n'était pas le barman.

C'était Tyler lui-même.

— Eh bien, dit-il en entrant dans le bureau et en refermant la porte à clé derrière lui. Tout ça est très intéressant.

Je croisai les jambes en essayant d'ignorer le vent de panique glacial qui m'envahissait.

Je me répétais qu'il fallait rester calme. J'avais un plan de secours pour ce cas de figure. Mais les plans ne sont jamais tout à fait les mêmes dans la réalité, et contrôler ma respiration me demanda un véritable effort.

— Tu m'as énervée, dis-je d'une voix savamment rauque. Je me suis dit que j'allais venir ici et te faire changer d'avis.

— Tu t'es dit ça ?

J'inclinai la tête.

— Greg t'a appelé, n'est-ce pas ? Il t'a dit que j'étais là ?

— Non.

— Non ? répétai-je pensivement.

Greg avait peut-être appelé, mais ce n'était pas pour ça que Tyler était venu au Destiny. Impossible qu'il ait fait le trajet en seulement cinq minutes.

— Non, repris-je. Tu m'as suivie.

Il fit deux pas vers moi, et mon pouls s'accéléra en conséquence.

— Je te l'ai dit, Sloane, dit-il. J'ai l'intention de découvrir ce que tu cherches vraiment. Pourquoi tu t'es lancée après moi. Pourquoi tu m'as dit que tu voulais jouer.

— Je te l'ai déjà expliqué. C'est si dur de croire que j'ai envie de toi ? Que tu m'as mise en colère ? Et que je suis donc venue ici pour être sûre de t'avoir ?

Il sourit simplement.

— D'un point de vue narratif, l'histoire est émouvante. Mais je n'y crois pas.

Quelques dizaines de centimètres nous séparaient

désormais, et il ne lui fallut qu'un ou deux pas pour se rapprocher et se retrouver juste face à moi, toujours assise sur le bord du bureau. Il attrapa mes jambes, les décroisa, puis les écarta doucement.

Il fit un pas entre mes cuisses, puis saisit ma nuque pour m'attirer doucement vers lui en se penchant lui aussi. Il m'embrassa avidement, me mordit la lèvre inférieure, avant de se redresser.

— Essaie encore, dit-il.

Son ton était léger, mais il me regardait avec intensité. Je profitai du laps de temps minuscule avant ma réponse, pour me rappeler que Tyler Sharp était un homme brillant qui n'était pas arrivé là où il était – que ses entreprises soient légales ou non – en étant stupide, aveugle ou imprudent. Au contraire, il était intelligent, méticuleux et sans scrupule. Ce qui voulait dire qu'il fallait que je le sois moi aussi. Encore plus que lui.

— Est-ce que tu sais que j'ai fait une demande pour travailler au Destiny ? On m'a aussitôt rembarrée.

— Ah oui ?

— J'ai trouvé ça étrange, vu que j'ai de l'expérience comme serveuse.

— Il n'y a pas beaucoup d'embauche au Destiny, dit-il. Nos employées sont très fidèles. Mais je commence à comprendre.

Il souleva doucement ma robe, jusqu'à ce que ses doigts trouvent ma cuisse nue. Je tremblai, sa caresse m'enivra un peu.

Et puis doucement, tout doucement, il glissa ses doigts vers mon sexe.

— Quel était votre plan, mademoiselle O'Dell, murmura-t-il tandis que ses doigts s'égaraient sur la couture de ma culotte.

Il glissa sous l'élastique. Je pris une grande inspiration, puis laissai échapper un grognement sensuel de plaisir pur.

— Tu espérais user des charmes de ta féminité pour me convaincre de te donner un travail ? poursuivit-il.

— Je… oui… Oh ! mon Dieu, Tyler…

Je posai les mains derrière moi sur le bureau et me cambrai, pour mieux recevoir ses caresses délicieuses.

— La femme que tu es a des charmes qui me plaisent, à n'en pas douter, dit-il en glissant deux doigts profondément en moi.

Il les retira doucement.

— C'est un oui, alors ?

Je réussis à peine à faire sortir les mots à travers ma voix rauque. Je voulais à nouveau ses doigts. Sa caresse. Je levai les yeux vers lui.

— S'il te plaît, dis-je.

Et à cet instant, je n'étais pas sûre de savoir si je lui demandais un travail ou une caresse.

Il balaya mes lèvres d'un baiser.

— Convaincs-moi, dit-il en traversant la pièce pour aller s'asseoir sur le canapé, me laissant seule sur le bureau, excitée et légèrement plus que frustrée.

Je le regardai. Je regardai ce visage magnifique, cette immense bouche faite pour être embrassée. Je laissai mes yeux vagabonder plus bas, à l'endroit où son érection tendait les plis de son pantalon. Je savais de quoi il avait envie – et bon sang, j'en avais envie moi aussi.

Je réfléchis à ce que j'étais en train de faire, l'espace d'une demi-seconde. À ce que j'étais, moi. À ces limites qu'il ne fallait pas franchir et à ces règles qu'il ne fallait pas enfreindre.

S'il ne s'était pas agi d'une opération clandestine, on m'aurait déjà virée sans ménagement, et plutôt deux fois qu'une. Et si j'utilisais la moindre information obtenue de la sorte durant le procès, l'avocat de la défense demanderait que l'on considère les preuves comme irrecevables, en affirmant qu'il y avait eu vice de procédure et en employant des phrases sophistiquées du genre « comportement outrancier » et « violation de la présomption d'innocence ».

Mais c'était mon enquête personnelle, et je n'étais pas en service.

Ce soir-là, je n'étais même pas flic. Je n'avais aucune autorité, aucun grade. Mon insigne valait que dalle, à Chicago.

Il ne s'agissait pas de justice. Il s'agissait de négociations, et de désir. Et le fin mot de l'histoire, c'était que j'avais envie de lui. J'avais envie de cet homme… et des informations qu'il pouvait me donner.

Je glissai du bureau et m'avançai vers lui. Tout doucement, délibérément, je m'agenouillai face à lui, juste entre ses cuisses, comme il l'avait fait avec moi quelques secondes auparavant. Puis j'attrapai la boucle de sa ceinture et commençai à la défaire.

— Je peux être très convaincante, dis-je en ouvrant le bouton de son pantalon.

Je fis descendre la fermeture Éclair, tout doucement.

— Très, répétai-je en glissant ma main dans son pantalon pour libérer sa queue, parfaite et dure.

Je relevai la tête, juste l'espace d'une seconde, et vis la chaleur de ses yeux.

Puis je serrai ma main sur son membre et pris son gland dans ma bouche. Il prit une inspiration profonde et tremblante, et je sentis un désir intense le tirailler. Et je sentis en moi une sensation de puissance.

Il avait un goût masculin musqué et salé. Je l'excitai avec ma langue, savourai les gémissements de plaisir qu'il laissait échapper, ces grondements graves de satisfaction. Je le pris encore plus profondément dans ma bouche, et son corps se contracta sous moi. C'était comme si toute cette puissance, cette passion renfermée, dont seule je possédais la clé, n'attendait que moi pour se libérer.

Je le suçai, de longues pénétrations profondes. J'avais désespérément envie de l'emmener plus loin, à la limite du supportable, et quand je sentis les premiers tremblements – quand je sus qu'il était à deux doigts – je reculai doucement et battis des cils à son intention, la bouche luisante de son jus, tout en murmurant :

— Vas-tu me donner un travail ?

— Oui, murmura-t-il. Mais pas au Destiny.

Je le dévisageai. Et puis, même si mon corps était chaud et vibrant de désir, même si tout ce que je voulais à ce moment était sentir cette queue sublime en moi, j'explosai de rire.

— Salaud, dis-je.

— Mon Dieu, dit-il en essayant de contrôler sa voix. Ce n'est pas ce que j'avais prévu, mais il faut que je te prenne. Tout de suite.

— Prévu ?

— Tu es sortie de nulle part et tu m'as déstabilisé, continua-t-il en ouvrant le tiroir d'une petite table à côté du canapé pour prendre un préservatif. Je te prendrai comme il se doit dans mon lit, Sloane, ne te fais aucun souci. Mais là, tout de suite, je vais te baiser.

— Je…

— Non. Ne dis rien, ordonna-t-il en enfilant le préservatif. Contente-toi de remonter ta robe, d'enlever ta culotte et de venir ici.

— Je devrais y aller, dis-je, même si mon sexe se contractait par anticipation et que mes tétons se durcissaient douloureusement. Je devrais simplement faire demi-tour et m'en aller.

— Mais tu ne le feras pas.

J'hésitai, et une partie de moi voulait s'en aller juste pour le garder à fleur de peau. Mais ça n'allait pas arriver. J'en avais trop envie. J'avais trop envie de Tyler.

— Non, murmurai-je en remontant ma robe et en baissant ma culotte. Je ne m'en vais pas.

Je laissai ma culotte sur le sol et marchai doucement jusqu'à lui.

— C'est ça, dit-il quand il me vit grimper sur le canapé, ma robe étalée autour de nous.

J'étais à genoux, je portais toujours mes chaussures, mon sexe était luisant, trempé. Je plongeai la main vers le bas et trouvai sa queue, puis me positionnai pour que le bout de son gland soit à peine en moi. Il plongea ses yeux dans les miens, et avant que je ne puisse faire quoi que ce soit, saisit mes hanches et m'attira vers le bas pour m'empaler sur lui.

Je laissai échapper un cri en le sentant entrer en moi, il s'enfonça profondément et son corps se cambra. Je me cambrai à mon tour, pour le prendre encore plus loin.

Il glissa une main de ma hanche à mon clito, me caressa en rythme avec mes va-et-vient au-dessus de lui. Des étincelles de plaisir montèrent en moi, tourbillonnèrent de plus en plus vite.

— Mon Dieu, que tu es belle, dit-il tout en me caressant et en m'excitant.

Je posai les mains sur son torse. Même à travers sa chemise, je pouvais sentir le battement de son cœur. Il avait les yeux grands ouverts, plongés fermement dans les miens, et je pouvais voir la tempête qui grandissait en lui.

— Tyler, murmurai-je tandis qu'une de ses mains trouvait mes seins, les caressait, longeait mes courbes avant de pincer doucement mon téton et d'envoyer des ondes de plaisir parcourir mon corps.

— C'est ça, bébé, dit-il quand mon corps se contracta autour de lui.

Ses doigts continuèrent de danser sur mon clito, continuèrent de jouer avec moi, de m'exciter, tandis que je m'envolais de plus en plus haut.

— Mains sur mes épaules. Voilà. Je veux te voir me chevaucher, ordonna-t-il, et je m'exécutai, m'empalant sur lui, le sentant aller profondément en moi, si profond, et je pouvais voir son explosion approcher à chacun de ses coups de reins, et sentir la mienne faire de même. Allez, dit-il, la voix tiraillée et sur le point de se déchirer. Explose avec moi. Je veux te regarder jouir.

Comme si ces mots étaient une incantation, j'explosai en mille morceaux, mon corps se contracta violemment sur sa queue comme si c'était la seule chose qui me retenait sur terre.

— Oui, dit-il.

Ses doigts agiles continuaient à me faire planer, il me pénétrait toujours, encore et encore, jusqu'à ce qu'il explose de soulagement lui aussi, et qu'il s'effondre contre le dossier du canapé, en m'enlaçant pour me faire tomber contre lui.

— Waouh, dis-je, complètement détendue contre lui, et quand je retrouvai un peu de force, je relevai la tête. Tout ça, et tu refuses toujours de me laisser travailler au Destiny.

Il eut un sourire décontracté.

— Ce n'est pas un boulot pour toi. Je t'aiderai quand même à trouver quelque chose. Mais je suis curieux, parmi tous les clubs de strip-tease de toutes les villes du monde, pourquoi veux-tu si désespérément travailler dans le mien ?

Je ne pus m'empêcher de sourire à la façon dont il avait détourné cette phrase de Bogart, mais je savais qu'il attendait quand même une réponse. Encore un mensonge. Et même si cette réalité ne m'avait pas vraiment dérangée jusqu'à il y a encore peu, elle me retournait désormais l'estomac.

— Une amie m'a dit que le Destiny était un bon endroit pour être serveuse. De bons pourboires. De bons patrons. Des clients décents.

— Et ? demanda-t-il, tandis que je descendais de ses genoux pour venir m'asseoir à côté de lui sur le canapé.

— Et quand j'ai débarqué à Chicago, j'ai découvert

qu'elle ne travaillait plus ici. J'ai essayé de retrouver sa trace, mais personne ne sait où elle est. Je suis inquiète.

Et ça, au moins, c'était la vérité.

— Comment s'appelle-t-elle ?

— Amy. Amy Dawson, mais elle utilisait peut-être un pseudo.

Il acquiesça, pensif.

— La petite vingtaine ? Blonde ? Un tatouage de marguerite ?

Un courant de jalousie me parcourut.

— Sur son cul. Oui.

— Elle a rendu son costume, et elle est partie.

— Son costume ?

— Un uniforme d'écolière, dit-il. Un peu cliché, je te l'accorde. Mais très populaire parmi la clientèle.

— Je veux bien te croire. Donc, elle a trouvé un autre boulot. Où ça ?

— Vegas, je crois. Mais je ne suis pas sûr non plus. J'étais son employeur, pas son père.

— Et son amant ?

Il me regarda quelques secondes, et j'étais sûre qu'il pouvait voir la jalousie mouliner dans mes yeux. Puis il secoua la tête.

— Non. Elle avait un petit faible pour moi. Elle m'a fait des avances une fois, mais j'ai poliment décliné.

— Blonde, mignonne, un cul assez beau pour qu'on y jette un œil de temps en temps. Pourquoi as-tu refusé ?

Il haussa légèrement un sourcil.

— D'abord, parce que je ne sors pas avec mes employées. Je l'ai fait une fois, il y a très longtemps, et j'ai réalisé que c'était aussi mauvais pour les affaires que pour ma santé mentale. Ensuite, elle était trop jeune. J'aime que les femmes de ma vie aient un minimum d'expérience. Ça épice un peu le tout, dit-il en me dévisageant lentement. Ça rend les choses plus intéressantes.

— Oh… Très bien. (Je me raclai la gorge.) Bref, c'est comme ça que j'ai atterri au Destiny. Et maintenant, je veux retrouver Amy.

— Je te crois.

— Pourquoi ce ne serait pas le cas ?

Son rire était grave et sérieux.

— Pour de nombreuses raisons. Principalement parce que je ne fais pas facilement confiance aux gens. Et malgré tout, j'ai envie de te croire, toi. C'est un peu déstabilisant.

— Malgré tout ?

Il tendit la main pour me caresser la joue, en évitant soigneusement la question.

— Il est possible qu'elle ait laissé une adresse où faire suivre son courrier quand elle est partie. Elle s'est fait payer en liquide pour qu'on n'ait pas à lui envoyer de chèque. Mais on demande en général une adresse, pour des raisons fiscales. Dans ce genre de business, on a rarement une adresse à jour, mais je peux vérifier pour toi.

— J'apprécie ton geste, dis-je, tandis qu'il rajustait son pantalon.

Il se leva et attacha sa ceinture.

Il marcha vers le placard de dossiers, et je ramassai ma culotte, la renfilai et le suivis. Il ouvrit le tiroir D-F, ce qui me fit sourire, puis sortit un dossier intitulé Amy Dawson.

Il l'ouvrit d'un coup, le parcourut et me le tendit.

Il n'y avait pas grand-chose. En plus des trucs habituels, comme son numéro de téléphone et de Sécurité sociale, le formulaire mentionnait l'adresse de Candy dans l'Indiana comme adresse permanente, et une adresse locale qui avait été rayée au stylo rouge. Dans la marge, on avait écrit « Vegas », ainsi que la date d'il y a deux semaines.

Je regardai Tyler.

— On dirait que tu avais raison.

— Mais tu n'es pas satisfaite.

— Elle n'est pas là. Ça veut simplement dire qu'il faut que je continue à chercher. J'ai besoin d'une adresse, continuai-je. Je ferai une recherche Internet sur Amy Dawson dans les environs de Vegas, et je partirai de là. Mais on va me donner les Amy Dawson qui ont un numéro de fixe, et mon Amy à moi n'est pas du genre à s'embarrasser d'autre chose que de son portable.

— Auquel elle ne répond pas.

— D'où mon inquiétude, confirmai-je. Elle l'a peut-être perdu, n'a plus d'argent pour payer son forfait, s'est enfuie au Mexique avec un mec sexy et ignore tout appel, mais…

Je m'interrompis en haussant les épaules.

— Est-ce que tu as parlé à son ancien propriétaire ?

— Non. Amy est du genre textos et mails. Elle n'a jamais envoyé une adresse postale à aucun de ses amis, soupirai-je. Et ce n'est pas facile de retrouver sa trace. Elle n'est abonnée à aucun magazine, elle n'a pas de mutuelle. Elle ne possède pas de voiture.

— C'est facile de disparaître de la circulation, pour une fille comme ça.

— Très, dis-je, et avant que je lui demande encore une fois de me filer un boulot au Destiny – je voulais connaître les filles avec qui Amy était devenue amie – Tyler prit la parole :

— Eh bien, alors, viens, on va aller jeter un œil à son ancien appartement.

Chapitre 7

Son appartement était situé à seulement quelques pâtés de maisons, et Red, qui était probablement allé chercher Tyler trois secondes après m'avoir déposée, nous y conduisit.

Il était un peu plus de onze heures du soir, mais ça n'arrêta pas Tyler le moins du monde. Il s'agissait d'une ancienne maison qu'on avait convertie en plusieurs appartements miteux. L'ancienne entrée faisait désormais office de hall, ou quelque chose comme ça. Tout au fond, on avait installé un nouveau mur avec une seule porte, à côté de laquelle se trouvait un Interphone muni d'un petit bouton jaune.

Tyler appuya. Il attendit. Appuya à nouveau.

— Putain, c'est quoi, ce bordel ? grésilla une voix. On est en pleine nuit, putain.

— Est-ce que la chambre d'Amy Dawson a été louée ?

— Vous êtes intéressé ?

La voix était désormais beaucoup plus conciliante.

— Peut-être.

Le haut-parleur se fit silencieux. Quelques secondes plus tard, un vieil homme avec des sourcils aussi gros que des chenilles ouvrit la porte. Il portait un peignoir élimé en flanelle, et nous fit signe d'entrer.

— Rez-de-chaussée. À l'arrière.

Il nous conduisit vers le fond et ouvrit la porte.

La pièce était probablement l'endroit le plus déprimant que j'avais vu de ma vie. C'était un placard aménagé sans fenêtre.

— C'est le moins cher de tous, dit le vieil homme.

— Est-ce qu'elle vous a dit qu'elle déménageait ? demandai-je. Elle a laissé une adresse ?

— Pas d'adresse. Elle a juste dit qu'elle avait trouvé un boulot à Vegas.

Je regardai autour de moi. Il n'y avait rien, pas même un grain de poussière.

— Vous avez fait le ménage ?

— Nan, c'est elle. Elle voulait récupérer sa caution. Et je la lui ai donnée, alors commencez pas à m'emmerder.

Je lui lançai un regard noir, jusqu'à ce qu'il baisse le sien.

— Je n'oserais pas, dis-je en croisant le regard de Tyler. Donc, elle a fait ses valises, a nettoyé, et elle est partie. Mais elle ne vous a pas dit où ? Elle a pris un taxi jusqu'à la gare routière ? Elle a loué une voiture ?

— Aucune idée. Si, quelqu'un est venu la chercher en voiture. Je l'ai vu, donc j' sais au moins ça.

— Qui ?

— J'ai vu la voiture, pas le chauffeur, répondit-il en jetant un œil à la chambre. Vous n'êtes pas réellement intéressés, n'est-ce pas ?

— Désolé, dit Tyler en lui tendant un billet de vingt dollars. Désolé de vous avoir réveillé.

— Quelqu'un est parti avec elle à Vegas, dis-je. Ou l'a au moins conduite jusqu'à la centrale de bus. Les filles du Destiny savent peut-être qui.

— Peut-être, dit Tyler, tandis que nous marchions vers la voiture, où Red nous attendait debout en tenant la portière. Mais on en discutera plus tard. Ça suffit pour ce soir.

Je me dis qu'il avait raison en me glissant à côté de lui sur le siège arrière. Mon inquiétude pour Amy s'atténua rapidement, mais tout en me retournant pour regarder Tyler, je ne pus m'empêcher de penser aux accusations de Kevin, que ces types étaient mouillés dans plein de conneries différentes. Je voulais savoir si c'était vrai, que ce soit une bonne idée ou pas.

On roula en silence pendant un moment. Tyler reçut quelques textos auxquels il dut répondre, et j'en profitai pour écrire un mail à Candy et lui dire qu'il semblait de plus en plus probable qu'Amy soit saine et sauve et en train de traîner ses guêtres à Vegas. Puis j'utilisai mon téléphone pour chercher les Amy Dawson des environs de Vegas. Il n'y en avait pas beaucoup, je commencerais à passer des coups de fil le lendemain matin.

Quand on atteignit enfin un coin de Chicago que j'étais capable de reconnaître – le Magnificent Mile – je rangeai mon téléphone et fronçai les sourcils en regardant par la vitre.

— On va dans la mauvaise direction, dis-je.

Tyler posa son téléphone et suivit mon regard.

— Non, dit-il. C'est la bonne.

— C'est le chemin pour aller à Pilson ? demandai-je en mentionnant mon quartier.

— C’est un chemin, dit-il. Mais on ne va pas chez toi.

Je haussai un sourcil.

— Ah non ? Pourquoi ai-je dû donner mon adresse à Red ? De me tenir prête pour demain, toute cette mise en scène, quand tu m’as fait rentrer de force dans cette voiture ?

— Petit 1, il est minuit passé, donc on est déjà demain. Petit 2, les choses sont différentes, dit-il en me regardant droit dans les yeux. Et j’ai changé d’avis.

Je me penchai en arrière, amusée.

— Et où allons-nous, alors ? demandai-je, même si c’était un peu inutile si on considérait que Red était déjà en train de manœuvrer devant le Drake.

— Et si j’avais juste envie de rentrer à la maison ? dis-je, tandis qu’il me tenait la portière.

— Je refuserais.

— Oh.

Je réfléchis à sa réponse une seconde. Je réfléchis à la réaction viscérale que ses mots provoquaient en moi. On s’était mutuellement déstabilisés au Destiny. Mais maintenant… maintenant, il ne faisait aucun doute que c’était lui qui contrôlait la situation.

Il me tendit la main. J’hésitai une fraction de seconde, puis la saisis et le laissai me guider à l’intérieur de l’hôtel et en haut de l’escalier qui conduisait au salon.

— J’espère que ta chambre n’est pas loin, dis-je sur un ton léger en essayant de retrouver mes esprits. J’aimerais vraiment enlever mes talons.

Il baissa les yeux sur le pied que je tendais pour montrer à quel point mes sandales à lanières étaient inconfortables, et pour qu'il admire également mon vernis sublime.

— Adorable. Mais je crois que je préfère que tu les gardes, ajouta-t-il, et la chaleur de sa voix ne faisait aucun doute. Tu peux enlever tout le reste.

Oh, mon Dieu… Tout ça ne m'aidait pas à garder mes esprits. Il m'avait clairement déstabilisée, encore une fois. Je me léchai les lèvres.

— Est-ce que c'est un de vos objets fétiches, monsieur Sharp ?

— Je crois qu'il est assez commun.

Nous étions près des canapés moelleux du salon, et il me fit signe de m'asseoir. Je m'exécutai, il se laissa tomber à côté de moi, souleva une de mes jambes et posa ma cheville sur sa cuisse. Ma robe m'arrivait juste au-dessus du genou et je ne portais pas de collant. Ses doigts froids rampèrent sous les plis de ma robe, apaisant ma peau déjà brûlante.

Non que Tyler puisse refroidir quoi que ce soit en moi. Au contraire. Il traça lentement l'ourlet et le bout de son doigt enflamma ma cuisse nue.

— Mais ce n'est pas un des miens.

— Tyler…

Je ne pus rien dire d'autre. J'étais même étonnée d'avoir réussi à en dire autant.

— Hum ?

— Tu devrais vraiment arrêter.

— Peut-être. Mais je n'en ai pas envie.

Il porta son attention sur l'arrière de mon genou, ses doigts agiles s'attardèrent sur un point si délicieux que la sensation devint liquide entre mes cuisses, et je me mis à gémir pour de vrai.

— Je t'ai prise, dit-il. Mais je ne t'ai pas encore savourée.

Je regardai son visage, et le désir pur et assumé que j'y vis était aussi profond et saisissant que le mien.

— S'il te plaît, murmurai-je.

En réalité, j'avais voulu dire *s'il te plaît, arrête*. Enfin, je crois. Mais je n'avais pas réussi.

Il attrapa l'arrière de ma jambe et caressa doucement mon mollet, tellement doucement, tellement horriblement doucement.

— S'il te plaît, tentai-je à nouveau. Les gens vont nous regarder.

— C'est possible. Je ne crois pas que ça te gêne vraiment. Je sais que ça ne me gêne pas, moi.

Je fermai les yeux. Il avait raison.

Le bout de son doigt frôla enfin ma cheville, puis glissa sur le cuir de ma sandale avant de trouver la cambrure de mon pied et de s'y attarder délicatement. Dans n'importe quel autre contexte, j'aurais sans doute grincé des dents à ce genre de chatouilles. Mais à cet instant, je n'en redoutais aucune au monde. Bon sang, j'étais bien trop excitée.

— Non, murmura-t-il en reposant doucement mon pied au sol. Je n'ai aucun fétichisme concernant les pieds. Mais si j'avais l'intention d'en avoir un, je commencerais par tes pieds à toi, à n'en pas douter.

— Tu n'as donc aucune inclination notable ? dis-je pour m'amuser, en essayant d'avoir l'air audacieuse pour qu'il ne voie pas à quel point il m'avait chamboulée.

Et, oui, j'essayais également de savoir ce qui m'attendait une fois qu'on serait dans sa chambre. Aucun fétichisme particulier ?

— Je n'ai pas dit ça.

Il se leva, puis me tendit sa main pour m'aider.

— S'il ne s'agit pas de pied, de quoi, alors ? demandai-je en savourant la façon ferme dont ses doigts s'emmêlaient aux miens.

Son regard me parcourut doucement, l'inspection étant à la fois angoissante et très, très, érotique.

— Tu le découvriras bien assez tôt.

Mon estomac palpita, tandis qu'il me conduisait vers l'ascenseur.

Les portes s'ouvrirent, Tyler me lâcha la main pour venir poser la sienne dans le creux de mes reins et me guider vers l'intérieur de la luxueuse cabine. Il s'agissait plus d'un petit boudoir, à dire vrai. Un miroir allant du sol au plafond couvrait le mur du fond, chaque côté était flanqué d'appliques lumineuses. Au pied, juste devant nous, trônait un adorable petit canapé.

— Un canapé pour s'évanouir, dit Tyler quand je croisai son regard dans le miroir, le sourcil interrogateur. Le reliquat de l'époque des corsets et de l'absence d'air conditionné, je suppose. Mais il offre également bien des possibilités intéressantes, dans le monde d'aujourd'hui.

— Il n'y a pas tant d'étages que ça dans cet hôtel, répondis-je en regardant par-dessus mon épaule, pour voir l'homme plutôt que son reflet. Nous n'avons pas beaucoup de latitude.

— C'est un argument valable, concéda-t-il en se retournant pour s'asseoir. Il est assez triste de constater que notre société ne sait pas profiter du temps dont elle dispose, ajouta-t-il en me tendant la main, paume vers le haut. Comme je l'ai mentionné, je milite avec ferveur contre le gaspillage du temps.

Je regardai sa main tendue et ma bouche devint sèche, mes genoux se mirent tout à coup à trembler. Ses lèvres esquissèrent un de ces sourires qui promettent de longs baisers et des mains douces, et je crois que je fondis juste un tout petit peu à ce moment-là. Je fus sauvée par mon reflet dans le miroir. Au moins, je n'avais pas l'air aussi déstabilisée que je l'étais.

Pourquoi étais-je à ce point chamboulée ? Il m'avait déjà touchée de façon intime, il m'avait déjà fait jouir. J'avais déjà baisé avec lui, j'avais contrôlé l'instant. Je l'avais chevauché et j'avais vu la passion pure sur son visage.

Alors, pourquoi étais-je désormais si déstabilisée ?

La question était stupide, parce que je connaissais la réponse. Je m'étais abandonnée à l'homme sans idée aucune de ce qui allait suivre, de ce dont il avait envie. Jusqu'où il irait.

Il ne s'agissait plus d'Amy. Il ne s'agissait plus de s'introduire au Destiny, ou des accusations de Kevin.

À cet instant, il ne s'agissait plus que de moi.

Et ce simple fait m'excitait autant qu'il me faisait peur.

Je n'avais toujours pas pris sa main, quand il me fit signe avec son doigt.

— Viens ici, Sloane.

Son ton badin et léger tout comme celui plus dur de l'homme qui refusait d'être dupe avaient disparu. Sa voix était sensuelle, autoritaire. Cette voix n'avait qu'un seul but, faire mouiller une femme et s'assurer de son obéissance.

C'est exactement ce qu'il se passa.

Un pas, puis un autre, et je me retrouvai debout face à lui. Je baissai les yeux, je ne voulais pas croiser mon propre regard dans le miroir. Je ne voulais pas voir l'excitation et le désir qui, je le savais, enflammaient mon visage.

J'avais l'impression d'être un bleu, de ne pas savoir ce qui allait se passer ensuite. Et je me comportais comme une adolescente, j'avais faim de ce premier effleurement de ses lèvres contre les miennes.

Lentement, extrêmement lentement, ses yeux vagabondèrent sur mon corps. Il ne dit rien, mais je pouvais presque entendre le tambour grave de son approbation résonner dans l'air. Il se leva, dans un mouvement à la fois gracieux et puissant. Puis, avec une délicatesse absolue, il tendit la main et caressa ma joue du flanc de son pouce.

— Je me demande… murmura-t-il sans finir sa phrase.

— Quoi ? articulai-je, quand je ne fus plus capable de supporter ce silence.

— Je ne t'ai toujours pas embrassée. Pas comme il se doit, en tout cas. Pas assez violemment et profondément pour que tu le sentes jusque dans ton sexe. Je me demande ce que tu ferais si j'essayais de ne pas du tout t'embrasser.

Mon souffle se coinça dans ma gorge, et je dus me mordre la lèvre pour ne pas hurler de protestation. Je réussis au contraire à rassembler mes esprits, puis penchai la tête pour le scruter sans détour.

— C'est donc ça, ton fétichisme ? Tourmenter des femmes innocentes ?

— Non. Et tu es loin d'être innocente.

— C'est vrai, dis-je, en posant la main sur son torse et en m'imprégnant de sa respiration comme si elle me donnait de la force. Et je ne veux pas qu'on s'amuse avec moi.

— On va avoir un problème, alors. (Il posa sa main sur la mienne, pour m'attraper et m'empêcher de reculer si j'en avais eu envie.) Parce que j'ai bien l'intention de m'amuser avec toi. Complètement. Impitoyablement. Je vais t'amener à me supplier, Sloane. Et je ne te ferai jouir qu'après t'avoir emmenée suffisamment loin.

Ma bouche devint sèche, et un frisson me parcourut. Sous le tissu de ma robe, mes tétons étaient durs comme de la pierre. Que Dieu me pardonne, j'avais envie de plus, et je crois que la seule raison pour laquelle je ne m'écrasai pas contre lui sans retenue fut que les portes derrière nous s'ouvrirent, et qu'une légère brise d'air froid me fit l'effet d'un seau d'eau glacée. Le couple élégant qui attendait pour monter n'arrangea rien.

Je me raclai la gorge et, la tête haute, les contournai pour sortir de l'ascenseur. Tyler gloussait à côté de moi.

— C'est un peu choquant de se dire qu'ils savent où on va et ce que l'on s'apprête à faire.

Je lui lançai un regard en coin.

— Il est tout bonnement impossible qu'ils sachent, dis-je. Même moi, je ne sais pas ce qu'on va faire.

Il rit.

— C'est juste. Mais cette anticipation n'est-elle pas délicieuse ?

Je la bouclai, me disant que le silence était la solution la plus sage, et le suivis dans le couloir étroit du huitième étage. Je n'avais jamais vu les étages des chambres de cet hôtel de luxe, et cet endroit épuré m'impressionnait autant que le Palm Court, en bas.

— C'est beau, dis-je, en laissant mes doigts vagabonder sur les moulures couleur crème de la tapisserie, au fur et à mesure que nous passions les portes.

— Il a été construit en 1920, et ils n'ont pas lésiné sur les dépenses. Est-ce que tu savais que Peter Ustinov a dit un jour que marcher dans le Drake, c'était comme marcher sur des diamants ?

— L'acteur ?

— Mmmm. La liste des gens qui ont séjourné ici ferait rêver les journaux à scandale. Des acteurs, des princes, et même des criminels.

— Non, vraiment ? dis-je, en essayant de ne pas avoir l'air trop amusée. Qui, par exemple ?

— Tu as déjà entendu parler de Francesco Nitti ?

— L'exécuteur ?

Il haussa un sourcil, puis acquiesça.

— Tu connais bien l'histoire de Chicago.

— Je connais l'histoire de l'Équipe, dis-je, en faisant référence à la fameuse organisation criminelle de Chicago, dont le patron le plus connu fut probablement Al Capone. Nitti est descendu ici ?

— Il a vécu ici, précisa Tyler. Il avait un bureau et plusieurs chambres. Je te parle des années 1930 et 1940. Plus tard… (Il s'interrompit en riant.) Excuse-moi. L'Équipe est une de mes obsessions.

— C'est un sujet intéressant, dis-je, en enregistrant cette petite information pour m'en servir plus tard si nécessaire.

Non qu'elle soit très significative, car il suffisait de regarder les films de Hollywood pour réaliser que la majeure partie de la population était fascinée par le crime organisé.

— L'architecture et l'immobilier sont deux autres de mes obsessions, continua-t-il. Combine-les toutes, et on ne peut plus m'arrêter. Le Drake, c'est un peu le Graal en la matière. C'est une des raisons pour lesquelles j'ai décidé de vivre ici. Par ici, ajouta-t-il, en ouvrant une porte qui donnait sur une cage d'escalier dérobée.

Je le regardai avec curiosité, mais ne posai aucune question. Et quand il monta l'escalier, je le suivis sans discuter.

On atteignit l'étage du dessus. Je le suivis le long du couloir, j'allais lui demander pourquoi l'ascenseur n'allait pas jusque-là, mais il était déjà en train d'ouvrir la porte de ce qui semblait être notre destination finale. À l'instant où j'entraperçus la chambre – même si le mot « chambre » était loin de décrire l'endroit –, toute autre pensée s'évanouit.

— Mon Dieu, soufflai-je.

— Spectaculaire, n'est-ce pas ? dit Tyler d'un ton clairement appréciateur.

— C'est assez bien résumé.

La suite était décorée dans les tons blanc et crème. Les meubles avaient l'air anciens, je suppose qu'on les avait achetés pour coller au style de l'hôtel. En même temps, il était aussi possible qu'il s'agisse des meubles d'origine. Auquel cas on les aurait incroyablement bien entretenus.

Des fleurs fraîches trônaient un peu partout. Des œuvres d'art, surtout des portraits et des paysages, étaient accrochées aux murs. Tout était luxueux, opulent, et pourtant rien ne semblait excessif.

— Waouh ! m'exclamai-je.

Tyler acquiesça.

— Pour être honnête, ce n'est pas vraiment mon style. L'architecture, oui. Mais mes goûts en matière de meubles et de décoration intérieure sont plus contemporains. Il faut reconnaître que le tout fonctionne.

— Oui, vraiment.

Je m'avançai un peu plus dans le salon, en essayant de ne pas me laisser trop impressionner. Lorsque j'étais enfant, la conception de mon père d'un hôtel luxueux était l'équivalent d'un Formule 1. Quant à mon beau-père, même s'il avait de l'argent, on avait de la chance quand il se souvenait de donner un peu d'espèces à ma mère pour qu'elle puisse remplir le frigo.

Je gagnais désormais mon propre argent, mais j'avais rarement l'occasion de séjourner à l'hôtel. Et quand cela m'arrivait, je me rabattais en général sur les moins chers. J'étais la fille de mon père, après tout. Et, au moins, ça rentrait dans le budget de mon maigre salaire de flic.

Ça ne voulait pas dire que je n'avais pas déjà été dans des appartements et des chambres d'hôtel plutôt classe. Je travaillais à la criminelle, et le meurtre n'est pas vraiment regardant sur les prix. Mais cette chambre surpassait tout ce que j'avais vu dans ma vie. Pour être sincère, je n'avais pas vraiment l'impression d'être dans une chambre d'hôtel, mais plutôt d'avoir été transportée dans un univers parallèle.

Je m'autorisai à laisser échapper un long sifflement sonore avant de me retourner vers Tyler.

— Laisse-moi deviner. En réalité, tu es le prince d'un pays lointain qui voyage incognito.

— Non, dit-il. Et ça ne me dit rien. Je me suis fait tout seul dans ce monde. Ma famille n'a pas eu grand-chose à voir là-dedans.

J'entendis le son dur de sa voix.

— Je suis désolée, dis-je sincèrement. Je ne voulais pas toucher une corde sensible.

Je savais mieux que quiconque que les discussions sur la famille pouvaient se révéler des terrains glissants et désagréables.

Je vis sa poitrine se soulever et retomber.

— Non, c'est moi qui suis désolé. Mon enfance aurait dû être idyllique. Ce ne fut pas le cas.

J'acquiesçai. Je savais de quoi il parlait.

— Il m'a fallu du temps pour me libérer de toutes ces chaînes. Mais cela n'a rien à voir avec toi, et rien à voir avec cette pièce, dit-il en regardant autour de lui, admiratif. C'est un peu excessif, non ?

— Juste un petit peu.

Il agita la main vers un canapé immaculé qui, je le réalisais, était tapissé de soie. Je laissai mon regard vagabonder sur toutes ces merveilles. Des vases. Des peintures. Un bric-à-brac ultrachic.

— Est-ce que tu me croirais, si je te disais qu'un prince a vraiment vécu ici ? Je crois qu'il a laissé derrière lui une partie du trésor royal.

— Attends, tu es sérieux ? ajoutai-je en voyant l'expression suffisante de son visage.

— Absolument. Un prince et une princesse. Ils avaient un bail à long terme, mais ils ne l'ont pas renouvelé quand il a touché à sa fin l'année dernière.

On dit qu'ils ont décidé d'aller passer quelques années dans une suite du même genre à Paris.

— Donc, tu t'es dit que tu allais squatter ici après la soirée des fiançailles ? Pour absorber un peu de ces ondes royales ?

— Oh, c'est bien pire que ça. Je vis ici.

Je restai bouche bée.

— Redis-moi ça.

— J'avais besoin d'un endroit pour vivre. Et l'endroit était libre. J'adore le côté pratique de vivre à l'hôtel. J'adore le Drake. Et admets que la vue est époustouflante.

Je jetai un œil vers la fenêtre à travers laquelle brillaient les lumières de Michigan Avenue, comme les diamants de Peter Ustinov.

— Oui. Elle l'est.

— De plus, ajouta-t-il avec un sourire de gamin, c'était une occasion bien trop cool pour passer à côté, putain.

Je ris.

— Je ne peux pas débattre sur ce point. Mais je te croyais d'un style plus moderne. Et tu ne m'as pas l'air d'être le genre d'homme à faire des compromis sur ce qu'il veut.

— En effet, dit-il en me regardant si attentivement que je n'étais pas sûre que nous soyons encore en train de parler de la chambre. (Puis son visage s'éclaira, et il sourit.) Mais je ne loue l'endroit que pour six mois encore.

— Et après ?

— Je verrai où le vent me conduira.

— Loin de Chicago ?

— Non. J'adore être ici. C'est là que j'ai grandi.

— Tu y as donc déjà une maison, non ?

D'après mes recherches, je savais qu'il était propriétaire de différents biens immobiliers à travers la ville, et son adresse de résidence était à Old Irving Park. J'étais cependant curieuse de savoir ce qu'il allait dire.

— J'en avais une. Une résidence victorienne magnifique, que j'avais rénovée.

— Avais ? répétai-je. Tu l'as revendue ? Pour te faire un bénéfice ?

— Je l'ai toujours. Mais je n'y vivrai plus.

— Ah non ?

J'avançai vers le canapé et m'y assis. Je me penchai en arrière, j'étais plus à l'aise et décontractée que je ne l'aurais pensé, tout bien considéré.

— On dirait qu'il y a une histoire derrière tout ça. Tu as envie de la partager ?

— Disons que je ne peux pas résister à une demoiselle en détresse.

— Je suis intriguée. Raconte-moi la suite.

Je crus pendant quelques secondes qu'il allait le faire. Puis il secoua lentement la tête.

— Non. Je préfère rester l'homme sombre, troublant et mystérieux.

— Tu ne m'as pas l'air sombre du tout, dis-je, et c'était sincère.

Oh, je n'avais le moindre doute sur le fait qu'il trempe dans plusieurs embrouilles illégales. Et il avait définitivement quelque chose de dangereux. Je l'avais vu moi-même quand il m'avait sauvée des griffes de Reggie. Mais Tyler Sharp était un séducteur dans l'âme. Sophistiqué. Un escroc aux gants blancs, pas un vulgaire voyou.

— Tout le monde a un côté sombre, dit-il. Certains le cachent simplement mieux que d'autres.

— C'est une vision du monde assez pessimiste, répliquai-je.

— Tu n'es pas d'accord ?

Je pensai à mon propre côté sombre, et aux choses que je gardais cachées. Je pensai à mon beau-père, au fait que le monde l'ait toujours considéré comme un héros alors que je savais, moi, quel monstre il était.

— Si, admis-je. Je suis d'accord.

— On dirait qu'il y a une histoire, là aussi. Ne t'inquiète pas, ajouta-t-il. Je ne vais pas te demander de me révéler tous tes secrets. (Sa bouche esquissa un léger sourire.) Pas encore, en tout cas. Mais je vais te demander de faire quelque chose d'autre pour moi.

Il s'était avancé d'un pas vers moi en parlant. Sa voix prit un ton profond et autoritaire.

— Lève-toi, Sloane. Lève-toi et déshabille-toi.

Chapitre 8

Il me fallut une grande inspiration et répéter ses mots.

— Me déshabiller ? dis-je stupidement. Tu veux que je me déshabille ?

— Oh oui, dit-il, tandis que son regard parcourait mon corps avec la même lueur d'excitation qu'un homme sur le point d'ouvrir un cadeau. J'en ai très envie. Mais commençons par le commencement. Lève-toi, Sloane.

Il me tendit la main et me fit signe de me lever. Je m'exécutai, en dépit de mes jambes un peu tremblantes. Lorsque je fus debout, il me tourna le dos et décrocha le téléphone de la chambre. Je l'entendis appuyer sur le bouton qui le reliait à la réception, puis parler à quelqu'un, mais la conversation fut trop rapide et à voix trop basse pour que je saisisse quoi que ce soit.

En attendant, je me contentai d'être là, debout, un petit peu choquée, un petit peu lessivée et, oui, un peu plus qu'un petit peu excitée.

Quand il se retourna, ses yeux étaient neutres et sa bouche légèrement froncée.

— Mes règles, Sloane. Et même si on a pris un chemin de traverse, tu as bien dit que tu avais envie de jouer.

Je déglutis avec difficulté, mais relevai le menton. Ma peau rougissait, mon corps était chaud. Mes doigts tressautaient comme s'ils voulaient attraper mon arme, mais je pouvais en même temps imaginer ma robe glisser sur le sol. Je me voyais la quitter, m'approcher de lui et me blottir dans ses bras.

Je l'imaginais – le contact de sa bouche sur mes seins, la caresse de ses doigts sur mon sexe – et j'en avais envie.

J'étais nerveuse. Dépassée. Mais, que Dieu me pardonne, j'étais désespérément excitée.

Cependant, nous jouions, désormais, et je n'étais pas encore tout à fait prête à lui concéder la victoire.

On resta donc comme ça, sans bouger, pendant quelques secondes. Puis il fit un pas vers moi.

— Enfreindre les règles n'est pas sans conséquences.

Je tremblai, déchirée par les souvenirs, des souvenirs assez puissants pour me faire exploser en mille morceaux. Des *conséquences.* Bon sang, oui, il y en avait. Mais je n'étais plus une gamine. Et je ne me cachais pas. Pas à ce moment-là. Il ne s'agissait pas de la douleur, ni de la peur, ni des monstres qui se cachaient dans l'obscurité.

— Sloane ?

Il ne dit rien d'autre, juste mon prénom. Mais je pus entendre l'inquiétude dans sa voix. Je n'avais pas envie qu'il s'inquiète – ou, plutôt, je n'avais pas envie qu'il se pose des questions sur les secrets que je cherchais à cacher. Et je ne voulais pas non plus qu'il fasse marche arrière à ce stade. J'avais peur qu'il ne pousse tout ça trop loin. De changer d'avis.

Je ne changeai pas d'avis.

Peu importait le reste, j'avais envie de ça. Et pas à cause d'Amy. Pas parce que j'avais élaboré un plan. Mais parce que j'aimais la façon dont je me sentais avec lui, et parce que j'en voulais plus. Enfreindre les règles ? Ouais, en ce qui concernait Tyler, je crois que c'était exactement ce que j'avais envie de faire.

Je relevai la tête et parvins à lui lancer un sourire aguicheur.

— Des conséquences ? répétai-je, tout en plantant doucement mes dents dans ma lèvre inférieure. Est-ce que tu vas me punir ?

Le coin de sa bouche trembla.

— Je dirais que c'est une hypothèse raisonnable.

Son regard vagabonda sur moi, l'inquiétude s'était envolée, remplacée par la maîtrise et l'excitation. Nous étions en train de jouer, et cette idée fit tourbillonner une chaleur enivrante à travers tout mon corps.

— Je me demande si le cul délicieux qui est le tien a déjà reçu une fessée.

— Oh.

Je sentis un léger pincement inattendu à ces mots, mais je n'allais pas l'admettre. Je me contentai donc de lever négligemment un sourcil.

— Alors, c'est *ça*, ton fantasme ?

— Non. Juste un plaisir.

L'intensité sombre de sa voix anéantit toutes mes tentatives pour avoir l'air détachée, et le pincement se transforma en *vibrato* profond.

— Je ne suis pas en mesure de le dire.

— Ah non ?

Il avança, et s'arrêta juste en face de moi, si près que je pouvais sentir son odeur. Le boisé de son eau de toilette s'évanouissait désormais dans un parfum sensuel de musc qui me donnait envie de me pencher plus près et d'y goûter.

— Intéressant. J'aime savoir que ma main sera la première à faire rougir ton adorable derrière, continua-t-il, en tendant le bras derrière moi pour caresser un instant mes fesses à travers le tissu fin de ma robe.

Je suffoquai, un son à la fois de plaisir et de surprise, et quand Tyler sourit, je sus que j'avais perdu ce round-là.

— Tu as enfreint une autre règle, dit-il. Ne me mens pas à propos de ce dont tu as envie. De ce qui t'excite.

— Je n'ai pas… Je n'ai jamais…

— Peut-être pas. Mais tu sais que ça te plairait. On ne t'a peut-être jamais fessée, mais j'ai vu ta peau rougir et la façon dont tes tétons se sont dressés sous ta robe. Tu peux imaginer le pincement, et la tiédeur juste après. Tu peux presque sentir la chaleur te parcourir. La façon dont ton corps se contracte de plaisir. Tu peux imaginer être nue, allongée sur mes genoux, sans savoir si je vais te fesser ou te baiser, mais désespérée que je te touche d'une façon ou d'une autre.

Il s'arrêta, et j'avalai une bouffée d'air en réalisant avec surprise que j'avais oublié de respirer.

— Mon Dieu, murmurai-je.

— Dis-moi que j'ai raison. Dis-moi que tu en as envie.

— Oui, chuchotai-je, parce qu'à quoi bon mentir, alors qu'il avait déjà vu la vérité ?

— Alors tu vas avoir ce que tu veux. Mais pas maintenant. Maintenant, tu vas te déshabiller. (Il sortit de sa poche la serviette pliée sur laquelle j'avais écrit.) Tu as dit que tu avais envie de jouer.

— C'était vrai. C'est vrai. Mais j'attends de toi que tu tiennes également tes promesses.

Il haussa un sourcil.

— Je vois. Et quelle promesse n'ai-je pas tenue jusqu'à présent ?

— Dans le couloir. Tu as dit que tu allais me déshabiller. (Le désir traversa son visage, et je fis un pas vers lui, encouragée par ma victoire.) Tu as dit que tu allais m'allonger, dis-je, tandis que mon sang bouillonnait à l'évocation de ses mots. Tu as dit que tu allais goûter jusqu'au dernier délicieux centimètre de mon corps.

J'étais juste devant lui, désormais, la tête penchée en arrière pour regarder son visage. Il avait les mains dans les poches de son pantalon, il était toujours en costume. Il était imposant, puissant et incroyablement sexy ; et j'avais envie de ses mains sur moi.

Son regard plongea dans le mien, plein de chaleur et de puissance ; je pris une inspiration, convaincue qu'il était aussi excité que moi.

— J'ai une très bonne mémoire, ajoutai-je.

Il pencha la tête, comme pour dire qu'il avait compris.

— C'est ce que je vois. Et tu as raison. J'ai dit toutes ces choses. Et je pensais chacune d'entre elles. Et j'ai hâte de les accomplir exactement. Mais d'abord, ajouta-t-il d'une voix qui n'ouvrait aucun débat, je vais te regarder enlever tes vêtements pour moi.

— Je…

— Je veux te voir, m'interrompit-il. Je veux tellement te voir que je peux à peine respirer.

Il traversa la pièce jusqu'à un lampadaire, qu'il ajusta pour m'éclairer comme un spot. Il fit oui de la tête quand un rond de lumière inonda la moquette en face de moi, puis alla s'asseoir avec décontraction dans un fauteuil.

— Déshabille-toi pour moi, Sloane.

Mon pouls s'accéléra et ma respiration me démangea. Le duvet de mes bras et de ma nuque sembla se hérisser. L'électricité parcourut mon corps. J'avais peur, plus énervée et remontée que jamais, comme quand je m'apprêtais à défoncer une porte. Je ne savais jamais sur quoi j'allais tomber de l'autre côté. La mort ? Le sang ?

Là, je savais exactement. Il y avait Tyler. Un homme qui voyait plus de moi que je ne voulais en montrer. Et cette minuscule vérité était à la fois terrifiante et réconfortante.

J'envisageai de refuser pendant quelques secondes. Lui dire que s'il voulait me voir nue, il pouvait s'en charger lui-même. Mais les mots ne passèrent pas mes lèvres quand je vis son visage. Il me regardait avec un tel mélange de désir pur et d'adoration que cela suffisait non seulement à m'encourager, mais aussi à m'exciter. J'avais un sentiment de défi. Comme s'il me vénérait tout en se moquant de moi.

C'était ça, le jeu. Et la seule façon dont je pouvais gagner était de regarder la flamme brûler encore plus fort dans ses yeux, à chaque parcelle de chair que je découvrirais pour lui.

Lentement – extrêmement lentement – je levai mes mains jusqu'à ma nuque. Mes doigts trouvèrent les liens qui tenaient le bustier en place, et je tirai sur le nœud pour le défaire. Je baissai les deux morceaux de tissu pour dévoiler doucement la courbe de mes seins, l'ocre de mon petit mamelon et la dureté de mes tétons.

Je fis tomber le tissu et le laissai pendre autour de ma taille. L'air frais fit frissonner ma peau brûlante et mes seins semblèrent encore plus lourds, comme s'ils suppliaient ses mains à lui de les soutenir.

J'entendis la respiration aiguë de Tyler, vis la façon dont il bougea sur son siège et celle dont ses doigts agrippèrent l'accoudoir, comme s'il faisait tout pour se retenir.

— Tu es tellement belle, putain, murmura-t-il.

— C'est ce qu'a dit le type en bas.

— Merde. (Il avait juré tout bas, de façon presque inaudible.) Je ne voulais pas te rappeler ça.

— Non… non, c'est juste… (Je pris une inspiration.) Il a dit ça, et j'ai voulu m'enfuir. Toi, tu le dis, et…

— Et quoi ?

— Et j'ai envie que tu me touches.

Son visage était recouvert d'ombre, mais je pouvais toujours voir ses traits se contracter, comme s'il était en pleine lutte.

— Je vais le faire, dit-il. Bien sûr, je vais le faire. Mais pour l'instant, je veux te regarder. Continue, dit-il avec un mouvement de tête, je veux voir chaque centimètre de toi.

Mon corps palpita de nervosité et d'excitation. Ma main trembla quand je saisis la fermeture Éclair dans mon dos. Je la fis glisser vers le bas, puis tirai tout doucement sur la robe. Le tissu tomba autour de mes pieds sur le sol, je ne portais plus que ma culotte rose pâle et mes chaussures rouge vif.

Je me léchai les lèvres et le regardai dans les yeux. Puis je sortis avec précaution de ma robe et me tins à nouveau immobile. Je ne m'étais approchée de lui que de quelques centimètres, mais l'air semblait plus lourd, chargé de puissance et de promesses encore plus intenses.

— Sais-tu à quel point tu es ravissante ?

Mes joues s'enflammèrent à ce compliment. Je savais que j'étais jolie, certains auraient même dit belle. Mais une fois que j'avais décidé de devenir flic, être jolie n'avait plus eu aucune importance, c'était d'être forte qui comptait. Mon corps était mince et svelte. Féminin, oui. Mais puissant aussi.

— Je veux voir le reste de toi, dit-il. Enlève ta culotte. Mais garde tes chaussures.

J'avalai ma salive, étonnamment timide. J'étais pour ainsi dire déjà nue, mais il y avait quelque chose de tellement audacieux dans le fait d'enlever tous mes vêtements, à part mes talons. De tellement décadent.

Je baissai les yeux pour me concentrer sur le sol, tout en attrapant l'élastique de ma culotte.

— Non. Regarde-moi.

— Tyler…

— Chut. Pas de discussion. Exécute-toi.

C'est ce que je fis. Et bien que je m'attende à être plus timide encore, exposée un peu plus, ce fut exactement le contraire. Je me sentis audacieuse. Folle. Je vis son désir pur et simple, et je sus qu'à cet instant, c'était moi qui avais le pouvoir.

Je n'étais pas étrangère au pouvoir – je l'exerçais quotidiennement dans mon métier. Mais c'était la première fois que je me sentais véritablement puissante en tant que femme.

J'aimais ça.

Avec un petit mouvement de hanches, je laissai tomber ma culotte, puis m'en débarrassai également.

— En voilà un joli tableau, dit Tyler en me toisant avec douceur. (Son sourire trembla quand il atteignit mon sexe à la toison parfaitement épilée.) Et tu es une vraie rousse.

— Tu en doutais ?

— Cela fait toujours plaisir d'en avoir la confirmation. Est-ce que tu as le tempérament qui va avec ?

— Défie-moi, et tu le découvriras…

— Un tempérament impétueux signifie souvent une certaine fougue au lit. J'ai hâte de découvrir si c'est vrai.

Il se leva, puis avança tout doucement jusqu'à moi. Il tendit la main pour saisir mes seins. Sa peau était chaude contre la mienne, et je fermai les yeux avec un petit gémissement de satisfaction, qui se transforma en suffocation quand ses pouces s'agitèrent sur mes tétons. Puis il me relâcha et j'ouvris les yeux pour le voir tourner autour de moi, si concentré que j'avais l'impression qu'il cherchait à mémoriser chaque centimètre de mon corps.

Je me tortillais, je ne voulais pas le quitter des yeux, tout en gardant mes pieds bien au sol. Quand il eut fini son tour, je croisai son regard tandis qu'il acquiesçait, satisfait.

— Tu es parfaite. Et tu es déjà excitée. J'aime ça. J'aime savoir que tu veux que je te touche, que je te caresse. Que tu as déjà envie que je sois à nouveau au fond de toi.

Je secouai la tête – une protestation de principe, simplement pour la forme. Mais cela aurait été un mensonge. Et je savais qu'il pouvait voir la vérité rien qu'à la couleur de ma peau. À la façon dont mon cœur tambourinait, à la pulsation visible dans mon cou et à la façon dont ma poitrine se soulevait et s'affaissait. Mes pupilles étaient sûrement dilatées. Et les boucles rousses naturelles entre mes cuisses étaient trempées, trempées de la preuve de mon excitation.

Alors, plutôt que de protester, je me contentai de le regarder. Mon regard glissa sur son entrejambe, et son pantalon ne servait pas à grand-chose pour cacher à quel point il était excité.

— J'aime le savoir, moi aussi.

Il gloussa.

— Je suis tenté de te jeter à nouveau sur ce canapé, et de te prendre tout de suite.

— Oui, oh, s'il te plaît, oui.

Il s'approcha, et même s'il ne me touchait toujours pas, chaque atome de mon corps frissonna et fredonna d'anticipation et de désir. « S'il te plaît. » Le mot semblait hurler dans mon cerveau.

— S'il te plaît, touche-moi.

— Bientôt. Quel est ce dicton, déjà ? Tout vient à point à qui sait attendre ?

— Que l'attente aille se faire foutre.

Il explosa de rire.

— Pour info, je pense la même chose. Mais te torturer m'amuse trop pour que je m'arrête.

— Au moins, tu es honnête.

— Il m'arrive de l'être. Pas souvent.

— Et là encore, tu es honnête, grimaçai-je.

— Il semblerait que tu me fasses cet effet. Intéressant.

Il fit un pas de plus, puis passa doucement son doigt sur la cicatrice rouge vif qui marquait ma hanche gauche.

— Une balle, dis-je, quand ses yeux interrogèrent silencieusement les miens. Un passage à tabac, repris-je en réussissant à mentir avec fluidité. Pas mon meilleur jour.

Il s'approcha de moi doucement, son doigt parcourut ma peau de l'endroit où la balle était entrée jusqu'à celui d'où elle était sortie.

— C'est propre. En tout cas, ça en a l'air.

— Elle a atteint une partie de l'os. Ça m'a fait un mal d'enfer, mais ça va mieux. Ça ne me lance plus que de temps en temps. Je n'aime pas en parler.

Il acquiesça, puis embrassa le bout de ses doigts avant de les poser sur ma blessure.

— Alors nous ne le ferons pas. Au lieu de ça, on peut dire combien tu es belle. Comme je bande, rien qu'à te regarder, dit-il en replaçant une mèche de cheveux derrière mon oreille. Et j'aime regarder.

Il plongea les yeux sur mes seins, et mes tétons se contractèrent en réponse. Un petit sourire balaya ses lèvres, et il releva son regard vers moi.

— J'aime voir les changements subtils de ton corps quand tu t'excites. Je veux mémoriser l'expression de ton visage quand tu jouis, ajouta-t-il, en prenant ma main et en glissant mes doigts entre mes jambes.

J'étais chaude et luisante, et mon corps trembla quand mon doigt effleura à peine mon clito.

— Oh ! mon Dieu, Tyler, s'il te plaît…

Je n'étais pas sûre de savoir si je le suppliais

d'arrêter ou de continuer. J'étais en pleine confusion. Je voulais me retourner. Libérer ma main. Me cacher. Mais en même temps, je ne voulais pas que cette sensation s'arrête.

— Il ne s'agit pas de fétichisme, il s'agit de plaisir, dit-il en retirant doucement ma main, ce qui me fit gémir. Et il s'agit de repousser les limites pour atteindre celui-ci. J'ai bien l'intention de repousser ces limites avec toi. Bientôt, dit-il en plongeant sa main délicatement entre mes jambes, tandis que je hurlais de frustration en silence à la douceur de sa caresse, alors que j'avais désespérément envie qu'il me dévaste. À cet instant, je veux te garder à fleur de peau.

— Tu y arrives très bien.

— Je sais. Je sais aussi que tu aimes ça. Tout comme je sais que tu as aimé notre petite rencontre tout à l'heure au Destiny. Le frisson qu'on puisse nous surprendre. L'excitation qui s'est ensuivie. Raconte-moi. Je veux savoir.

— Je… c'est vrai, admis-je. J'aime ça. (Je redressai les épaules en laissant la vérité m'envahir.) Je n'ai jamais… ce n'est pas le monde dans lequel je vis, conclus-je de façon un peu nulle.

— Non ? Quel dommage ! Tout le monde devrait se sentir en vie, devrait se fracasser contre la passion et le danger, la tentation et l'excitation. Il faut repousser les limites, parfois, parce que, autrement, comment peux-tu savoir où elles sont vraiment ?

J'ouvris la bouche pour répondre, lui dire que j'avais ce frisson dans mon boulot, quand je poursuivais et que j'attrapais des hommes comme lui. Mais je ne pouvais pas m'aventurer sur ce terrain et me dépêchai de ravaler mes mots.

— Quoi ?

— Je sais que j'ai une réponse, mais elle s'est envolée. (Je réussis à esquisser un sourire.) Tu me voles mes pensées, Tyler Sharp.

Son sourire révéla une fossette.

— Je vole beaucoup de choses.

Il y avait plusieurs façons de répondre à ça, mais on sonna à la porte avant que je n'aie le temps d'organiser mes pensées. Je sursautai et croisai aussitôt les bras devant moi, comme si cela suffisait à cacher la nudité de mon corps.

— Non, dit Tyler en secouant fermement la tête.

Quel que soit le ton amusé qu'il y avait eu entre nous, il s'était évaporé. C'était à nouveau l'homme puissant. L'homme qui m'avait dit de venir ici ce soir, seulement si je comprenais qu'il fallait que je joue selon ses règles à lui. C'était l'homme qui ne plaisantait pas à ce sujet.

— Assieds-toi, dit-il en montrant le canapé du menton.

Je me figeai, la peau soudainement moite.

— Quoi ?

— Assieds-toi, répéta-t-il, puis il me guida vers le canapé et me fit signe de m'asseoir.

Il colla mes genoux l'un à l'autre et posa mes mains de chaque côté de mes hanches. On sonna à nouveau.

— Juste une minute, cria-t-il.

— Non. Hors de question.

— Oh si ! dit-il, puis il prit doucement mon sein dans sa main. (Son pouce caressa mon téton, et je pris une grande inspiration.) Tu es intelligente, Sloane. Tu comprends le jeu.

— Je ne suis plus très sûre de comprendre grand-chose.

— J'avais dit que je gagnerais. Et tu es mon trophée, Sloane. Je peux m'amuser, te caresser, te satisfaire. Mais tu es néanmoins à moi. Ce soir, tu m'appartiens. Ce qui signifie qu'il y a des règles.

Quelque chose qui était peut-être de la peur me parcourut. Peut-être – mais je pense qu'en vérité, il s'agissait d'excitation.

— Je dois t'obéir ?

— Si tu es là, oui. Mais tu as le choix. Tu peux remettre ta robe. Tu peux passer cette porte. Mais tu ne vas pas le faire, je ne crois pas.

— Et pourquoi pas ?

Ma bouche était si sèche que je pouvais à peine parler.

— Parce que j'ai vu ton visage quand je t'ai touchée dans le couloir, quand les serveurs nous entouraient tous les deux, prétendant ne pas nous voir. S'en moquer. Il y a quelque chose d'excitant dans le fait d'être exposé. Dans le fait d'être juste un peu coquin. (Il soutint mon regard et je me dis à cette seconde que je n'avais aucun secret pour cet homme.) Tu n'enfreins peut-être aucune règle, Sloane, mais je serais prêt à parier une coquette somme d'argent que tu les repousses aussi loin que possible.

Je sentis mon pouls s'emballer, et je savais qu'il y avait du vrai dans ce qu'il disait.

— Ça t'excite, n'est-ce pas ? Savoir que tu es à moi. Savoir qu'en t'abandonnant à moi, tu fais également de moi ton captif.

— Oui.

Le mot ne fut qu'un murmure.

— Et tu m'as capturé, dit-il. Parce qu'il ne s'agit pas de ce que je veux, mais de ce que tu me fais. Et grands dieux, Sloane, tu m'as poussé à bout.

Il passa les doigts dans ses cheveux, et je pus voir à son visage qu'il disait la vérité. La chaleur, le désir. L'intensité avec laquelle il devait se contrôler. On aurait dit un ressort trop serré, et j'avais hâte qu'il explose.

— Tyler…

Prononcer son nom m'avait comme déchirée. Et mon Dieu, j'avais envie qu'il aille plus loin, qu'il écarte grandes mes cuisses, et qu'il me caresse enfin pour soulager cette délicieuse et implacable pression.

— Alors, je crois que tu vas rester, continua-t-il sur le ton de la conversation. Je peux me tromper. Cela arrive de temps en temps. Tu vas peut-être sortir d'ici en trombe sans te retourner. Tu vas peut-être me gifler et me dire d'aller au diable. C'est une possibilité.

— Peut-être, dis-je.

Dieu sait que j'aurais dû.

Mais je savais que je ne le ferais pas.

Chapitre 9

Il se retourna et, sans rien dire de plus, disparut de mon champ de vision pour rejoindre l'entrée. Je restai assise, le cœur battant. Je frissonnai. J'avais conscience du moindre poil minuscule de mon corps, comme si j'étais perdue au milieu d'une tempête d'électricité. De toutes petites gouttes de sueur apparurent sur ma nuque. Je voulais m'enfuir – et pourtant, je voulais rester.

Je me dis que c'était à cause de l'enquête, parce que je devais me rapprocher de l'homme, et comment diable allais-je le faire si je m'en allais ? Mais ce n'était pas vrai.

Je voulais rester parce qu'il me voulait. Parce que j'avais vu dans ses yeux la promesse de ce qui allait venir.

Et parce qu'il avait raison, je voulais repousser les limites des règles de son jeu.

Il revint dans la chambre, précédant d'à peine quelques pas un serveur qui portait un costume noir et cintré, et qui trébucha un peu avant de laisser échapper un petit cri de surprise, puis de continuer à avancer. J'étais certaine de mon effet, nue sur le canapé, le visage tourné vers l'entrée, les mains sur les coussins et la poitrine exposée.

Je ne me recroquevillai pas, malgré mon envie. J'étais bien trop fière. Mais je ne regardai pas non plus le serveur. Pour la première fois depuis la fin de mes études, j'évitais volontairement le regard de quelqu'un. Je concentrai plutôt toute mon attention sur Tyler – et il concentra toute la sienne sur moi. Je vis la passion sur son visage. La chaleur, la passion et l'instinct de propriété.

Un désir brut brûlait dans ses yeux, et à cette seconde précise, je sus que c'était moi qui avais tout le contrôle. Je l'excitais, je l'énervais. Non pas parce que j'étais nue et exposée, mais nue et exposée parce qu'il l'avait décidé.

Et ce désir, cette faim primaire et sensuelle, me déchira moi aussi. J'avais chaud, j'étais habitée par une puissance toute féminine. J'avais envie qu'on me caresse. Que l'homme qui m'avait amenée jusqu'ici, jusqu'à ce sommet de désir extrême, vienne me réclamer.

Tyler.

Comme s'il pouvait lire dans mes pensées, le coin de sa bouche se retroussa légèrement, promesse subtile de ce qui allait suivre.

Le sang courait le long de mes tempes, et je pouvais à peine respirer, tandis que le serveur se pressait d'installer le chariot et de le convertir en une petite table. J'entendis le cliquetis de la vaisselle et le bruit particulier d'une bouteille de champagne qu'on débouche.

Puis Tyler signa la note, et le serveur courut vers la porte à la vitesse de l'éclair. Quand j'entendis celle-ci se refermer, je pus à nouveau respirer en regardant l'expression faussement décontractée de Tyler se radoucir un peu.

— Tu vois ? Il y a quelque chose d'excitant dans le fait d'être coquin – non, ne dis rien. Je peux lire la vérité sur ton visage. Tu l'as excité lui aussi, je crois. En tout cas, tu lui as donné une histoire à raconter à ses copains quand il sera vieux.

— J'espère que tu lui as laissé un bon pourboire, dis-je, surprise d'être capable de prononcer le moindre mot, et encore plus d'arriver à être sarcastique.

— Je crois que c'était toi, le meilleur pourboire. Mais oui. J'ai considérablement augmenté la somme habituelle.

Je voulus me lever, mais il me fit signe de rester assise, et je fus contente qu'il le fasse. Remontée comme je l'étais, je n'étais pas sûre que mes jambes puissent me soutenir.

— Tu t'en es bien sortie.

Il s'approcha du chariot, sortit la bouteille de champagne du seau, remplit une coupe et me l'apporta, ainsi qu'une petite assiette. Il poussa du pied la table basse juste devant moi pour la décaler sur le côté, puis y posa le verre et l'assiette. L'assiette contenait une sélection de truffes en chocolat.

Je levai les yeux vers lui, et il sourit pour répondre à ma question silencieuse.

— C'est l'heure de ta récompense. Dis-moi, Sloane, de quoi as-tu envie ?

De toi. Oh ! mon Dieu, rien que de toi. Les mots semblaient appuyer contre mes lèvres, comme pour supplier de pouvoir sortir de ma bouche. Mais je les ravalai, sans doute par stupidité. Je voulais cacher une partie de moi au moins, moi qui étais assise nue devant lui.

Je fis exprès de baisser les yeux avec lenteur sur la table basse.

— J'aime beaucoup le chocolat.

— Ah oui ? Tout ce que veut Madame.

Il coupa en deux une truffe ronde, luisante dans sa coquille de chocolat noir, et recouverte d'une minuscule étoile de sucre glace.

S'agenouillant devant moi, il posa une main sur mon genou et se pencha pour faire doucement glisser la truffe le long de ma lèvre inférieure.

— Ouvre, dit-il, et tandis que j'ouvrais lentement la bouche, il écarta doucement mes cuisses.

L'air frais s'engouffra entre mes jambes, vint taquiner ma peau surchauffée, et je mesurai combien j'étais déjà trempée.

Je gémis, mais le son fut étouffé par le bonbon.

— Voilà, comme ça, dit-il en faisant glisser la truffe dans ma bouche. Maintenant, mâche et avale.

Je m'exécutai, puis gémis de surprise et de plaisir quand le jus sucré d'une cerise coula sur ma langue. Un peu du liquide s'échappa au coin de ma bouche.

Tandis que j'avalais la moitié de la truffe, il prit le reste et le fit glisser sur ses lèvres à lui, avalant sans jamais me quitter des yeux. Je vis cette tempête dans ses yeux. Une tempête de feu et de désir qui allait à coup sûr me faire chavirer, me faire m'envoler. J'en avais envie aussi. J'avais désespérément envie qu'il me touche, m'embrasse. Tout.

— Délicieux, dit-il, et sous la sensualité de ce seul mot, mon corps se contracta.

Il me fallut toute la force du monde pour ne pas

l'attirer d'un coup sec contre moi et le supplier, par pitié, de simplement me baiser, parce que rien d'autre ne pouvait éteindre cette chaleur ni contenir le feu sur le point de me réduire en cendres.

— Mais ça, dit-il en essuyant le jus de ma bouche du bout du doigt, c'est encore plus délicieux.

J'avalai ma salive, excitée à l'idée qu'il glisse son doigt dans sa bouche pour sucer le jus récolté. Ou peut-être allait-il me surprendre en glissant ce doigt dans ma bouche à moi, et je pourrais arrondir mes lèvres autour de ce pouce et me perdre dans son goût enrobé de cerise.

Mais ce n'était pas ce qu'il avait en tête.

Plutôt que de fourrer son doigt dans ma bouche, il le posa sur mon clito en glissant sa main entre mes cuisses écartées. J'eus le souffle coupé et perdis tous mes moyens.

Puis, tandis qu'il s'amusait et jouait avec lenteur, une lenteur diabolique, tout ce qu'il me restait de raison s'envola également. Je n'étais plus qu'une sensation pure. Un ensemble d'atomes grandeur réelle, qui n'existait que pour s'agiter et frémir de plaisir.

Puis il recula. Je gémis, désespérée qu'il ne finisse pas ce qu'il avait commencé.

— Chuuut, murmura-t-il en posant ses mains sur mes hanches pour m'empêcher de me tortiller en une demande silencieuse.

— Tyler… (Ma voix était déchirée, comme si on me l'arrachait.) Arrête. Laisse-moi…

— Chut, répéta-t-il en me maintenant immobile. (Pire, en me maintenant insatisfaite.) Je crois qu'il y a un peu de sirop de cerise dans un endroit délicieux. (Il leva les yeux vers moi, chauds et affamés, et mon sexe se contracta à l'idée de ce qui allait venir.) Et je veux y goûter juste un petit peu.

Oui, oui, oh ! Dieu tout-puissant, oui.

Comme s'il avait décidé de me torturer, il longea l'intérieur de ma cuisse en y déposant des baisers, pour me rendre encore un peu plus dingue. J'avais envie de me tortiller, de tordre mon corps en rythme avec les sensations qui pulsaient en moi, mais il me tenait fermement. Je ne pouvais pas bouger. Et d'une certaine façon, mon immobilité n'en rendait mon plaisir que plus fou.

Du bout de sa langue, il taquina la peau douce du pli de mes cuisses. J'inspirai, le souffle saccadé, et cambrai le dos en essayant de respirer, tandis que des étincelles de plaisir embrasaient mon corps, si délicieusement et pourtant pas assez. Je voulais exploser.

— S'il te plaît, suppliai-je, puis je criai de plaisir quand il concentra son attention sur mon clito, quand sa langue trouva la partie la plus sensible de mon corps.

Il me lapa, joua avec, et mon corps trembla sous la pression grandissante d'une explosion imminente qui semblait ne jamais vraiment arriver.

Je me cambrai et fermai les yeux, comme si ma seule volonté était assez forte pour me faire basculer. J'étais proche, si proche, bon sang…

— Tyler, murmurai-je, Tyler, s'il te plaît…

Il recula doucement, puis leva la tête pour me regarder, tandis que je luttais pour contenir un cri de protestation.

— Comme je l'ai dit, délicieux… (Il se pencha de côté et attrapa la coupe de champagne.) Bois, dit-il.

Je pris le verre, reconnaissante, et avalai une gorgée

du liquide frais, mais qui ne suffisait pas à apaiser la chaleur douloureuse qui faisait rage en moi.

— Garde-m'en un peu, dit-il en me prenant doucement le verre des mains.

Il en but lui aussi, puis ses mains écartèrent encore plus mes cuisses, et – Dieu merci – il baissa à nouveau la bouche sur mon sexe.

Je m'étais attendue au plaisir. Mais je ne m'attendais pas au délice explosif qui vint de l'alliance de sa bouche chaude, de sa langue agile et du champagne pétillant et froid. Les bulles pétillaient sur mon clito déjà ultrasensible, la sensation était presque trop forte pour être supportable. Un million de petits « boum ! » et de vibrations, chacun promettant quelque chose de plus grand, de plus fou et de plus chaud.

Et pourtant, aucun d'entre eux ne suffit à m'emmener de l'autre côté. J'avais besoin de ses caresses, de sa langue. J'en avais besoin, là, mais même si j'agitais mes hanches de manière éhontée, il ne resta jamais suffisamment longtemps sur ce point névralgique pour me faire franchir la ligne d'arrivée.

— S'il te plaît, suppliai-je.

Mais il n'avait que faire de mes suppliques. Il concentra son attention ailleurs, et préféra tracer un chemin de baisers le long de la ligne épilée de mon pubis, jusqu'à mon nombril, sur lequel sa langue s'attarda.

Chaque caresse était d'un érotisme fou et provoquait en moi des tourbillons de chaleur. Seulement, ce n'était pas la chaleur que je voulais, c'était l'explosion, et, tandis que je gémissais à la fois de plaisir et de mécontentement, sa bouche se referma violemment sur mon sein, et ses dents mordillèrent mon téton tendu.

— Tu me tortures, murmurai-je quand sa main plongea entre mes cuisses.

Il glissa un doigt en moi, et je suffoquai. Il me caressa, ses gestes étaient longs et lents, destinés à faire monter et monter le plaisir, sans jamais tout à fait atteindre l'apogée.

— Espèce de salaud, dis-je en gémissant. Tu le fais exprès.

— Que tu es maligne. (Il posa ses mains sur mes seins, puis sa bouche sur mon cou. Ses baisers le long de ma gorge étaient un nouveau genre de torture ; je penchai instinctivement la tête sur le côté.) Mais s'agit-il vraiment de torture ? murmura-t-il, ses lèvres effleurant ma peau à chaque mot doux qu'il prononçait, envoyant des ondes de choc qui se déchiraient à travers moi. Ou cela renforce-t-il le plaisir d'imaginer la suite ?

— Torture, dis-je avec fermeté, le faisant rire. Et moi qui commençais à croire que tu étais un type gentil. Tu n'es pas gentil du tout.

Il recula doucement pour que je puisse voir son visage. Le désir, la chaleur et quelque chose de férocement impitoyable me transpercèrent.

— Tu as raison, dit-il. Je ne le suis pas.

Tandis que je m'efforçais de ne pas gémir, Tyler se leva. Il me tendit la main, je la pris à la fois avec curiosité et excitation. J'espérais qu'il allait me guider vers la chambre, j'espérais qu'il avait l'intention de finir ce qu'il avait commencé. J'avais peur qu'il n'ait autre chose en tête, cependant – et maudit soit-il, je ne pouvais rien faire pour empêcher le bouillonnement de mon sang dû à ce mélange de curiosité et, oui, d'excitation.

Il me conduisit sans un mot vers un petit couloir, puis à travers une autre pièce assez impersonnelle.

Pour être honnête, je nageais à tel point dans une brume de sensualité que je me demande encore comment je pus remarquer quoi que ce soit autour de moi. Mais quelques détails me sautèrent aux yeux. Les peintures. Les moulures. Chaque coin était décoré d'antiquités, et pourtant la pièce était toujours élégante, sans être surchargée.

On traversa encore un autre couloir, et je me mis à croire follement qu'on ne faisait en réalité que tourner en rond. Plus de torture encore. Plus d'excitation encore.

Quand je lui fis part de cette idée, il se mit à rire.

— Je ne suis pas si cruel. Cet endroit est simplement immense. On pourrait s'y perdre. Ça m'arrive, parfois.

— Vraiment ?

— Non, mais ça ferait une excellente histoire.

— C'est ce que tu fais ? Inventer des histoires quand la vérité n'est pas assez intéressante ?

Le coin de sa bouche tressauta.

— Absolument.

— Eh bien, quel casse-tête !

— De quoi ?

— Tu es honnête sur le fait de ne pas l'être.

— Peut-être que j'essaie juste de t'intriguer, dit-il, avec à nouveau une pointe de chaleur dans la voix.

Je ne le regardai pas vraiment dans les yeux.

— Je ne crois pas que tu aies à t'inquiéter de ce côté-là.

On atteignit la porte ouverte de la chambre à coucher, et je fus surprise du contraste entre cette pièce et le reste de la suite. Elle était meublée de façon moderne, comme celle que Tyler avait dit préférer. Des lignes épurées qui privilégiaient le fonctionnel à la forme, mais suggéraient néanmoins la richesse et le goût.

Intéressant. Cela me disait que c'était un homme prêt à faire des compromis, mais pas sur les choses personnelles ou importantes pour lui.

Au fond de la pièce, il y avait deux portes coulissantes, derrière lesquelles, je suppose, se trouvait une salle de bains. Un énorme lit trônait au milieu de la chambre, devant les fenêtres, d'où l'on pouvait voir les lumières de la ville scintiller comme des étoiles.

Je m'attendais que l'on se dirige vers le lit, mais Tyler me guida vers les deux portes coulissantes. En chemin, je me concentrai sur chaque détail, je regardai la pièce comme j'aurais examiné une scène de crime, j'essayai de déceler tout ce que je pouvais savoir sur l'homme qui y vivait. La commode, avec ses affaires personnelles savamment posées dessus, suggérait un sens aigu de l'organisation, tandis que les vêtements jetés négligemment sur le dos d'un fauteuil montraient que ce n'était pas non plus chez lui une obsession.

Il n'y avait dans cette pièce aucune photo, aucun livre, rien de personnel. Rien, à part un plaid fait main impeccablement plié au pied du lit. Et ce seul objet souleva plus de questions en moi que toutes les informations que j'avais déterrées sur cet homme puissant et mystérieux, potentiellement dangereux.

Je dus hésiter, parce qu'il tira légèrement sur mon bras, et quand je me retournai vers lui, son expression s'était assombrie. Il pencha la tête vers les deux portes de l'autre côté de la pièce.

— Pas le lit, dit-il simplement. Pas encore.

— Je regardais le plaid, dis-je en murmurant de façon inexplicable. Un héritage ?

— Oui, se contenta-t-il de répondre.

J'allais lui poser plus de questions, mais je m'arrêtai. Ce n'était pas un rendez-vous galant, et peu importait à quel point je profitais de la soirée, il fallait que je me souvienne que j'étais en mission. Connaître les petits détails m'aiderait peut-être à dresser un meilleur portrait de l'homme, mais je ne voyais pas comment un plaid aurait pu avoir le moindre rapport avec Amy.

Je n'avais pas besoin de détails intimes. Et bon sang, je n'aurais pas dû vouloir les connaître. Je savais que Sharp était mouillé, mais dans quoi ? Peut-être pas la traite des femmes – mon Dieu, j'espérais que non –, mais dans sa façon de vivre, dans sa façon de conduire ses affaires, dans sa vision du monde. Tyler Sharp faisait un pied de nez à tout un tas de lois que je passais ma vie à faire appliquer.

Et pourtant, en quelques heures à peine, il avait réussi à me chambouler. Je me dis que tout ça était compréhensible – on part en mission pour séduire, alors la séduction est de mise. Et, oui, Tyler Sharp m'avait bel et bien séduite. Il m'avait fait vrombir, avait réveillé mon désir. Ma faim. Il m'avait poussée plus loin que je n'étais jamais allée auparavant, et je devais admettre que cela me plaisait.

Mais cette petite excursion à travers la suite m'avait donné une chance de me reprendre, et c'était tant mieux. J'avais toujours envie de ses caresses – oh ! mon Dieu, plus que jamais – mais la brume sensuelle qui avait faussé mon jugement s'était évaporée, et j'étais désormais concentrée sur ma mission.

Bon sang, le sexe avec Tyler était peut-être agréable, mais en fin de compte, le sexe n'était rien de plus que du sexe.

Et il fallait que cela reste comme ça.

Chapitre 10

Je crois que ce furent les bougies qui eurent raison de moi.

Il ouvrit les portes, et je vis la pièce plongée dans la lueur dorée d'au moins deux douzaines de bougies. Elles étaient posées à même le sol, sur des étagères, ou sur des petites tables qui entouraient l'énorme baignoire. La pièce embaumait la lavande et la vanille ; je pris une grande inspiration.

— Comment ? demandai-je. Quand ?

— J'ai envoyé un texto à l'hôtel depuis la voiture.

Je ne pus m'empêcher de rire, il avait l'air incroyablement arrogant.

Il me prit la main et me fit monter les deux marches qui menaient à la baignoire en marbre, déjà remplie de mousse parfumée à la lavande.

— Vas-y. Entre.

J'enlevai mes chaussures, puis m'arrêtai et me retournai vers lui.

— Je ne te comprends pas, dis-je d'un ton plaintif. Tu me forces à me déshabiller. Tu fais venir ce serveur. C'est osé. Primaire. Je ne sais pas… dangereux, peut-être. Sexy, en tout cas.

— Tu as oublié « fou ».

— Fou, dis-je pour confirmer. Mais ça… (Je désignai du bras la pièce éclairée à la bougie.) C'est fou aussi. Follement romantique. Sensuel. Calme, serein et merveilleux.

— Et cela te pose un problème ?

— Ça me perturbe, admis-je.

Je vis ses yeux s'éclairer avec humour.

— Peut-être que j'ai envie de te perturber. Ou peut-être que j'essaie de prouver quelque chose.

— Quoi ?

— Il y a bien des façons de satisfaire une femme, dit-il sur un ton qui suggérait que l'on n'avait même pas commencé. On peut être brusque et animal, doux et sentimental. Comment savoir ce qu'elle veut avant d'avoir vu sa réaction ?

J'avalai ma salive.

— Et qu'est-ce que je veux, exactement ?

— Toi ? Chérie, tu veux tout, dit-il sur un ton qui fit trembler mes genoux. Et j'ai hâte de te le donner. (Il désigna à nouveau la baignoire du menton.) Dedans.

Je ne débattis pas. Je me contentai d'avancer avec précaution sur le marbre froid jusqu'au bord de la baignoire. Je goûtai l'eau et découvris que sa température était idéale, un peu chaude, mais à mille lieues d'être bouillante. Je m'y glissai dans un soupir de contentement.

Tyler cala un oreiller gonflable derrière ma tête, et je lui souris.

— Tu te joins à moi ?

— Non, dit-il tout en enlevant sa montre, une pièce superbe qui me parut ancienne. Non.

Il posa la montre avec précaution sur une table à côté, et comme il se mit ensuite à déboutonner sa chemise, je crus qu'il plaisantait.

Je le regardai l'enlever, à mon plus grand plaisir. Son corps était délicieusement parfait, bronzé et mince, les bras et la poitrine dessinés comme ceux d'un nageur. J'avais envie de tendre la main pour le toucher. De découvrir par moi-même si la couverture de poils sur son torse était aussi douce qu'elle en avait l'air, et si ses muscles étaient aussi durs. Je voulais faire courir mes lèvres sur chaque centimètre de son corps.

Enfin, je voulais surtout le faire tomber dans ce bain avec moi.

Mais je me contentai de le regarder s'asseoir sur le bord – il portait toujours cet élégant pantalon gris. On aurait dit qu'il sortait d'un calendrier coquin, avec cette sensualité naturelle d'un homme torse nu en pantalon, les cheveux un peu ébouriffés.

Il était exceptionnel, et je ne pus m'empêcher de me demander combien de femmes il avait amenées ici, combien il en avait caressé, baigné, conduit jusqu'au lit.

Je me le demandai. J'aurais préféré ne pas avoir laissé cette idée m'envahir l'esprit. Je n'avais pas le droit d'être jalouse. Tyler ne m'appartenait pas – il ne pouvait pas m'appartenir – et la moindre connexion que je pensais exister entre nous ce soir-là n'était qu'une illusion. Comment aurait-elle pu être réelle, quand nous nous accrochions tous les deux aussi fort à nos secrets ?

— Plongée dans tes pensées ? demanda-t-il en me caressant les cheveux.

Je relevai la tête pour lui sourire.

— Je pensais juste que je te trouvais très beau.

Il haussa les sourcils.

— Je suis flatté.

— Tu sais que tu es incroyable.

— Et à tellement de niveaux, dit-il avec un sourire satisfait.

Je ris et me mis à l'éclabousser. Il attrapa ma main.

— Les mains sur les genoux, dit-il. Je vais te laver.

J'ouvris la bouche. Pourquoi ? Me plaindre ? Poser une question ? Je ne dis rien finalement, je me laissai retomber sur l'oreiller, mes mains sur les genoux, et le laissai prendre le contrôle.

Il commença par mes jambes. Il leva tour à tour chacune d'elles, en posant le talon sur une petite marche à l'intérieur de la baignoire qui, je le suppose, était prévue spécialement à cet effet. Il frotta mon corps avec des savons parfumés, fit remonter ses mains glissantes et luisantes le long de mes pieds, de mes mollets, de mes cuisses. Quand il atteignit la jointure, il effleura mon sexe, envoyant des décharges de plaisir danser en moi. Et puis sa main était repartie, comme s'il avait uniquement voulu me montrer ce qui allait suivre, et rien d'autre.

Il passa à mon buste, puis à mes bras et à mes mains. Il massa sensuellement chaque doigt jusqu'à ce que je sois sur le point de devenir folle de désir. J'avais besoin de plus, de tellement plus. Puis il se concentra sur mes seins, les caressa et les frotta jusqu'à ce que je sois consciente de chaque cellule de mon corps, et que mes tétons se contractent de désir.

À mon grand regret, il n'alla pas plus loin.

— Comment te sens-tu ? demanda-t-il, et d'un coup j'ouvris les yeux et le vis me sourire avec une sorte de satisfaction sensuelle.

— Détendue. Excitée.

Je vis la lueur dans ses yeux. Mais si le fait de m'avoir caressée et frottée l'avait excité lui aussi, il n'en dit rien.

Il se contenta à la place de brandir le pommeau de douche et de me mouiller les cheveux.

Ses mains, à la fois fortes et sensuelles, massaient mon cuir chevelu tandis que le shampoing qu'il avait choisi – à la menthe et à l'eucalyptus – envahissait mes sens. Je me mis à flotter, les yeux fermés, auprès de cet homme qui s'occupait de moi.

Je ne sais combien de temps je flottai comme ça, perdue dans le paradis sensuel dans lequel Tyler m'avait plongée. Je sais juste que quand j'ouvris les yeux, mes cheveux étaient rincés et la baignoire en train de se vider – et plutôt que d'être envahie par le froid en voyant l'eau s'écouler, je sentis au contraire les pulsations chaudes du désir battre en moi.

Tyler me tendit la main sans un mot. Je la pris, reconnaissante. Je n'étais pas sûre de tenir debout sans son aide.

Je tâtonnai avec précaution jusqu'en bas des marches, puis me séchai avec la serviette tandis qu'il se tenait debout devant moi, juste là, à me regarder. L'air étincelait d'électricité autour de nous. Je tendis la main – il le fallait – et fis glisser doucement mes doigts le long de son torse.

Je sentis le battement de son cœur sous ma paume et l'y appuyai. Je relevai la tête, trouvai ses yeux, et faillis trébucher en voyant la force du désir qu'ils me renvoyaient.

— Oui, murmurai-je. Mon Dieu, oui.

Il ne bougea pas. Il ne parla pas, mais tandis que je glissais ma main vers le bas pour explorer les courbes de son corps, je sentis ses muscles se contracter, il pouvait à peine se contrôler. Je souris, j'aimais le fait d'être celle qui le faisait trembler et je m'agenouillai tout doucement, en me disant que j'aimerais le faire trembler un peu plus encore.

Mais quand j'atteignis sa braguette, il arrêta délicatement ma main.

— Non.

Je relevai les yeux.

— Je crois savoir que tu aimes ça.

— Beaucoup. Et il y a peu de choses que j'aimerais plus au monde que de voir tes lèvres autour de ma queue. Mais pas maintenant.

— Pourquoi pas ?

Il me prit la main et m'aida à me relever.

— Parce que le reste de cette nuit t'est consacré, à toi.

— Oh…

Il entra dans le dressing et en ressortit avec un peignoir en soie blanche, qu'il m'aida à enfiler. La matière était aussi douce et délicate qu'un baiser. Je serrai la ceinture, puis passai les mains sur le tissu en savourant la sensation sur ma peau.

— J'aime te regarder, dit-il doucement. J'aime voir la façon dont ton corps réagit à mes caresses. La façon dont tes paupières battent quand tu es à la limite de basculer. Il y a une honnêteté entre nous… Eh bien, j'aime ça.

— Je ne fais que réagir à toi, dis-je, la voix douce, même si les mots étaient entièrement vrais.

— Bien, dit-il, et nos regards se croisèrent.

Je sentis cette contraction dans mon ventre, ce fort tiraillement de désir. Mes lèvres s'entrouvrirent et je me hissai sur la pointe des pieds, en tendant la main vers son épaule, en m'approchant, affamée de sa bouche, de son baiser…

Mais il recula, et il n'y eut soudainement aucun endroit où se réfugier. Je baissai les yeux au sol, embarrassée.

— Je suis désolée, je n'avais pas l'intention…

De quoi ? De l'embrasser ? Bon sang que si, j'avais eu l'intention de l'embrasser. « Je n'avais pas l'intention d'avoir l'air complètement ridicule » serait plus exact, mais ça, je ne voulais pas vraiment le lui dire.

Et puis, je compris enfin.

— C'est ce que tu as dit dans l'ascenseur. Malgré tout ça, malgré le fait que tu me mettes dans cet état, tu ne vas pas m'embrasser. Tu vas continuer à me torturer, n'est-ce pas ?

Lentement il se mit à sourire, un sourire sexy et indéniablement charmant. Et il ne prononça pas le moindre foutu mot pour me répondre. Il attrapa une mèche de mes cheveux et l'enroula autour de ses doigts.

— Mon Dieu, que tu me tentes. Viens avec moi.

Il me tendit la main. J'étais à la fois irritée, amusée et excitée. De plus, le seul endroit où on pouvait aller en sortant de cette pièce, c'était la chambre, ce qui voulait dire qu'il me conduisait enfin jusqu'à son lit.

— Est-ce que tu te souviens de ce que je t'ai dit ? Ce que j'aime ? demanda-t-il en me guidant vers la chambre.

— Tu as dit que tu aimais me regarder.

— Très bien. Un bon point pour l'élève douée. Et, oui, j'ai beaucoup aimé ça. J'ai tout aimé – te pomponner, te caresser. J'ai aimé regarder ton visage quand le serveur est entré. Et j'ai aimé savoir que tu faisais tout ça – rester là assise, exposée devant lui – parce que tu voulais me satisfaire, moi.

Il fit un pas vers moi, s'approchant ainsi de la porte sans dépasser le seuil.

— J'ai bandé en te regardant à ce moment-là, est-ce que tu le sais ?

Je secouai la tête.

— Savoir jusqu'où tu étais prête à aller pour me satisfaire, ça m'a fait bander. Ça m'a donné encore plus envie de toi. Et je me suis demandé jusqu'où tu pourrais encore aller.

Je me léchai les lèvres et ne prononçai pas un mot.

— C'est ça que tu veux, n'est-ce pas ? L'aventure. Le frisson. C'est pour ça que tu m'as envoyé ce mot en disant que tu voulais jouer – et c'est pour ça que tu t'es énervée quand je t'ai renvoyée chez toi.

J'acquiesçai.

— Et tu es ici avec moi parce que tu as faim de quelque chose. Dis-moi, Sloane, dis-moi de quoi tu as faim.

— De toi.

Il secoua la tête.

— Moi, oui, mais c'est plus que ça. Tu veux que je t'emmène jusqu'au bout du chemin. Tu veux découvrir jusqu'où tu es capable d'aller. Pourquoi moi, Sloane ? Je veux que tu me le dises.

Il tendit la main et me caressa la joue. Je me forçai à faire un pas en arrière, car comment pouvais-je répondre à cette question ? *Parce que tu étais juste là, au cœur de mon enquête ? Parce que je veux me rapprocher, je veux toujours infiltrer le Destiny ; je veux toujours savoir ce que tu trames, et si Kevin a ne serait-ce qu'un tant soit peu raison, je veux toujours te coincer.*

Tout ça était vrai. Mais ce n'était pas la vérité.

La vérité était plus brute, plus effrayante. Parce que Tyler Sharp était dangereux. Il était audacieux. Il n'était pas le genre d'homme que j'aurais dû laisser m'atteindre.

Et pourtant je l'avais fait, et cette vérité me fit mal au plus profond de moi. Et j'avais peur de ne plus jamais pouvoir retirer quoi que ce soit de ce que je dirais à haute voix.

Quand bien même, il fallait que je dise quelque chose. Je pris donc une grande inspiration, rassemblai mon courage et dis à cette homme énigmatique et dangereux la plus profonde et la plus essentielle des vérités.

— Parce que tu m'as vue, parce que tu me vois. Parce que personne d'autre ne l'a jamais fait.

Il soutint mon regard, puis acquiesça doucement. Quelques secondes plus tard, il se dirigea vers le lit et s'assit sur le bord.

— Viens par ici.

J'avançai et m'arrêtai entre ses genoux. Il saisit la ceinture de mon peignoir et tira sur le nœud pour le défaire. Le peignoir s'ouvrit, j'étais exposée face à lui.

Je restai complètement immobile, pourtant mon sang martelait si fort dans mes veines que je me demandais comment il pouvait ne pas l'entendre. Il se leva, son corps si près du mien que je pouvais sentir sa chaleur. Puis, d'une main, il tira sur la ceinture du peignoir pour la défaire des passants. Il leva ensuite les deux mains et les posa sur mes épaules pour m'enlever doucement le peignoir.

Son regard parcourut lentement mon corps, et je sentais le désir grandir en moi à chaque seconde. Je ne savais pas à quoi m'attendre – tout ce que je savais, c'est que j'en avais envie, et tout de suite.

— Magnifique.

Un seul mot, mais qui aurait aussi bien pu être une caresse. Mes seins se durcirent, mes tétons durcirent si fort que cela en fut presque douloureux. Et mon sexe souffrait d'un désir lancinant que seule une caresse de sa part aurait pu satisfaire.

J'avais envie de le supplier. De prendre sa main et de la poser sur moi. Mais je dis simplement, à la place :

— S'il te plaît.

— Donne-moi ta main.

Sa voix était sensuelle et autoritaire à la fois, et je m'exécutai.

Il la prit doucement et fit lentement glisser la ceinture en soie le long de mon bras, de mon poignet et du dos de ma main. Je n'avais jamais considéré les mains comme particulièrement érotiques, mais le charme sensuel de la soie sur ma peau était indéniable.

— S'il te plaît, répétai-je, et je vis sa bouche esquisser un sourire.

— S'il te plaît quoi ?

— Je ne sais pas, répondis-je honnêtement. Juste s'il te plaît.

— Tout ce que veut Madame.

Il enroula la ceinture autour de mon poignet, puis la noua. Je sentis alors une vague de froid m'envahir doucement, se frayer un chemin sous la chaleur de mon corps. Je me mordis la lèvre en essayant de résister à mon envie de retirer ma main et me forçai simplement à respirer.

— Il y a quelque chose de sensuel dans le fait d'être attaché, dit-il, tandis que la vague de froid se mettait à tourbillonner dans mon ventre.

— Non, murmurai-je, sans retirer ma main pour autant.

Le froid m'avait figée.

Son sourire était presque amusé.

— Tu es venue me voir, Sloane, tu te souviens ? Tu es venue parce que tu voulais voir jusqu'où je pouvais t'emmener.

Mais pas jusque-là, avais-je envie de crier. *Tu devrais le savoir. Tu devrais voir. Pas jusque-là.*

Comme s'il avait entendu ma supplique silencieuse, il lâcha ma main et je faillis hurler de gratitude quand la glace dans mes veines se mit à fondre.

Crise avortée. Horreur évitée. Ça va aller. Tout va bien. Contente-toi de respirer et tout va bien se passer.

Voilà ce que je me dis. Ce que je me répétai comme un mantra tout en baissant le bras, avec le bout de soie qui pendait toujours à mon poignet. Le soulagement me balaya de façon si puissante que j'en fus un peu affaiblie et eus un peu mal au cœur.

— Nous allons aller très loin, je te le promets.

Doucement, de façon si frustrante, il caressa mes salières du bout du doigt. Puis il glissa vers le bas, de plus en plus bas, une ligne droite entre mes seins et mon abdomen.

Mes muscles se contractèrent sous sa caresse – mon souffle venait par petites suffocations. Il glissa encore plus bas, jusqu'à ce que ses doigts me trouvent trempée et prête, et que même le plus petit effleurement de sa main sur mon clito fasse trembler tout mon corps et le fasse s'abandonner tout entier.

— Pas encore, dit-il en retirant sa main avec un sourire diabolique, puis en m'attirant sur le lit et en m'allongeant sur le dos.

Je le regardai, penché au-dessus de moi.

— Ravissant, dit-il. Maintenant, écarte les jambes. Je veux te voir grande ouverte pour moi. Mûre à souhait. Je veux voir ton corps reluire.

Avec une lenteur délibérée, il glissa ses mains en haut de mes cuisses pour les écarter. Je fermai les yeux, la tête de côté, à la fois excitée par ses caresses et embarrassée par ce désir que je savais si visible.

— Tu as l'air délicieuse, dit-il, tout en parcourant ma cuisse du doigt, puis ma hanche et la courbe de mon buste. (Il souleva mon bras, y traça un chemin de baisers, les lèvres légères comme une plume.) Je veux te toucher, t'emmener aussi loin que tu puisses aller, et je veux m'assurer que tu ne puisses échapper à ce plaisir.

Le froid était revenu, il me tordit les entrailles et je

me redressai d'un coup en ouvrant les yeux, envahie par la peur.

Mais il n'y avait nulle part où aller. La ceinture entourait toujours mon poignet, et même si je n'étais pas sûre de savoir comment il avait fait, j'étais attachée au lit plutôt fermement.

— Non.

J'avais voulu crier ce mot, mais ce ne fut qu'un murmure.

— Non ? Tu es venue de ton plein gré, Sloane.

Il attrapa mon autre main, et j'essayai de reprendre mon souffle. J'essayai d'être un flic, au lieu d'une gamine de quatorze ans. J'essayai de remonter à la nage cette mer que l'angoisse rendait effrayante. Mais j'en étais incapable. Il m'avait déstabilisée – il avait ouvert grande la porte de l'abîme – et, désormais, je tombais dans le vide.

— Tu connais les règles.

Sa voix me parvenait en écho, comme filtrée par la mer d'angoisse qui battait fort dans mon cœur.

— Tu as eu une chance de t'en aller – tu en as eu plus que je n'aurais dû t'en donner. Et pourtant, tu m'as suivi dans mon lit, excitée et avec l'envie de moi.

— Mais pas de ça, glissai-je en forçant les mots à sortir. Pas de ça. Bon sang, Tyler, laisse-moi partir.

Je me débattais, désormais, et mon cœur battait la chamade. La pièce, à l'origine plongée dans un bain de lumière dorée, m'apparaissait aussi rouge que le sang. Aussi brûlante que la mort.

Je pouvais à peine le voir à travers ce brouillard, je pouvais à peine l'entendre à travers le maelström de mon cerveau, les souvenirs, la peur, la douleur, le tout mélangé pour former un monstre horrible et violent qui aurait eu l'intention de me dévorer tout entière.

— Détends-toi, dit-il, tout en commençant à nouer ce qui semblait être un lien à rideau autour de mon autre poignet.

Non, non, bon sang, non !

Je ne suis pas sûre de savoir comment je réussis, pas sûre de savoir comment je fis bouger mon corps de cette façon-là. Mais d'une façon ou d'une autre, je surmontai mon angoisse. D'une façon ou d'une autre, mon poing lui arriva en pleine face, et s'enfonça violemment dans sa tempe.

— Putain de merde !

Son juron était imprégné de douleur et il se redressa ; je profitai de cet instant pour balancer mon genou en l'air. J'avais une chance sur un million, mais cela fonctionna et j'entendis son grognement grave et guttural quand je l'atteignis violemment dans les couilles.

J'essayai de bondir hors du lit, mais mon bras était toujours fermement attaché à la tête de lit. Et tout en essayant de calmer ma respiration – en essayant de réfléchir – je vis Tyler relever la tête, et je vis la chaleur et le danger illuminer follement ses yeux.

Il y avait quelques secondes, j'avais eu peur de mes souvenirs, j'avais désormais peur de l'homme.

C'est la fin, me dis-je. *Dieu tout-puissant, c'est la fin.*

— Ne t'approche pas, grondai-je. Ne t'approche pas, putain !

— Sloane.

Il dit mon nom et laissa retomber sa tête, le corps courbé au-dessus du sol, à côté du lit.

Je m'agitai en essayant de défaire le nœud de ma main libre.

— Je suis désolé.

Sa voix était tissée de déconvenue, et quand je tournai la tête pour le regarder, la colère que j'avais vue dans ses yeux était partie. À la place, je n'y vis que de la tendresse et des vagues infinies de regrets.

Soulagé, mon corps s'affaissa.

— Laisse-moi partir, dis-je. Bon sang, laisse-moi juste sortir d'ici, putain.

— Je suis désolé, dit-il à nouveau en se relevant doucement. Je ne savais pas. Je pensais que… Je ne savais pas, répéta-t-il, mais j'avais compris ce qu'il avait voulu dire.

Il tendit la main vers moi, et je reculai. Il se figea, le visage aussi dur et contracté que si je l'avais frappé une nouvelle fois.

— Je ne savais pas, répéta-t-il encore, et même si je ne comprenais pas, je n'avais pas l'intention de poser la moindre question.

À cette seconde précise, rien ne m'importait plus. Je voulais juste sortir de là.

Je sentis une larme s'échapper et couler le long de ma joue. Je tournai violemment la tête loin de lui.

— S'il te plaît, dis-je. Contente-toi de me détacher.

— Bien sûr. Bien sûr, tout de suite.

Il s'exécuta et je me redressai, fragile et perdue. Je voulus attraper le peignoir, mais il se pencha pour le ramasser avant moi et me le tendit.

Je me levai et l'enfilai.

— Reste, dit-il, mais je me contentai de secouer la tête.

J'avançai vers le salon, j'avais l'impression d'être dans un rêve. Je ne trouvai pas ma culotte et m'en moquai un peu. J'enfilai ma robe en me tortillant, puis nouai les liens derrière ma nuque. Je remontai déjà la fermeture Éclair dans le dos, quand Tyler apparut.

— Sloane. S'il te plaît. Ne t'en va pas.

Mais je ne pus que secouer la tête. Je ne pouvais pas rester. Pas pour Candy. Pas pour Amy. Pas même pour moi.

— Je suis désolée, murmurai-je.

Puis je saisis mon sac et courus pieds nus jusqu'au couloir.

Chapitre 11

Je trébuchai dans le couloir plongé dans l'obscurité, et ouvris la porte qui donnait sur l'escalier secret conduisant au huitième étage, puis à l'ascenseur qui me ramènerait jusqu'au salon.

Avant chaque tournant, je regardais derrière moi pour être sûre que Tyler n'y soit pas. Je me disais que je ne voulais pas qu'il me suive, et comme ce n'était apparemment pas le cas, je me disais également que c'était une bonne chose.

Mais d'une certaine façon, je n'en croyais pas un mot.

La peur avait presque complètement disparu, les souvenirs s'étaient retranchés dans l'ombre, là où était leur place. L'éreintement physique et émotionnel m'assaillit. La soirée avait été un tourbillon – de peur, de plaisir, de danger et de désir.

La peur avait finalement pris le dessus sur le reste, mais je ne pouvais pas nier que ces heures passées avec Tyler avaient représenté bien plus. Plus que ce que j'avais espéré. Plus qu'un simple boulot.

Il m'avait emmenée dans des lieux où je n'avais jamais mis les pieds, et j'avais éprouvé un désir plus intense que jamais auparavant. Mais je ne pouvais pas rester. Je ne pouvais pas lui donner ce qu'il voulait.

Bon sang, je savais que Tyler était dangereux à tellement de niveaux, mais je n'avais pas peur de lui au lit. Non, je savais que ce n'était pas l'homme que je craignais, mais la porte qu'il pouvait ouvrir. Une porte qui me préservait des souvenirs et des choses obscures.

Une porte que j'étais bien déterminée à garder fermée à double tour, et dont le moindre entrebâillement me terrorisait.

J'attendis l'ascenseur en trépignant sur le palier du huitième étage, me balançant d'un pied sur l'autre jusqu'à ce qu'il arrive enfin, et que je m'effondre sur le petit canapé, où je me plongeai la tête dans les mains.

La descente fut rapide, personne ne l'interrompit. Cela ne me surprit pas. Je ne savais pas quelle heure il était exactement, mais je savais qu'il était très tard, et que les seules personnes à se balader dans l'hôtel à cette heure-ci était celles qui, comme moi, cherchaient à s'éclipser discrètement après avoir fait des choses pas très catholiques.

Je me levai à l'ouverture des portes – et reculai aussitôt, choquée, quand je vis Tyler, debout devant moi.

— Mais comment as-tu… ?

— L'ascenseur de service, dit-il en montant dans la cabine pour m'empêcher d'en sortir.

— Je dois sortir. Je dois…

— Sloane.

Rien d'autre. Juste mon nom, mais il l'avait dit d'un ton si ferme, si vibrant, et si plein de désolation qu'on aurait dit qu'il prêtait serment.

Je fondis un petit peu.

— S'il te plaît, Tyler. Je suis fatiguée.

Il fit un signe de tête en direction du canapé.

— Alors, assieds-toi.

Je voulus protester mais n'en avais pas la force. J'étais lessivée. Épuisée. Et je n'étais plus vraiment sûre d'avoir encore les pieds sur terre.

Je m'assis, et dès que les portes se refermèrent derrière Tyler, il appuya négligemment sur le bouton du huitième étage, et aussitôt après, sur le bouton STOP pour arrêter l'ascenseur.

Ce ne fut qu'alors qu'il se retourna pour me regarder.

— Tu dois savoir que je suis le genre d'homme qui se sert quand il veut quelque chose, commença-t-il, tandis que je baissais les yeux sur mes ongles. Je l'ai toujours fait, et le ferai toujours. Aucun regret et aucune exception. Aucune exception. Enfin, sauf une.

Il avait capté mon attention. Je relevai la tête et le vis me regarder avec détermination.

— Et quelle est-elle ?

— Je ne prendrai jamais quelque chose d'une femme qu'elle ne me donne pas volontairement, peu importe à quel point cette femme m'attire.

— N'essaie pas d'enjoliver les choses pour moi. (Je gardai un ton grave et autoritaire.) Tu m'a dit clairement qu'il y avait des choses que tu aimais au lit, dis-je en le fixant. Des choses que tu étais plus que déterminé à prendre. Et tu as essayé de les prendre, Tyler.

— Oui, dit-il simplement. Et non.

— Je suis fatiguée. Les jeux ou les devinettes ne m'intéressent pas.

— Moi non plus. (Il s'approcha de moi, se laissa tomber à genoux. Nos regards étaient presque au même niveau.) Ce n'est pas moi dont tu avais peur, n'est-ce pas ? demanda-t-il doucement. Tu ne me voyais même plus.

Je tournai la tête, je ne voulais pas qu'il voie la vérité dans mes yeux.

— Je suis vraiment désolé, dit-il.

Et je compris qu'il n'était pas désolé pour ce qui s'était passé entre nous, mais pour ce qui m'était arrivé à moi, des années auparavant.

— Ça n'a pas d'importance.

— Ça en a. J'ai d'abord pensé que tu… (Il s'interrompit en secouant violemment la tête.) Je pensais que ça faisait partie du jeu. Un peu de peur mélangée au sexe peut être un véritable aphrodisiaque, Sloane, surtout pour deux personnes comme nous.

Je clignai des yeux en le regardant, perdue.

— Comme nous ?

— Je ne te connais pas. Tu ne me connais pas. Pas vraiment. Et pourtant, je t'ai touchée de façon si intime. Tu as été plus loin avec moi qu'avec qui que ce soit d'autre, Sloane. On le sait tous les deux.

— Oui, murmurai-je.

— Et j'avais l'intention de t'emmener plus loin encore. On a toujours peur au bord du précipice. On est toujours terrifié avant de plonger dans l'inconnu, dit-il en tendant les bras et en prenant mon visage entre ses mains. Je pensais que c'était là que tu en étais, au bord de quelque chose de nouveau, de terrifiant et d'excitant – je pensais que c'était là que nous étions. J'avais tort.

Il essuya tout doucement, avec son pouce, une larme

qui s'était perdue sur ma joue. Il enleva ses mains, puis se leva et recula lentement dans un coin de la cabine, juste à côté des portes.

Je pris une inspiration en tremblant, et réalisai que le réconfort de sa main sur ma joue me manquait.

— Tyler…

— Attends. Laisse-moi finir. Je pense tout ce que je t'ai dit. Et je ne vais pas te mentir maintenant. J'ai envie de t'attacher. J'ai envie d'avoir la liberté de te toucher. Je veux que tu t'ouvres complètement pour moi. Je veux te regarder, ligotée à mon lit, et avoir un contrôle absolu sur toi. Je te veux dans une position où je pourrais te faire ressentir tout ce que je veux. La douleur. Le plaisir. Même un petit peu de peur. Mais celle de l'instant, de l'inconnu. Pas une peur de moi. Et certainement pas celle d'un fantôme de ton passé.

Mon souffle me faisait mal à la poitrine, et je clignai deux fois des yeux pour étouffer la piqûre des larmes que j'étais à deux doigts de verser.

— Je veux savoir que tu me fais confiance, pour savoir jusqu'où aller. Que tu me fais confiance pour ne pas dépasser les limites. J'en ai envie – mais je ne te pousserai pas. Pas si tu n'es pas prête. Pas si tu n'en as pas envie, toi aussi.

Je réussis à esquisser un minuscule sourire.

— Le canapé ? Le serveur ? Ce n'était pas me pousser, ça ?

Il se contenta de me fixer. Je me sentis rougir, parce que je comprenais. Il ne m'avait pas poussée à faire ça – pas vraiment. Il avait plutôt vu assez loin au fond de moi, pour savoir que j'en avais envie, moi aussi.

Ce qu'il disait à présent, c'est qu'il ne me pousserait

pas dans le précipice. En tout cas, pas avant que je ne sois prête à sauter.

— Reste. Rentrons dans ma chambre, et reste avec moi ce soir.

Je léchai mes lèvres sèches.

— Parce que tu t'en veux, ou parce que tu as envie de moi ?

Plutôt que de répondre, il se tourna vers le tableau de contrôle pour relancer l'ascenseur. Puis il s'approcha de moi et me prit la main. Il m'aida à me relever, et je n'eus pas le temps de réfléchir qu'il avait déjà posé doucement sa bouche sur la mienne. Le baiser était délicat, et sa douceur manqua de me faire fondre.

Quand il se redressa, ses yeux étaient pleins de tendresse.

— Parce que j'ai envie de toi.

J'acquiesçai, le souffle coupé, les lèvres encore tremblantes.

— Tu ne m'as pas forcée à te supplier de m'embrasser.

Le coin de ses yeux se plissa.

— C'est moi qui vais te supplier, si tu ne m'embrasses pas encore.

— Tentant, dis-je. Mais je vais être clémente.

Je me hissai sur la pointe des pieds et déposai un baiser chaste sur le coin de sa bouche.

Il se mit à rire.

— Au diable ces conneries, dit-il, puis il attrapa mes épaules et me colla le dos au mur.

Je suffoquai, je ne m'y attendais pas, et il referma brutalement sa bouche sur la mienne. La douceur de notre premier baiser s'était envolée. C'était violent, fou et avide. Des dents, des langues et la brutalité de la possessivité, la cacophonie de la passion. Une vague de soulagement me balaya, tandis que les pensées les plus folles naissaient dans mon esprit, qui était incapable de formuler quelque chose de plus cohérent qu'une vague rengaine qui suppliait *encore, encore, oh oui, encore*.

On s'arrêta quand les portes s'ouvrirent, et Tyler me prit la main, puis me conduisit au bout du couloir vers un autre ascenseur, celui-ci en acier, un intérieur plus classique avec deux rideaux qui s'agitaient sur les côtés.

— Il va nous conduire à l'entrée de service, dit-il.

J'acquiesçai. J'étais comme prise de vertige. Légère. Une petite part de moi tentait de se convaincre que ces vertiges venaient du fait que ma mission était à nouveau sur les rails, mais c'étaient des conneries. Tout ça ne concernait que moi. Que la façon dont mon corps fourmillait et tambourinait. Que la chaleur qu'il faisait courir à travers moi et la façon dont il repoussait mes limites. Jusqu'au point de non-retour.

Il m'avait fait ressentir des sensations que je n'avais jamais eues auparavant, et, pour le meilleur ou pour le pire, je voulais marcher avec lui jusqu'à ce précipice. Je ne sauterais jamais avec lui – comment diable pourrais-je faire confiance de façon aussi intime à un homme comme Tyler Sharp ? Mais bon sang, je pouvais bien profiter du voyage.

J'ignorais totalement où tout ça me mènerait, mais, au moins pour cette nuit, je lui appartenais. J'attendrais demain pour penser au boulot.

Nous étions de nouveau dans la suite, et on traversa le couloir qui menait au salon, en passant à côté de son bureau. Aucun de nous ne prononça le moindre mot. Et même si ce silence n'était pas gênant, je ne pouvais ignorer la boule de nerfs qui s'agitait dans mon ventre. Je savais qu'il n'allait pas m'attacher – mais je ne savais vraiment rien de plus.

— Tyler, commençai-je, quand je n'y tins plus.

Nous avions atteint le salon et il s'arrêta près de la fenêtre immense qui donnait sur Michigan Avenue.

— Oui ?

— Qu'est-ce que tu vas me faire ?

Ses lèvres s'agitèrent.

— Tu es nerveuse ?

— Et excitée.

— J'aime ton honnêteté, donc je vais te dire que j'ai en tête quelque chose qui va nous plaire à tous les deux.

Il se plaça derrière moi, puis me poussa doucement pour que je m'approche de la fenêtre, et je vis nos deux reflets dans la vitre.

— Je vais te baiser, Sloane. Très fort et très minutieusement. (Son regard croisa le mien dans le reflet de la vitre.) Est-ce que cela te convient ?

— Oui, dis-je, à bout de souffle. Oui, je crois que ça ira très bien. (J'avalai ma salive et gardai mes yeux plongés dans les siens.) C'est tout ?

Il rit, et ce son me fit sourire jusqu'aux oreilles.

— Non. Non, ce n'est pas tout.

J'attendis qu'il continue, mais comme il ne le fit pas, je fis les gros yeux. Je vis mon propre sourcil se froncer dans le reflet de la vitre tandis que son expression à lui se faisait de plus en plus amusée.

— Devrais-je te donner un indice ? demanda-t-il, tandis que le bout de ses doigts, léger comme une plume, caressait mon bras.

La sensation était douce et érotique à la fois, et il me fallut beaucoup d'efforts pour ne pas me retourner et réclamer sa bouche.

— Je pourrais te mettre l'eau à la bouche avec des mots, dit-il. Un jour, je voudrais te toucher rien qu'avec ma voix et ne t'exciter qu'avec mes mots. Je veux te voir tremblante de désir, tandis que ton corps s'effondre et que tu mouilles. Je veux voir le feu grandir en toi et je veux te faire exploser avant même que mon doigt n'effleure ta peau.

Je frissonnai, sachant avec une humble et totale certitude, qu'il serait capable de faire exactement ce qu'il venait de dire.

— Mais pas ce soir, murmura-t-il en caressant doucement mes omoplates. Je n'ai pas la force, ce soir. Ce soir, j'ai besoin de te toucher.

Comme pour lier le geste à la parole, il fit glisser ses mains en avant et ses doigts effleurèrent le bord de mon décolleté. J'arrêtai de respirer quand ils se faufilèrent sous le tissu de ma robe et sur ma peau nue. Ils trouvèrent mes tétons durs, contractés et si sensibles, bon sang.

— Oui, soupirai-je. Oh ! mon Dieu, oui…

Il pinça mon téton, et j'en eus le souffle coupé, tandis que des décharges de plaisir brûlant explosaient de mes seins jusqu'à mon sexe.

Je dus me mordre la lèvre inférieure en voyant notre reflet dans la vitre, et cette image de nous, debout comme ça – de ses doigts sous mes vêtements, de moi penchée contre lui, de l'expression douce et sensuelle de mon visage – suffit à me faire basculer.

Ses doigts s'arrêtèrent en pleine action, et je faillis sangloter de mécontentement quand il retira ses mains, laissant ma chair froide et démunie après avoir été embrasée par ses caresses.

— Ça te plaît, dit-il en défaisant le nœud de ma robe et en faisant glisser la fermeture Éclair. (Elle tomba au sol, me laissant nue.) On dirait une déesse, dans la vitre, baignée dans la lumière dorée. Est-ce que ça t'excite de savoir que quelqu'un est peut-être en train de te regarder ? Te voit peut-être de sa fenêtre, de l'autre côté de la rue ? Voit peut-être à quel point tu es adorable ?

Je ne répondis pas, mais ça n'eut aucune importance. Ses mains glissèrent vers le bas et plongèrent entre mes jambes.

— Oui, murmura-t-il en me trouvant trempée. Oui, je crois que ça te plaît, dit-il, tandis que les doigts de son autre main caressaient mes hanches, ma taille et ma poitrine.

Je fermai les yeux pour savourer les sensations qu'il provoquait en moi.

— Tu es bien trop belle pour qu'on te garde cachée, dit-il. Mais il n'y a que moi qui aie le droit de te toucher.

— Oui, murmurai-je. Maintenant, s'il te plaît. J'ai besoin que tu me touches maintenant.

Sans dire un mot, il me contourna pour se retrouver dos à la fenêtre. Il s'agenouilla devant moi, posa les mains sur mes cuisses, ses pouces si douloureusement proches de mon sexe. Lentement, il écarta mes jambes et je sentis l'air froid et doux.

— Je te donnerai toujours ce dont tu as besoin, dit Tyler en déposant un doux baiser sur mon pubis avant de se relever.

Ses mains suivirent le mouvement de son corps et

se posèrent ainsi doucement sur mes seins, tandis que ses lèvres effleuraient ma joue.

— Ferme les yeux, dit-il.

Je m'exécutai, puis me perdis dans le plaisir quand il me toucha partout, en une série de mouvements, de baisers et de caresses qui jouaient avec le moindre centimètre de mon corps, jusqu'à ce que je sois si excitée que je n'étais plus sûre d'être capable de le supporter.

Enfin – oh ! mon Dieu, enfin ! – il agrippa mes hanches et fit glisser sa langue sur mon clito. Il jouait, s'amusait, tandis que j'essayais de m'agiter en rythme avec mon désir sans pouvoir le faire –, il me tenait trop fermement et concentrait le plaisir sur cet endroit parfait.

Mes genoux mollirent, et je dus tendre les bras, d'une main je m'agrippai au mur, de l'autre à ses cheveux, tandis qu'il m'emmenait, encore et encore, plus près du précipice, et puis – quand je ne pensai plus être capable de tenir encore debout – le monde qui m'entourait explosa. Une tempête de feu s'engouffra en moi, et je m'abandonnai à la sensation désespérément érotique de la bouche de Tyler contre moi, de ses mains sur moi, des ses bras autour de moi.

Il me prit dans ses bras et je me lovai contre lui, tout à coup épuisée.

Délicatement, il me fit traverser la suite, puis m'allongea sur son lit, près duquel il se tenait debout. Lentement, il enleva ses chaussures et déboutonna son pantalon. Il portait un boxer et je pouvais voir la bosse de son érection derrière le tissu gris. Il l'enleva aussi, et je me retrouvai les yeux rivés sur le mâle le plus parfait que j'aie vu de ma vie.

Il ouvrit un tiroir à côté du lit et en sortit un préservatif. Tandis qu'il le sortait de son emballage et l'enfilait, je l'observai, ébahie par la perfection et la dureté de son sexe.

— Je vais te baiser, maintenant, dit-il en se dirigeant vers le pied du lit. Parce que je ne peux plus attendre.

Je fis oui de la tête et eus le souffle coupé, quand il attrapa l'arrière de chacun mes genoux et me tira vers lui pour placer mes fesses juste au bord du lit. Son geste était audacieux, fou et un petit peu violent – et je gémis de plaisir, perdue dans le délice de me soumettre à lui.

— Les jambes en l'air, dit-il en les soulevant jusqu'à ce que mes talons soient au niveau de ses épaules. Mon Dieu, que j'aime cette vue.

J'avais les jambes écartées, j'étais grande ouverte pour lui, si excitée que même l'effleurement de l'air sur mon sexe me fit trembler. J'étais trempée et terriblement exposée.

Je tournai la tête sur le côté, comme si j'avais senti mes joues rougir.

— Non, dit-il. Mon Dieu, non ! Tu es belle. Et tu mouilles tellement, continua-t-il en glissant ses doigts sur mon corps.

Il en entra deux en moi.

Mon corps se contracta immédiatement autour de lui, pour l'attirer encore plus loin. Mais cela ne suffisait pas. Cela ne suffisait pas le moins du monde. J'étais prête à faire des folies, je me sentais dévergondée, et tellement vide. J'avais besoin de lui en moi. J'étais à peu près sûre d'être à deux doigts de m'évanouir et mourir s'il ne me baisait pas tout de suite.

— S'il te plaît, murmurai-je.

— S'il te plaît quoi ?

— J'ai envie de toi, dis-je. J'ai envie de toi en moi. Maintenant.

Il tira sur mes jambes pour me faire glisser encore plus près de lui, et le mouvement me fit suffoquer, puis crier de plaisir quand je sentis le bout de sa queue appuyer fort contre moi.

— Tu veux ça ? demanda-t-il en se glissant en moi.

Mais pas suffisamment. Pas suffisamment du tout.

— Tu m'as promis de me prendre violemment, dis-je. Bon sang, Tyler, j'ai envie que tu me baises.

— Tout ce que tu veux, dit-il.

Puis il m'arracha un cri de plaisir, de satisfaction absolue en me pénétrant brutalement, tout en tirant sur mes jambes pour plonger profondément en moi, encore et encore, tandis que nos corps s'écrasaient l'un contre l'autre et que mes bras s'écartaient de chaque côté pour s'agripper aux draps.

— Regarde-moi, ordonna-t-il, et j'ouvris les yeux sur son regard à lui, chaud et dur, qui m'envoûtait. C'est ça, bébé.

Il continua à bouger en rythme sans que l'on se quitte des yeux, et je sentis des spirales de plaisir tourner en moi, de plus en plus grandes, comme un crescendo magnifique qui n'attendrait que l'explosion finale et triomphante.

Je lâchai les draps et lui abandonnai mon corps tout entier. Je me concentrai sur cette sensation de merveilleuse plénitude quand il était en moi, son martèlement rythmé qui faisait de moi sa chose, la façon dont il s'agrippait à l'arrière de mes cuisses pour m'attirer encore plus contre lui à chaque pénétration.

Je regardai son visage, je voulais le mémoriser, apprendre tout de lui. J'attrapai mes seins pour pincer mes propres tétons, et sentis une vague de satisfaction monter en moi quand il murmura, en gémissant :

— Oh, doux Jésus, bébé, oui…

Je vis la pression grandir en lui, reconnus la tempête montant dans ses incroyables yeux bleus.

— Jouis avec moi, dit-il, la voix éraillée.

— Je ne suis pas… je ne peux…

J'étais proche – la friction de ses va-et-vient sur mon clito faisait tout tourbillonner en moi – mais ce n'était pas suffisant pour exploser.

— Touche-toi, ordonna-t-il. (Et puis, plus doucement :) Fais-le, Sloane. Je veux qu'on le fasse ensemble.

Je n'hésitai pas plus d'une seconde, puis glissai ma main vers le bas, jusqu'à ce que mes doigts trouvent mon clito. Je gémis au premier effleurement. Il m'avait emmenée si près. Si incroyablement près, et j'étais désormais en train de me caresser – je le caressais lui aussi avec le bout de mes doigts qui frôlaient sa queue. C'était intime, follement sensuel, mes doigts là, tandis qu'il me pénétrait. Son orgasme qui grandissait, tandis que mon corps se contractait autour de lui, et ma main qui me faisait basculer avec lui.

— Mon Dieu, Sloane. Maintenant, dit-il, et avant que je ne puisse faire quoi que ce soit, il explosa, son corps trembla sous son orgasme déchirant.

Mon orgasme à moi arriva vite, et je m'agrippai à lui, corps contre corps, peau contre peau, ne voulant rien d'autre à cet instant que me perdre dans l'odeur, le goût, tout ce qui faisait cet homme.

Lentement, doucement, mon corps se calma. Tyler me repoussa sur le lit, s'allongea à côté de moi et m'attira contre lui.

— Tu es exceptionnelle, murmura-t-il en effleurant mon épaule avec ses lèvres.

— Tu me fais me sentir exceptionnelle, dis-je en luttant pour garder les yeux ouverts.

Mais j'avais les paupières lourdes, et son corps était chaud, et je sombrai dans le sommeil, dans les bras de cet homme que je n'aurais pas dû vouloir, mais dont j'avais pourtant désespérément envie.

Chapitre 12

La lune se reflète sur le petit mur en pierre, elle fait scintiller la roche et les petits morceaux de quartz. Le mur n'est plus qu'une ruine désormais, un tas de gravats, mais ce pan tient toujours sur la colline et surplombe la maison en contrebas.

Je m'agenouille et je regarde au-delà des pierres. Je regarde au-delà du champ.

Je regarde la maison dans laquelle il vit. Je le regarde y déambuler, si convaincue qu'il est en sécurité derrière la vitre.

— Tu n'as pas besoin de t'inscrire à l'Académie. Tu n'as pas besoin de devenir flic.

Je tourne la tête et me retrouve nez à nez avec cet homme chauve aux doux yeux bleus.

— Il le faut, papa, dis-je. J'ai besoin de réparer ça. Je suis la seule qui comprenne pourquoi c'est si important de réparer ça.

— C'est impossible. Tu vois ? dit-il en saisissant mes mains, et je découvre qu'elles sont couvertes de sang. Comment réparer ça ?

La peur me coupe en deux, et je regarde de nouveau la maison.

Il ne marche plus. Il est immobile. Il est mort.

Et le sang coule et coule, envahit le champ, grimpe la colline, se dirige vers le mur. Se dirige vers moi.

Je me mets à crier et à me jeter dans les bras de mon père. Mais il a disparu.

Cours, me dis-je. C'est maintenant qu'il faut courir.

Je me rue vers la maison, en criant son nom à elle, elle devrait y être.

Mais elle est partie.

Et tandis que la violence du rêve me force à me redresser et à me réveiller, je hurle le nom de ma mère… incapable de me rappeler si elle était vraiment là.

Mes yeux s'ouvrirent grands, j'étais toujours accrochée à mon rêve, lugubre et glauque.

J'avais les bras de Tyler autour de la taille, et sa respiration était douce et régulière. Je ne voulais pas le déranger, mais je voulais quand même bouger, pour secouer les dernières volutes de mon cauchemar. Je me glissai hors de ses bras avec précaution, puis rampai jusqu'au bord du lit, en prenant soin de ne pas trop appuyer sur le matelas.

Une fois debout, je rejoignis l'élégante salle de bains sur la pointe des pieds, en faisant de mon mieux pour être discrète. Je n'avais aucune idée de l'heure qu'il était, mais, comme les rideaux étaient ouverts, je savais qu'il faisait encore nuit.

En retournant me coucher, je remarquai qu'il n'y avait aucune pendule. Je voulus prendre mon téléphone par réflexe, mais il était toujours dans le salon, au chaud dans mon sac à main. Je faillis aller le chercher, mais j'aperçus la montre de Tyler sur sa table de nuit. Je m'assis au bord du lit et la pris en inclinant le cadran pour faire disparaître les lumières de la ville qui s'y reflétaient.

Je fronçai les sourcils en réalisant que la petite aiguille ne marchait pas. Je la collai à mon oreille, mais elle ne faisait aucun bruit.

— Elle ne marche pas.

On entendait à peine la voix de Tyler, lourde de sommeil.

Je me tournai pour lui faire face.

— Je ne voulais pas te réveiller.

— Pas de problème, dit-il en se redressant et en prenant sa montre. Ça fait des années qu'elle est cassée.

J'étais sans doute fatiguée, parce que je ne comprenais pas.

— On ne peut pas la réparer ?

— On peut. Mais il n'est pas encore temps.

Il la reposa avec précaution sur la table de nuit, puis se rallongea en m'attirant contre lui.

Je remontai le drap sur nous deux.

— Tu es très énigmatique, dis-je.

— C'est possible. C'est un cadeau d'un ami. Mon mentor, à vrai dire. Bon sang, il était presque comme un père pour moi. Il est mort il y a six mois environ.

— Je suis désolée, dis-je, en me redressant sur un coude pour le regarder. Est-ce que tu veux me raconter le reste de l'histoire ? Pourquoi tu ne l'as pas fait réparer ?

— Eh bien, ça dépend. Peut-être que c'est un secret. Est-ce que toi tu es prête à me raconter les tiens ?

— Mes secrets ?

La peur me transperça l'estomac. Bon sang, que pouvait-il bien savoir de mes secrets ?

— Pas celui-là, dit-il doucement, et je réalisai qu'il avait vu ma peur et avait craint que je ne sois en train de me rappeler pourquoi j'étais terrorisée à l'idée d'être attachée. Mais il y a des choses que tu ne me dis pas. Reconnais-le. Tu ne m'as pas dit toute la vérité, n'est-ce pas ?

Un frisson glacial me parcourut.

— Non, admis-je. Mais je ne connais pas tous tes secrets non plus.

Son sourire était faible, mais il y avait de l'amusement dans ses yeux.

— Chérie, tu ne connais aucun de mes secrets.

— Ah non ? Alors, tu pourrais me les raconter.

— Je ne crois pas.

Je me rendis compte que je m'étais tendue d'un coup, prête pour la bataille. J'inspirai et expirai, me conjurant de me détendre.

— Je croyais que tu me faisais confiance, tu l'as dit.

— Non. J'ai juste dit que j'en avais envie.

Il tendit la main pour caresser doucement mon bras. Son geste était doux et décontracté, et je crois même qu'il n'avait pas conscience de le faire. Ce qui, d'une certaine façon, rendait le tout encore plus adorable.

— La vérité, c'est que je n'ai pas ressenti ça depuis longtemps, continua-t-il en m'attirant contre lui et en enroulant son corps autour du mien. Pas depuis tout jeune, à l'époque où je ne comprenais pas ce que j'avais – ni ce que j'avais perdu, dit-il doucement, et ses mots étaient encore plus intimes que ses gestes.

Je crois qu'aujourd'hui je comprends et que je sais le reconnaître.

— Quoi ?

— Ce déclic, dit-il. Cette connexion. C'est la passion, Sloane. Et c'est une promesse.

J'avais le dos collé à sa poitrine, et je fermai les yeux. Puis je me dis de me souvenir de respirer, tandis qu'il me caressait doucement les cheveux. Je ne pouvais pas nier à quel point je me sentais bien dans ses bras, mais je ne pouvais pas non plus oublier qu'il parlait de confiance.

Et je ne lui faisais pas confiance. Bon sang, je ne faisais confiance à personne.

— Ne fais pas de tout ça plus que ce que c'est, dis-je.

— C'est déjà plus.

Je me retournai, prête à ouvrir la bouche pour protester.

— Tais-toi, Sloane. On ne va pas tomber d'accord en discutant, toi et moi. Mais dans le silence, dans l'obscurité, je pense qu'on pourra se rejoindre sans aucun problème.

Puis il m'embrassa, et ses mains chaudes glissèrent sur ma peau nue. Je dus admettre qu'il avait raison – on se rejoignait sans problème.

Chapitre 13

Je me réveillai sous la caresse douce du soleil qui perçait à travers le petit entrebâillement des rideaux opaques. Je clignai des yeux, en essayant de me concentrer tandis que les événements de la nuit me revenaient à l'esprit. Et pas n'importe quelle nuit, mais l'une des plus décadentes, des plus érotiques et des plus incroyables nuits de ma vie.

Je me redressai et me calai le dos sur une montagne d'oreillers. Le lit était vide à côté de moi, mais il y avait une petite enveloppe posée sur un coussin.

Suis à la gym.
N'avais pas le cœur à te réveiller.
Café et croissants dans la cuisine.
J'ai encore envie de te prendre, fort et follement.
À bientôt.
T.

Je lus le mot deux fois de suite, j'avais l'impression d'être une adolescente qui venait de trouver un mot doux froissé dans son casier. Émue, un peu hystérique et incertaine de savoir ce qu'elle devait faire ensuite.

En sortant des profondeurs du sommeil, j'avais eu l'esprit rempli d'images de moi dans les bras de Tyler. De lui qui me réveillait en m'embrassant, de sa main qui caressait le bas de mon ventre pour calmer la brûlure entre mes cuisses.

J'étais encore mouillée de la nuit et des rêves érotiques qui s'en étaient suivis. Je ne pus m'empêcher d'être un peu déçue que Tyler ne soit pas au lit avec moi pour faire de ces fantasmes une réalité.

Ah, ça, il m'avait joué un sacré tour. Ou peut-être que c'est moi qui me l'étais joué toute seule.

Je me redressai en soupirant, le drap enroulé autour de moi. Je penchai la tête en avant et secouai mes cheveux emmêlés, y passai les doigts en essayant de savoir ce que j'étais en train de faire, bon sang. Putain, une chose était sûre, je ne me comportais pas comme un flic. Soit, je m'étais rapprochée de Tyler – mission accomplie de ce côté-là – mais si j'avais agi en flic, n'aurais-je pas dû me réveiller avec un plan, prête à bondir et à passer à la phase 2 ?

Au lieu de ça, j'étais bouillante, excitée et frustrée que cet homme ne soit pas dans les parages pour me faire des câlins. Je ne savais pas exactement à quel moment j'avais perdu mes derniers grammes de lucidité et de raison, mais je savais pertinemment que je les avais perdus quelque part en chemin. Parce qu'à cette minute précise, je ne pensais ni à Amy, ni à la liste de péchés des Chevaliers. Je pensais à la nuit dernière et aux bras de l'homme dans lesquels je l'avais passée.

Tyler Sharp avait réveillé quelque chose tout au fond de moi. Quelque chose de merveilleux et d'un peu effrayant. Quelque chose qui m'excitait, qui me donnait l'impression d'être une gamine. Qui me donnait envie de me vernir les orteils et de soigner mon maquillage.

Quelque chose dont je devais me préserver, bon sang. *Personne n'est ce qu'il semble être.* Ni moi. Ni Tyler.

Je ferais bien de m'en souvenir.

— Et merde.

Mes mots résonnèrent dans le silence de la pièce comme une claque. Il était grand temps de me reprendre. Je devais découvrir s'il avait la moindre information sur Amy. Et je devais faire attention où je mettais les pieds.

Je pouvais baiser avec lui, mais je ne pouvais pas lui faire confiance.

Après ce petit discours de motivation plutôt déprimant, je me glissai hors du lit et ramassai les habits qui traînaient toujours dans un coin près de la porte. Je ne m'encombrai pas des chaussures et, après quelques secondes de débat avec moi-même, décidai de ne pas m'encombrer de ma culotte non plus. J'étais peut-être sur mes gardes, mais je n'étais pas stupide, et si Tyler voulait remettre le couvert en ce qui concernait nos activités annexes de la veille, j'étais plus que disposée à m'exécuter.

Pieds nus, je quittai la chambre principale et me dirigeai vers la cuisine. Tyler avait tenu parole, et je me versai un demi-litre de café, que je bus, adossée au comptoir, en scrutant la pièce. Elle n'était pas typique des hôtels en général, c'était le moins qu'on puisse dire. Elle était immense, complètement équipée. Il y avait un îlot, mais aussi une petite console sur laquelle trônaient un ordinateur portable et une pile de papiers posés en vrac.

Je me dis que c'était le bon endroit pour commencer.

Vu que je ne savais pas pour combien de temps Tyler était parti, je me pressai vers le bureau et ouvris le tiroir. Des stylos, des crayons, des Post-it et au moins une douzaine de menus de restaurants qui livraient. Tout ça ne m'était d'aucune utilité.

Je regardai l'ordinateur. Il était ouvert, mais l'écran était complètement noir. S'il y avait quelque chose d'intéressant dans cette suite, il y avait une grande chance que ce soit dans cet ordinateur. Et il serait si simple d'y jeter un petit coup d'œil…

Je n'hésitai qu'une seconde, puis appuyai sur la barre d'espace. L'écran clignota, puis s'alluma, laissant apparaître une photo du lac Michigan sur laquelle était ouvert un bloc-notes électronique avec six choses listées dessus :

~~— La soirée d'Evan.~~

— La fondation Jahn – comité d'administration, quand ?

— Reculer le Nevada de deux semaines.

— Michelle bientôt.

~~— Répondre à – voir les options avec C & E.~~

~~— Appeler Q et répondre SW.~~

La plupart des notes n'avaient aucun sens, mais la référence à la soirée d'Evan donnait à penser qu'il s'agissait d'une liste de choses à faire. Le genre de liste un peu aléatoire que les gens dressent avant de la reporter au propre sur un calendrier ou dans leur agenda.

Rien d'abominable ne retint mon attention, mais je mentirais si je disais n'avoir pas eu un petit pincement au cœur en voyant ce nom de femme. Surtout accolé au mot « bientôt ». Je fronçai les sourcils. Je n'étais pas du genre jalouse, surtout quand il s'agissait d'un homme que je connaissais à peine et dont je n'aurais pas dû avoir envie. Mais impossible de nier l'évidence de ma réaction.

C'était comme si cet homme m'avait envoûtée, parce qu'à cette seconde précise j'espérai désespérément que Michelle soit le nom de son chien.

Je crus entendre la porte d'entrée s'ouvrir, sans en être vraiment certaine. Je penchai la tête. Mon doigt hésita sur la souris. J'avais envie de cliquer sur la liste et de voir si cela me conduisait à d'autres détails. Si Kevin avait raison, qui sait ce que j'aurais pu trouver comme informations liées à leurs activités illégales dans l'ordinateur de Tyler ? Je n'avais pas spécialement envie de devenir le toutou obéissant de Kevin en enquêtant pour lui, mais je voulais satisfaire ma propre curiosité.

Mais si Tyler revenait…

J'attendis, n'entendis rien d'autre et fis glisser la souris sur la liste. Après tout, je n'aurais peut-être pas d'autre occasion.

Je cliquai.

Rien.

Rien, à part une fenêtre me demandant un mot de

passe. Je soupirais, légèrement irritée, mais pas vraiment surprise. J'envisageai d'essayer « Chevaliers », ou même Michelle, parce que j'étais encore jalouse et mesquine. Mais connaissant Tyler, ça ne pouvait pas être aussi évident. À vrai dire, il était même possible qu'il y ait un moniteur d'activité intégré et qu'il découvre que j'avais fouillé dans son ordinateur.

Je fixai l'écran quelques secondes de plus. Les notes avaient beau ne rien vouloir dire pour le moment, elles finiraient peut-être par avoir un sens. J'envisageai les différentes possibilités, me pressai dans le salon pour trouver mon sac à main et revins avec mon Smartphone pour prendre l'écran en photo.

Ce n'était pas un scoop, mais au moins j'avais récolté quelque chose.

N'ayant rien de plus à faire dans la cuisine, je décidai de m'attaquer au reste de la suite. Je savais déjà qu'il n'y avait aucune console dans la chambre, mais je doutais qu'un homme comme Tyler vive sans un bureau digne de ce nom chez lui, même pour quelques mois.

Avec un peu de chance, je trouverais une pièce entière ou une chambre où Tyler aurait installé son bureau. Avec beaucoup de chance, j'y trouverais quelque chose d'intéressant.

Je me versai une seconde tasse de café et l'emportai avec moi, bien déterminée à trouver ce bureau. Selon mon expérience très personnelle, je savais que Tyler n'était pas seulement musclé, il était également plus qu'endurant. Je supposai donc qu'il devait passer un temps conséquent au gymnase. Ce que je ne savais pas, c'était où se situait la salle de sport, ni depuis combien de temps il était parti. S'il avait l'habitude de se rendre à la salle de sport du Drake, son temps de trajet serait minime.

Quoi qu'il en soit, le temps m'était compté, et ma tasse de café et moi, on se pressa vers le couloir qui commençait côté sud du salon.

Ce couloir virait à angle droit, et je venais de m'engager dans le virage quand je fus figée sur place. *Tyler.* Sa voix. Je ne pouvais pas distinguer les mots, mais bon sang, j'étais sûre qu'il s'agissait de sa voix.

Merde. Putain de merde de merde.

Il était là. Dans la suite. Et il avait dû y être tout ce temps.

Je remerciai silencieusement saint Christophe – le patron des flics – qui m'avait apparemment protégée en empêchant Tyler de débarquer dans la cuisine pour se resservir du café au moment où je fouinais dans son ordinateur. Avec un peu de chance, ce bon vieux Christophe continuerait à faire son boulot.

La voix venait de la première porte sur la gauche. Probablement une salle de sport – je me dis, un peu tard, qu'une suite de cette taille devait sûrement en avoir une. Je posai mon café sur une table avoisinante et me dirigeai dans cette direction. Je ne pouvais pas fouiner tant qu'il était sur les lieux, donc, autant lui dire que j'étais réveillée.

Mais en m'apprêtant à frapper à la porte, je réalisai deux choses. D'abord que cette porte était légèrement entrouverte. Ensuite, que Tyler n'était pas seul.

La femme en moi eut un petit pincement de culpabilité, mais le flic, lui, n'hésita pas une seconde. Je me collai en silence contre la porte, penchai la tête et écoutai attentivement.

— Franklin est arrivé en retard à la soirée, dit une voix grave que je reconnus comme étant celle de Cole August. Il m'a dit de te dire que Lizzy était une perle. Je suppose que ses deux premiers jours se sont bien passés.

— Je suis content de l'entendre, dit Tyler. Elle travaille dur et elle est intelligente. Je pense qu'il a de la chance de l'avoir. Enfin une bonne nouvelle. Bentley se révèle être plus un handicap qu'autre chose.

— J'ai les mains propres sur ce coup-là, dit un troisième homme, que je supposai être Evan Black. Mais si vous voulez mon avis, il ne faut pas tarder à mettre en place un plan de protection.

— Je suis d'accord, dit Cole.

— Je crois que Michelle est notre meilleure option, dit Tyler, et je tendis l'oreille en entendant ce nom. C'est bon pour toi ?

— Mec, merde, dit Cole. Je l'ai juste sautée. Je suis pas sa baby-sitter. Si on a besoin d'elle, on l'utilisera. Tu le sais.

— Très bien, dit Tyler. Je vais arranger ça. Quoi d'autre ?

— Lina a remarqué ta partenaire aux fiançailles, dit Evan d'une voix un tout petit peu trop détachée. Elle m'a demandé si je la connaissais.

Je me figeai, j'aurais aimé pouvoir voir aussi bien que j'entendais.

— Qu'est-ce que tu lui as dit ? demanda Tyler.

— La vérité, dit Evan. Non, mais qu'est-ce que tu crois ? Bon sang, Tyler, tu sais bien que je ne suis pas du genre à me mêler de tes affaires, mais putain, tu aurais quand même dû venir nous en parler avant de baiser un flic…

Je suffoquai – un son à peine audible, mais je sus à cette seconde qu'ils m'avaient entendue.

Instinctivement, je voulus saisir mon arme, mais réalisai aussitôt que je ne l'avais pas sur moi. Je me retournai pour m'enfuir – parce que peu importe toutes les conneries qu'on vous raconte dans les films hollywoodiens, une petite nana détective sans arme ne faisait pas le poids face à ces trois-là – mais la porte s'ouvrit, et Tyler sortit à toute vitesse en m'attrapant le bras avant que je ne puisse atteindre le bout du couloir.

— Espèce de salaud ! Espèce de putain de connard de salaud !

Je criai ces mots tout en essayant de dégager mon bras. Aucune chance de ce côté-là, il me tenait fermement. Je n'avais donc plus qu'une possibilité. Je refermai ma main libre en poing, puis le lui balançai en plein dans sa tronche de moralisateur.

Il anticipa le coup, et mon poing atterrit sur sa mâchoire au lieu de son nez.

Je ne m'étais, en revanche, toujours pas dégagée de sa prise. J'étais toujours fermement prisonnière. Sauf que maintenant, il était sûrement encore plus énervé.

— Espèce de fils de pute.

Je ne criais pas. Au contraire, mes mots étaient glacials et mesurés, mais balancés avec une rage bouillonnante.

— Putain de Dieu, ça fait mal, dit Tyler en me serrant encore plus fort et en utilisant sa main libre pour masser sa mâchoire.

— Tyler.

Cole était figé au milieu du couloir, Evan derrière lui. Ils étaient tous les deux plus intimidants que jamais. Et à cet instant précis, je compris comment ils étaient devenus des hommes d'affaires aussi féroces et redoutés. Putain, qui oserait se mettre en travers de leur chemin ?

Moi, apparemment. *Et merde.*

J'envisageai de lutter, mais je n'allais pas leur donner cette satisfaction. Je décidai donc au contraire de me tenir parfaitement tranquille, sans dire un mot, en essayant de calmer mon cœur tandis que j'analysais la situation et évaluais les voies de sortie.

Ça ne prit pas beaucoup de temps, puisque Tyler me tenait fermement et qu'on était à trois contre une : mes options étaient pour le moins limitées.

Les yeux de Tyler me fixaient, mais c'est à ses deux comparses qu'il s'adressait quand il dit, d'un ton naturel et doux :

— Allez-vous-en.

Evan fit un pas en avant.

— Écoute, Tyler. Je suis…

— Plus tard, dit-il, et ses yeux ne quittèrent pas mon visage. Sortez par la porte de service. On s'appelle demain. Je contrôle la situation.

Je vis le doute envahir les visages de Cole et d'Evan – et, bon sang, je savais qu'ils pouvaient voir la rage sur le mien – mais ils firent ce que Tyler leur avait demandé et empruntèrent le couloir jusqu'à la porte de service.

Au moment où elle se refermait derrière eux, j'agitai à nouveau mon bras, sans succès, encore une fois.

— Bon sang, Tyler. Lâche-moi.

J'étais tendue. Raide. Et je scrutai le couloir, je cherchai tout ce que j'aurais pu utiliser comme arme, si j'arrivais un jour à me libérer pour m'en saisir.

— Tu sais pourquoi je t'ai poussée, hier soir ? demanda-t-il, et j'entendis le danger dans sa voix aiguisée et tranchante comme une lame de rasoir.

Je plongeai mes yeux dans les siens sans rien dire. Je sentis les petites gouttes de sueur qui perlaient le long de ma nuque, et ma peau devenir moite. J'essayai de calmer ma peur, de contrôler les battements de mon cœur. Mais il était impossible de les ignorer, et j'étais certaine que Tyler en avait lui aussi conscience.

— Parce que tu étais un foutu flic qui s'était glissé dans mon lit, et je voulais – je voulais – te faire peur.

Ma bouche devint sèche quand il avança d'un pas vers moi, et je reculai jusqu'à avoir le dos collé au mur, jusqu'à ce que son corps soit à un centimètre du mien. Jusqu'à ce que je sois baignée dans la chaleur de sa colère.

— Je voulais que tu te poses des questions, continua-t-il, la voix basse, dure et assassine. Que tu te demandes si tu n'avais pas commis une erreur en essayant de m'arnaquer. Si je n'étais finalement pas le genre d'homme capable de faire du mal à une femme.

— Est-ce que tu l'es ?

La fureur envahit son visage, et il leva la main. Et puis, avant que je n'aie le temps de réagir, de faire quoi que ce soit, il se déchaîna. Je fermai les yeux, mais le coup ne m'était pas destiné. Il cogna le mur derrière moi à la place, au point de le faire trembler et de secouer les appliques qui y étaient accrochées.

— Non, je ne le suis pas, dit-il. (Sa voix basse et calme contrastait clairement avec l'homme qui venait tout juste d'exploser devant moi.) Hier soir, je croyais pousser un flic. Une garce de flic qui venait fourrer son nez là où elle ne devait pas, et qui craignait peut-être – juste peut-être – de s'en être prise au mauvais type.

Il tendit la main comme pour me caresser la joue, mais je reculai et il s'arrêta net, baissant doucement le bras.

— Quand j'ai réalisé que ce n'était pas de moi dont tu avais peur, mais de tes souvenirs, j'ai eu envie de me foutre des claques. Je n'ai jamais voulu… dit-il en prenant une inspiration… je n'ai jamais voulu te blesser de cette façon.

— Je te crois.

C'était vrai. Peu importait tout ce qui se passait entre nous, ce point fondamental-là était vrai.

Il me regarda dans les yeux. Les siens étaient pleins de déception, et puis il me relâcha. Je songeai une seconde à m'enfuir en courant, mais réalisai que je ne pouvais pas le contourner, et j'attendis donc de voir ce qui allait se passer ensuite. De plus, je voulais savoir ce qu'il avait à dire d'autre.

Il se contenta de rester là sans bouger pendant quelques secondes. Puis il traversa le couloir et s'adossa au mur. La fureur et le regret des dernières secondes s'étaient envolés. Il semblait désormais détendu, calme, et avoir repris un contrôle absolu.

— Que crois-tu savoir sur moi, Sloane ?

Je me demandai comment lui répondre, puis me

dis que ma meilleure approche serait d'inclure une part de vérité.

— Pas grand-chose. Pas grand-chose de concret, en tout cas.

— Dis-moi.

— Je sais que tu as obtenu l'immunité en ce qui concerne toute violation du Mann Act, dis-je en regardant attentivement son visage.

Son expression ne changea pas.

— En voilà une chose intéressante, dit-il. Surtout quand on sait que ce deal était confidentiel.

Je haussai les épaules.

— Si tu sais que je suis flic, tu sais sans doute que mon père a travaillé pour le FBI. J'ai de nombreuses ressources disponibles.

Tout ça était vrai, mais ce n'était qu'une supercherie. Ça me permettait cependant de garder Kevin en dehors de ça. J'avais beau être en colère contre lui de m'avoir impliquée dans sa vendetta contre Evan Black, je n'allais certainement pas informer Tyler qu'un agent du FBI le suivait toujours.

— Quoi d'autre ? demanda-t-il.

— Rien de spécial, dus-je admettre. Vous trois, vous cachez bien votre jeu. Il y a des rumeurs, une certaine spéculation. On dit que vous mouillez dans des tas de conneries. La contrebande, les paris illégaux, la fraude. Mais, à ce que je sais, personne n'en a la preuve concrète.

— Et c'est pour ça que tu es là.

— Non, répondis-je, et je me surpris à faire un pas vers lui avant de m'arrêter. Je suis détective à la criminelle d'Indianapolis. Tu crois sincèrement que je suis là pour découvrir si tu fais du trafic de cigarettes ?

J'attendis qu'il réponde, mais il se contenta de me regarder sans dire un mot.

— Comment ? finis-je par demander.

Il pencha la tête d'un air interrogatif.

— Comment as-tu su que j'étais flic ?

— Vous ne vous attaquez pas à des idiots, détective. Ni à des hommes qui ne savent pas protéger ce qui leur appartient.

J'intégrai ce qu'il venait de dire, puis me souvins du panneau que j'avais vu à la réception du Destiny, qui annonçait clairement que les lieux étaient sous surveillance vidéo vingt-quatre heures sur vingt-quatre.

— La surveillance vidéo à distance, dis-je.

Il fouilla dans sa poche et en sortit son Smartphone.

— Je peux me repasser les images sur mon ordinateur, mon téléphone. Comme je te l'ai dit, il est important pour moi de garder un œil sur ce lieu.

— Des milliers de gens défilent devant tes caméras. Pourquoi m'as-tu remarquée, moi ?

— Deux choses m'ont intrigué chez toi. (Il grimaça un peu, puis passa son pouce sur les bleus naissants à la jointure de ses doigts.) D'abord, tu m'as plu physiquement. Ensuite, on ne reçoit que rarement des candidatures spontanées. Ce sont ces deux points cumulés qui ont retenu mon attention.

— Et tu as su que j'étais flic ? Comment ?

— Ce n'étais pas vraiment compliqué. Comme je te l'ai dit, tu as retenu mon attention. Et j'ai toujours trouvé utile d'obtenir le maximum d'informations possible sur les gens en général. J'ai donc demandé à un pote de relever tes empreintes sur le formulaire de candidature. Avec ça, la suite était facile. Sloane Watson, de la police métropolitaine d'Indianapolis, en congé maladie. Et ça, là, ajouta-t-il en désignant ma hanche du menton, ça n'a rien à voir avec un cambriolage ou un passage à tabac.

Il se tut, il attendait de toute évidence que je lui raconte ce qui s'était réellement passé.

Je ne dis rien.

Il haussa une épaule de façon à peine perceptible.

— Je t'ai dit que je ne faisais pas facilement confiance aux gens. J'étais sincère.

Je passai les doigts dans mes cheveux, essayant d'intégrer ce qu'il venait de me dire, tout en réfléchissant à ce que j'allais faire ensuite.

Mes foutues empreintes. Je ne m'étais pas imaginé une seconde qu'ils relèveraient les empreintes de quelqu'un postulant pour un poste de serveuse. Et je ne m'étais pas imaginé une seconde que Tyler regarderait les images de la caméra de surveillance pendant ses déplacements.

Deux erreurs. Et savoir que je les avais commises – que c'était ma faute et celle de personne d'autre – ne fit que m'énerver un peu plus.

— Tu savais, et pourtant tu m'as ramenée dans ta chambre, tu m'as déshabillée et tu m'as sautée ?

Je pensai au canapé, au serveur. Au frisson érotique qui m'avait parcourue, comme un nouveau secret très intime qu'il aurait partagé avec moi.

— Tu m'as bien eue, dis-je, la voix basse mais tremblante de colère. Putain, tu m'as bien eue.

— Oh, que oui, je t'ai bien eue. Je te l'ai déjà dit. Je t'ai attirée dans mes filets pas à pas. J'avais pleinement l'intention de t'utiliser et de te jeter aux oubliettes, dit-il en s'éloignant de la porte et en faisant un pas vers moi. Rien d'autre qu'une grosse arnaque, en tout cas, c'est comme ça que je l'envisageais. Parce que personne ne joue à ce genre de jeu avec moi. Pas en s'en sortant indemne, en tout cas.

— Bien. Un grand bravo à toi, dis-je. Tu as gagné. T'es content ?

— Non. Pas vraiment.

— Ah oui ? Eh ben, tant mieux…

J'essayais d'avoir un ton cavalier et indifférent. Mais bon sang, j'étais tout sauf indifférente. Et maintenant que ma peur s'était envolée et que ma colère se calmait, je me sentais vide et perdue.

Maudite sois-je pour me laisser chambouler comme ça par ce type – ce putain de connard qui n'avait rien voulu d'autre que se servir de moi. Et moi, j'étais tombée dans le panneau et m'étais laissée aller à croire que cette partie-là était vraie. Son discours sur la confiance et la passion. Sur le fait de ressentir ce lien entre nous.

Je m'étais laissée aller à oublier que c'était un escroc dans l'âme, et qui de mieux pour déceler vos points faibles qu'un arnaqueur qui manipule les émotions pour gagner sa vie ?

Eh bien, qu'il aille se faire foutre. Je voulus me retourner, mais il m'attrapa par le menton.

— Non, dit-il, sur un ton à la fois doux et ferme. Je sais ce que tu es en train de te dire, mais non. Je t'ai poussée parce que je croyais que tu étais un flic. Mais quand tu t'es enfuie – quand je t'ai couru après –, c'était parce que j'avais envie de la femme.

— S'il te plaît, dis-je, soudainement envahie par la fatigue. S'il te plaît, est-ce que tu peux simplement me laisser partir ?

Il ne dit rien pendant si longtemps que je crus qu'il se contentait d'ignorer ma question.

— Est-ce ce que tu veux ? demanda-t-il finalement.

Est-ce ce que je veux ?

Si ça, ce n'était pas une question piège ! Je voulais recommencer de zéro. Je voulais qu'il soit blanc comme neige. Je voulais ne pas être un flic.

Sauf que je ne le voulais pas. Pas vraiment. J'aimais qui j'étais. Et même si je ne l'aurais avoué à personne d'autre qu'à moi-même, et encore, seulement toute seule et dans le noir, j'aimais aussi ce qu'était Tyler. Aurait-il été le même homme s'il avait grandi en toute innocence, été élevé au bon grain, et qu'on l'avait élu roi du bal au lycée ? Je n'en étais pas certaine.

Mais cela n'avait aucune importance, parce que c'était la fin. Il n'y avait plus rien entre nous que des souvenirs, et même eux étaient ternis, tachés de la teinte rouge sang de la tromperie.

— Je ne veux rien du tout, dis-je avec lassitude. Je pensais ce que j'ai dit hier soir. La seule raison pour laquelle je suis venue à Chicago – la seule raison pour laquelle j'ai fait tout ça –, c'est parce que je voulais retrouver Amy.

Il fronça un sourcil.

— Tu ne redoutes pas que je l'aie vendue à un grand malade à l'autre bout du monde, au moins ?

— Non, dis-je, et même si je l'avais dit en toute sincérité, le flic en moi ne pouvait pas entièrement éliminer cette possibilité.

Il fit oui de la tête et je crus voir un certain soulagement dans son regard.

— Donc, est-ce que je peux avoir ce boulot ?

Je le voulais vraiment. J'espérais non seulement

qu'une des filles saurait comment joindre Amy, mais je voulais aussi découvrir si Kevin et Tom avaient raison, et si les Chevaliers jouaient du mauvais côté de la barrière.

— Je te l'ai dit hier soir, répondit-il. Non.

— Putain, pourquoi pas ?

— Ces filles ont traversé beaucoup de choses. Elles n'ont pas besoin qu'un flic vienne fouiner dans leurs affaires.

— Elles n'ont pas besoin de savoir que je suis flic.

— Et je ne serai pas celui qui les trompera.

— Tu n'as pourtant eu aucun foutu problème à me tromper, moi.

Un flash de colère scintilla dans ses yeux.

— Ne commence pas sur ce terrain. Ne songe pas, ne serait-ce qu'une seconde, à t'aventurer sur ce terrain.

Frustrée, je balançai un grand coup de pied dans le mur, puis un autre pour faire bonne mesure.

— Bon sang, Tyler…

Il leva la main.

— Assez. Nous avons tous les deux des choses à nous reprocher dans cette histoire, donc laissons tomber.

— Bien.

— Mais même si j'acceptais de ne rien dire sur ta véritable identité, Evan et Cole ne seraient jamais d'accord.

Sur ce point, je savais qu'il n'y avait pas moyen de négocier.

— Tu peux venir t'asseoir avec les filles pour discuter, leur demander si elles savent quelque chose, dit-il. C'est tout ce que je peux faire, Sloane. C'est à prendre ou à laisser.

Ce n'était pas suffisant. C'était à mille lieues d'être suffisant. Mais à moins de trouver une façon de convaincre Tyler du contraire, j'allais devoir m'en contenter.

— Très bien, répondis-je. Je prends.

Chapitre 14

— Bon, au moins on sait qu'elle a un autre boulot, dit Candy.

Il était un peu plus de dix heures du matin, et je lui avais téléphoné à la minute où j'étais rentrée chez moi. Je me disais désormais que j'aurais mieux fait de l'appeler de la voiture. La réception dans mon appartement était mauvaise, et la voix de Candy semblait lointaine, ce qui renforça encore mon sentiment de solitude.

— Vegas, hein ? reprit-elle. Exactement le genre d'endroit qui l'excite. J'aurais juste aimé qu'elle me tienne au courant.

— Moi aussi. Mais on sait toutes les deux qu'Amy est un peu barjo. Elle travaille probablement non-stop. Soit ça, soit elle a déjà quitté ce nouveau boulot pour suivre un gars avec qui elle fait les quatre cents coups. Elle va appeler. Ou il est encore plus probable qu'elle se pointe juste le jour où tu es censée accoucher.

— J'espère, dit Candy.

— Détends-toi. Je te dirai s'il y a lieu de s'inquiéter. Mais pour le moment, il n'y a pas de quoi se faire du souci.

Je pensai que j'aurais dû croire ce que j'affirmais moi aussi, mais je n'y arrivais pas vraiment. Je voulais bien croire Tyler, pour l'instant. Mais ça ne changeait rien au fait qu'Amy avait disparu de la surface de la terre pile au moment où Candy devait accoucher. Et tout ça ne me disait rien qui vaille. Bon sang, je voulais infiltrer le Destiny. Je voulais parler au personnel, aux clients, et voir si je pouvais découvrir où Amy était partie, ne serait-ce que pour apaiser les inquiétudes de mon amie.

L'offre de Tyler de parler avec les filles avait peut-être l'air généreuse sur le papier, mais ça n'allait me mener absolument nulle part. Les gens se fermaient quand on les interrogeait. Mais s'ils bavardaient de façon détendue, la mémoire ne leur faisait jamais défaut, les ragots coulaient à flots. Papotez avec quelqu'un, vous aurez votre histoire. Interrogez-les, et vous n'aurez que des faits.

En outre, je voulais m'intéresser de plus près à l'homme que je commençais à avoir dans la peau. Et je n'avais pas l'intention de m'asseoir avec une brochette de filles qu'il avait lui-même engagées, parce qu'elles ne me diraient rien, à part que c'était le meilleur patron de tous les temps.

Merde.

Je voulus faire les cent pas dans le petit appartement que j'avais loué pour mon enquête, mais il n'y avait même pas la place pour ça. J'habitais un palais de vingt-deux mètres carrés dans le quartier émergent de Pilson. La cuisine était une blague, le canapé faisait office de lit, et j'aurais pu demander à la moisissure indélogeable de la salle de bains de payer une partie du loyer.

Quant au goût et au style de la décoration, c'était un échec total. Mais comme endroit où garer mes fesses pendant que je travaillais, ça faisait très bien l'affaire.

À cette seconde précise, mes fesses étaient garées au bout du lit, que je n'avais pas pris la peine de replier en canapé.

— Merci pour tout ce que tu fais, dit Candy. Je sais que je n'aurais pas dû m'inquiéter, mais c'est la faute de ces foutues hormones. Elles me rendent dingue. En plus, je fais la taille d'une baleine.

Je m'allongeai sur le lit en souriant.

— Ça ne fait pas si longtemps que je suis partie. La dernière fois que je t'ai vue, tu faisais peut-être la taille d'un éléphant. De là à atteindre celle d'une baleine, il y a de la marge.

— Salope ! dit-elle en riant, ce qui était exactement l'effet escompté. Je suis sincère, dit-elle, quand son rire s'évanouit. C'est vraiment classe de ta part. De donner de ton temps, je veux dire.

— C'est mon métier.

— Ouais, bon, je suis juste désolée à propos de ces histoires avec ce mec. Ça fout vraiment un coup à l'estomac.

Je haussai les épaules, puis attrapai un oreiller que je serrai fort contre moi.

— C'est du délire, dis-je. Je n'aurais jamais cru qu'ils découvriraient que j'étais flic.

— Ce n'est pas ce que je voulais dire, dit-elle d'une voix douce.

— Merde, dis-je, mais le mot était simple et sans ironie.

Je ne lui avais rien raconté d'autre que les grandes lignes – que mon plan pour mon enquête avait été de séduire Tyler. Que la partie séduction de l'équation avait fonctionné à merveille. Enfin, jusqu'à ce qu'elle me revienne dans la tronche et que tout ça se révèle une grosse arnaque, avec moi déguisée en cible.

Mais je n'avais pas parlé du tour intime qu'avait pris ce plan de séduction, à quel point je l'avais laissé aller loin. Bon sang, comme j'avais eu envie qu'il aille loin !

Et ce qui est sûr, c'est que je ne lui avais pas dit combien j'avais été blessée en découvrant la vérité.

J'aurais dû savoir que Candy allait creuser, de toute façon.

— Je ne voulais pas t'impliquer dans mes conneries personnelles, dis-je, même si les mots étaient un peu nuls.

— J'adore les conneries personnelles. Je t'implique tout le temps dans les miennes. C'est ça, l'amitié, non ? On se réjouit du bon, on peste contre le mauvais, et on partage les secrets.

Je suppose qu'elle avait raison. Non que j'aie une immense expérience dans ce domaine. Je n'avais jamais eu d'amis proches en grandissant. Je n'avais, à vrai dire, jamais eu d'amis tout court. Comme l'avait dit Candy, les amis partagent leurs secrets. Moi, je n'avais jamais partagé les miens.

Dans la catégorie meilleure amie pour la vie, Candy était ce que j'avais de plus approchant. C'était sûrement pathétique de se dire que mon amie la plus intime était aussi mon indic. En même temps, où aurais-je trouvé le temps de rencontrer du monde en dehors des flics, des avocats, des victimes et des suspects ?

On n'avait pas non plus une relation rose bonbon. On ne se retrouvait pas pour se vernir les ongles des pieds en discutant mecs, et même si je lui avais balancé un os ou deux par-ci, par-là, elle n'avait jamais vu le squelette dans mon placard. Mais il nous était déjà arrivé d'aller boire un coup ou manger une pizza, et chaque fois que j'allais lui demander des infos, on finissait en général par boire une bière sur son escalier de secours en parlant de la vie, de séries télé et d'autres trucs. À mon avis, ça devait quand même faire de nous quelque chose ressemblant à des amies.

— Sloane ? (Sa voix avait l'air lassée, désormais.) Tu as envie d'en parler ?

— Il n'y a rien à dire, dis-je.

— Foutaises.

— Mon Dieu, Candy, que veux-tu que je te dise ? Je ne me suis pas rendu compte qu'il se foutait de moi et je me suis fait avoir, un point, c'est tout. Mais c'est seulement mon ego qui en a pris un coup. Ce n'est pas comme si je noyais mon chagrin dans la glace au chocolat ou que j'écrivais des poèmes d'amour à propos de lui dans mon journal intime non plus. Rien de tout ça n'était vrai, comment cela aurait-il pu l'être ?

— Je suis vraiment désolée.

Ce fut la gentillesse avec laquelle elle l'avait dit qui eut raison de moi.

— Salope, murmurai-je. Tu es juste censée me laisser ruminer.

— Il te plaisait vraiment, hein ?

J'allais dire que non, mais je m'arrêtai.

— L'homme que j'ai vu m'a plu – beaucoup. Mais je serais bien infoutue de te dire si cet homme existe pour de vrai. Merde ! ajoutai-je en me redressant et en passant la main dans mes cheveux. Ça n'a aucune importance, de toute façon. Je ne cherche pas de petit ami, et même si c'était le cas, un criminel de Chicago ne serait sûrement pas mon premier choix.

— Non, je suppose que non. Tu sais ce que tu devrais faire ? demanda-t-elle. Aller t'acheter un kilo de glace au chocolat.

Vu que les amis ont souvent raison à votre sujet, je suivis son conseil à la lettre. Un quart d'heure plus tard, j'étais assise par terre en tailleur, adossée au lit et devant la télé. Le pot de glace aux pépites de chocolat que j'avais acheté à l'épicerie du coin était encore congelé, et je grattais ma cuillère sur le dessus, reconnaissante chaque fois que j'arrivais à déloger un petit morceau.

J'allumai la télé, dans une évidente tentative désespérée de me sortir Tyler de la tête, mais aussi Amy et tout le reste. Le seul programme potable était un épisode de *New York, police judiciaire*, ce qui réduisit considérablement l'efficacité de ma méthode.

J'avais envie de Tyler. C'était irrationnel, stupide, compliqué et dangereux, mais putain de moi, j'avais quand même envie de lui. Et même si je m'évertuais à essayer d'étouffer toute pensée à son sujet, elles étaient aussi indomptables que lui.

La sonnerie perçante de mon téléphone me fit sursauter, et j'eus envie de me donner des claques, parce que ma première réaction fut de vérifier si c'était son numéro. Apparemment, j'étais toujours une gamine de quinze ans.

Je jetai un œil à l'écran, le cœur battant. Un simple numéro, mais je savais que c'était lui. Je pouvais le sentir, et je pris une grande inspiration pour me calmer avant de décrocher.

Mais ce n'était pas la voix aussi douce que du whisky de Tyler, à l'autre bout du fil. C'était celle de Kevin.

— T'as une minute ?

— À vrai dire, non.

Pas vraiment une réponse accueillante ou mesurée, mais je ne me sentais pas spécialement accueillante ni mesurée envers Kevin à cet instant précis.

— J'ai parlé à Tom, continua Kevin, sans se décourager. Il m'a dit que vous vous étiez vus aux fiançailles d'Evan Black. On dirait que ton enquête avance.

— Difficile d'avancer, quand je n'ai pas toutes les informations.

— Pardon ?

— Je suis juste un peu agacée que tu aies, si l'on peut dire, oublié de mentionner que tu sortais avec Angelina Raine avant qu'elle n'aille se fiancer avec Evan Black.

— *Putain.*

Le mot était un murmure aigu, mais je l'entendis sans problème.

— Ouais, c'est ce que je dirais aussi. Je n'aime pas que tu te serves de moi pour tes vengeances personnelles.

— Bon sang, Sloane, je n'étais pas…

— Tu n'étais pas quoi ? Tu n'étais pas un sac à merde menteur et manipulateur ? J'ai une nouvelle pour toi, Kevin, c'est exactement ce que tu étais.

— Je ne mentais pas. Je ne suis pas un manipulateur. Et je ne me sers pas de toi.

— Tu me permettras d'en douter.

— Écoute, voyons-nous.

— Oublie, Kevin. Je suis désolée qu'une fille t'ait largué, mais je ne suis pas ton esclave personnelle pour tes petites revanches. Tu as une bataille à mener ? Je vais te laisser la mener tout seul.

— Bon sang, tu ne m'…

— … écoutes pas ? Non, je ne t'écoute pas. Au revoir, Kevin, dis-je en raccrochant.

Et même si ça m'avait fait du bien de reprendre le contrôle de la situation, j'étais toujours tendue. Je bouillonnais. Les accusations de Kevin se mélangeaient dans ma tête avec la pensée d'Amy, et toutes ces idées semblaient danser un tango avec le bouillon d'émotions que je ressentais, ne serait-ce qu'en prononçant le nom de Tyler.

— Et merde, bafouillai-je, en refermant violemment le couvercle du pot de glace.

L'appel de Kevin avait fait exploser mon taux d'irritabilité. Il fallait que je bouge. Il fallait que je me vide la tête. Il fallait que je trouve comment diable infiltrer le Destiny – parce que, pour le meilleur ou pour le pire, j'étais désormais piquée par la curiosité. Tyler Sharp m'avait montré l'homme qu'il voulait que je voie. Je voulais maintenant trouver une occasion de soulever le rideau pour jeter un coup d'œil en coulisses.

Il fallait juste que je trouve une façon d'entrer.

Sans même le réaliser, j'avais marché jusqu'au petit placard qui comprenait une patère, deux tiroirs en plastique et le ballon d'eau chaude. Mon short, mon soutien-gorge de sport et mon débardeur pendaient d'un cintre que j'avais accroché au ballon. J'enlevai le bas de pyjama et le T-shirt du Dr Who que j'avais enfilés, et les balançai dans le tiroir du haut. J'enfilai mes affaires de course, trouvai ma dernière paire de chaussettes propres et sautai dans mes baskets.

Je rassemblai mes cheveux en une haute queue-de-cheval, saisis mon téléphone, enfonçai mes écouteurs dans mes oreilles et sortis courir.

En réalité, j'aurais préféré aller à la salle de sport et me faire une petite session de punching-ball. Ou, encore mieux, avec un autre officier. Cavanaugh était toujours partante pour un petit combat, et on avait à peu près le même niveau. Mais quand j'étais sur ma lancée, je pouvais lui défoncer la gueule, et on le savait toutes les deux.

Non, moi je voulais le lieutenant Barrone. Lui et moi sur le ring. Je n'aurais pas le temps de penser à autre chose qu'à esquiver ses coups et à protéger mon visage des hématomes. *Ça, ce serait bien*, me dis-je. *On ne réfléchit pas. On agit, c'est tout.*

Mais ce n'était pas envisageable ce jour-là.

Mon studio se trouvait au-dessus d'une boulangerie mexicaine, et je sentis l'odeur délicieuse qui en émanait, en m'étirant dans la petite ruelle entre mon immeuble et le suivant. J'avais mes écouteurs dans les oreilles qui hurlaient la musique préférée de mon père. Un groupe rockabilly du Texas, dont il était devenu fan dans sa dernière tentative pour être un Texan pure souche, depuis qu'il avait déménagé dans le fief de George Bush.

J'aimais la musique, elle était rapide et rythmée, on pouvait facilement courir dessus, et je laissai mon esprit vagabonder au gré de la chanson et du paysage. Je passai devant des restaurants et des boulangeries, des immeubles d'habitation et des marchés.

J'avais déjà l'habitude de suivre un certain circuit, je courais doucement jusqu'à la zone marchande de la 18e Rue, puis revenais en foulées plus rapides, en faisant quelques détours pour passer devant les fresques du quartier.

Je voyais tout, à la façon d'un flic. Mais je ne regardais pas. J'étais dans ma tête. Dans ma musique. Je me concentrais uniquement sur le rythme de mes pieds et la sensation du bitume sous mes semelles, jusqu'à ne faire plus qu'un avec le mouvement. Ne faire plus qu'un avec cette sensation merveilleuse d'être en vie, de respirer, de faire travailler mes muscles et de savoir que j'étais forte. Bon sang, j'étais forte. Assez forte pour me foutre de Tyler Sharp. Assez forte pour bloquer la douleur.

Assez forte, sûrement, pour croire à ce mensonge.

Je tournai au coin suivant pour rentrer chez moi, incertaine d'avoir accompli quoi que ce soit pendant ma course, en dehors de m'épuiser. Sauf que ce dont j'avais besoin, c'était de convaincre Tyler de me laisser infiltrer le Destiny. Mais bon sang, impossible de savoir comment. Peut-être que si j'avais été une spécialiste de l'arnaque comme lui, j'aurais su comment supplier, faire chanter ou voler, mais le fait est que je n'avais rien pour négocier, personne pour m'aider, et aucun moyen d'entrer dans cette boîte.

… À moins que ?

Je m'arrêtai net devant l'immeuble, j'avais déjà oublié que j'étais partie courir pour me calmer. Bon sang, j'avais déjà tout oublié, tout, sauf cette toute petite idée.

Ça pourrait bien marcher.

C'était risqué, mais c'était tout ce que j'avais à cette minute, et, envahie par une nouvelle vague d'excitation, je montai les escaliers quatre à quatre jusqu'à ma porte, en espérant très fort que tout ce dont j'avais besoin se goupillerait sans problème.

Chapitre 15

Les baffles crachaient *S & M*, une chanson enragée sur la confiance en soi, dans laquelle Rihanna racontait combien elle était bonne quand il s'agissait d'être vilaine. Une chanson sur le sexe. L'attirance. L'excitation et la chaleur.

Et moi, j'étais là, mes gants blancs glissaient de façon suggestive le long de la barre en acier ; ma jambe, recouverte d'un bas nylon, était accrochée aussi haut que possible sans risquer de perdre l'équilibre, suffisamment en tout cas pour exhiber le porte-jarretelles qui maintenait ledit bas en place.

J'étais venue au Destiny avec un plan. Et je faisais désormais partie des six finalistes montées sur scène pour le spectacle amateur du club ce samedi-là. À l'origine, j'avais eu peur que la fille de la réception ne me reconnaisse, ou que Tyler ne voie les images vidéo et ne m'empêche de monter sur scène.

J'avais désormais peur qu'il ne soit pas là du tout, et que tout ça ne serve à rien.

Quand les lumières s'étaient allumées, quand les premières notes de musique avaient démarré, mon sang avait battu si fort dans mes oreilles que j'étais convaincue que tous les hommes qui entouraient la scène pouvaient l'entendre. Je m'étais d'abord déhanchée doucement. Timide, voire un peu effrayée. Mais là, je devais admettre que ça commençait à me plaire.

J'avais fréquenté suffisamment de clubs de strip-tease pour savoir que, de ce côté-là, le Destiny était un endroit plutôt chic. La boîte ressemblait à un casino, avec une immense salle principale, un bar gigantesque et des tables confortables qui entouraient plusieurs podiums, chacun muni d'une barre en acier.

Il y avait aussi des coins plus sombres, où un client pouvait emmener une danseuse pour une lap dance ou, ce qui était plus rare, pour discuter un peu.

Le tout avait un air assez classieux, mais à vrai dire, le Destiny était comme tous les autres clubs pour hommes. Les danseuses finissaient toujours nues. Enfin, à l'exception d'un minuscule string qui ne servait pas à cacher quoi que ce soit, mais à accueillir les pourboires qu'on y accrochait.

Il fallait quand même admettre que, à la différence de certains clubs, les danseuses ne commençaient pas leurs numéros toutes nues. Au Destiny, il s'agissait vraiment d'une provocation. D'un processus. D'une séduction.

Le résultat final était cependant le même. Et j'étais donc un peu nerveuse au début de la soirée.

Saphir, une des danseuses habituelles de la maison chargée de s'occuper de nous, les six qui avions été sélectionnées pour le concours de la soirée amateurs, nous avait fait un petit speech pour nous motiver avant de commencer.

— Si vous êtes nerveuses, faites durer la partie séduction. Vous pouvez tout enlever à un moment ou à un autre – enfin, si vous voulez avoir une chance de l'emporter. Mais vous pouvez prendre votre temps pour vous déshabiller, jusqu'à ce que vous trouviez votre rythme. Soyez simplement aguicheuses et sexy.

Bon conseil et, même si cela me prit un peu de temps – environ tout le morceau *Keep Your Hands to Yourself*, des Georgia Satellites –, j'avais enfin trouvé mon rythme de croisière.

J'avais peut-être débuté mon numéro en cherchant à oublier la présence de ces hommes, mais en voyant la façon dont ils me regardaient, je ne pus nier commencer à y prendre goût.

Je me souvins de la chaleur que j'avais vue dans les yeux de Tyler quand je m'étais déshabillée pour lui. La contraction de sa mâchoire, quand il avait lutté pour garder le contrôle de lui-même.

Je me souvenais avec délectation comme il avait eu envie de moi, à quel point j'avais eu envie de lui ; comment j'avais été exposée pour lui, combien le fait d'avoir lentement enlevé ma robe et ma culotte m'avait excitée – afin de rendre chacun de mes mouvements aussi sensuels que possible. Afin que chaque regard soit rempli de passion et de promesses.

Puis je me souvins de la façon dont il m'avait touchée devant la fenêtre. *Est-ce que ça t'excite de savoir que quelqu'un est peut-être en train de te regarder ? Te voit peut-être de sa fenêtre, de l'autre côté de la rue ?*

Ça m'avait excitée – oh oui ! ça m'avait excitée. Et je ne pouvais pas ignorer le frisson que me procurait le fait d'en faire autant dans cette pièce remplie d'hommes. La chaleur et l'adrénaline de savoir qu'ils pouvaient me regarder sans avoir le droit de me toucher. Que même si j'allais finir nue sur cette scène, c'était moi qui avais tous les pouvoirs.

C'était un autre genre de pouvoir que celui que j'avais en tant que flic. Un pouvoir différent et intime, parce qu'il venait de moi, pas de l'insigne ni du flingue.

Mais même si savoir que ces hommes me désiraient me donnait des frissons et une impression de puissance, leur intérêt n'avait pas le même impact sur moi. Je ne dansais pas pour eux. Ce n'étaient pas eux qui me donnaient envie de me donner en spectacle.

Pour ça, je devais penser à Tyler.

Tyler, assis dans l'ombre.

Tyler, me regardant tandis que je me déshabillais doucement, devenant plus dur et plus excité à chaque vêtement que j'enlevais.

Il n'était pas vraiment là. Pas encore. Je le savais, parce que je scrutais la salle toutes les trois minutes. Et à chaque regard, j'étais de plus en plus déçue. Je voulais qu'il me voie là-haut. Je voulais qu'il sache que je faisais tout ça autant pour lui que pour mon enquête.

Que Dieu me pardonne, j'étais vraiment accro. J'avais ce type dans la peau, et tout ça, c'était autant une punition qu'une provocation à son intention. Sauf qu'il n'était pas là pour voir quoi que ce soit.

Le fait que ça m'importe, que j'aie envie de lui, me frustrait. Je n'avais qu'à penser à lui pour que mon corps rougisse. Tyler Sharp était comme une flamme qui me consumait, qui me rendait vulnérable. Qui me faisait fondre.

J'étais une idiote de jouer avec cet homme. Il était dangereux. Il me détournait de mon objectif, alors que je n'étais pas le genre de femme à se laisser distraire. Il me tentait, alors que je n'étais pas femme à me laisser tenter.

Il était tout ce que je n'aurais pas dû vouloir, et ce que je ne pouvais pas avoir, et pourtant, à cet instant, il était impossible de nier qu'il était tout ce dont j'avais envie. Tyler Sharp envahissait ma tête, mes souvenirs, mon imagination.

Je m'accrochai fort à mon fantasme, m'en servis comme moteur pour danser, parce qu'il fallait que je prouve que j'en étais capable. Il fallait que je réussisse à le convaincre que j'étais capable de danser dans un club comme le Destiny. Que je pouvais être crédible.

J'avais passé l'après-midi à faire les magasins, en me demandant ce qu'aurait pensé Candy et son œil d'experte de tous les articles que j'avais sélectionnés. Je finis par me décider pour un look de femme d'affaires coquine, sévère et comme il faut, mais sexy en dessous. J'étais montée sur scène avec une chemise blanche, une veste grise stricte, une jupe crayon, dont la fente jusqu'à la hanche était la seule indication qu'il y avait quelque chose d'osé chez cette femme d'affaires endimanchée.

Sous le tout, je portais un soutien-gorge en dentelle rouge, des bas tenus par un porte-jarretelles, et une de ces culottes à frous-frous coquines, qui portent sûrement un autre nom pour les spécialistes de la lingerie fine, mais vu que mes culottes se limitent en général au shorty Dim ou aux strings en dentelle Sloggy, je n'étais pas vraiment à jour au niveau du vocabulaire « ès »-sous-vêtements.

J'avais commencé lentement et avec angoisse, des gestes mal assurés. Mais je compris vite l'attraction de la musique, des lumières. Elles avaient un effet hypnotisant, elles m'emmenaient dans un endroit où aucun homme ne me regardait. Là où aucune serveuse légèrement vêtue ne servait des verres à des types qui avaient envie d'une lap dance. Aucun barman. Aucune autre danseuse. Juste la musique et moi… et l'homme que j'avais en tête.

J'avais déjà balancé ma veste et bougeais désormais en rythme avec la musique qui s'accélérait, en faisant glisser mes mains le long de mon corps, en caressant mes seins, en me souvenant de la façon dont sa bouche avait joué avec mes tétons. La façon dont ses baisers avaient recouvert chaque centimètre de mon corps.

— Ouais, vas-y, bébé ! hurla une voix masculine anonyme, quand j'attrapai ma chemise et l'ouvris d'un coup en faisant valser les boutons.

Je défis les manches en me dandinant, puis me penchai en avant pour provoquer la voix avec mes seins recouverts de dentelle de soie. Je déposai la chemise que j'avais dans la main sur sa tête, et me penchai encore un peu plus pour qu'il puisse glisser un billet de vingt dans mon décolleté.

Pas mal pour une journée de travail, me dis-je en me redressant et en me déhanchant sur le podium pour rejoindre ma barre en acier.

Je jetai un œil au podium d'à côté, curieuse de savoir où en était ma voisine, jusqu'où elle s'était déshabillée. Elle était déjà en string, et je compris que j'avançais bien trop lentement.

Il était temps de passer à la vitesse supérieure.

Cette idée fit danser une flopée de papillons dans mon ventre, l'excitation contrecarrait l'angoisse – et cette excitation explosa quand mes yeux qui scrutaient la salle tombèrent enfin sur Tyler.

Il portait un jean et un T-shirt noirs tout simples sous une veste grise. Même lorsqu'il était habillé de façon aussi décontractée, pas un homme ne lui arrivait à la cheville. Il avait un dossier à la main, qu'il consultait au travers d'une paire de lunettes à la monture sombre parfaitement accordé à son visage et le rendant, étonnamment, encore plus sexy.

Il tendit quelques pages à Greg, le barman, puis longea le comptoir, de grandes enjambées arrogantes qui ne laissaient aucun doute sur le fait que l'endroit lui appartenait. Plus encore, que chaque endroit où il daignait aller lui appartenait.

Il ne m'avait pas encore regardée, mais cela n'avait aucune importance. Sa simple présence enflamma mes sens et je sentis cette électricité, cette étincelle. *Chamboulée*, me dis-je. *Il m'a complètement chamboulée*. Et ouais, je voulais finir mon numéro. Pour le meilleur ou pour le pire, je voulais le finir pour lui.

Je continuai à m'agiter au rythme de la musique, continuai mon spectacle pour ces hommes mais restai concentrée sur Tyler. Il accueillit quelques clients, bavarda avec les serveuses, puis s'assit. Le barman glissa deux verres devant lui, et je fronçai les sourcils en réalisant que le second était pour la brune sublime à côté de lui.

Elle sourit, un sourire aussi décontracté que familier, tandis que les nœuds serrés de la jalousie me retournaient l'estomac. Il se pencha vers elle et lui dit quelque chose à l'oreille. Et quand elle se mit à rire, à basculer en avant et à poser la main sur son bras à lui, je dus lutter contre l'envie irrésistible de descendre de scène pour remettre cette garce à sa place.

Comme s'il avait lu dans mes pensées, son regard

changea d'axe, passant de la brune à moi. Je me dandinai sur la barre, d'une main je caressais l'acier de façon suggestive tout en faisant glisser mon corps, de l'autre je défis ma jupe.

Je vis le feu dans ses yeux – et, même à la lumière tamisée du club, je vis son corps se contracter quand je laissai tomber ma jupe sur le sol. Je ne portais plus rien d'autre que ma culotte en soie, mes bas et mon soutien-gorge push-up assez révélateur.

Et, bien évidemment, mes talons aiguilles de douze centimètres qui hurlaient « baise-moi ». Avec lesquels, pour être honnête, c'était une vraie galère de danser.

Je le vis se lever. Je vis son expression se durcir. Je le vis saisir ses lunettes et les jeter sans considération sur le comptoir.

Je passai les mains derrière mon dos et dégrafai mon soutien-gorge tandis qu'il avançait vers moi.

Je fis demi-tour, je ne voulais pas qu'il voie mon sourire victorieux et, pour masquer le tout, je fis un tour rapide sur le podium, en secouant bien mon derrière pour m'assurer que tous ces hommes avaient une vue imprenable sur ce qu'ils n'avaient pas le droit de toucher. Puis, d'un geste théâtral, je jetai mon soutien-gorge sur un homme chauve qui semblait prêt à baver pour de vrai.

Les bas, maintenant, me dis-je en enlevant mes chaussures. Je balançai une jambe en l'air, posai mon mollet sur la barre. Puis je fis glisser mes doigts le long de ma jambe, dégrafai le porte-jarretelles et déroulai le nylon.

Les hommes dans le public brandissaient des billets et, pas stupide, je pris le temps de faire un petit tour pour collecter tous mes pourboires avant de passer à l'autre bas.

J'essayais de garder les yeux sur ces hommes. De garder ce contact visuel que les danseuses utilisaient pour s'assurer des pourboires mirobolants. Mais j'en fus incapable. Je me moquais de ces hommes et de leur argent. Tyler était tout ce dont j'avais envie, mais il avait disparu. J'avais beau regarder partout, je ne voyais ni lui ni la brune, et quelque chose de dur et de serré me noua le ventre.

J'eus un peu la nausée, mais continuai, bougeai en rythme sur une chanson que je ne connaissais pas.

Je balançai mon autre jambe en l'air, prête à recommencer exactement le même numéro. C'est alors que Tyler surgit de nulle part.

Je me figeai, tiraillée en une seconde par l'intégralité des émotions existantes. Le soulagement, l'excitation, le désir – et l'énervement.

— Qu'est-ce que tu fais ? demandai-je, quand il monta sur scène sous les huées, les insultes et les sifflets des hommes qui nous entouraient.

Il ne dit rien, mais ce ne fut pas nécessaire. Il jeta sa veste sur mes épaules, m'attrapa par la taille et me porta à bras-le-corps pour me faire descendre de scène. Je ne criai pas, je ne luttai pas non plus – j'étais bien trop choquée. Et, vu le silence qui avait envahi le public autour de mon podium, je crois que les clients étaient exactement dans le même état que moi.

— Vas-y, dit Tyler, et il me fallut une seconde pour réaliser qu'il parlait à une autre fille, que je reconnus comme étant une des serveuses.

Ses yeux s'écarquillèrent et je sentis qu'elle venait d'obtenir une promotion inattendue. Mais elle grimpa sur scène et enroula son corps autour de la barre en acier.

Les hommes qui me dévisageaient, choqués, détournèrent leurs regards sur elle au bout de quelques secondes, et je ne fus plus qu'un lointain souvenir.

— Putain, qu'est-ce que tu crois être en train de faire ? demandai-je, tandis qu'il me tenait le bras derrière le dos en me conduisant vers le fond de la salle.

De l'autre côté, Evan et Cole se tenaient côte à côte, avec une expression impossible à déchiffrer.

J'inspirai en espérant que, bon sang, tout ça avait fonctionné.

Je me détendis un tout petit peu en voyant qu'il m'emmenait dans la zone réservée aux employés. Il ne dit rien, me traîna jusqu'au bout du couloir qui menait à son bureau et ouvrit violemment la porte.

— Entre, dit-il, à peine une seule syllabe qui réussit à déclencher un torrent d'émotions.

Je m'exécutai.

— Je suis désolée, dis-je, quand il ferma la porte et s'avança vers moi d'un pas décidé. Je voulais…

Je n'eus pas le temps de finir. Il agrippa les deux pans de sa veste et m'attira d'un coup vers lui, puis écrasa sa bouche sur la mienne pour me faire taire efficacement. Et me faire oublier de toute façon ce que j'essayais de dire.

Il me fit tourner, puis nous écrasa tous les deux contre le mur, comme une requête violente et folle.

Notre baiser se fit frénétique et chaud. J'avais la tête qui tournait et le corps qui bourdonnait, ça avait sans doute quelque chose à voir avec le fait qu'il ait ouvert grande sa veste et que ses mains soient posées sur mes seins, à les toucher, à les caresser comme s'il ne pouvait se passer de moi.

En tout cas, moi, je savais que je ne pouvais pas me passer de lui.

Je fermai les yeux, ma bouche chercha la sienne et mon corps fondit sous le sien, tandis que nos langues goûtaient l'une à l'autre, se provoquaient.

Il anéantissait chez moi toute pensée, toute raison. Et j'étais là, prisonnière entre le mur et lui, à peine capable de me souvenir de mon prénom, encore moins de savoir ce que je faisais ici, au Destiny. À cet instant, il était mon monde entier, et même si quelque chose en moi me hurlait de reprendre mes esprits, de me souvenir qu'il m'avait arnaquée – que c'était un criminel –, tout ce dont j'avais envie, c'était de me perdre pour toujours dans cet instant.

Et puis il recula, me laissant là, suffocante et, bon sang, incroyablement excitée.

— Je t'ai déjà dit non, dit-il. Alors peux-tu m'expliquer exactement ce que tu fais à danser sur un de mes podiums ?

Je n'étais pas assez remise pour parler, alors je me concentrai pour refermer les boutons de sa veste avant de relever la tête.

— Je suis venue négocier, dis-je. Mais une négociation ne vaut que cartes sur table.

Il marcha jusqu'au canapé sur lequel il m'avait baisée et s'y assit, puis étendit son bras sur le dossier.

— Ceci n'est pas négociable, dit-il.

— Tout est négociable. Tu es un homme d'affaires.

— Et tu es un flic.

— Je négocie tout le temps. Des négociations de

peines. Des accords d'immunité. (Je souris avec grâce en m'installant derrière son bureau.) Tu connais bien les accords d'immunité.

Il gloussa.

— Et voilà le flic, dit-il. Contrôle, assurance, détermination. Tu les as toujours eus, mais nous avons désormais le contexte. Alors dites-moi, est-ce que vous êtes douée dans ce que vous faites, détective Watson ?

— Oui, je le suis.

— Je te crois. Tu étais également douée sur scène, ajouta-t-il avec une lampée de chaleur dans la voix. Sexy. Sûre de toi. Une femme avec une mission.

— J'étais en mission. Je veux danser au Destiny. Et j'ai prouvé que j'en étais capable. (Je me dépêchai de continuer en le voyant ouvrir la bouche.) Je peux danser. Je peux satisfaire les clients. Je peux me fondre dans le décor. Bref, je peux faire partie de ces filles.

— Je n'ai aucun doute à ce propos.

Je penchai la tête, me demandant à quel jeu il jouait exactement.

— Vraiment ?

— Ce qui m'intéresse, c'est de savoir pourquoi tu en as envie.

— Je te l'ai dit. Je veux retrouver Amy.

— Mmmm.

Le ton montrait son attention. Il se leva et vint se placer derrière le fauteuil dans lequel j'étais assise. Il posa les mains sur mes épaules, puis en glissa une vers le bas, sous le tissu de la veste, afin d'effleurer ma poitrine.

J'eus du mal à respirer, la caresse de ses doigts sur

la courbe de mes seins fit monter les volutes d'un nouveau désir en moi.

— Je veux que tu voies quelque chose, dit-il en se penchant pour poser sa bouche contre mon oreille.

Je frissonnai et serrai mes jambes l'une contre l'autre en imaginant sa main se balader de plus en plus bas.

Mais ce n'était pas ce qu'il avait en tête. Il tira lentement une carte de la poche intérieure de la veste, et la fit glisser de façon provocante sur mon téton, avant de s'en saisir véritablement et de la balancer sur le bureau.

Il posa délicatement un baiser sur le haut de mon crâne, puis se retourna pour s'asseoir au bord du bureau, la cuisse juste à côté de ma main.

— Jette un œil.

Je pris la carte postale et vis qu'elle représentait le Caesar's Palace. Le cachet était celui de Las Vegas, et elle était adressée à une nommée Darcy, avec l'adresse du Destiny :

D.
Je ne pouvais pas dire non à Vegas !
Bises
Amy.

— J'ai parlé aux filles aujourd'hui, dit-il. La majeure partie d'entre elles ne savent pas où elle est allée, mais elle aurait apparemment dit à Darcy qu'on lui avait offert un poste dans un bureau ici – à Chicago, je veux dire.

— Donc, elle a changé d'avis à la dernière minute, devinai-je. Il y a probablement un mec là-dessous, et puis elle a envoyé une carte à Darcy pour la prévenir.

L'un dans l'autre, ça semblait plausible. Mais le fait qu'elle n'ait pas essayé de joindre Candy me dérangeait toujours.

— Tu peux sans problème parler à Darcy demain. Elle faisait partie de l'équipe de midi aujourd'hui, donc elle est déjà partie. Mais je ne vois pas vraiment la nécessité de jouer les agents infiltrés. À moins que tu ne penses à un jeu de rôles pour la chambre, auquel cas les négociations sont toujours ouvertes.

— Très drôle, dis-je en décalant légèrement le fauteuil pour mieux le voir. Mais je veux toujours danser.

— Pourquoi ?

Parce que je voulais savoir qui était véritablement Tyler, et ce qu'il faisait. Mais je ne le dis pas. J'optai plutôt pour une autre vérité.

— Parce que j'ai aimé ça.

— Ah oui ?

Il se redressa et posa ses mains sur les accoudoirs du fauteuil, comme pour m'enfermer. Il le repoussa pour avoir suffisamment de place pour s'agenouiller devant moi.

Mon pouls s'accéléra à la seule idée qu'il allait bientôt me toucher, mais je me contentai de dire :

— Tyler.

— J'ai aimé te voir là-haut, dit-il en posant ses mains sur mes genoux nus. J'ai aimé la façon dont tu m'as regardé. Tous ces hommes, continua-t-il, la voix basse et intime, tandis qu'il écartait doucement mes cuisses pour me rendre juste un petit peu dingue. Me faire juste un petit peu mouiller. Te regarder. Te désirer. Et toi qui me désirais.

— Oui. Oh ! mon Dieu, oui.

D'une main, il se mit à doucement caresser ma cuisse, à jouer avec moi, mais sans jamais dépasser l'ourlet de la veste qui effleurait ma peau. De l'autre, il attrapa le bouton le plus haut et le fit habilement sauter.

— C'est ça, ton offre de départ, n'est-ce pas ? (Il défit un deuxième bouton.) Le marché que tu es venue négocier ? Je te laisse danser au Destiny, et tu me laisses te caresser ?

Des deux mains, il écarta les deux pans de la veste, laissant ainsi apparaître mes seins, mon ventre et cette jolie culotte en soie.

— Tu n'as pas peur d'être en train de vendre ton âme au diable ? demanda-t-il en faisant glisser sa main vers le bas, ce qui me fit trembler.

Puis par-dessus ma culotte, pour me trouver extrêmement, extrêmement trempée.

— Ou peut-être que tu aimes simplement jouer avec les mauvais garçons, dit-il en glissant un doigt profondément en moi.

Je me cambrai, le souffle coupé.

— Accroche tes jambes aux accoudoirs, ordonna-t-il.

— Tyler, non…

— Fais-le.

Je m'exécutai. Il baissa la bouche sur mon sexe, en tirant sur ma culotte et mon string d'une main pour les caler de côté. De l'autre, il pencha le fauteuil vers l'arrière, à tel point que je crus que j'allais tomber. J'avais la tête en bas, j'étais complètement à sa merci, grande ouverte et totalement impuissante.

Et j'étais désespérément et éperdument excitée.

Il fit courir sa langue sur toute la longueur de mon sexe, et je tremblai tandis qu'une tempête d'étincelles s'abattait sur moi. La sensation était encore plus spectaculaire grâce à la façon dont le fauteuil bougeait, en rythme avec mon excitation.

— Ça ne va pas marcher, dit Tyler.

— Non, répondis-je en gémissant. Ne t'arrête pas.

Mais il était déjà en train d'ouvrir le tiroir du bureau pour en sortir une paire de ciseaux.

— J'ai besoin de mes deux mains pour empêcher le siège de se renverser, dit-il, puis il coupa ma culotte à même le corps avant de balancer les ciseaux sur le sol, dans une cacophonie métallique.

Je ris, l'écho de mon choc et de mon plaisir. Il plongea ses yeux dans les miens, sourit de façon coquine et délicieusement sexy.

— Tu as bon goût, dit-il avant de replonger entre mes jambes.

Ses mains restèrent vissées sur le fauteuil, seule sa bouche me touchait. Il jouait, léchait et suçait, s'amusait et me torturait.

Et à chaque contact, chaque caresse, la pression grandissait en moi encore et encore.

J'étais ouverte pour lui, grande ouverte, et j'en avais envie. Je voulais tout ce qu'il avait à donner. Je voulais me perdre dans tout le plaisir qu'il pouvait partager, dans tout le tourment cinglé et sensuel qu'il pouvait prodiguer.

À cet instant, je crois que j'aurais fait n'importe quoi, s'il avait seulement juré que cette sensation ne s'arrêterait jamais.

Je fus parcourue de petits tremblements, mon corps

frissonna, ma chair sursauta. Signes précurseurs d'une déflagration proche, si proche…

Et puis le monde autour de moi explosa, le fauteuil se balançait, mon corps se contracta. Je lui hurlai d'arrêter parce que je ne me croyais pas capable d'en supporter plus, mais il était implacable, il extirpait jusqu'à la dernière goutte de plaisir qui était en moi, il m'emmena si haut que j'en eus le souffle coupé, puis je vins à nouveau m'écraser sur terre, et il me prit dans ses bras.

— Waouh, murmurai-je, blottie contre sa poitrine, le corps nu contre sa chemise, la veste grande ouverte. Waouh…

— Très waouh, dit-il, en me portant à travers le bureau pour me poser sur le canapé. Il va peut-être falloir que je mette un de ces fauteuils dans chaque pièce.

Je ris.

— Je ne m'y opposerais pas.

— Dis-moi que tu as aimé, dit-il en s'asseyant à côté de moi au bord du canapé.

— Oui. Mon Dieu, oui.

— Je savais que tu étais flic, Sloane. Je savais que tu étais flic, et je t'ai baisée. Je t'ai arnaquée. Et bon sang, tu étais en colère contre moi.

Je le regardai en plissant les yeux, je n'étais pas sûre de savoir où il voulait en venir. Mais son expression était toujours douce. Gentille.

Je me redressai sur un coude.

— Oui, dis-je. Je l'étais.

— Est-ce que tu aurais préféré que je te vire de la soirée ? Que je ne te touche jamais ? Que je ne mette jamais ma langue dans ta chatte et mes mains sur tes seins ? Est-ce que tu aurais préféré que je ne te fasse jamais jouir, que je ne te sente jamais exploser dans mes bras ?

— Non, murmurai-je, le corps chaud et avide.

— Et le serveur ? Est-ce que tu le regrettes ? D'être restée assise, audacieuse et nue, ouverte et excitée, si excitée, pas à cause de lui, mais parce que tu savais que te regarder me faisait bander.

Je voulus mentir. Vraiment.

Mais mes lèvres ne pouvaient pas s'y résoudre.

— Non.

— Je le sais, dit-il simplement. Je te connais.

Je penchai la tête vers lui.

— Tyler, dis-je, sans être sûre de ce que je voulais, de ce que je demandais.

J'avais simplement besoin de son nom sur mes lèvres, comme une sorte de preuve que tout ça était bien réel.

— Chut, dit-il en pressant délicatement son doigt sur mes lèvres. Je t'ai d'abord regardée. J'ai dû regarder cette foutue vidéo de sécurité une douzaine de fois. Puis à la soirée. Je ne pouvais te quitter des yeux, même si je savais qui tu étais. Qui tu es.

Il me caressa doucement, et je fermai les yeux. Je voguais sur une vague de plaisir si intense que j'étais sûre de m'y noyer.

— En vertu de tout ce que je sais, tu n'es pas la femme dont je devrais avoir envie, dit-il en parcourant du doigt la blessure à ma hanche. Détective Sloane, dans la dernière semaine de son arrêt maladie. Un flic, par-dessus le marché. Et je me retrouve dans la position inattendue d'avoir désespérément envie de toi.

D'avoir envie d'attiser ce feu qui brûle entre nous, chaud et fou, et si abrasif.

Il passa le doigt sur mes salières, puis mes côtes, la courbe de ma taille, toute ma silhouette jusqu'à ma hanche.

— Je veux brûler avec vous, détective. Et, Sloane, tu dois savoir que je mets un point d'honneur à obtenir ce que je veux.

Il me sourit, un sourire simple, décontracté et plein d'assurance.

— Alors voici le marché que je te propose. Tu peux danser au Destiny jusqu'à la fin de ton arrêt maladie, et tu auras libre accès au club. Mais durant cette période, tu es à moi.

— À toi ? répétai-je.

— Complètement, dit-il. Avec tout ce qui va avec. Je peux te satisfaire. Te punir. M'occuper de toi. Je ne te ferai aucun mal et je ne te ferai pas peur. Mais je t'utiliserai, ajouta-t-il, en plongeant sa main entre mes jambes et en faisant glisser deux doigts en moi, pour mon plaisir et pour le tien.

Je serrai les jambes autour de sa main, mon corps se contracta pour l'attirer encore plus profondément.

— Si tu acceptes, tu pourras danser au Destiny. Si tu refuses, tu pars ce soir.

— Je suis dans une position désavantageuse. Je suis nue. Et tes doigts sont en moi.

— C'est toi qui t'es déshabillée, Sloane. C'était ta décision, tu te souviens ? Je ne fais que jouer le jeu. Et je crois que je peux désormais annoncer un échec et mat.

Il enfonça ses doigts encore plus loin en moi, et

se pencha en même temps pour mordre délicatement mon sein. Je suffoquai de surprise, et de plaisir aussi.

— Je sais que tu aimes le risque, dit-il. (Il y avait de la séduction dans sa voix.) Tu aimes l'excitation. Et, ma détective chérie, tu aimes ce que je te fais ressentir.

Je me léchai les lèvres. Après tout ce que j'avais fait avec lui, je pouvais difficilement le contredire.

— Tu m'as suivi dans ma chambre de ton plein gré. Tu t'es déshabillée quand je t'ai dit de le faire. Tu es restée debout devant la fenêtre tandis que je te caressais. (Sa voix était grave et chaude, elle m'enroba, tentante et provocante.) Et ce soir, tu as enlevé tes habits devant d'autres hommes, mais tu pensais à moi.

J'avais soutenu son regard avec sensualité, sans flancher, pour le défier. Mais je finis par détourner les yeux. Il avait tout à fait raison. Encore à cet instant, je devais lutter contre ce qu'il me faisait ressentir, la façon dont il me brûlait, de sorte que chaque cellule de mon corps vibrait de l'envie qu'il me caresse.

Mais la vérité, c'est que je n'avais pas envie de lutter. J'aimais la façon dont il me regardait. J'aimais le fait que mes tétons se durcissent quand ses yeux s'égaraient sur mes seins. J'aimais que le son de sa voix puisse faire trembler mon corps de désir. J'avais connu le désir sexuel avant lui, je savais ce que c'était d'être attirée par quelqu'un. Mais je n'avais jamais connu, avant Tyler, cette passion follement brûlante, désespérée et incontrôlable qui me rendait avide, chaude et vivante.

Je me sentais un peu comme le chien de Pavlov – un seul regard de sa part, et mon corps était prêt. Une caresse, et j'explosais sur place.

C'était inhabituel et un peu déconcertant. Mais j'aimais ça. Bon sang, j'aimais ça à un point inimaginable.

— Si je te disais maintenant de retourner t'asseoir dans ce fauteuil, tu le ferais. (Il parlait d'un ton très factuel, mais je vis le défi – et l'espièglerie – étinceler dans son regard.) Tu t'assiérais dans ce fauteuil et tu écarterais les jambes. Et si je te demandais de te toucher, de te caresser et de jouer avec toi-même, tandis que je me mettrais à bander en regardant ton corps devenir humide et luisant, que je serais si désespéré de plonger en toi que cela deviendrait insoutenable – si je te disais de le faire, je crois que tu le ferais.

Ma bouche s'assécha d'un seul coup, mon corps était vidé de ses forces.

— Dis-moi la vérité, Sloane. Est-ce que tu ferais ça pour moi ?

— Oui, murmurai-je, parce que je savais déjà qu'il démasquerait tout mensonge.

— Alors, accepte ma proposition.

— Tu m'as dit que tu ne sortais pas avec les filles qui travaillaient au club.

— Il y a plein de règles que je ne respecte pas, détective. Mais ce ne sera pas le cas ici.

Je le regardai, confuse.

— Comment ça ?

— Je ne vais pas sortir avec toi. Je vais te baiser.

Un frisson me parcourut, je ne pris même pas la peine de m'en cacher.

— Qu'as-tu exactement en tête à mon sujet ? demandai-je.

— Ça ne serait pas drôle si je te le disais.

Je me léchai les lèvres.

— La nuit dernière, tu as parlé de plaisir, de passion, et même d'un petit peu de peur.

— Je m'en souviens.

— Est-ce que tu le pensais ? Ou est-ce que tu essayais simplement de me déstabiliser parce que tu savais que j'étais flic ?

— Mais tu es flic. Tu dois connaître l'impact de l'adrénaline. De la peur. Comment elle décuple les sensations, même celle du plaisir.

— Je ne veux pas qu'on m'attache…

— Non, dit-il, et ce mot fut infiniment doux. Je ne le ferai pas. Mais je vais repousser tes limites, Sloane. Et si tu en as envie, je vais même te faire basculer de l'autre côté.

Nos regards plongèrent l'un dans l'autre. Je ne suis pas sûre de savoir combien de temps je me perdis dans le bleu de ses yeux. Puis il parla, doucement mais fermement.

— C'est tout. C'est l'arrangement. Accepte-le, et tu feras de moi un homme très heureux.

— L'arrangement ? répétai-je. Ça a l'air si poli et si décent, dit comme ça.

— Suggérerais-tu que je ne suis ni poli ni décent ?

— Pas du tout, dis-je en l'attrapant par le col et en posant mes lèvres sur les siennes. Je dis carrément que j'espère que tu ne l'es pas.

Je l'embrassai violemment, puis me penchai en arrière.

— Quand j'accepte de faire quelque chose, monsieur Sharp, je le fais à fond.

Il haussa un sourcil.

— Je suis ravi de l'entendre.

Il se leva, puis me tendit la main pour m'aider à en

faire autant. Il prit son temps pour reboutonner la veste que je portais encore, refermant chaque bouton avec soin. Puis il se dirigea vers son bureau et décrocha le téléphone.

— Greg, apporte-moi les chaussures de Mlle Watson, je suppose qu'elles sont toujours à côté du podium numéro 4.

Chapitre 16

Tyler sortit dans le couloir, pour discuter avec Greg, je suppose, et récupérer le reste de mes vêtements.

Mais quand il réapparut, il n'avait que mes chaussures à la main. Rien d'autre.

— Allons-y, dit-il. Enfile-les et ferme ta veste.

— Euh… j'ai comme qui dirait besoin de mes habits.

Il s'appuya à la porte fermée.

— Non. Tu n'en as pas besoin du tout.

Je me levai et fermai mes boutons en fronçant les sourcils.

— Tu as vraiment l'intention de me faire traverser le Drake dans cette tenue ?

— Un, tu as accepté les termes du contrat.

— Je n'avais pas réalisé que cela incluait les costumes, grognai-je.

Il se mit à rire.

— Et de deux, on ne va pas au Drake. (Une lueur coquine éclaira son visage.) Pas pour l'instant.

— Ah. (Une certaine appréhension et, oui, du désir et de l'excitation aussi prirent corps dans mon ventre.) Est-ce bien la peine de demander où ?

— Tu peux, dit-il. Mais je ne te dirai rien. (Il rejoignit son bureau et décrocha à nouveau le téléphone.) Une dernière chose, Greg, dit-il en balançant un trousseau de clés sur la table. Dites à Cole que les clés de la Ducati sont dans mon bureau. J'ai besoin de la Buick, ce soir. (Il raccrocha et me regarda.) Je lui laisserais bien la voiture, dit-il. Mais je crois que ce sera plus confortable que l'arrière de ma moto.

— La moto ne me dérange pas, dis-je, puis je baissai les yeux sur ma tenue – ou du moins son absence. Mais il faudrait me rendre mes habits.

— On ajoutera ça à notre liste de choses à faire.

Il me regarda, et je vis une lueur chaude illuminer son visage. Il contourna le bureau et se planta devant moi. Je me redressai juste un peu, mon corps de nouveau avide de ses caresses. Sa simple proximité me faisait fondre et mouiller.

Il me guida jusqu'au bureau sans un mot, m'attrapa par la taille et me fit asseoir sur le plateau, les jambes serrées et les pieds se balançant dans le vide. Je retenais mon souffle, j'étais déjà affamée, je voulais qu'il me touche.

— Je crois que j'adorerais foncer sur l'autoroute avec tes bras autour de moi, dit-il, en posant une main sur chacune de mes cuisses pour les écarter brutalement.

Des étincelles coururent le long de mon corps, quand je pensai à ce qui allait suivre. Avant même de me laisser le temps de respirer, il m'attira à lui – je tenais en équilibre sur le bord de la table, mon sexe juste là, ouvert et prêt pour lui.

— Je me demande… dit-il en posant sa paume à plat dessus. (J'inspirai, tremblante, cambrai le dos, toujours aussi sensible, aussi prête.) Je me demande si les vibrations de la moto t'exciteraient, si elles te prépareraient pour moi ?

Il glissa lentement un doigt en moi, puis deux, puis trois. Je mouillais tellement, j'étais si avide que mon corps se contracta fermement autour de lui. Son gémissement de satisfaction me transporta et je faillis fondre de plaisir.

— Je suis toujours prête pour toi, murmurai-je, en me disant : *Mon Dieu, aidez-moi, c'est la vérité.*

— Regarde-moi, dit-il.

Je m'exécutai, incapable de le lâcher des yeux.

— C'est comme ça que je te veux chaque fois, désormais, dit-il. Excitée, trempée et toujours prête pour moi. Je veux que tu mouilles tellement, en pensant à moi, que je n'aurai qu'à te pencher en avant, baisser ton jean et glisser en toi dès que j'en aurai envie. Je veux pouvoir me contenter d'effleurer ta chatte du revers de la main pour que tu exploses. Je veux que tes seins te fassent mal à force d'être constamment excités à l'idée que je les touche. Je te veux si à fleur de peau qu'il me suffirait de prononcer un seul mot pour te faire basculer. Est-ce que tu comprends ?

— Oui, dis-je.

Mon corps était si brûlant, ma bouche si sèche, que je n'avais aucune idée de la façon dont j'avais réussi à formuler ne serait-ce que ce simple mot.

— Est-ce que tu le veux, toi aussi ?

— Oui, dis-je.

Ma réponse fut comme un gémissement étouffé.

Ses doigts étaient toujours en moi, à jouer, à s'amuser. Il les retira, puis passa son pouce sur mon clito et – oh ! mon Dieu, oui – l'orgasme explosa en moi. Une petite tempête cette fois-ci, mais suffisante pour me remuer, faire rougir ma peau, faire trembler mes genoux à la fois de satisfaction et d'envie d'aller plus loin.

— Tu essaies de me déstabiliser, murmurai-je.

Je vis un éclair de satisfaction masculine dans ses yeux, avant même que ses lèvres ne se mettent à sourire.

— Est-ce que ça marche ?

— Oui, admis-je.

— Ne t'inquiète pas, si tu trébuches, je te rattraperai. (Il s'éloigna du bureau en reculant d'un pas, puis me tendit la main.) Prête ?

J'envisageai de dire non, mais ç'aurait été un mensonge. J'avais atterri au pays des merveilles, et j'avais envie de vivre l'aventure jusqu'au bout.

— Oui, dis-je en prenant sa main et en le laissant me guider vers la sortie.

Je le suivis jusqu'au bout du couloir, en tirant à plusieurs reprises sur le bas de la veste, même si, sur moi, elle était suffisamment longue pour que je la porte comme une minirobe.

Il me conduisit au parking, puis à une décapotable rouge de collection. Mon père aurait su vous dire l'année de production et le fabricant, mais tout ce que je savais, moi, c'est qu'elle était aussi grande qu'un bateau et aussi stylée que le jour où elle était sortie de l'usine. C'était un mélange de courbes douces et d'angles saillants qui lui donnait un style totalement rétro que j'adorais.

— Waouh, dis-je.

— Ouais. C'est une beauté.

Il m'ouvrit la portière et je me glissai sur la banquette, avec la sensation chaude du cuir sous mes cuisses.

— Cool, dis-je, tandis qu'il s'installait derrière le volant.

— Une Buick LeSabre de 1963, dit-il. Je l'ai réparée moi-même, même si, pour être honnête, elle était plutôt en bon état quand je l'ai achetée. Et, ajouta-t-il en sortant du parking, c'est un plaisir de la conduire.

Une fois qu'on fut sur l'autoroute, il voulut prouver son propos et baissa la capote. Mes cheveux se mirent à voler dans la brise tiède de la nuit, et je couinai de surprise et de plaisir.

— Cool, dis-je. Elle vibre probablement moins que ta moto, mais je pense qu'on pourrait s'en sortir, avec cette banquette.

Je caressai le siège blanc et rouge.

Il quitta la route des yeux, assez longtemps pour regarder la banquette, puis moi.

— Information intéressante. C'est bon à savoir, surtout vu l'endroit où nous nous rendons.

— Oh. (J'attendis une seconde.) Et où va-t-on, déjà ?

— Bien tenté. Mais il va falloir prendre ton mal en patience. (Il caressa à son tour la banquette.) Tu connais l'avantage des banquettes à l'avant ? Tu peux te glisser de mon côté et te blottir contre moi.

— C'est une invitation ou un ordre ?

— C'est à toi de voir, dit-il. Celui des deux qui te fait venir le plus vite.

Je souris et me glissai à côté de lui. Il garda sa main gauche sur le volant, mais posa la droite sur ma cuisse, assez haut pour que mon sang s'emballe et que mon corps se contracte de désir, mais pas suffisamment pour qu'il me touche à l'endroit stratégique. Ce qui me rendit très efficacement dingue.

— Je suis quasi nue, dis-je. Je crois que tu pourrais abuser un petit peu plus de la situation.

— C'est ton avis ?

— Peut-être que tu n'es pas aussi intelligent et débrouillard que je le pensais. Ou peut-être que je t'ai déjà épuisé. Certains hommes, dis-je en secouant la tête avec tristesse, n'ont simplement pas l'énergie suffisante.

— Fais attention, ou je vais devoir te donner une fessée.

— Tu m'as déjà fait cette promesse, dis-je. (L'idée me fit légèrement trembler. Est-ce que ça allait faire mal ? Est-ce que j'allais aimer ?) Mais tu ne l'as pas encore tenue, repris-je. Alors dites-moi, monsieur Sharp, que doit faire une fille pour que vous la punissiez ?

— Oh, nous trouverons bien quelque chose, promit-il.

— Vraiment ? Il faudra que je me souvienne de mal me comporter.

— Ne t'inquiète pas, dit-il avec ironie. Je te le rappellerai.

Dix minutes plus tard, on arriva face à un immeuble en brique rouge. De ce que je pouvais voir, il n'y avait ni fenêtres ni panneau.

Il y avait, cependant, un Interphone sur les doubles portes en acier. Tyler donna son numéro de membre et les portes s'ouvrirent devant nous. Elles donnaient sur une alcôve qui me rappela celle à l'entrée du Destiny. Une femme qui portait une combinaison en latex noir sourit à Tyler.

— Ravie de vous revoir.

— Merci, Tricia. Voici mon invitée, Mlle Watson. Si vous pouviez prendre sa veste ? Et j'espérais pouvoir vous emprunter un collier.

— Bien sûr, répondit Tricia. (Elle me fit un clin d'œil.) Petite veinarde, dit-elle, mais je l'entendis à peine à travers la cacophonie de cloches qui résonnaient dans ma tête soudain confuse.

— Un collier ? dis-je à Tyler, quand la fille eut disparu par l'une des portes de derrière. Tu as bien dit « collier » ? Pour moi ? Et tu veux que je fasse quoi exactement, une fois qu'elle aura pris ma veste ?

— Je veux que tu me suives, dit-il, puis il sourit, un sourire décontracté et séduisant. Tu te souviens de notre arrangement, n'est-ce pas ? Tu m'appartiens, tu te rappelles ? Tu sais ce que j'attends de toi.

— Un collier, répétai-je, tandis que l'angoisse me nouait l'estomac.

Mais malgré ma nervosité, je ne pouvais ignorer les picotements de chaleur qui grandissaient entre mes cuisses. Ni que le frottement de mes tétons, désormais dressés contre la doublure soyeuse de la veste, m'excitait.

Un collier.

Et rien d'autre.

Oh ! putain de Dieu.

Je me laissai le temps d'enregistrer tout ça. Nous étions dans un donjon, une salle de jeux, un boudoir sado-maso, appelez ça comme vous voudrez. Il voulait m'y emmener, et je n'avais pas la moindre idée de ce qu'il avait l'intention d'y faire.

J'étais nerveuse. Bon sang, j'étais terrifiée.

Mais j'étais aussi follement excitée.

— Oui, dit Tyler en scrutant mon visage. Je crois qu'on va passer un très bon moment.

Tricia revint et lui tendit le collier de cuir noir, avec un anneau argenté d'où partait une laisse.

Tyler prit le collier, puis il me fit signe avec son doigt de m'approcher. Je m'exécutai, hésitante, et retins mon souffle quand il leva les bras pour accrocher le collier autour de mon cou.

— Attends, dis-je. (Je m'arrêtai jusqu'à ce qu'il me regarde dans les yeux.) Juste pour ici, n'est-ce pas ?

Il posa un baiser délicat sur mes lèvres.

— Juste pour ici.

Il attacha le collier derrière mon cou, de façon assez lâche pour que je puisse respirer confortablement, mais suffisamment serrée pour qu'il reste bien en place.

— La veste, dit-il. Donne-la à Tricia.

J'envisageai de refuser, mais je savais que c'était peine perdue. Et même si j'avais blagué sur le fait de mal me comporter dans la voiture, à cet instant précis, je n'avais aucune envie de connaître les affres de la fessée.

J'enlevai la veste d'un coup d'épaule, la pliai et la posai sur le comptoir devant la fille. Elle me balaya du regard, puis se tourna vers Tyler.

— Adorable. Vous partagez ?

— Pas ce soir, dit-il, et je me demandai ce qu'il se passait les autres soirs. J'aimerais aller dans la salle du Cercle. À moins qu'elle ne soit déjà occupée.

— Non, vous pouvez y aller, dit-elle, puis elle appuya sur un bouton qui ouvrit une autre double porte devant nous. Amusez-vous bien.

— Suis-moi, dit Tyler en donnant un petit coup sur la laisse pour me conduire le long d'un couloir sombre, éclairé çà et là par des bougies.

Après quelques tournants, je commençai à distinguer les alcôves qui s'ouvraient de part et d'autre du couloir. Certaines étaient aménagées de meubles somptueux, comme des salles d'attente victoriennes, d'autres étaient équipées de façon bien plus intrigante, avec des balançoires sexuelles, des lits en latex et des tables auxquelles étaient clouées des sangles en cuir.

Dans l'une des salles les plus luxueuses, je vis une grande brune vêtue de cuir noir caresser délicatement la fesse d'une petite blonde avec le bout d'une cravache. On passa rapidement devant elle, mais je sus immédiatement que je l'avais déjà vue. Au Destiny. C'était la femme qui était avec lui au bar.

— Cet endroit, dis-je à Tyler en essayant de calmer une montée malvenue de jalousie, est-ce que tu y viens souvent ?

— Non, pas vraiment.

Je fronçai les sourcils – quelque chose dans sa voix avait piqué ma curiosité.

— On vient juste de passer devant une femme, dis-je. Je l'ai déjà vue. Au Destiny. (J'hésitai, puis ajoutai :) Tu parlais avec elle.

— C'est Michelle, dit-il, et son nom résonna dans ma mémoire.

— Michelle. (Je me souvenais de la note sur son ordinateur et de la conversation dans son bureau.) Attends. Ce n'est pas la petite amie de Cole ?

Il s'arrêta, puis se retourna vers moi, l'air perplexe.

— Tu étais dans le couloir, dit-il, se souvenant.

— C'est sa petite amie, n'est-ce pas ?

Je la baise, avait dit Cole.

— Non, dit-il, la voix amusée. Cole n'est pas du genre à avoir une petite amie.

— Oh.

Je regardai autour de nous, en réfléchissant à ce qu'il venait de dire.

Cole n'était pas du genre à avoir une petite amie, que faisait-il alors, exactement ?

— Et donc, hum, est-ce que Cole est ici, lui aussi ?

— Non. (Tyler haussa un sourcil.) Tu veux que je l'appelle ?

— Mon Dieu, non !

L'arrangement qu'il avait avec Michelle, quel qu'il fût, ne me posait aucun problème, mais je n'étais pas spécialement prête à ce qu'il me voie toute nue. Ou du moins toute nue sans que cela fasse partie de mon numéro de strip-tease.

— Très bien, dit-il, puis il se remit en marche.

On atteignit vite le bout du couloir, et je me retrouvai face à une pièce caverneuse divisée en plusieurs parties. La plupart d'entre elles étaient plongées dans l'obscurité, même si quelques-unes étaient mieux éclairées. Certaines étaient occupées par une ou deux personnes, et d'autres semblaient abriter toute une foule. Dans l'une d'entre elles, une femme à genoux suçait la queue d'un type habillé de cuir qui se tenait debout face à elle. Dans une autre, une femme debout, toute nue, avait les poignets attachés et les bras au-dessus de la tête, tenus fermement par une chaîne. Une autre femme la fouettait avec un fléau d'armes, elle fouettait ses seins, son ventre, son sexe, tandis que la femme enchaînée hurlait de plaisir en demandant à sa maîtresse, par pitié, de l'autoriser à jouir.

Je savais que je regardais des mises en scène. Des jeux sexuels qui s'étalaient sur une échelle qui allait de l'ordinaire au hard-core. Et je n'avais pas la moindre idée du degré que Tyler avait l'intention de pratiquer. Je n'étais pas sûre de savoir si j'étais terrifiée ou excitée, mais je savais que Tyler ne me pousserait pas trop loin. Sur ce point-là en tout cas, je lui faisais entièrement confiance.

J'allais lui demander ce qu'il avait en tête nous concernant, mais décidai finalement de la boucler. Il s'attendait à la question, après tout.

Un cercle de métal géant monté sur une estrade reposait contre l'un des murs. Il était éclairé depuis le dessus par une lumière diffuse. À côté du cercle, sur une table étaient posées différentes sangles de cuir. Et rien d'autre.

— J'ai aimé te voir danser, ce soir, dit doucement Tyler en me prenant la main pour me guider sur l'estrade jusqu'au cercle. Ça m'a plu que tu aimes ça.

Il prit ma main et la posa sur le rebord du cercle.

— Tyler.

Son nom fit office de protestation.

Oui, j'avais marché nue jusqu'à cette pièce. Mais être là, debout, de façon si audacieuse…

— Ça va aller, dit-il, en effleurant mes lèvres des siennes. Fais-le, Sloane.

Et je sus que le choix était simple, rester avec lui, ou rompre notre accord et m'en aller.

Je décidai de rester. J'avais envie de notre arrangement – j'avais envie de lui. Et j'aurais fait bien plus que de rester nue debout sous un faisceau de lumière, si c'était nécessaire, pour rester dans le lit de Tyler.

— Sage petite fille, dit-il. (Il prit mon autre main et la posa également sur le cercle, afin que mon corps forme comme un Y à l'intérieur de l'anneau.) J'ai même aimé que ces autres hommes te regardent, te désirent. Tu sais pourquoi j'ai aimé ça ?

Je secouai la tête.

— Parce que j'aime posséder ce que les autres convoitent. Et ces hommes, ce soir, ils te convoitaient.

Il me tapota les jambes pour m'indiquer qu'il voulait que je les écarte.

Je me léchai les lèvres, pris une grande inspiration pour me donner du courage et m'exécutai.

— Ce que je n'ai pas aimé, en revanche, c'est que ces hommes ne savaient pas que tu m'appartenais. Ici, tous ceux qui passent le savent.

Le cercle baignait dans la lumière, et au-delà, je ne pouvais voir que des ombres. Mais des gens peuplaient ces ombres, je le savais, et je les imaginais s'approcher, me regarder, me désirer. Je tournai la tête, non parce que j'avais honte d'être là, mais parce que j'étais excitée. Malgré ses mots, malgré le fait d'être exposée, tout ce dont j'avais envie à cette minute, c'était de me perdre sous les caresses de Tyler.

Malgré ? me dis-je en me moquant de moi-même. *Mais c'est ça qui t'excite. Grâce à Tyler. Grâce à ce qu'il est, et aux endroits où il t'emmène.*

Et c'était vrai. Que Dieu me préserve, c'était vrai.

J'étais excitée depuis la minute où on s'était rencontrés.

— Ici, je peux te toucher. (Tyler se déplaça derrière moi, la voix douce et séduisante.) Je peux te caresser. Je peux te baiser. Je peux te posséder complètement. Est-ce que tu as envie que je le fasse ?

— Oui, murmurai-je.

— Moi aussi. Mais pas maintenant. Pas là.

Je tournai la tête pour essayer en vain de l'apercevoir.

— Je vais te faire jouir, Sloane, dit-il. Je vais bander en te regardant. En regardant tes tétons se durcir. En regardant ta chatte luire et mouiller de plus en plus. Je vais te regarder te perdre dans le plaisir, chérie, et je vais savoir que c'est moi qui t'aurai fait basculer.

— Oui, dis-je, la voix suppliante, en fermant les yeux. Caresse-moi. S'il te plaît, touche-moi.

— Je suis en train de le faire, dit-il, bien qu'il n'y ait que sa voix qui me caressât. Est-ce que tu sens mes lèvres sur ton oreille, qui descendent jusqu'à ton cou ? Peux-tu imaginer ma bouche qui se referme sur ton sein ? Est-ce que tu peux sentir comment mes dents jouent avec ton téton ?

Mes tétons se contractèrent quand je l'imaginai me toucher, me sucer.

— Tu peux, dit-il, toujours derrière moi. (Son souffle était la seule chose qui me caressait pour de vrai.) Je peux voir combien ça t'excite. Je caresse ton ventre maintenant, mes mains glissent le long de ton abdomen, mes lèvres et ma langue goûtent à ton corps et ta peau frissonne à chaque mouvement.

Je frémis, en resserrant mes mains sur le cercle de

métal, par peur de le lâcher pour me toucher frénétiquement. Je sentais tout ce qu'il décrivait, comme si ses mots étaient des caresses qui embrasaient mon corps de la tête aux pieds.

— Je descends plus bas encore maintenant, avec mes mains et mes lèvres, j'effleure extrêmement doucement ta hanche, ta cuisse. Je peux voir à quel point tu mouilles. À quel point tu es ouverte. J'appuie ma bouche sur ton sexe et souffle, juste un petit peu, afin que ma respiration joue avec ton sexe, apaise sa chaleur. Est-ce que tu le sens ?

J'acquiesçai.

— Je sais que oui – je peux le voir. La façon dont tes lèvres s'écartent. La façon dont ton pouls bat plus vite. Ta peau rougit – tu es excitée, ton corps se contracte, ta chatte brûle de désir, ta peau supplie que je la caresse.

— Oui, mon Dieu, oui.

— Je te touche, maintenant, dit-il. Mes doigts glissent sur toi, sentent combien tu mouilles. Je joue avec ton clito – je caresse et je joue, puis je fais pénétrer mes doigts profondément en toi. Est-ce que tu peux me sentir, bébé ? Est-ce que tu peux me sentir en toi, ton corps qui se contracte autour de moi comme si tu ne voulais pas me laisser partir ?

Je laissai échapper un son. Je ne pouvais rien faire d'autre.

— Tu es si proche, maintenant. Ça monte, ça grandit en toi. Le plaisir, le désir, comme de la vapeur sous pression, tu es à deux doigts d'exploser et je suis juste là, je te caresse sans m'arrêter, je t'amène de plus en plus près.

— Oui, dis-je, le corps en feu, comme en miroir à ses mots.

J'y étais, j'étais si près, je pouvais sentir chaque mot, chaque syllabe, chaque son murmuré. C'était aussi délicieux que si ses mains étaient vraiment posées sur moi.

— Je peux le voir, Sloane. Je peux voir à quel point tu es proche. Je bande, bébé, vraiment dur, et tout ça grâce à toi. Ils sont là, eux aussi. Ils te regardent. Ils nous regardent. Ils ont envie de toi, mais tu m'appartiens, Sloane. Tu n'appartiens qu'à moi.

— À toi, murmurai-je.

J'essayais de ne pas penser aux yeux dans la pénombre, j'avais peur que l'embarras ne vienne balayer cette sensation, ce plaisir tourbillonnant qui grandissait, si j'y pensais. Mais je ne pouvais pas les bloquer – je ne pouvais pas m'empêcher de penser au fait que je lui appartenais, et qu'ils le savaient, qu'ils regardaient et qu'ils avaient envie de moi.

Pendant que j'y pensais, un autre tremblement envahit mon corps. Une vague ondulante, comme une nouvelle couche de plaisir.

— C'est ça, bébé, dit-il. (Il me connaissait aussi intimement que moi je me connaissais.) Ils sont tous là, Sloane, dans la pénombre. Ils voient la façon dont ton corps rougit, dont tes tétons s'assombrissent et se contractent. Ils peuvent voir combien tu mouilles, combien tu en as envie et combien tu es près d'exploser. Ils te regardent et voient combien tu es belle, Sloane. Et tu aimes qu'ils te regardent. Tu aimes qu'ils aient envie de toi, mais qu'ils ne puissent pas t'avoir. Tu aimes être en sécurité ici avec moi, tu les excites, même si tu sais que je suis le seul à pouvoir te posséder.

— Oui, dis-je, parce que c'était vrai.

Je ne l'avais jamais compris auparavant, mais bon sang que c'était vrai.

— Tu mouilles, tu trembles déjà. Tu es si proche, bébé. Imagine que je m'agenouille devant toi. Est-ce que tu peux sentir ma langue sur ton clito ? Mon doigt qui joue avec ton cul ? Ton corps se contracte, tu as désespérément envie que je te prenne, envie de moi, et je suce, je lèche, je lape ton goût délicieux tandis que ça monte en toi. Tandis que tu t'envoles de plus en plus haut, de plus en plus fort.

Je gémissais au rythme de ses mots, parce que je me l'imaginais très bien et qu'il me conduisait de plus en plus près du bord. J'étais perdue, exsangue et, en ouvrant les yeux – en le voyant me regarder, son visage plongé dans la lumière et illuminé de désir –, je perdis toute emprise sur la réalité, c'était comme si je m'envolais en tournoyant au-delà des ombres tapies au loin, au-delà de ce hangar jusque dans la nuit.

Puis je suis doucement retombée sur terre et dans les bras de cet homme qui m'avait si profondément touchée sans même me toucher.

— Tu es incroyable, dit-il en me tenant sur l'estrade, en me caressant, en embrassant délicatement ma peau et mes cheveux.

Les autres étaient partis, il n'y avait plus aucune ombre au-delà de la lumière et je me lovai contre lui, j'avais presque l'impression que tout ça n'était qu'un rêve. Mais ça ne l'était pas. C'était bien réel. Tyler était bien réel. Et ce que je ressentais était vraiment, vraiment, bien réel.

— Comment as-tu su ? Comment as-tu su que j'aimerais ça à ce point ?

— Je te regarde, dit-il. Pour une raison ou une autre, je ne peux pas détourner mon regard de toi. Et je te vois. (Il m'aida à me relever.) Il est l'heure de s'en aller, dit-il en me guidant à nouveau jusqu'à l'entrée. (On passa la porte qui donnait sur le monde extérieur.) Regarde-toi, dit-il, quand on s'installa dans la voiture. Tu es le feu et la beauté, et tu es prête à obéir à mes ordres.

— Je me sens merveilleusement bien, admis-je. (Je me tournai vers lui et lui lançai un sourire malicieux.) Je suis contente que tu aies triché, tu sais.

Il eut l'air surpris.

— Triché ? De quoi parles-tu ?

— Cet arrangement. C'était une arnaque. (Je me léchai les lèvres et penchai la tête pour examiner cet homme incroyable, sensuel et mystérieux.) Cela fait deux fois maintenant. Notre première nuit, quand tu as prétendu ne pas savoir que j'étais flic, et ça, maintenant. J'ai raison, n'est-ce pas ?

Il avait commencé à faire marche arrière pour sortir de sa place de parking, mais il appuya sur la pédale de frein.

— Qu'est-ce qui te fait dire ça ?

— Parce que tu avais déjà prévu de me laisser danser au Destiny. Je n'avais pas à accepter ton marché pour que ça se fasse.

— Ah oui ? Et qu'est-ce qui t'a amenée à cette conclusion ?

— Tu n'as pas demandé à Evan ou à Cole. Ce qui me dit que tu leur en avais déjà parlé.

Ses yeux croisèrent les miens, il me fixa comme s'il réfléchissait à quelque chose. Puis il acquiesça.

— Bien joué, détective. Si tu ne t'étais pas pointée au Destiny ce soir, je serais venu te chercher demain.

— Pourtant, tu avais l'air si catégorique à l'hôtel. Qu'est-ce qui t'a fait changé d'avis ?

— D'abord, nous n'avons pas la moindre chose à cacher au Destiny, donc, ça n'est pas vraiment gênant que tu sois dans les parages.

— Au Destiny, répétai-je.

— Ensuite, dit Tyler, comme si je n'avais rien dit, je me suis rendu compte que j'avais quelques engagements sociaux dans un futur proche où il serait utile d'avoir une femme à mon bras. Et encore plus utile que cette femme soit un flic.

— Oh, vraiment ? Comme quoi ?

— Comme tu le découvriras demain soir. Est-ce que tu as pris une robe de soirée en venant à Chicago ?

— Bien sûr, dis-je. Elle est dans ma valise, avec les diamants et les fourrures.

— On fera du shopping demain. (Sa bouche esquissa un sourire légèrement coquin.) Ce sera sans doute au zénith de ma journée. En tout cas, voilà mes raisons officielles.

— Et les officieuses ?

— C'est assez simple, détective, j'ai juste envie de vous baiser. Quand je veux, comme je veux et où je veux.

— Je vois.

— Mauvaise perdante, détective ?

Je le regardai pendant quelques secondes, puis glissai le long de la banquette et remis la voiture au point mort. Et, avant qu'il ne puisse réagir, je pris son visage dans mes mains et sa bouche avec la mienne, en un long baiser profond et sensuel.

Quand je me redressai, il me fixa, et je faillis rire en voyant la réaction de surprise agréable dans ses yeux pétillants.

— Je ne suis pas du tout une mauvaise perdante, dis-je. Et si l'on joue vraiment à ce jeu, bon sang, crois-moi, je vais en profiter.

Chapitre 17

Je pensais qu'on rentrerait directement au Drake. Je fus donc surprise quand Tyler s'arrêta devant un bâtiment jaune vif avec un store rouge et blanc.

— Tu as faim ?

— Je suis affamée, dis-je en souriant. Tu m'as vraiment ouvert l'appétit.

— Il faudra que je remplisse le frigo. En attendant, Jim's fera très bien l'affaire.

Je jetai un œil par la fenêtre. Il était minuit, et l'endroit était plein à craquer.

— Ça ne m'a pas l'air d'être de la grande restauration.

— Ça dépend comment tu définis « grande », dit-il. Des hot dogs délicieux vingt-quatre heures sur vingt-quatre. Tu n'es jamais venue ici ?

Je secouai la tête, j'avais déjà l'eau à la bouche.

— Ils servent des frites ?

— Et même des frites au fromage, si tu veux.

— Tu sais parler aux femmes.

Il posa un rapide baiser sur mes lèvres et sortit de la voiture. Quand il revint, il me tendit un sac qui contenait six hot dogs, des frites, des frites au fromage et deux Coca light.

— Quoi ? dit-il en voyant mon expression amusée.

— Des hot dogs au Drake, dis-je. Bonjour le contraste.

— Ah, mais on ne va pas au Drake.

— Où va-t-on ? demandai-je, perplexe. Parce que, allô, la terre ? (Je gesticulai en montrant sa veste, que je portais toujours. Une veste sous laquelle je ne portais aucun sous-vêtement. Rien.) Je suis un peu en dessous de la plupart des codes vestimentaires.

— Remarque pertinente, admit-il. Ça n'aura probablement aucune importance, mais mieux vaut être prudent. (Il fit un signe de tête vers le siège arrière.) Regarde dans mon sac de sport. Il devrait y avoir un T-shirt et un pantalon de jogging à l'intérieur.

Je le regardai, bouche bée.

— À moins qu'elles n'appartiennent à une de tes maîtresses toute mince – auquel cas on va avoir un autre genre de problème –, toutes les fringues que je vais trouver dans ce sac vont m'engloutir.

— Le T-shirt te couvrira, dit-il. Et le pantalon a une ficelle à la ceinture. Ne t'inquiète pas, la police de la mode ne sera pas là. On part en pique-nique.

— Un pique-nique ?

— La soirée est parfaite pour ça, dit-il. C'est la pleine lune, après tout. Allez, habille-toi.

— Bon, d'accord.

Tout en riant, je me retournai, tâtonnai la banquette arrière et fis glisser son sac de gym à l'avant avec moi.

Comme il l'avait dit, je trouvai un T-shirt noir avec un logo du Destiny, et un pantalon de jogging gris tout simple. J'enfilai d'abord le pantalon, puis le remontai en l'attachant aussi haut que possible, je dus quand même rouler la taille une ou deux fois, et retrousser pareillement les jambes, afin de ne pas trébucher quand on se baladerait.

— Je n'ai pas de chaussures fis-je remarquer.

— Ce sera encore plus l'aventure, dit-il, et je fis les gros yeux.

J'enlevai sa veste et haussai un sourcil en le voyant s'intéresser plus à moi qu'à la route.

Il se concentra à nouveau sur la conduite, et je fis passer son T-shirt par-dessus ma tête, m'imprégnant de son odeur boisée familière.

— Pour info, dit-il afin de rompre le silence en me lançant un regard en coin. Je n'ai pas eu de maîtresse depuis très longtemps. J'ai baisé beaucoup de femmes, mais pas de maîtresses. (Il tourna la tête et plongea ses yeux dans les miens.) Si jamais tu te le demandais.

— Oh. Très bien.

Je baissai les yeux sur les sacs de nourriture à mes pieds et me rendis compte que je n'arrivais pas vraiment à effacer le sourire incrusté sur mon visage. Je me raclai la gorge.

— Bref, tu as décidément le chic pour me faire des surprises. Déjà, cet… hum… endroit, dis-je, ce qui le fit glousser. Et maintenant, les hot dogs. Je n'ai pas mangé de hot dog depuis la fois où j'ai aidé mon père à déménager au Texas, il y a quelques années.

— Ils aiment les hot dogs, chez les cow-boys ?

— Probablement, dis-je. Mais mon père a emménagé à Galveston – c'est une île. Et il y avait un festival avec un feu de joie. Donc, hot dogs et guimauve étaient au menu. C'était cool. Le genre de trucs qu'on avait tout le temps l'habitude de faire, mais maintenant…

Je m'interrompis d'un haussement d'épaules.

— Le Texas est bien loin de chez toi, dit-il.

— Ouais. (Je lui lançai un petit sourire.) Désolée, un petit instant de mélancolie… Il me manque.

— Ta mère n'aime pas les hot dogs ?

— Ma mère est morte, il y a quelques années.

Les mots flottèrent dans l'air, et je tournai la tête pour regarder par la fenêtre. Je n'avais vraiment pas besoin de penser à elle. Pas maintenant.

Il tendit la main et prit doucement la mienne.

— Tu n'as personne d'autre ?

Je réfléchis, mais il n'y avait vraiment personne. J'adorais mon partenaire, Hernandez, mais pique-niquer avec lui et sa femme, ce n'était vraiment pas pareil. Et Candy aurait préféré récurer les chiottes plutôt que de s'asseoir en pleine nature, à moins que cela ne soit face à une scène sur laquelle aurait joué le dernier groupe à la mode.

— Je crois que non, dis-je, en me retournant pour le regarder. Coup dur hein ? Personne avec qui pique-niquer.

Ses yeux quittèrent la route pour se plonger dans les miens.

— Il y a quelqu'un, désormais, dit-il, ce qui me fit fondre le cœur juste un petit peu.

On roula en silence à travers la nuit et les lumières de la ville, jusqu'à ce qu'il finisse par s'arrêter au croisement de Michigan Avenue et de Roosevelt, et qu'il coupe le moteur.

— Tu as le droit de te garer ici ? demandai-je.

Mais il se contenta de sourire avec ironie.

— Marchons, dit-il.

Je reconnus Michigan Avenue, et je savais qu'on n'était pas loin du musée. Nous devions être à Grant Park. Mais je n'y avais jamais mis les pieds, et je plissai les yeux en remarquant ces formes étranges qui grandissaient au loin, au fur et à mesure qu'on avançait sur la pelouse.

— Très bien, finis-je par dire quand on put distinguer les statues dans la lueur de la lune. Pourquoi marche-t-on vers une bande de mecs sans tête ?

— Je ne suis pas vraiment sûr que ce soient des mecs, dit Tyler. Ils font partie de l'*Agora*. C'est la première fois que tu les vois ?

— L'Indiana, tu te souviens ? Je suis venue quelquefois à Chicago, mais surtout pour le travail. J'ai pris le thé une fois au Palm Court avec mon père, le jour de mes seize ans. Quelques visites au musée. À part ça, rien de vraiment touristique.

— Cent six hommes sans têtes ni bras, dit Tyler. La ville les a fait venir il y a un peu moins de dix ans.

Je penchai la tête pour les regarder. Je les trouvais intéressants. Intéressants, et aussi un peu effrayants sous la lueur de la lune : leur grandeur et les ombres. Je frissonnai et préférai me concentrer sur Tyler plutôt que sur ces créatures.

— Donc, tu avais quoi ? Vingt ans ?

— Pas tout à fait, dit-il.

Ce qui me rappela que nous avions presque le même âge. Et combien il était jeune pour avoir déjà acquis tout ce qu'il avait.

— J'avais l'habitude de venir ici, la nuit, avec Cole et Evan.

— Ah, dis-je en fronçant les sourcils. Pourquoi ?

— Pour commencer, l'endroit est un peu flippant dans le noir, et on trouvait ça amusant.

— Sur le côté flippant, on est totalement d'accord. Quoi d'autre ?

— Quelque chose chez ces statues nous attirait, je crois. Elles résument bien notre vision du monde. La plupart des gens ne réfléchissent pas. Ils n'utilisent pas leur tête. Ils *n'agissent pas*, d'où l'absence de bras. Ce qui veut dire que ceux d'entre nous qui réfléchissent, qui agissent, peuvent s'en sortir dans ce monde, tandis que les autres se contentent de trébucher.

Je m'arrêtai de marcher pour le regarder.

— Je ne suis pas sûre de savoir si ton interprétation est cynique, maligne, ou si elle reflète la mentalité d'un homme qui pourrait facilement glisser dans un style de vie un peu véreux.

— Je suis un citoyen modèle, détective, dit-il avec un grand sourire charmant. Si on vous a dit le contraire, c'est que vous ne parlez pas aux bonnes personnes.

— Peut-être, admis-je, parce qu'il valait mieux laisser tomber ce sujet. Bref, est-ce que c'est vraiment ce que l'artiste a voulu dire ?

— Je ne sais pas. Cole pourrait sans doute le confirmer – c'est son truc, l'art. Mais je n'ai jamais voulu savoir. Pour moi, l'art, c'est ce que tu en fais. Ce que ça te renvoie, à toi.

Je réfléchis à ses mots.

— Est-ce que cela n'enlève pas à l'artiste toute sa pertinence ?

— Je ne crois pas. Je crois que ça fait de lui un miroir. C'est une des raisons pour lesquelles on parle souvent de l'art de la même façon, et avec le même vocabulaire que l'on parle de musique, de poésie ou d'amour. Ou même de sexe.

— C'est-à-dire ?

— La passion, Sloane, dit-il, et il y avait une nouvelle chaleur dans sa voix. Il est impossible d'expérimenter tout ça sans découvrir quelque chose sur soi en même temps.

— Oh.

C'était le seul mot que je pouvais prononcer sans risque, parce que ses mots à lui avaient eu sur moi un impact bien plus fort que celui auquel je m'étais attendue. Leur vérité m'avait transpercée.

— Marchons, dit-il.

Il me prit la main, balançant toujours le sac de notre pique-nique de l'autre.

— Je ne m'attendais pas à ça, admis-je en reprenant mes esprits. De la philosophie, une conversation raffinée et un pique-nique dans le parc. Je ne pensais pas que c'était ce que tu avais en tête après notre, comment dire…

Il gloussa.

— Oui ?

— Notre marathon du sexe, dis-je avec un sourire coquin, et son gloussement se transforma en un rire aux éclats.

— Déçue ?

— Des hot dogs ? Carrément pas. (Comme si je cherchais à prouver ce que j'avançai, je plongeai la main dans un des sacs et attrapai une poignée de frites au fromage.) De passer du temps avec toi ? Non. (Je lui lançai un regard.) Elles sont délicieuses, soit dit en passant. Mais ça ne veut pas dire que je ne peux pas reprendre un peu notre marathon du sexe.

— J'ai toujours admiré les femmes qui savaient ce qu'elles voulaient.

La brutalité de sa voix résonnait comme une promesse. Et dans la lueur de la lune, son visage n'était qu'ombre et angles saillants, ce qui le rendait encore plus sexy. Encore plus dangereux.

— Je suis ravi que notre arrangement te plaise jusqu'ici, continua-t-il. J'aurais détesté que tu sois déçue.

— Tu sais que ce n'est pas le cas, dis-je. (Je m'interrompis pour ordonner mes pensées.) Je ne sais pas ce que tu m'as fait, Tyler Sharp. J'ai parfois l'impression que tu as tout chamboulé en moi.

— Je me suis contenté de te regarder. (Sa voix grave fit frissonner mon corps.) Et de courir après ce que j'avais vu.

— Ne te méprends pas. Je n'ai jamais été fleur bleue, ou prude. Mais jusqu'à ce que tu…

— Quoi ?

— Le sexe servait juste à calmer une démangeaison. De façon très agréable et satisfaisante, mais juste une démangeaison.

— Et avec moi ? (Il fit courir ses doigts le long de mon bras.) C'est comment, avec moi ?

— Excitant, dis-je, et je vis le plaisir envahir son visage.

— Et tu aimes bien l'aventure.

— Ouais, dis-je, en repensant à notre soirée. Je suppose que oui.

Je l'aimais bien, lui aussi. Et pas seulement pour le

sexe. J'avais l'impression d'être en adéquation avec lui, et ce sentiment était, d'une certaine manière, à la fois effrayant et vraiment, vraiment agréable.

Il passa un bras autour de ma taille et m'attira contre lui.

— Mais ce n'est pas vraiment une nouveauté, l'aventure pour toi, non ? Personne ne devient flic pour la paperasse.

— L'excitation sur le terrain n'est pas la même que l'excitation dans un lit.

— C'est une remarque pertinente. Je sais comment je t'ai attirée dans mon lit. Comment as-tu atterri sur le terrain ?

Je penchai la tête, je n'étais pas sûre de comprendre.

— Comment êtes-vous devenue flic, détective ? C'est ma question. Et ne va pas me dire que tu voulais protéger la vérité, la justice et l'Amérique. Je veux la raison plus profonde.

— C'est dans mon sang, dis-je, en lui donnant une réponse véridique, même si ce n'était pas la vraie. Mon père est dans la police depuis qu'il a quitté le lycée – et moi aussi, ajoutai-je.

— Très bien. On va dire que je te crois. Quoi d'autre ?

— Qu'est-ce qui te fait penser qu'il y a autre chose ?

— Je ne pense pas, dit-il. Je le sais.

— Ah ?

Il me regardait en me serrant fort dans ses bras ; sa main glissa sous le T-shirt pour caresser mon dos.

— Je sais voir à travers les gens, Sloane. C'est un talent que j'ai développé il y a longtemps. Comment déceler s'ils disent ou non la vérité. S'ils mentent.

S'ils tiennent vraiment à quelque chose ou s'ils font juste semblant. C'est un art de lire dans les gens, et c'en est un où je suis particulièrement doué. Un qui se révèle toujours extrêmement payant. Et quand je dis que quelqu'un ne me dit pas tout, je te jure que tu peux me croire sur parole.

— On dirait que c'est le genre de talent qu'un escroc pourrait chercher à perfectionner. Un arnaqueur. Un bandit.

— Ou un homme d'affaires qui aime lire dans les pensées de ses concurrents. Évaluer leurs propositions et avoir le dessus lors des négociations. (Le coin de sa bouche trembla légèrement.) À moins que tu ne sois en train de me dire que tous les hommes d'affaires sont des escrocs ?

— Je suis en train de dire que tu es très doué dans ce que tu fais. Quoi que ce soit.

— Je suis flatté. Et je suis toujours curieux.

Il s'éloigna de moi, et je me sentis d'un coup seule et glacée, puis il me prit la main et on continua à marcher à travers le parc.

— Qu'est-ce que tu ne me dis pas ? S'il te plaît, ajouta-t-il gentiment. J'aimerais vraiment savoir.

J'inspirai. La vérité, c'est que j'avais envie de le lui raconter. Oui, je savais que je devrais quitter cet homme à un moment. Et, oui, je savais que ce serait plus difficile de le faire si je partageais avec lui mes secrets, mes peurs et mes émotions.

Mais ça n'avait pas d'importance. Ce n'était pas une question d'intelligence mais de cœur. Et je voulais que Tyler voie le mien.

— As-tu entendu parler de Harvey Grier ?

Il réfléchit un moment, puis il acquiesça doucement.

— Je crois, oui. Le joueur de base-ball, n'est-ce pas ? On l'a retrouvé mort par balles au moment où sa carrière décollait.

— C'était mon beau-père.

— Je vois.

Deux mots simples, qui voulaient pourtant dire tellement de choses. Et j'espérais et craignais à la fois qu'il voie pour de vrai.

— Est-ce qu'ils ont un jour trouvé qui l'avait tué ?

— Non, dis-je. Non, jamais.

— Il te frappait, dit doucement Tyler, et je vis à son expression qu'il avait compris. Il t'attachait et il te frappait.

Je détournai le regard, je n'étais pas prête à voir la pitié dans ses yeux.

— Non, pas moi. Ma mère. Enfin, il nous attachait toutes les deux, expliquai-je, la voix morne. Mais il ne m'a jamais frappée. Il se contentait de me forcer à regarder. Il disait que mon heure viendrait.

— Tu dois être vraiment contente qu'il soit mort. (La voix de Tyler était grave et dure.) Si je t'avais connue à l'époque, je l'aurais tué moi-même.

Je pris une inspiration, me disant que c'était la parole la plus parfaite qu'on m'ait jamais dite. Mais j'étais incapable de le lui dire à voix haute. Pas si je voulais continuer d'être la personne que je pensais être. Le flic que je pensais être devenu.

— Ça me fait plaisir, dis-je plutôt. Mais il est mort parce que notre système est merdique. J'ai essayé de faire arrêter ce salaud, mais les flics étaient trop éblouis par sa célébrité. (Je me laissai tomber sur la pelouse et étendis les jambes.) J'aurais continué à essayer, mais quelqu'un lui a fait sauter la cervelle avant.

— Alors, tu es devenue flic pour réparer le système.

— Je suis devenue flic parce que je crois au système. Harvey Grier aurait dû passer sa vie à pourrir en prison. La mort l'a épargné.

Il s'assit par terre à côté de moi et posa la main sur ma cuisse. Comme chaque fois que Tyler me touchait, je sentis la chaleur de notre connexion. Mais cette fois, la sensation était tiède, calme et douce.

— Je suis désolé, dit-il. Je suis désolé que tu aies eu à surmonter un truc pareil.

— Mais je l'ai surmonté. Je suppose que c'est une victoire, d'une certaine façon.

— Et ta mère ? Elle a dû être soulagée d'être libérée de ce connard.

— Ouais, dis-je. C'est ce qu'on aurait pu croire. Mais elle s'est repliée sur elle-même. Elle s'est complètement renfermée. Et… (Je secouai la tête.) C'était comme si elle s'était vidée d'elle-même. Comme si elle était partie à la dérive. Et qu'elle n'était jamais revenue. (Je me léchai les lèvres.) Et puis elle est morte. Il y a deux ans. Cancer.

— Je suis désolé.

— Moi aussi. Je croyais… je croyais qu'une fois qu'il serait parti, elle aurait été heureuse, tu comprends ? À nouveau en vie. Mais ça n'a jamais été le cas.

Je passai les doigts dans mes cheveux et me retournai, je ne voulais pas voir son visage derrière le rideau rouge de mes souvenirs.

— Parfois, je me dis que s'ils l'avaient arrêté avant, s'il y avait eu un procès, elle aurait été capable de s'en sortir. Ils l'auraient sans doute envoyée chez un thérapeute pour femmes battues. Mais en réalité, elle n'a été que la veuve d'une vedette de seconde division. Elle n'a jamais parlé à personne des coups, personne ne l'a aidée. J'ai essayé, mais je n'étais encore qu'une enfant. Si le système avait fonctionné correctement, peut-être qu'elle serait… (Je m'interrompis, en me mordant la lèvre inférieure.) C'était une femme bien. Fragile, mais bien. Elle n'a pas su se sortir d'une mauvaise situation, et elle a tout fait pour me protéger de lui. Mais après que j'ai… après qu'il a été tué, elle s'est recroquevillée sur elle-même. Je l'ai perdue.

Il posa un doigt sous mon menton et tourna mon visage vers lui.

— Je ne t'ai jamais vue en action, mais j'ai posé suffisamment de questions pour savoir que tu es un bon flic. Tu dois donc savoir que le système n'est pas parfait. Loin de là.

— Ça s'équilibre, dis-je. La justice trouve toujours un moyen.

— Tu y crois vraiment ?

Je souris.

— C'est ce que dit toujours mon père. Et mon père est un homme très intelligent.

Je pris une inspiration et passai un pouce sous mon œil pour essuyer une larme qui s'échappait.

— Désolée. (Je réussis à lui lancer un sourire aguicheur.) Je suppose que ta devise, c'est l'inverse, « Que la justice aille se faire foutre » ?

Il rit, comme je l'avais espéré.

— Tu te mets à imaginer des choses sur moi.

— Vraiment ? Peut-être que je veux simplement savoir comment tu es passé du côté obscur. Allez, monsieur Sharp, je vous ai tout raconté. Pourquoi ne me dites-vous pas comment vous êtes devenu un criminel ?

— Ce n'est pas une question anodine, détective. Qu'est-ce qui vous fait croire que j'en suis un ?

— Parce que je ne suis pas idiote, dis-je.

— Réponse adorable, mais je suis sérieux. (Il se pencha en avant.) J'admets aimer vivre dangereusement. J'aime le frisson d'obtenir quelque chose grâce à mon ingéniosité. Mais n'est-ce pas là l'essence de tout homme d'affaires ? Et quels crimes ai-je bien pu commettre ? Quelle preuve as-tu ?

— Laisse tomber. Oublie.

— Non, dit-il. Je veux savoir.

Je soupirai. Je voulais savoir, moi aussi. Mais je ne pouvais pas nier avoir peur de sa réponse. J'insistai quand même.

— Des preuves, je n'en ai pas. Mais il y a de nombreuses rumeurs sur toi et tes copains. Beaucoup de spéculations.

— Les gens peuvent bien parler, dit-il.

— Bon sang, c'est une conversation. Je ne porte pas de micro. Je ne suis même pas flic à Chicago. Et ce qui est sûr, c'est que je ne joue à aucun jeu. Mon Dieu, Tyler, je suis…

Je suis en train de tomber amoureuse de toi.

Je clignai des yeux, encore sous le choc de cette idée qui venait de me traverser l'esprit. Je refusais de le regarder. Je regardais tout, sauf lui.

— Je suis… Je t'aime bien, finis-je par dire. Je *nous* aime bien. Mais je ne te connais même pas.

— Et si je te disais que je suis blanc comme neige ? (Sa voix était si douce. À cet instant, j'eus peur qu'il n'ait su lire entre mes mots et qu'il n'ait compris la vérité à ma voix.) Et si je te disais que tout ce que dont tu as peur appartient au passé ?

Je me retournai pour le regarder. Ses yeux bleus tempétueux étaient chauds et calmes.

— Ça serait vraiment bien, admis-je, et je réalisai en le disant combien j'aurais aimé que ce le soit.

J'esquissai un sourire.

— Vas-tu me raconter ton histoire, alors ? Comment tu as connu Evan et Cole ? Les mésaventures de ta jeunesse ? Tu m'as dit une fois que ton enfance aurait dû être idyllique. Qu'est-ce qui a mal tourné ?

Il passa la main dans ses cheveux, puis se leva au milieu du parc éclairé par la lune et regarda autour de lui. Il me tendit une main. Je la pris et le laissai m'aider à me relever ; je me retrouvai sur mes deux pieds à côté de lui. Je supposai que la conversation était finie, qu'il gardait ses secrets d'enfance bien enfouis, et je me dis que c'était une bonne chose.

Je n'avais aucun avenir avec Tyler. En dépit de ses protestations – peut-être même à cause d'elles –, j'avais la certitude qu'il était mouillé dans quelque chose. Mais pour les derniers jours de mon congé maladie, je pouvais continuer d'ignorer cette information. Prétendre que ce n'était pas vrai. Me dire que j'étais en vacances de moi-même et que je plongeais corps et âme dans l'aventure.

Je n'avais pas besoin de connaître ses secrets, je n'avais pas besoin de voir son cœur.

Après tout, je lui avais déjà donné trop du mien.

Cela faisait bien quinze minutes que l'on marchait en silence, quand il dit, doucement et simplement :

— Mes parents vivent en Floride, désormais. On ne se parle pas vraiment. On ne s'est jamais vraiment parlé.

— Je suis désolée.

— Ouais. Passons.

Nous étions arrivés en haut d'une colline où trônait la statue d'un homme à cheval. La lune nous baignait de sa lumière, éclairant toute la zone. Il était tard, probablement plus de trois heures, et, à cet instant, j'eus l'impression qu'on était les deux seules personnes sur terre.

Je m'assis sur le flanc de la colline, puis m'allongeai dans l'herbe fraîche et humide. Au-dessus de moi, Tyler se pencha en souriant et je lui tendis une main.

— Viens avec moi.

Il s'exécuta et s'allongea à côté de moi en prenant ma main et, quand il parla, il s'adressa autant à moi qu'aux étoiles.

— J'ai grandi à Rogers Park, dit-il. Au nord, là où Lake Shore Drive devient Sheridan Road. Près du lac. Sur la ligne de métro rouge. La bonne classe moyenne. Une maison décente. Des voisins décents. Mon père gérait une station-service. Ma mère était femme au foyer.

— Ça a l'air sympathique.

Il émit un son qui aurait pu être un ronflement.

— Elle buvait. Il jouait. Pas seulement aux cartes ou à l'occasion d'une virée à Vegas pour le week-end, mais à tout. N'importe quel truc auquel tu peux penser pour s'enrichir rapidement. Et, bon sang, qu'il était nul. Il n'a jamais réussi, ne serait-ce qu'une seule fois, je ne l'ai jamais vu réussir. Et je l'ai vu faire beaucoup de choses.

— Il en parlait avec toi ?

— Non. Aucun d'entre eux ne me parlait tout court. On vivait tous les trois dans cette maison, mais nous étions comme trois étrangers. Quand j'étais tout petit, j'inventais des histoires pour expliquer ça. Je pensais que peut-être j'avais un grand frère qui avait été kidnappé, et qu'ils étaient si perdus dans leur chagrin qu'ils ne pouvaient pas me voir. Ou qu'ils n'étaient même pas mes parents. Que mes parents étaient des espions et qu'ils enverraient quelqu'un me chercher dès qu'ils seraient en sécurité. Puis j'ai arrêté d'inventer des histoires, et j'ai simplement compris que c'était moi.

— Tyler, non, dis-je, et mon cœur se brisa pour le petit garçon qu'il avait été.

— Non, confirma-t-il. J'ai réalisé assez vite que ce n'était pas moi. C'étaient eux. Mes parents étaient – sont – deux personnes brisées. Et ils n'en avaient rien à foutre de savoir s'ils me brisaient moi aussi au passage.

— Je suis vraiment désolée.

— Ils payaient les factures, il y avait un toit sur nos têtes. Mais il n'y avait jamais rien à dîner. J'ai grandi en mangeant des corn-flakes froids et des œufs brouillés. Et nous n'avions jamais aucune conversation.

— Mon Dieu, dis-je, même si je n'étais pas sûre d'avoir parlé à haute voix.

— J'ai commencé à faire des conneries pour attirer leur attention, mais ils n'ont jamais rien remarqué.

Alors, j'ai redoublé d'efforts. À treize ans, j'ai volé une voiture. À quatorze, je me suis mis à cambrioler des maisons, j'avais l'habitude de voler les restes, donc c'était un plus, c'était la seule façon d'avoir un repas décent. À quinze ans, j'ai volé une autre voiture. Je l'ai emboutie. Je me suis fait arrêter. Mon père a payé ma caution et il ne m'a même pas puni. Il m'a juste dit d'arrêter mes conneries, et de ne plus me comporter comme un putain de débile. Il me fixa, l'expression pincée. Je cite ses mots exacts, soit dit en passant.

— Qu'est-ce que tu as fait ?

— Inutile de dire que je n'ai pas suivi les conseils de mon cher père. Je n'ai pas arrêté les conneries. Bien au contraire, je crois qu'on peut dire que ç'a été de pire en pire. J'ai commencé à dealer de la drogue – ce qui était stupide, mais très rémunérateur – et l'argent me rendait libre et me permettait de m'acheter à manger.

— Tu n'es pas resté dans la drogue, dis-je d'une voix étranglée.

Mon Dieu, faites qu'il ne fasse pas du trafic de drogue, j'avais vu ce que ça faisait, et c'était un truc que je n'aurais pu gérer à aucun niveau.

— Non. (Le mot était rapide et dur.) J'ai su à la seconde où j'ai commencé que c'était une très mauvaise idée. Mais cette bande de gamins à l'école où j'allais… Je me suis accroché à eux parce que je voulais avoir une famille. J'en avais besoin, à vrai dire. Alors, j'ai suivi le mouvement.

Il se leva, il avait besoin de bouger, de toute évidence, puis il se passa les doigts dans ses cheveux.

— Bref, j'avais une petite amie. Amanda. Mon amour de lycée, tu comprends. Intelligente, jolie, gentille comme personne, et qui ne faisait jamais de bêtises. Quand elle a appris ce que je faisais, elle m'a dit qu'il fallait que j'arrête. Que si je ne le faisais pas, elle appellerait les flics.

— Elle l'a fait ? demandai-je en me redressant sur les coudes.

Il pencha la tête.

— Je lui ai dit de ne pas le faire. Je lui ai dit qu'il fallait qu'elle me fasse confiance. J'avais un moyen pour m'en sortir, mais il fallait d'abord que j'aille au bout d'un deal qu'on avait préparé. On avait obtenu un demi-kilo de cocaïne à un prix défiant toute concurrence, et on avait arrangé une vente avec des mômes de South Side, une idée stupide. Si on n'allait pas jusqu'au bout, mes potes et moi, nous savions très bien qu'ils allaient nous passer à tabac. Voire pire.

— Continue.

— On est donc allés au rendez-vous. (Il ferma les yeux et prit une grande inspiration.) Et Amanda s'est pointée – bon sang, elle s'est pointée. (Sa voix durcit sous le coup de l'émotion et du souvenir.) Elle s'est pointée, elle m'a dit de simplement m'en aller, mais je ne pouvais pas, bien évidemment. Elle vivait dans l'illusion que ces types de gangs nous laisseraient tout bonnement partir. Alors, je suis resté, et elle est restée aussi. Et puis… (Il serra le poing et frappa fort dans le vide.) Et puis les flics sont arrivés, et tout a dégénéré en une putain de seconde. Quelqu'un a sorti un flingue, il y a eu des tirs, et quand je me suis retourné, elle était à terre, sa chemise blanche trempée de sang. Elle était morte avant même que je n'arrive à sa hauteur.

Il ferma les yeux, la douleur de son souvenir était presque palpable.

Quand il les rouvrit, ils étaient pleins de colère et de chagrin.

— On lui a tiré dessus et elle est morte, et, putain, si elle s'était contentée de me faire confiance et de ne pas me dénoncer aux flics, elle serait toujours en vie. Elle aurait probablement un mari chiant comme la pluie et trois enfants, mais elle serait en vie.

— Ce n'était pas ta faute, dis-je doucement, parce que c'est ce qu'on dit en général à quelqu'un en deuil.

Ses yeux étaient vides quand il les leva vers moi.

— Tu sais bien que ce n'est pas vrai. Je n'avais pas de flingue, je n'ai pas appuyé sur la détente, mais la loi dit que c'est ma faute. Et la loi a raison.

— Complicité de meurtre, dis-je dans ma barbe, en faisant référence à la théorie légale qui veut que tous les participants à un crime soient reconnus coupables. Je suis vraiment désolée.

— Moi aussi, dit-il. (Il pencha la tête en arrière, avala une grande bouffée d'air.) Bref, on m'a envoyé dans un camp pour délinquants juvéniles bien flippant. C'est là que j'ai connu Evan et Cole – ce qui fut la seule bonne chose de ce séjour. Ce camp m'a donné la seule véritable famille que j'aie jamais eue.

— Je suppose que ça n'a pas vraiment réussi à te remettre dans le droit chemin ?

— Non, dit-il, prenant une autre inspiration. (Il s'était de toute évidence un peu calmé.) Mais j'ai réalisé que je préférais avoir une approche plus discrète en ce qui concernait mes aventures. J'aimais les énigmes, me servir de mon cerveau. Et, comme je crois l'avoir déjà mentionné, ajouta-t-il en me regardant, j'aime posséder les choses que les autres désirent.

— Tu as contourné le système, et tu es devenu riche.

— C'est une affirmation acceptable. (Son sourire était plein de charme.) Et je devrais probablement clarifier le fait que, pour tout ce que je viens d'évoquer, il y a prescription depuis longtemps.

— Je n'en doute pas, dis-je sèchement.

— Quoi qu'il en soit, nous avons tous les trois joué ce jeu-là. Mélanger le légal et le pas vraiment légal pendant quelque temps. Nous étions encore très jeunes, et quand Evan a commencé ses études à Northwestern, il a rencontré Howard Jahn.

— L'homme d'affaires.

Tyler acquiesça.

— Un homme incroyable. Un esprit brillant, un entrepreneur exceptionnel. Il nous a pris sous son aile. Il a vraiment été notre mentor. Et il a complètement changé nos vies.

— Tu es en train de dire que tu es clean, désormais ?

Son sourire était minuscule.

— C'est ce que je te dis depuis le début.

Je le regardai, j'étais sûre qu'il me disait la vérité… même s'il ne me disait pas tout. De toute façon, je lui étais reconnaissante qu'il me laisse entrevoir l'enfant qu'il avait été, puisque cela en disait long sur l'homme qu'il était devenu.

Je me relevai et l'embrassai sur la joue.

— Merci de m'avoir raconté ça, dis-je. Je te regarde, et j'ai l'impression de t'avoir connu toute ma vie, alors que je te connais à peine, en réalité.

— Tu as tort, dit-il. On se connaît, toi et moi. On sait ce qui compte.

— Ah oui ?

Je pensai aux secrets que je gardais toujours. À ceux que j'étais sûre qu'il gardait profondément enfouis, lui aussi. Mais en même temps, ces secrets me semblaient bien petits, comparés à tout ce que je ressentais pour cet homme. Tellement de choses – et tellement plus que seulement du sexe. Cette idée était à la fois rassurante et terrifiante.

— On va si vite.

— Non, dit-il doucement. On va juste à notre rythme à nous.

Ces mots me firent un peu fondre, surtout quand il me prit la main, la posa sur son cœur et la recouvrit de la sienne. Je vis la faim dans ses yeux, mais elle se mélangeait à une tendresse si profonde que j'eus envie de pleurer.

— Tu me touches, Sloane. Comme aucune femme que j'ai connue ne l'a jamais fait.

— Tyler…

— Ne dis rien, dit-il. Contente-toi de m'embrasser.

Je m'exécutai. Un baiser doux, profond et tendre. Quand il se redressa, il me fallut quelques secondes pour retrouver mon équilibre.

— Notre dîner doit être glacé et suinter le gras, murmurai-je.

— On pourrait manger, dit-il, mais sa voix promettait quelque chose de plus appétissant encore. Ou on pourrait continuer le – comment tu l'as appelé ? –, le marathon du sexe ? À vous de choisir, détective.

— Il n'y a pas photo, dis-je. (Mon pouls s'accélérait déjà.) Où est-ce que tu vas encore m'emmener ?

— J'aime bien l'endroit où on est. La lune, les statues. Le monde étalé face à nous.

— Tu aimes la possibilité d'être surpris, répliquai-je.

— Non. J'aime *ne pas* être surpris. Et comme nous l'avons établi, détective, vous, vous aimez l'aventure.

— Je suis à peu près sûre qu'il y a des lois qui interdisent ce que tu as en tête.

— Peut-être. Mais dans le monde dans lequel on vit, toi et moi, pendant encore quelques jours, c'est moi qui fais les lois.

— Oh, vraiment ?

— Mes règles, tu te rappelles ? Ma façon.

Il s'approcha et embrasa l'étincelle qui virevoltait à l'intérieur de moi depuis un moment.

— Quelqu'un peut arriver.

— Possible, dit-il. Je pense que les chances sont faibles, vu l'heure tardive, mais c'est tout à fait possible.

Il attrapa le bas de mon T-shirt et le fit glisser en douceur par-dessus ma tête. Il le balança par terre. Puis il tira un petit coup sur la ficelle du jogging qui glissa aussitôt le long de mes jambes.

Je me léchai les lèvres, je sortis du pantalon qui gisait sur le sol, j'étais désormais complètement nue face à lui.

— J'espère que quelqu'un va passer, dit-il, la voix grave et détachée. Imagine-toi ce qu'il va voir.

— Tyler…

— Toi, nue. Sous moi. Toi qui essaies de ne pas hurler tandis que les étoiles s'abattent sur toi. Dis-moi que l'idée te plaît.

— Oui, dis-je.

Je mouillais déjà. Mes tétons étaient déjà durs. J'étais déjà avide que ses mains se posent sur mon corps.

— C'est ce que je pensais, dit-il en s'approchant d'un pas et en glissant ses doigts entre mes jambes. (Il haussa un sourcil en sentant le liquide chaud de mon désir.) Alors dites-moi, détective, est-ce que c'est bon d'être vilaine ?

— Oui, murmurai-je. Mon Dieu, oui.

— J'ai envie de te pénétrer maintenant.

Ses mots étaient comme une séduction, une promesse, un aimant.

— On ne peut pas. On ne devrait pas.

Mais mon corps était déjà en train de tambouriner et je dus faire tous les efforts du monde pour ne pas me tortiller contre sa main.

Il m'attira contre lui, m'embrassa doucement.

— On peut, dit-il. Et on ne devrait probablement pas, mais on va quand même le faire.

— Comment tu arrives à me faire tout ça ? murmurai-je. Je n'ai jamais ressenti, fait…

— Parce que je te vois, dit-il en tendant la main pour caresser doucement mes seins. Et parce que je t'ai dit ce que j'avais vu. Allonge-toi, Sloane.

Je m'exécutai et posai la tête et les épaules sur les vêtements éparpillés. Mon cœur battait et je pouvais voir la façon dont ma peau pâle reflétait la lune. Je jetai un œil autour de moi, j'avais peur de voir quelqu'un qui nous observe à l'abri des ombres.

Mais il n'y avait personne, juste Tyler, qui me regardait avec un désir si intense que mon corps s'enflamma encore plus, que ma poitrine se serra et que mon sexe palpita dans l'attente d'être caressé par lui.

— Mon Dieu, dit-il. Tu me fais tellement bander.

— Alors baise-moi, dis-je, en le prenant dans ma main. (Il s'agenouilla au-dessus de moi, mes doigts trouvèrent sa braguette et l'ouvrirent. Je glissai la main dans son pantalon et trouvai sa queue si dure, si prête.) J'ai envie de toi habillé. J'ai envie de toi comme ça. Ici. Maintenant. (Mes yeux plongèrent dans les siens.) J'ai envie de sentir ta peau *nue* contre la mienne, Tyler.

Il pencha la tête de façon décontractée, mais je pouvais voir la chaleur – et la compréhension – dans ses yeux.

— Vraiment ?

— Désespérément. Je suis clean, dis-je. Dis-moi que tu l'es aussi.

— Je le suis, répondit-il.

— Alors, baise-moi, suppliai-je en refermant ma bouche sur la sienne, un baiser violent et fou.

Il m'avait jeté un sort, mais je m'en moquais. J'en avais envie. J'avais envie de lui. J'avais envie du ciel étoilé au-dessus de nous.

— Baise-moi, répétai-je en le tirant par la main pour le faire tomber sur moi. Baise-moi, criai-je, tandis qu'il me pénétrait, plus profond et plus fort, en prenant tout ce que j'avais à donner et bien plus encore.

Mon corps s'ouvrait pour lui, devenait fou pour lui. Je n'avais jamais connu ça. La liberté mélangée à la peur, la sauvagerie mêlée au désir, la luxure incarnée par un seul et même homme.

— Tyler, dis-je en gémissant.

Mon orgasme latent me fouetta de toute part, me fit sortir de moi-même et puis – enfin – me fit décoller dans la nuit, jusqu'aux étoiles qui s'abattirent sur nous comme une tempête de feu.

Chapitre 18

Je fus réveillée par l'odeur du café et la sensation de quelque chose de doux qui effleurait mon ventre nu. J'ouvris les yeux, mais me rendis aussitôt compte que je ne voyais rien.

J'avais les yeux bandés.

Je me redressai d'un coup, prise d'une peur soudaine. Mon cœur battait à toute allure et mes doigts tâtonnèrent mon visage – des mains fortes et chaudes m'en empêchèrent soudainement, en les écartant doucement avant que je ne puisse arracher le bandeau.

Tyler.

— Tyler, s'il te plaît.

— Chut. Tu n'es pas attachée. Tu es en sécurité. Tu es encore au lit, et tu es en sécurité. (Il posa furtivement un baiser sur mes lèvres.) Je veux que tu gardes ce bandeau. Si tu dois l'enlever, je ne t'en empêcherai pas. Mais si tu y arrives, je sais que ça te plaira – et bon sang, je vais t'emmener là où tu n'es jamais allée auparavant.

J'avalai ma salive, toujours nerveuse. Mais je lui faisais confiance et me calmai donc un peu.

J'agitai les bras et les jambes comme pour m'assurer que je pouvais m'enfuir si nécessaire.

— N'importe quand ? Je peux enlever ce bandeau quand je veux ?

— Bien sûr.

Je réussis à lui lancer un sourire ironique.

— Hier soir, tu voulais que je voie les étoiles, et maintenant tu ne me laisses même pas voir la chambre ?

Il rit, il comprenait de tout évidence que c'était une façon de lui donner mon consentement.

— La vue est une chose incroyable, détective. Ça permet de profiter des adorables formes d'une femme. (Je l'entendis se déplacer autour du lit, je pouvais presque le sentir me regarder.) Voir plus précisément tous ses charmes…

Il attrapa délicatement mes chevilles et écarta mes jambes.

Je me tortillai, toujours aussi gênée, malgré tout ce qu'on avait fait ensemble. Mais d'une certaine façon, les choses étaient différentes, parce que je ne pouvais pas voir son visage, je ne pouvais qu'imaginer son expression et la chaleur de ses yeux.

— Ne pense pas à ça, dit-il doucement. Sais-tu seulement à quel point tu es jolie ? À quel point le fait de savoir que tu as envie de moi me fait bander et m'excite ? La vue, continua-t-il, et j'eus le souffle coupé quand son doigt caressa lentement mon sexe.

Il le plongea à l'intérieur, juste assez pour jouer avec moi et me forcer à me tortiller de nouveau, cette fois comme une requête silencieuse, pour qu'il m'en donne plus. Une requête qu'il ignora. Il retira son doigt. Il ne me touchait plus du tout, à vrai dire.

— Et le goût et l'odeur, ajouta-t-il. (Sa voix était désormais à côté de mon oreille et son doigt caressait ma lèvre.) Voilà. Je veux juste que tu saches à quel point j'aime le goût que tu as, combien j'adore l'odeur de ton excitation.

Il fit glisser son doigt sur ma lèvre, puis le passa sous mon nez.

— Il y a les mots, aussi. Le son de ma voix qui te dit des mots doux. Ou peut-être des mots plus brusques. Violents. Qui te dit que je vais te caresser aussi doucement qu'une plume ou que je vais te baiser jusqu'à ce que tu hurles.

Je sentis mon sexe se contracter et je sus, au changement de sa voix, qu'il l'avait vu.

— Garde les jambes écartées pour moi – les bras aussi, dit-il, et je gémis pour protester, j'étais sûre que si j'avais pu arracher ce maudit bandeau, j'aurais pu voir son expression de satisfaction suffisante.

— S'il te plaît, dis-je. Et le toucher ? C'est un sens aussi.

— C'est vrai. C'est ce dont tu as envie ?

— J'ai envie que tu me touches, dis-je. J'ai envie de toi en moi.

— Bientôt, promit-il. Mais avant, je pense que je peux te pousser encore un peu plus à bout.

Je sentis quelque chose de clairsemé, comme un effleurement doux sur ma peau.

— Qu'est-ce que c'est ? demandai-je. Une plume ?

— Il y a des plumes, dit-il. Et des bandelettes de cuir toutes emmêlées ensemble, comme une fleur au bout d'une cravache souple.

— Hum…

— En théorie, c'est un jouet pour les chats. (Il passa

le bout emplumé sur mon sexe, je me cambrai de surprise et de plaisir.) Mais je trouve bien plus intéressant de jouer avec ce genre de chatte.

— Miaou, dis-je, et il se mit à rire.

— Bon chaton.

Il y avait de la séduction dans sa voix, il y avait de la séduction dans la façon dont il me caressait avec le jouet. Il le fit glisser partout sur mon corps, les plumes effleuraient à peine ma peau, de la plante de mes pieds jusqu'au lobe de mon oreille. Il caressait, séduisait, excitait tout en moi, et quand je fus chaude et trempée, et prête à le supplier de continuer, il me retourna sur le ventre et se mit à faire de même sur mon dos.

— S'il te plaît, dis-je. Tyler, s'il te plaît.

— S'il te plaît quoi ?

— Je ne sais pas, dis-je, en toute honnêteté. (J'étais en feu. J'avais envie qu'on me soulage. J'avais envie de lui.) Tout, je crois.

— Tout ce que veut la dame. À genoux, alors. Les bras sur le lit, le cul en l'air.

— Je…

Je me coupai moi-même la parole, réalisant que je n'avais pas la moindre idée de ce que je voulais dire. Je changeai alors de position, fis comme il avait dit, et gémis de plaisir quand il pénétra ses doigts profondément en moi. Puis hurlai de surprise quand le jouet vint brutalement se claquer contre mon cul, une piqûre à la fois cinglante et douce.

— Oh oui, dit-il, quand mon vagin se contracta fermement autour de lui. Je crois que la dame aime ça.

— Oui, murmurai-je, tandis que la piqûre semblait

répandre une chaleur à travers mon corps, et que mon clito palpitait pour supplier qu'on s'occupe de lui.

— Tu es incroyable, dit-il. J'aime la façon dont ton corps réagit. Je pourrais jouer et m'amuser avec toi toute la journée.

— Ça me va, murmurai-je, tandis que ses mains caressaient mes fesses en cercle lents et silencieux.

Il me surprit en me donnant une nouvelle fessée, celle-là un tout petit peu plus forte, avec une douleur un tout petit peu plus douce.

Il appuya sa paume à l'endroit où sa main m'avait frappée, et me caressa, des petits cercles apaisants, tandis que le feu qui m'avait d'abord atteinte se répandait en moi, comme des doigts chauds, pour m'embraser et m'exciter.

J'avais les yeux fermés sous le bandeau. Je ne me serais jamais attendue – je ne l'aurais jamais imaginé – pouvoir atteindre une telle intensité de plaisir, rien que par l'excitation de l'attente – de sa main, de sa queue, d'une dernière fessée.

Je pensai que la montée que j'avais ressentie dans le donjon – nue avec un collier – avait été la plus grande. Mais ça, c'était encore un autre niveau.

J'avais connu le plaisir d'être exposée, soumise à tous les caprices de Tyler. Mais ce plaisir était dû au fait d'enfreindre les règles, d'être vilaine.

Là, c'était différent, et le plaisir ne venait pas du fait d'être vilaine, mais d'être intime avec lui. De lui appartenir.

— Encore, murmurai-je. S'il te plaît, Tyler. Encore.

Il posa délicatement un baiser sur la courbe de mon cul. Puis, juste quand je me disais qu'il n'allait plus le faire, je sentis à nouveau une délicieuse fessée.

Il utilisa sa bouche pour m'apaiser, cette fois. Et je gémis quand de doux baisers partirent de l'endroit où j'avais mal et s'étendirent comme s'il longeait, en m'embrassant, les traces de mon plaisir.

— Tu aimes ça. (Ce n'était pas une question, et je ne pris pas la peine de répondre.) J'aime te regarder. La façon dont ton corps tremble. La façon dont ta peau pâle rougit. J'aime te voir au bord du précipice, Sloane, et j'aime savoir que je suis celui qui t'y a emmenée.

Il fit glisser l'extrémité du jouet entre mes jambes, et je me tortillai sans honte contre l'embout. Mon corps était mûr, prêt.

Il gloussa, comme pour reconnaître ma détresse.

— De quoi as-tu envie ?

— De plus, dis-je. De tout. De toi.

— Bonne réponse. Écarte encore les jambes. Voilà, dit-il quand je lui obéis. Juste un petit peu plus écartées.

Il était toujours derrière moi, et j'étais sur le lit, mes genoux près du bord, mes pieds dans le vide. Je pouvais imaginer à quoi je ressemblais, les jambes écartées, le dos cambré, la tête relevée. Je mouillais désespérément, ce qu'il put constater quand il se servit de son pouce pour jouer avec moi, en le faisant glisser sur mes lèvres puis en le faisant pénétrer juste un peu en moi.

— C'est ça que tu veux ?

— Plus.

— Que dis-tu de ça ? demanda-t-il en faisant danser l'embout à plumes du jouet autour de mon nombril, son bras entre mes jambes, puis en reculant, pour que les plumes me chatouillent la peau, le clito, le vagin, le cul, m'envoyant ainsi des étincelles, une sensation indescriptible à travers le corps qui me firent suffoquer de plaisir – et décuplèrent tant mon désir que je crus que j'allais hurler s'il ne me prenait pas à cette minute précise.

— S'il te plaît, murmurai-je. Maintenant, s'il te plaît.

J'étais proche du désespoir. Dieu merci, il ne me tortura pas beaucoup plus longtemps.

Je me cambrai quand je le sentis glisser en moi. Je hurlai quand il écrasa ses hanches contre mon corps pour s'enfouir tout au fond de moi. Il me tenait fermement en faisant des va-et-vient, lentement, puis de plus en plus vite, comme un *crescendo*.

Il me parlait, sa voix douce était comme la bande originale de mon plaisir. Il me disait combien il était bon d'être en moi, combien j'étais étroite, combien il voulait me regarder jouir. Et là, derrière mon bandeau, je m'accrochai fermement aux couleurs, aux lumières, aux tourbillons d'électrons, les seules choses qui me reliaient à la réalité, parce que, bon sang, je savais que quand mon orgasme viendrait, j'allais me perdre dans un plaisir si intense que cela me détruirait sûrement.

Il garda le même rythme, mais lâcha mes hanches et plongea une main vers le bas, la fit glisser entre mes fesses pour venir titiller les contours de mon anus. Comme la piqûre du jouet, je fus abasourdie par cette nouvelle sensation qui m'emmena encore plus haut. Incroyable, oui, et si intime qu'elle me fit basculer plus loin, plus fort, plus haut, jusqu'à ce que tout soit trop dur à supporter et que je hurle sous l'agonie douce et continue d'un plaisir pur et triomphant.

Il me tint fermement tandis que mon corps tremblait,

puis m'attira doucement à lui et me serra fort dans ses bras.

— Waouh, dis-je, tandis qu'il me retirait doucement le bandeau. Merci.

— Trésor, je te waouh quand tu veux.

Je restai allongée là sans bouger, dans ses bras, jusqu'à ce que je me sente à peu près remise. Puis je me tournai vers lui.

— Quelle heure est-il ?

Il jeta un œil au réveil qui trônait sur la commode.

— Presque dix heures.

Je me redressai d'un coup.

— Merde. Je vais être en retard. Et je ne crois pas que coucher avec le patron soit une excuse valable.

— C'est bon, dit-il. J'ai changé ton emploi du temps. Je veux t'emmener quelque part avant.

Je haussai un sourcil.

— Si c'est une métaphore pour plus de sexe, il va falloir appuyer sur pause.

— Non, dit-il. C'est à propos d'Amy.

Je fronçai les sourcils

— Comment ça, Amy ?

— Tu cherches toujours une adresse ou un employeur, n'est-ce pas ? Je connais des gens qui pourront peut-être nous aider. Après ça, mon adorable flic, nous avons du shopping à faire.

— Du shopping ? répétai-je, mais il se contenta de se lever et de me tendre la main.

— Habillons-nous.

À vrai dire, on prit une douche avant de s'habiller, et malgré le risque réel de voir notre emploi du temps chamboulé par une partie de jambes en l'air sous la douche, j'acceptai de partager la cabine avec lui.

— Ne me fais pas regretter ma décision, dis-je, quand il plongea sa main pour tirer doucement sur ma toison pubienne. Et ne fais pas ça.

— Je crois que nous avons peut-être une dernière mission ce matin, dit-il en attrapant un rasoir. Non pas que je n'aime pas ce délicieux triangle impeccable, mais toutes les autres danseuses sont imberbes.

— Oh. (J'avalai ma salive.) Je ne suis pas sûre de savoir comment me raser là.

Son sourire était plein de sous-entendus.

— Bébé, je serai plus que ravi de t'aider.

Il nous éloigna du jet d'eau, en restant suffisamment près pour pouvoir saisir le pommeau de douche. Puis, tandis que j'écartais les jambes en m'agrippant au mur, à la fois par peur et pour garder l'équilibre, il se mit au travail.

Dans un premier temps, il me savonna. Puis – lentement et très délicatement – il passa le rasoir sur ma chair, encore et encore. Je réalisai que tout cela m'excitait plus qu'un peu. Pas la sensation – même s'il y avait quelque chose d'incroyable dans la pression de la lame – mais l'idée qu'il prenne soin de moi d'une façon aussi intime.

— Voilà, dit-il après avoir fini et rincé les dernières traces de savon.

Il posa un baiser sur ma peau nouvellement épilée, et je dus faire tous les efforts du monde pour ne pas le supplier de me ramener au lit.

Amy, avait-il dit. Et il avait raison. Si je voulais m'assurer qu'elle serait rentrée pour la naissance du bébé de Candy, il fallait que je finisse mon enquête.

Mais j'allais m'accorder au moins un baiser profond et sensuel. Et tandis que ma langue cherchait la sienne, je ne pus m'empêcher de penser aux jours passant inexorablement, m'éloignant de cet homme qui semblait pourtant m'attirer plus près de lui à chaque instant.

Après ça, je m'emmitouflai dans un des peignoirs molletonnés du Drake, puis retournai dans la chambre pour essayer de retrouver mes vêtements.

— Cette chambre ne ressemble pas au reste de la suite. (J'avais remarqué les décorations et les meubles modernes la première fois que j'étais entrée, mais je ne le lui avais pas dit.) C'est toi qui as décoré cette pièce, n'est-ce pas ? Pas l'équipe de l'hôtel.

— Oui, c'est moi, et seulement moi, dit-il en entrant avec une serviette négligemment nouée sur ses hanches qui me fit sérieusement regretter le fait de devoir aller travailler.

— Pourquoi celle-ci ? Pourquoi avoir pris le temps, je veux dire ?

— Je suis un peu spécial en ce qui concerne ma chambre. (Son regard se balada dans la pièce, puis se reposa sur moi.) Rien n'entre ici si je ne l'ai pas choisi.

J'avalai ma salive, et soudain je n'étais plus sûre de savoir si on parlait encore des meubles.

— Qu'est-ce que tu en penses ?

Je clignai des yeux.

— De quoi ?

Le coin de ses yeux se plissa et, maudit Tyler, j'étais certaine qu'il avait compris à quoi je pensais.

— De la chambre.

— Elle me plaît. C'est beau et intrigant, avec tous ces angles saillants et ces contours tranchants. Mais elle est aussi accueillante. Et étrangement chaleureuse et confortable. (J'hésitai puis me jetai à l'eau.) Elle me fait penser à toi, admis-je, simplement parce que je ne pouvais pas nier l'évidence des mots.

— Confortable ? répéta-t-il, en haussant les sourcils et en feignant d'être horrifié. Je ne suis pas sûr d'aimer l'idée. Mais j'aime bien accueillante. J'aime bien chevaleresque, et désespérément sexy, aussi.

— On parle toujours de la chambre ?

— De quoi d'autre pourrait-on parler ?

Son sourire était tout innocent.

De quoi d'autre, en effet ?

Je lui lançai un sourire insolent et me penchai pour ramasser le jogging et le T-shirt que j'avais portés dans le parc.

— Merci pour le prêt, dis-je. Mais le T-shirt est couvert de taches d'herbe – et je préférerais porter un pantalon à ma taille. Tu crois que la boutique de souvenirs du Drake vend des fringues ?

— Bien que je sois tenté de te forcer à rester nue, il y a des vêtements à toi juste là, dit-il en pointant la commode du doigt. Le tiroir en haut à gauche, je crois.

Je fronçai les sourcils.

— Et comment exactement mes habits ont-ils atterri ici ?

— Tu as laissé ton adresse sur le formulaire de candidature.

— Oui. L'adresse de mon appartement fermé à double tour, et dont tu n'as pas la clé.

Il balaya mes mots d'un revers de la main.

— Ce n'était pas un problème. Cole a deux grands talents. L'art, et la serrurerie. Il n'a que peu d'occasions d'exercer le second.

Il avait dit ça de façon si sentimentale que je fus obligée de rire.

— Mais il avait l'habitude de s'en servir ?

— Sa jeunesse égarée, confirma Tyler en attachant sa montre cassée autour de son poignet.

— Avec toi ?

— Plus ou moins. Je te l'ai dit. Nous nous sommes tous les deux beaucoup égarés, avant de devenir amis. (Il fit un signe de tête vers l'horloge.) On devrait y aller, dit-il.

— Oui.

Je me pressai d'enfiler mes chaussures. Je ne pris pas la peine de me maquiller. D'abord, parce que je prenais rarement la peine de me maquiller. Ensuite, parce que j'avais vu comment les choses se passaient dans les vestiaires du Destiny. Je pourrais me préparer avant mon entrée en scène.

— Tu aimes les beignets ? demanda Tyler.

— Je suis un flic. Devine.

— Alors, on en prendra en route.

Il ne rigolait pas pour les beignets, et avant que l'on ne prenne l'autoroute, il s'arrêta devant une boulangerie et en acheta quatre douzaines. Il se contenta de hausser les épaules quand je lui demandai pourquoi il en avait pris autant.

— On va vers le nord ?

— Plus ou moins.

— Où ça ?

— Chez moi, dit-il.

Je me tournai vers lui.

— Tu avais dit que ça concernait Amy.

— Ton enquête sur elle, oui.

— Comment ? m'étonnai-je, un peu méfiante, un peu inquiète, mais surtout curieuse.

— Ne t'emballe pas, mais il y a peut-être des personnes à qui elle s'est confiée.

— Ah. Qui ça ?

Il se tourna vers moi pour me lancer un sourire satisfait.

— Des filles, dit-il. Pas mal de filles.

Je vis certaines de ces filles, quand la voiture pénétra dans l'allée d'une résidence somptueuse – une maison, un manoir. Je n'étais pas sûre de savoir comment appeler ça. Cependant je me souvenais de son année de construction.

— 1856, n'est-ce pas ? Et on est à Old Irving Park ?

Il me jeta un regard en coin avant d'éteindre le moteur.

— Tu as bien fait tes devoirs me concernant.

— C'est vrai. Mais je ne me serais jamais imaginé un truc pareil.

L'endroit était époustouflant. Immense et grandiose, tout en restant chaleureux, le terrain devait faire au moins mille mètres carrés, peut-être plus. La maison était peinte en jaune vif, il y avait un porche et un petit portique.

Je ne m'étais pas imaginé les filles non plus.

— Qui sont-elles ? questionnai-je en voyant ces femmes qui bronzaient, allongées sur la pelouse, lisaient assises sur le porche ou réparaient une voiture posée sur des parpaings à l'arrière de la maison.

— Les résidentes, dit-il.

— Répète-moi ça.

— Pourquoi tu n'entres pas ? Je t'expliquerai tout à l'intérieur.

Je le suivis jusque dans cette bâtisse imposante qui réussissait à avoir une touche moderne tout en gardant cette sensation des siècles passés.

— Tyler !

Une femme en peignoir se tenait au milieu d'immenses escaliers, un grand sourire aux lèvres. Elle avait une silhouette svelte et ses cheveux tombaient en boucles. Elle ne portait aucun maquillage et était dix fois plus belle que moi.

J'envisageai de la haïr tout de suite, mais décidai finalement de mettre mon jugement entre parenthèses.

— Maisie, voici Sloane. C'est une de nos nouvelles danseuses au Destiny.

Maisie fronça un sourcil et regarda Tyler droit dans les yeux.

— Tu n'avais pas dit que c'était fini ?

La peur envahissait sa voix.

— Ça l'est. C'est fini. Terminé. Et ils ne feront plus jamais aucun mal à aucune d'entre vous. Sloane a atterri au Destiny en posant sa candidature de façon traditionnelle. Et elle ne s'installe pas ici.

— Oh. (Son timide sourire s'agrandit.) Oh, très bien, c'est super. C'est un endroit que tu vas adorer, vraiment. (Elle jeta à nouveau un œil à Tyler.) Je n'ai rien dit qu'il ne fallait pas, si ?

— Non. Sloane sait tout, dit-il en me regardant avec intensité.

— Tout, confirmai-je, en me demandant ce que « tout » pouvait bien vouloir dire.

— Maisie vit ici et suit des cours à la fac, expliqua Tyler. Elle espère pouvoir suivre le programme de maîtrise l'année prochaine.

— La bourse universitaire Tyler Sharp, dit Maisie

en souriant. Écoutez, je meurs de faim. J'étais sur le point d'aller à la cuisine.

— Prends ça, dit Tyler en lui tendant les boîtes de beignets.

Mais avant qu'elle ne parte, il lui demanda si elle se souvenait d'Amy. Elle s'en souvenait, mais ne savait pas si elle avait atterri à Vegas. À vrai dire, aucune des filles de la maison – les dix-huit d'entre elles – n'en avait la moindre idée.

— Ça se sentait, dit Tyler. Les filles qui vivent ici sont assez soudées. D'après ce que j'ai pu observer, elles ne se mélangent pas trop avec les autres filles – comme Amy ou toi –, celles qui se présentent à l'accueil du Destiny.

— Je suis passée par l'accueil, moi ? dis-je avec ironie.

— Comparé à elles, oui. Mais je me disais qu'elles auraient peut-être entendu dire quelque chose en passant.

— Il y a un truc que je ne saisis pas, hein ? Comment ces filles ont-elles fini au Destiny ? De quoi Maisie avait-elle peur ?

— Je suis surpris, détective. Je pensais que vous auriez deviné.

— Le trafic de femmes ?

— Tu vois, tu as trouvé du premier coup.

Je secouai la tête.

— À vrai dire, non, dis-je. Explique-moi.

— Tu sais quoi, exactement, sur notre accord d'immunité ?

— Très peu, admis-je. Juste qu'il existe.

Il acquiesça.

— La situation est compliquée, elle implique de

nombreuses personnes sur de nombreuses années. Mais pour résumer, Evan, Cole et moi nous sommes retrouvés au beau milieu d'un réseau d'esclavage moderne. Un truc énorme. Et surtout très, très dangereux.

J'acquiesçai. Je n'avais jamais eu affaire à aucun réseau de prostitution international, mais j'en savais assez pour saisir l'ampleur – et le danger – de ce dont il parlait.

— Qu'avez-vous fait ?

— On voulait le démanteler, mais c'est plus facile à dire qu'à faire. On a commencé par réunir des preuves, et on les a apportées aux fédéraux – on l'a fait de façon anonyme.

— Pourquoi anonyme ? repris-je, même si j'avais le sentiment de déjà connaître la réponse.

— Nous sommes des hommes très secrets, avec des activités commerciales très délicates. On voulait tous les faire arrêter, mais on ne voyait pas la nécessité de se mettre sous le feu des projecteurs.

Ce qui, je supposais, voulait dire qu'ils protégeaient leurs propres entreprises criminelles.

— Ces preuves ont donné lieu à la création d'une force spéciale.

— Celle que le père d'Angelina a supervisée.

— Exact. Et tandis que cette équipe travaillait à anéantir le cœur de la bête, nous avons fait les deux seules choses que nous pouvions faire – on a continué à réunir des preuves, et on a fait sortir le plus de filles possibles.

— Fait sortir ?

Il acquiesça.

— Leur réseau fonctionnait à sens unique, on réduisait les filles en esclavage, et elles n'en sortaient jamais. On les déplaçait d'un endroit à un autre, parfois sous des prétextes fallacieux, en leur disant qu'elles allaient devenir actrice, mannequin ou autre chose. Quand on avait des infos sur une fille, ou un groupe de filles, on intervenait. Nous trois, ou avec une partie de notre équipe de sécurité, ça dépendait de la situation.

— Mais ça n'a pas foutu en l'air toute l'opération ? Ils ont dû savoir qu'ils étaient grillés avant que vous n'ayez suffisamment de preuves pour les faire condamner.

— C'est pour ça qu'on n'a pas pu faire sortir toutes les filles. On a dû jouer la carte de la sécurité. Y aller comme si nous étions des clients. Ou les représentants d'un prince étranger qui cherchait une maîtresse. Parfois, on provoquait simplement un accident de voiture, ou alors on donnait l'impression que les filles s'étaient juste enfuies. Bref, on était très créatifs.

— Et vous réussissiez à faire sortir les filles. C'est merveilleux, dis-je, et je le pensais sincèrement.

— Pas toutes, dit-il, le cœur lourd.

— Tu as changé le cours des choses, répliquai-je en tendant la main pour effleurer la sienne. Et tu les as amenées ici ?

— La plupart. Certaines avaient des maisons, mais elles les avaient perdues. Des fugitives, des sans-abri. Des actrices en herbe qui ont été aspirées par le côté sordide du rêve. Si elles n'avaient pas de maison pour les accueillir, on leur en donnait une, et on leur donnait un boulot. Danseuses si elles en étaient capables. Serveuses si elle ne l'étaient pas.

— Et plus, dis-je. Maisie a parlé d'une bourse.

— Elle exagère, mais oui. Si elles ne touchent pas à la drogue et qu'elles ont de bonnes notes, on les aide à financer leurs études. Et si elles ont besoin d'un coup de main pour trouver un boulot, on les aide dans ce domaine-là aussi.

— Vous êtes incroyables, tous les trois. (Je ne pus retenir l'émotion dans ma voix. On aurait un peu dit de la fierté, beaucoup de respect en tout cas.) Merci de m'avoir raconté ça. De m'avoir amenée ici.

On était debout sur le porche à admirer cette belle pelouse, ces vieux arbres majestueux et ces femmes qui vivaient ici une vie meilleure.

Il hésita avant de parler.

— C'était important pour moi que tu voies par toi-même.

— Pourquoi ?

J'avais parlé si doucement que j'eus peur qu'il ne m'ait pas entendue. Je retins mon souffle en attendant qu'il me réponde.

— Parce que j'en suis fier. Et que j'avais envie de partager ça avec toi.

Il me prit la main et mêla ses doigts aux miens.

— Merci, dis-je doucement en lui serrant la main.

Derrière nous, la porte s'ouvrit brusquement.

— Tyler ! Salut !

Je me tournai et tombai sur une fille d'une vingtaine d'années avec une coupe à la garçonne et de pétillants yeux verts.

— Caroline, qu'est-ce que tu fais ici ? Je croyais que tu vivais sur le campus, ces temps-ci.

— Ouaip, dit-elle. J'adore. Mais on est dimanche, non ? Maisie et moi, on va regarder un film.

Elle fit une énorme bulle avec son chewing-gum, puis la fit exploser.

Il acquiesça et se tourna vers moi.

— Caroline habitait ici.

— Et j'adorais ça, dit Caroline. Mais les chambres universitaires, c'est super pratique. Alors, tu cherches Amy, c'est ça ?

Il me sembla qu'elle avait parlé sans reprendre sa respiration une seule fois.

— Oui, dis-je. Tu la connais ?

— Pas très bien. Mais je suis amie avec Darcy, qui traînait avec Amy.

Mon estomac se noua de déception.

— Tyler a déjà parlé à Darcy. Amy lui a envoyé une carte postale de Vegas. J'essaie de découvrir où elle a atterri à Vegas. Une amie va avoir un bébé. Je veux m'assurer qu'elle sera rentrée à temps.

Caroline secoua la tête.

— Sais pas. Mais le type de l'autre boulot saura peut-être.

Je regardai Tyler.

— Quel autre boulot ? demanda-t-il.

— Un client. Un des gars qui se paie une lap dance de temps en temps. Un mec baraqué. Beau, mais avec des tempes grises. C'est lui qui s'occupe des Coca, et tout ça.

— Big Charley, dit Tyler en me jetant un coup d'œil. Distributeurs de boissons, locations et maintenance. Cole et moi l'avons engagé sur plusieurs de nos affaires, à vrai dire.

— Ouais, sourit Caroline. C'est lui. Elle m'a dit qu'il lui avait proposé un boulot. Je suppose qu'elle a finalement accepté une autre offre – j'imagine qu'il y a un mec dans l'histoire – mais elle a peut-être dit à Big Charley où elle allait à la place.

— Merci, dis-je. Tout ça est très utile.

Elle acquiesça, puis jeta un coup d'œil à Tyler, et son expression devint triste tout à coup.

— Emily et Amy étaient plutôt proches, dit-elle. Elles n'ont bossé ensemble que quelques semaines, mais elles s'entendaient vraiment super bien.

— Je me souviens, dit-il.

— Des nouvelles ? interrogea-t-elle, avant que je puisse demander où trouver Emily.

— Aucune, répondit Tyler. (Il se tourna vers moi, le visage grave.) Emily est l'une des nôtres. Elle a démissionné il y a environ deux mois. On l'a retrouvée morte peu de temps après.

— Je suis vraiment désolée.

— Les flics ne racontent que des conneries, dit Caroline. Emily ne ferait jamais le tapin. Ils disent qu'un mec a abusé d'elle. Et l'a laissée pour morte.

— Tu n'y crois pas ?

— Non. Pas possible.

Tyler secoua la tête.

— C'est difficile à imaginer. Elle était têtue et maligne. Je n'ai jamais imaginé qu'elle puisse vendre son corps. Et si elle était vraiment dans la merde, elle savait qu'elle pouvait venir me voir. Mais il est possible qu'elle se soit entichée du mauvais mec. Le genre qui se dit que, parce que c'est une stripteaseuse il peut tout se permettre. Salaud.

Je remarquai qu'il essayait vraiment de contrôler sa voix. Il serra doucement la main de Caroline.

— Si j'ai du nouveau, je te le dis. Promis.

On la suivit dans la maison, la conversation passa

d'Emily à comment saigner les clients pour obtenir les meilleurs pourboires. Quand on revint à la voiture, environ une heure plus tard, j'avais le ventre plein de beignets et de café, et j'avais suffisamment d'infos pour devenir la meilleure danseuse du Destiny. Malgré le temps passé et les nombreuses conversations qui l'avaient meublé, je pensais toujours à Charley.

— Tu veux que je l'appelle ? demanda Tyler.

— Pas encore. Caroline a dit que c'était un client de midi. S'il n'est pas au club aujourd'hui, je te demanderai peut-être de l'appeler. Mais j'aimerais d'abord bavarder un peu avec lui.

— Comme tu veux.

— En attendant, ajoutai-je, je vais voir si je ne peux pas retrouver sa trace à Vegas. Je vais faire ça à l'ancienne, à la façon d'un détective.

Tandis qu'il manœuvrait au cœur des rues et des autoroutes de Chicago, je sortis mon téléphone et appuyai sur le seul numéro que j'avais enregistré. Deux sonneries plus tard, mon père décrocha.

— Salut, ma fille à moi, dit-il avec cette voix grave de baryton qui pouvait rassurer ou terrifier selon qu'il réconfortait une victime ou interrogeait un suspect. Comment va la hanche ?

— Salut à toi. Ça va. Ce sont des idiots de ne pas me laisser reprendre le boulot.

— Aucun doute là-dessus. Alors, que me vaut cet appel ? (Je pouvais entendre le brouhaha du poste de police derrière lui et l'imaginer derrière son bureau délabré, recouvert d'au moins un mètre de paperasse.) Tu voulais juste entendre la voix merveilleuse de ton père, ou tu as besoin de quelque chose ?

Je me mis à rire.

— Si je disais les deux, tu sentirais tout de suite le coup fourré ?

— Il y a de fortes chances.

— OK. Donc, j'ai besoin de quelque chose.

— Et je serais ravi de t'aider. Si tu peux répondre à une question.

— Balance.

— Qu'est-ce que tu fous à enquêter, bon sang, quand tu es censée être en arrêt maladie et te reposer ?

Je me penchai en arrière et levai les yeux au ciel. À côté de moi, Tyler esquissa un sourire. Je savais qu'il ne pouvait pas entendre ce que disait mon père, mais je suppose que ce que je disais suffisait à le faire rire.

— J'essaie de ne pas devenir folle, dis-je sèchement. Et d'aider une amie.

Je lui fis un bref résumé sur Candy et Amy.

— J'ai déjà épluché l'annuaire, et ça ne m'a menée nulle part. Tu connais quelqu'un dans la police de Vegas ?

— Je suis insulté que tu poses la question. Je connais tout le monde. Ce qui me rend invincible.

— Tu n'es pas aussi hilarant que tu le crois, papa. Sérieusement, j'espérais que tu puisses demander un service à quelqu'un. Peut-être qu'elle a eu une amende pour excès de vitesse ou un truc comme ça. Est-ce que tu peux demander à quelqu'un de vérifier ? Voir si on a enregistré son permis ? Peut-être obtenir son adresse actuelle ?

Il dit qu'il allait le faire, bien sûr.

— Mais tu dois me promettre de ne pas t'épuiser. Que ça te plaise ou non, tu es toujours en convalescence. Et même plus que ça : il faut que tu redescendes d'un cran. Tu te lances là-dedans comme une chauve-souris sortie de l'enfer, mais tu vas te brûler les ailes.

— Papa…

— Je suis sérieux. Trouve-toi un gars. Allez au ciné. Sois une fille pendant deux heures, au lieu d'être un détective.

Mes yeux se posèrent sur Tyler.

— Merci du conseil, papa. Crois-le ou non, j'y travaille.

Chapitre 19

— Waouh, dis-je, quand nous fûmes devant cette façade d'un violet éclatant. (Je levai la tête pour regarder Tyler.) Et il y a des robes, là-dedans ?

— Plein, dit-il.

— Si tu le dis.

On avait descendu Michigan Avenue à pied depuis le Drake, jusqu'à Tonic, cette boutique de Gold Coast qui, selon moi en tout cas, ressemblait plus à une construction en Lego qu'à un véritable magasin de vêtements. Le bâtiment semblait fait de cubes en plastique, même si Tyler m'assurait que c'était bien plus solide que ça. Il y avait plusieurs niveaux, comme une pièce montée qui aurait dégénéré ou comme un jouet d'enfant, si l'enfant en question avait essayé d'utiliser toutes les pièces de Lego qu'il possédait.

La porte d'entrée formait un triangle. Au premier étage, une rangée de formes géométriques faisait office de fenêtres. Le bâtiment était coincé entre deux immeubles plus classiques, et le contraste ne le faisait paraître que plus, comment dire… violet.

La seule chose que cet endroit avait pour lui, si

vous voulez mon avis, c'était qu'on ne pouvait pas ne pas le voir.

En même temps, il n'y avait aucune enseigne. Mais je suppose que si vous vouliez faire du shopping à Tonic, vous saviez où trouver Tonic.

En temps normal, je n'aurais eu aucune raison de vouloir trouver Tonic, mais selon Tyler, nous avions une soirée ce jour-là. Et apparemment, un jean et un T-shirt n'allaient pas faire l'affaire.

Je devais être figée, la bouche ouverte, parce que Tyler se mit à rire et me saisit le bras.

— Viens, dit-il. Je te promets qu'on va s'amuser.

Je ne suis pas totalement sûre que « s'amuser » soit le mot juste, mais notre escapade chez Tonic fut à n'en pas douter très enrichissante. Celui qui avait dessiné l'endroit, peu importe qui, avait de toute évidence une passion aussi intense pour le violet que pour la haute couture. Chaque mur, chaque carrelage, chaque surface était soit blanc, soit dans une nuance de violet. Je suppose que le blanc était censé donner du contraste, mais il était loin d'être suffisant. Et même si le violet avait, à première vue, quelque chose de charmant, après un certain temps, j'avais l'impression d'être prise au piège dans une myrtille géante.

Des sculptures étranges pendaient du plafond et il se révéla que les mannequins n'étaient pas des mannequins du tout, mais des femmes en chair et en os qui passaient leur journée à porter des créations et à faire du surplace.

Je ne voyais pas vraiment l'intérêt.

Le seul truc pour lequel il n'y avait pas de discussion possible, c'étaient les vêtements. Tout brillait, tourbillonnait, et était taillé pour flatter le corps féminin.

Zelda – la vendeuse qui apparut à la seconde où l'on entra dans la boutique – nous conduisit, Tyler et moi, au rayon des robes de soirée, où elle se mit à nous présenter les modèles. Chaque robe était plus fabuleuse que la précédente, mais Tyler les rejeta toutes d'un revers de main.

— Tout ça ne lui arrive même pas à la cheville. Et la couleur – il ne faut pas que ça jure avec le feu de ses cheveux.

— J'ai exactement ce qu'il vous faut, dit Zelda avec un fort accent, apparemment slave, mais sans doute usurpé – une autre forme de vitrine pour les clients. Arrivé aujourd'hui. Je aller voir, oui ?

Elle ne partit que quelques minutes et revint avec une robe toute simple qui réussissait à faire honte à toutes celles que nous avions vues, pourtant plus chic. C'était un fourreau dos nu, le devant retenu par une bande toute fine de tissu qui passait sur une épaule.

Toute la robe, le jupon y compris, était taillée pour embrasser les courbes d'une femme, mais le bas était fendu afin qu'on puisse quand même marcher avec.

Cerise sur le gâteau, elle avait la couleur du ciel d'une belle journée d'été. Bref, elle s'accordait parfaitement avec les yeux de Tyler.

— J'adore, dis-je. Je peux l'essayer ?

Zelda me guida vers la cabine d'essayage au fond du magasin qui faisait approximativement la taille de mon appartement à Chicago. Il y avait un fauteuil, une coiffeuse avec un miroir, et toute une collection de produits de beauté pour que la cliente puisse ressortir rafraîchie et pomponnée de la cabine. Il y avait même un petit réfrigérateur avec des bouteilles de chablis et de l'eau gazeuse.

Je sursautai quand Tyler m'y rejoignit. Zelda, cependant, n'eut pas l'air le moins du monde perturbée. De toute évidence, elle savait qui payait la note de notre excursion.

Dès qu'elle eut fermé la porte, je me tournai vers Tyler.

— En général, je fais mon shopping chez H & M. Je crois que là, on est un cran au-dessus.

— Un tout petit peu, dit-il en s'installant dans le fauteuil. Voyons comment ça te va.

J'enlevai mes chaussures, quittai mon T-shirt et me dandinai hors de mon jean. En soutien-gorge et en string, je défis la robe du cintre molletonné. Le tissu était fin, moulant et doux comme un nuage.

— Enlève ton soutien-gorge, dit-il. La robe a un dos nu.

Je m'exécutai, puis inspectai la robe pour savoir comment l'enfiler, et finis par décider que j'étais censée défaire le seul bouton qui ornait la bande sur l'épaule et entrer par le haut. Le bouton semblait bien trop minuscule pour supporter la lourde tâche de tenir la robe en place, mais si on considérait combien ladite robe était petite, j'imaginai que ça ferait probablement l'affaire.

— Sloane, dit Tyler une fois la robe enfilée, et il y avait presque quelque chose de révérencieux dans sa voix.

— Ça te plaît ?

— Ça me plaît, dit-il en faisant pivoter son doigt pour que je me retourne et que je regarde dans le miroir à trois faces derrière moi.

J'y vis une femme qui aurait dû être sur un tapis rouge. Je me dressai sur la pointe des pieds, et l'effet était encore mieux.

— Il va me falloir des chaussures adéquates, dis-je.

— Bien sûr.

— Et ça, là, c'est ennuyeux.

Je montrai mon dos, à l'endroit où le haut du string dépassait, tant l'échancrure était profonde.

Tyler se leva.

— Enlève-le.

— Pas de sous-vêtement ?

— La robe est faite pour ça. Enlève-le, répéta-t-il.

Je m'exécutai en me dandinant et le jetai par-dessus le reste de mes affaires.

Je marchai vers le miroir, sexy, pleine de vie et d'audace. Peut-être un peu trop d'audace.

— J'adore, Tyler, mais je ne sais pas. La fente sur la cuisse monte si haut. Si c'était sur la hanche, peut-être. Mais…

Je m'interrompis, fis quelques pas de plus et me retournai. On ne pouvait pas vraiment voir mon entrejambe, mais la fente venait suffisamment haut pour que les gens s'imaginent que c'était possible.

— Laisse-les penser ce qu'ils veulent, répondit Tyler quand je lui dis tout ça. Que serait la vie sans un peu d'imagination ?

— Tyler…

— Tu es belle et sexy, Sloane. Même en jean et en T-shirt. Mais là-dedans, tu es époustouflante. Profites-en. Mieux encore, laisse-moi en profiter.

Je fronçai les sourcils en me regardant dans le miroir. J'étais sérieusement sublime. Plus que je ne l'avais jamais été auparavant, ça, c'était sûr. Et je ne pouvais pas nier que tout ça était tentant. Très tentant.

— En outre, dit-il en s'approchant de moi, il y aura de la danse, et cette robe est faite pour.

Il me prit dans ses bras, prit ma main dans la sienne et posa l'autre sur mon dos. Il fredonna un air classique et apaisant, et me fit valser dans la pièce, et même là, dans une cabine d'essayage sans vraie musique, l'instant avait quelque chose de magique.

— Tu vois ? dit-il avec un petit sourire coquin.

Puis il me fit tomber à la renverse, ce qui me fit crier, puis rire de surprise et de plaisir. Je cambrai le dos, allongeai les jambes, et il posa un baiser dans le creux de mon cou.

Il me redressa à nouveau, en faisant courir sa main sur ma cuisse nue.

— Cette fente est un argument de vente fondamental.

Ses doigts continuèrent à longer la fente jusqu'à mon sexe. J'étais luisante et mouillée. Je gémis quand il glissa un doigt en moi.

— Définitivement un argument de vente, murmura-t-il.

— Tyler…

Ma protestation était faible et inaudible.

— Chut, dit-il en tombant à genoux. (Il leva les bras pour relever le tissu sur mes hanches, afin que le haut de la fente encadre mon sexe.) Il faut que je te goûte, dit-il, puis il passa une fois sa langue sur moi, avant de relever la tête pour me regarder. Ne fais pas un bruit.

Oh, Dieu tout-puissant…

J'écartai les bras et m'agrippai au bord du miroir tandis qu'il s'approchait à nouveau. Ses mains étaient désormais sous la jupe, accrochées fermement à mes cuisses tandis que sa langue me caressait de façon si intime.

Il jouait avec mon clito, des petits coups de langue agités, puis incroyablement plus forts, avant de se mettre à sucer, à jouer.

Mes genoux tremblaient, et je dus retirer une main du miroir pour mordre la pulpe de mon pouce, juste afin de faire taire mon envie de hurler, à la fois de plaisir et de frustration. Le plaisir sous l'émeute de sensations qu'il provoquait en moi. La frustration de ne pas pouvoir faire autre chose que me mordre la lèvre, alors que je voulais hurler et le supplier de me donner plus, le supplier de m'allonger, de remonter ma robe et de s'enfouir en moi.

Il continua sa douce torture avec sa langue, et je m'accrochai à nouveau au miroir, je sentais l'orgasme monter, je savais qu'il était proche, si proche, et que j'allais exploser en mille morceaux à la seconde.

Puis il se redressa.

— Je crois que ça suffit comme ça.

Je suffoquai en le regardant.

— Pardon ?

Il se releva, puis m'embrassa, un baiser long et profond. Je goûtai à ma propre excitation et gémis contre sa bouche. Mes hanches écrasées contre lui se tortillaient sans honte, à la recherche de mon soulagement.

— À moi, tu te rappelles ? dit-il en se redressant,

puis en reculant. (Son expression était arrogante et sournoise.) J'ai envie que tu aies envie. J'ai envie que tu sois désespérée. J'ai envie que tu sois si prête pour moi que tu jouiras au premier effleurement, et puis encore et encore, quand je te baiserai.

Ses mots firent trembler mon corps.

— Salaud.

Il se mit à rire.

— On m'a traité de pire que ça.

— Tu sais que je vais te faire payer.

Il se pencha pour ramasser mon soutien-gorge et mon T-shirt, puis déboutonna l'épaule de la robe.

— Trésor, j'espère bien.

Puisqu'il n'y avait aucun moyen de gagner cette bataille, je me rhabillai en étouffant un gémissement de frustration quand mon jean caressa mon entrejambe de façon suggestive. Je jetai un œil à Tyler, j'étais certaine qu'il avait conscience de ma détresse, mais il décida sagement d'ignorer mon regard implorant.

Je ramassai la robe et la retournai pour regarder l'étiquette.

— Il n'y a pas de prix, dis-je.

— Fais-moi confiance. Il y a toujours un prix.

En l'espèce, le prix avait quatre zéros, et je faillis avoir une attaque.

— Pour une robe ? Et tu as payé ? (Nous avions regagné la rue et nous dirigions vers Michigan Avenue pour attraper un taxi et rentrer au Drake.) J'aurais pu acheter une voiture, à ce prix-là.

— Pas une voiture géniale.

— Comment vais-je pouvoir la porter ? Je vais même avoir peur de respirer dedans, maintenant.

— Tu vas la porter parce que je veux te voir dedans. Et plus tard, je veux te voir en dehors.

Voilà l'ironie qui régissait désormais ma vie, parce qu'à peine deux heures après avoir dépensé dix mille balles pour une robe, j'étais à moitié nue et je me baladais au milieu du Destiny juste avant de monter sur scène, histoire de dire bonjour aux clients. Le genre de bonjour qui consistait pour moi à minauder en racontant des bêtises, et pour eux à mater mes nibards.

Je portais un minishort qui dévoilait la courbe inférieure de mon cul, et un push-up qui accentuait la courbe supérieure de mes seins. Et dans quelques minutes, je remplacerais tout ça par mon costume de femme d'affaires coquine – qui, une fois enlevé, révélerait tout à tout le monde.

L'idée me donna envie de Tyler, et je m'arrêtai au beau milieu d'une conversation avec un businessman de Philadelphie pour scruter la salle et voir si je l'apercevais.

Je le vis au bar, discutant inventaire, probablement, avec deux barmen. Comme s'il pouvait sentir mon regard sur lui, il leva les yeux. Son sourire était si chaleureux que je le sentis jusqu'à la pointe de mes orteils.

Ses yeux se posèrent sur un coin reculé de la pièce, et il désigna du menton un homme assis seul dans un de ces gros fauteuils, en train de siroter un verre. Les clients de midi s'asseyaient en général autour du podium, donc cet homme était à part du simple fait d'être seul.

Charley, mima la bouche de Tyler. J'acquiesçai.

Je dis quelque chose de poli pour mettre un terme à ma conversation avec l'homme de Philadelphie, puis balançai mes hanches pour lui donner de quoi se rincer les yeux, tout en traversant la pièce jusqu'au coin où Big Charley était assis.

Il portait bien son nom. Un type énorme avec des cheveux bruns, sauf les tempes, argentées. Il était d'une beauté rude, comme un bûcheron version Hollywood. En me voyant approcher, il regarda mes seins et mon entrejambe d'une façon dont je commençais à avoir l'habitude.

— Salut, trésor, dis-je. Tu es tout seul dans ton coin.

— Je profite juste de la vue, dit-il.

Un verre à moitié rempli d'un alcool ambré trônait sur la table, à côté d'une pince à billets pleine à craquer.

Il leva son verre, et je reconnus le parfum du bourbon. Il le but cul sec puis écrasa le verre vide sur la table.

— Je dois reconnaître que la vue est de plus en plus belle.

Je ris.

— Tu es mignon. (Je penchai la tête pour l'analyser.) Attends une minute, tu es Charley, n'est-ce pas ?

Il eut l'air décontenancé pendant quelques secondes.

— Je sais que je me souviendrais de toi, chérie. Alors, dis-moi comment tu me connais ?

— Oh, je ne te connais pas, dis-je. Mais ma copine Amy m'a dit que tu étais le plus adorable des hommes. Elle m'a dit que Big Charley s'asseyait toujours à l'écart, et qu'il est le plus gentil et le plus beau d'entre tous. C'est toi, n'est-ce pas ? Tu étais l'un des clients préférés d'Amy.

— C'est moi, dit-il. Comment va-t-elle ? Elle a déménagé à Vegas, non ?

— Oui, et cette peste ne m'a pas appelée depuis son arrivée là-bas. Impossible de me souvenir où elle a dit qu'elle allait travailler. Est-ce qu'elle t'en a parlé ?

— J'ai peur que non. (Il brandit son verre vers une des serveuses qui passaient pour lui faire signe qu'il en voulait un autre.) Je lui ai offert un boulot, à vrai dire, mais elle a refusé. Elle a dit qu'elle allait plutôt danser à Vegas.

— Danser ? À Vegas ? Eh ben, ça limite les options, ça, au moins, non ? dis-je en riant.

— Pourquoi tu la cherches ? Tu es inquiète ?

Je secouai la tête, je n'avais pas l'intention de céder aux angoisses de Candy ni de discuter de mes inquiétudes avec un inconnu.

— Pas inquiète, mais frustrée. Elle a promis à une amie qu'elle viendrait lui rendre visite, mais Amy est la reine des lapins, et je suppose que Vegas a eu raison d'elle.

— C'est une ville séduisante, dit-il.

Ses yeux firent un autre aller-retour sur mon corps, et je dus faire taire l'envie de croiser les bras contre ma poitrine.

— En parlant de séduisante… (Il prit un billet de cinquante de la pince qui était sur la table à côté de son verre vide.) Que dis-tu d'une petite lap dance, chérie ?

Cette idée me donna un peu la nausée. Mais je me rendis compte que même si je n'avais rien contre le numéro de danse qu'impliquait mon contrat au Destiny, les lap dances faisaient en théorie également partie de mes fonctions.

Et merde.

Je me penchai en avant et posai doucement un doigt sur son front.

— Garde bien cette idée en tête, trésor. Je dois aller faire mon numéro sur scène, mais tu es le premier que je viendrai voir après.

Le désir illumina son regard, et je m'en allai. Puis, juste pour me mettre dans mon personnage, je me retournai et lui fis un clin d'œil.

Les autres filles pour le prochain set étaient déjà dans le vestiaire. On bavarda en se préparant. Je leur posai quelques questions sur Amy, mais personne ne me dit rien que je ne sache déjà. Puis j'aperçus une photo, une parmi les nombreuses qui peuplaient le tableau en liège. La fille était blonde avec une frange, elle avait une fossette qui accentuait un sourire sympathique. Je la regardai à nouveau, et me rendis compte que ce n'était qu'une fille qui ressemblait vaguement à Amy.

— C'est Emily, me dit Saphir quand je lui posai la question. Bizarre, hein ?

— Comment ça ?

— Eh bien, tu as raison. Elles se ressemblent un peu, et elles étaient toutes les deux en route pour Vegas. (Elle soupira, triste et défaitiste.) Ça craint qu'Emily ne soit jamais arrivée à destination. Tu sais, je suis vraiment vénère que les flics n'aient rien trouvé, putain. Mais vu que ce n'était qu'une danseuse dans un club de strip-tease, ils s'en foutent complètement.

— Je suis sûre que non, dis-je, mais je savais que je ne l'avais pas convaincue, et je me dis qu'il fallait que je me souvienne d'appeler mon ami de la police de Chicago et de vérifier où en était l'enquête.

Je m'occupai moi-même de mon maquillage – et le résultat ne fut pas totalement catastrophique – puis la musique d'intro hurla dans les haut-parleurs. C'était l'heure d'y aller.

Cette fois, je savais exactement où se trouvait Tyler en grimpant sur scène. Un petit bonus pas désagréable, parce que sa présence calmait grandement mes angoisses. Je dansai, me déhanchai. Je flirtai avec les clients et la barre d'acier, tout en gardant les yeux rivés sur l'homme assis au comptoir – mon homme, penché en arrière, l'expression neutre. Enfin, mis à part la chaleur qui brûlait dans ses yeux bleus, qu'il garda constamment rivés sur moi.

J'ajoutai un petit déhanché juste pour lui, et récoltai les pourboires que brandissaient les clients alentour. Pas une mauvaise affaire, pour être sincère.

Mon numéro fini, je me rendis directement au bar, mais fus coupée dans mon élan par un homme qui agitait un billet de cent dollars. Il le glissa dans la ficelle du string que je portais.

— J'ai envie d'une petite conversation intime, ma jolie, dit-il, quand je reculai d'un pas, me sentant soudain très nue et ayant envie de prendre un peu de distance avec son regard insistant. Pourquoi ne viendrais-tu pas avec moi à l'arrière ?

J'étais à court d'options pour dire non, quand Tyler s'approcha et retira le billet de la ficelle. Il le tendit à l'homme.

— Désolé de vous décevoir, mais cette charmante demoiselle a déjà un engagement privé dans le salon VIP.

Je faillis m'évanouir de soulagement.

— Désolé, trésor, dis-je. Peut-être une prochaine fois.

— Il n'y aura pas de prochaine fois, dit Tyler une fois que l'homme ne pouvait plus nous entendre. Tu danses sur scène. Et c'est tout. À moins que tu ne danses pour moi.

Je fis semblant d'être choquée.

— Mais, et l'homme qui m'attend dans le salon VIP ?

— Changement de lieu, dit Tyler, quand on entra dans la zone réservée aux employés. Il t'attend dans mon bureau.

La porte venait à peine de se refermer derrière nous que Tyler m'écrasa violemment contre le mur. Je suffoquai, j'avais le souffle coupé par son baiser profond et intense. Il glissa un doigt en moi tout en baissant la tête pour prendre mon sein dans sa bouche. Il me suçait, me rendait dingue – il éveillait tous mes sens. À tel point que j'avais l'impression d'avoir conscience de chacun de mes poils, chacune de mes terminaisons nerveuses, chaque minuscule éclat de sensation dans mon corps.

— Tu es déjà tellement prête pour moi, murmura-t-il.

— J'étais prête à la seconde où je t'ai vu pour la

première fois. Ce soir-là, à la fête, quand je t'ai vu avancer vers moi, j'ai eu si désespérément envie de toi que c'en était presque douloureux.

Je détournai la tête, je ne voulais pas qu'il voie mes yeux, j'avais tout à coup peur qu'ils n'en disent trop.

Il posa la main sur ma joue et tourna mon visage pour que je ne puisse pas échapper à son regard.

— Oui, dit-il, et ce simple mot semblait porter tous les mots du monde.

Je soupirai.

— Tu produis cet effet sur moi, Tyler. Je te regarde, et…

— Et quoi ?

— Et j'en ai envie.

Son sourire était naturel et terriblement sexy.

— De quoi as-tu envie, Sloane ?

De toi.

— D'exactement ce que tu fais, dis-je à la place.

— Je ne peux pas me passer de toi, dit-il. Tu es comme l'oxygène. J'ai faim de toi, j'ai besoin de toi. Je ne peux pas vivre sans toi.

— L'oxygène est un explosif, dis-je pour plaisanter.

— Aucun doute là-dessus, dit-il en me soulevant. (J'entourai mes jambes autour de lui, et il me porta jusqu'au bureau.) Allonge-toi, ordonna-t-il et je m'exécutai sans discuter. Oh oui, dit-il, la voix pleine de chaleur et de satisfaction. J'aime te voir comme ça. Étirée, nue et rougissante, comme une offrande à Dieu.

— Et c'est toi, Dieu, dans cette histoire ?

Il gloussa.

— Peut-être bien.

— Qu'est-ce que tu vas faire ?

Je ne pouvais m'empêcher de murmurer, ni empêcher cette note d'excitation de faire trembler ma voix.

— Je pourrais me contenter de rester là, à te regarder, dit-il. Ta peau si pâle qu'on distingue le moindre changement, la moindre rougeur au fur et à mesure que ton excitation augmente. J'aime savoir à quel point tu as envie de moi. À quel point tu aimes que je te regarde, que je te désire.

Il me caressa doucement les cuisses, de plus en plus haut. Et le reste aussi.

— Te toucher. Sentir la façon dont tes muscles tremblent. T'entendre inspirer profondément quand mes doigts ne font qu'effleurer ta peau. (Comme pour illustrer son propos, il caressa doucement ma cuisse de son doigt.) Tourne-toi, dit-il.

Je me tournai, allongée à plat sur le bureau, les jambes serrées et la tête de côté.

— Non, dit-il. Descends un peu. Les pieds sur le sol. Les jambes écartées. Penche-toi en avant et agrippe-toi.

Je me déplaçai en l'écoutant, puis me rendis compte que j'étais en train de me mordre la lèvre, un reflet de ma nervosité et de mon excitation.

Il caressa lentement mon dos le long de ma colonne, puis le bombé de mes fesses.

— Oui, dit-il, la voix chargée de désir et de passion. Tu es parfaite, Sloane, putain, tu es si parfaite.

Je ne dis rien. Je n'étais pas parfaite. Mais à cet instant, j'avais vraiment l'impression de l'être.

Il se pencha sur moi, ses vêtements effleurèrent ma chair nue, ce qui me fit trembler presque autant que ses mots.

— Je vais te baiser, Sloane. Vite et fort. Je vais me perdre en toi, et je vais te tenir fermement quand je te sentirai exploser.

Je ne pouvais pas parler. Je ne pouvais pas bouger. Je ne pouvais qu'attendre, le souffle coupé, tandis qu'il enlevait sa veste, la pliait et la posait avec délicatesse entre mon ventre et le rebord du bureau.

Je pris une grande inspiration – les mains de Tyler, ses caresses, ses mots me faisaient mouiller d'impatience. Mais cette minuscule attention faillit me faire fondre de désir, de respect, et de quelque chose qui, dans une autre vie, aurait pu ressembler à de l'amour.

Il me caressa, utilisa ses doigts pour m'écarter grand, m'exciter encore plus, je gémissais de désir quand j'entendis enfin le bruit distinctif de sa braguette.

Et puis – oh ! Dieu merci – je sentis le gland épais de sa queue s'appuyer contre moi, doucement d'abord, pour me titiller. Puis, d'un mouvement ferme, il s'enfonça en moi, et je hurlai en sentant contre mon cul la chaleur de son corps qui m'enfermait entre lui et le bureau.

Je me penchai un peu plus en avant, étendis les bras pour pouvoir m'agripper au côté opposé.

— Fort, dis-je. J'ai eu envie de toi en moi depuis cette putain de cabine d'essayage. Baise-moi fort, Tyler, s'il te plaît.

Il ne répondit pas par des mots, mais ses mains serrèrent mes hanches. Ses va-et-vient brusques et rythmés étaient la seule réponse dont j'avais besoin. Il me pénétra, encore et encore, s'enfouit profondément en moi jusqu'à ce que je perde la notion des choses, perdue dans toute cette chaleur délicieuse.

Je m'entendis crier de plaisir. J'entendis le claquement de sa peau contre la mienne. Et puis, quand il glissa sa main entre nos deux corps pour caresser mon clito, pour m'emmener encore plus haut, je perdis tout, sauf la lueur enflammée et étincelante de l'orgasme, qui montait et montait en moi jusqu'à me menacer de m'envoyer valser dans un monde parallèle où seul Tyler aurait pu me retrouver.

Il jouit juste après moi, un cri de soulagement si animal, si masculin et si sonore que j'étais sûre que tous ceux qui se trouvaient encore dans la boîte savaient exactement ce qu'on était en train de faire. À cet instant précis, je m'en moquais royalement.

— Chérie, murmura-t-il en me prenant dans ses bras pour m'allonger délicatement sur le bureau.

Je lui souriais, exsangue.

— C'était absolument génial, dis-je.

Le sourire qu'il me lança en guise de réponse était satisfait et très viril.

— Oh oui, dit-il. J'aime notre arrangement.

— Mmmm, murmurai-je pour confirmer en m'étirant comme un chat, comme si son bureau était aussi confortable que le plus douillet des lits. À cette seconde, je suis une cliente très satisfaite.

La veste était tombée par terre, et Tyler se pencha pour la ramasser. Il me la tendit. Je l'enfilai en respirant son odeur qui embaumait le tissu.

J'étais en train de la boutonner, quand la porte s'ouvrit d'un seul coup.

— Putain, commença Tyler, mais il s'arrêta en

voyant Cole, le visage partagé entre la colère et la peur.

Cole me jeta un coup d'œil, puis se concentra sur Tyler.

— Lizzy, fut la seule chose qu'il dit.

Chapitre 20

Tyler interpella la première infirmière qu'on croisa, lui, Cole et moi, en déboulant aux urgences de l'hôpital du Cook County.

— Elizabeth Rodriguez, dit-il. Accident de voiture. Où est-elle ?

— Donnez-moi une minute, et je vais vous dire ça.

Ses mots étaient calmes et son attitude efficace, il était évident qu'elle avait l'habitude de gérer les situations de crise. Elle marcha jusqu'à un bureau, tapa quelque chose sur un ordinateur.

— Salle d'examen n° 1. Au bout du couloir à gauche.

Ni Cole ni Tyler ne coururent, mais moi si, je n'avais pas le choix si je voulais suivre le rythme de leurs grandes enjambées. Je m'étais changée à toute vitesse, et quand je n'avais pas pu mettre la main sur mes chaussures, j'avais piqué une paire de tongs à quelqu'un qui les avait laissées dans la salle du personnel. Les tongs étaient trop grandes et claquaient contre le carrelage astiqué sur lequel je courais.

Je ne savais toujours pas exactement ce qui s'était

passé, sauf que leur ancienne employée, Lizzy, avait eu un méchant accident de voiture cet après-midi-là. Elle était inconsciente depuis plus d'une heure, ce qui inquiétait les médecins, et portait de gros bleus et quelques éraflures.

La voiture, apparemment, était complètement détruite.

Quand elle avait repris conscience, elle avait demandé à l'infirmière d'appeler les propriétaires du Destiny.

Elle dormait quand on entra dans la chambre. La lumière tamisée des différentes machines, le bigarré des bleus et des blessures sur son visage ressortaient horriblement.

Je restai au fond. Cole et Tyler s'approchèrent du lit et je vis la façon dont leurs épaules se redressèrent, je vis leur posture se raidir sous la colère de cette offense faite au corps humain.

Puis – sans l'avoir vu venir – je vis Cole péter un câble et écraser son poing contre le mur mince de la chambre.

Je sursautai de surprise, mais à côté de lui, Tyler ne cligna même pas d'un œil.

— Calme-toi ou sors, mec. Elle n'a pas besoin de te voir casser des trucs, merde.

— Putain.

Cole passa la main sur son crâne rasé, et quand il se retourna vers Lizzy, je vis le bout d'un tatouage en forme de dragon sur sa nuque, le reste étant caché par la veste de son costume classique.

— Mon Dieu, putain, mais regarde-la.

Il s'approcha du lit et prit la main de Lizzy. Je reculai un peu plus puis marchai jusqu'au pied du lit pour les voir tous sans être dans leurs pattes.

Même avec deux yeux au beurre noir et un méchant bleu qui envahissait sa joue, on pouvait voir qu'elle était jolie. Ses cheveux blonds étaient emmêlés, mais je vis qu'elle avait le même genre de coupe qu'Amy, un carré avec une frange. Son bras était plâtré et je n'avais pas la moindre idée de l'état de ses jambes.

À son chevet, Cole caressa doucement les doigts de sa main valide, tandis que Tyler lui passait délicatement la main dans les cheveux.

— Salut, Lizzy, ma belle, dit Tyler. Tu es là ?

Il n'y eut aucune réponse, et il jeta un coup d'œil à Cole. Ils se regardèrent, et je vis tant de désolation et d'inquiétude entre eux deux que j'eus envie de pleurer.

— Elle travaillait pour vous ?

— Elle a été danseuse au Destiny, dit Tyler. Elle a passé son BTS il y a quelques mois, et venait de dégotter son premier boulot dans un bureau. C'est une des nôtres, ajouta-t-il en me jetant un rapide coup d'œil.

J'acquiesçai, je comprenais qu'elle avait été tirée des filets de ce réseau de trafic. La pauvre fille avait déjà traversé plus d'épreuves que quiconque ne le devrait.

À son chevet, Tyler secoua la tête, comme pour remettre ses idées en place.

— Il va falloir que j'appelle Franklin. Qu'on trouve une intérimaire pour la remplacer.

Son dossier pendait au pied du lit, et je le feuilletai. Je ne suis pas une experte, mais quand on travaille à la criminelle, aux mœurs et aux délits sexuels depuis longtemps, on voit beaucoup d'hôpitaux et on a l'occasion de consulter plus d'un dossier médical. D'après ce que je lisais, Lizzy était une femme qui avait le cul bordé de nouilles. Elle allait avoir mal pendant un bon moment, mais au bout du compte, les bleus s'effaceraient et les os cassés se ressouderaient.

C'est exactement ce que je leur dis, sans savoir si mes mots les réconforteraient ou non. À ma grande surprise, c'est Cole qui se tourna vers moi. Il acquiesça d'un geste furtif.

— Merci.

— De rien.

Sans savoir pourquoi, je me déplaçai du pied du lit pour venir à côté de Tyler.

— Est-ce que vous voulez que j'aille vous chercher quelque chose ? Peut-être un peu de café pendant qu'on attend ?

— Non, dit Cole. Ça va. Merci, en tout cas.

— Reste, dit Tyler, et il tendit sa main vers la mienne.

Je la pris sans réfléchir, puis Lizzy commença à s'agiter, et les doigts de Tyler serrèrent les miens encore plus fort.

— Lizzy. C'est Cole. Réveille-toi, ma jolie.

Dans un premier temps, elle n'eut aucune réaction, et je craignis qu'elle ne soit retombée dans un sommeil profond. Puis ses paupières s'agitèrent. Elle cligna de l'œil gauche et l'ouvrit. Le droit était si enflé qu'il restait collé.

— Salut, gamine, dit Tyler tout doucement. Tu vas t'en sortir sans aucun problème.

— Tyler ?

Je pouvais à peine entendre sa petite voix fragile.

— Cole est là, lui aussi. Evan est en chemin.

Cole lui serra la main.

— Qu'est-ce qui s'est passé ?

Elle se lécha les lèvres.

— De l'eau ?

Tyler lui trouva de l'eau, tandis que la main de Cole cherchait à tâtons sur le lit.

— Est-ce que tu veux t'asseoir ? demanda-t-il.

Elle fit un signe de tête affirmatif, et il redressa le lit.

Elle scruta la pièce et ses yeux se posèrent sur moi.

— Je suis Sloane, dis-je. Je suis une amie d'Amy.

— Sloane est avec moi, dit Tyler. Continue. Est-ce que tu te sens de nous raconter ce qui s'est passé ?

— Ma faute… j'ai grillé un feu rouge. (Une larme perla le long de sa joue.) Le type dans lequel je suis rentrée ?

— Il va bien, la rassura Cole. J'ai demandé quand ils m'ont appelé la première fois. Il a été soigné sur les lieux de l'accident. Tu ne l'as pas blessé.

Elle acquiesça, puis grimaça en tendant à nouveau le bras pour saisir le verre d'eau.

— Je suis désolée, dit-elle. Je n'aurais pas dû… (Ses paupières s'affaissèrent d'un seul coup.) Les médicaments. Je suis désolée. Ça me donne tellement envie de dormir.

— Rendors-toi. Tu n'as pas à t'inquiéter de quoi que ce soit, dit Tyler. C'était un accident. Je vais trouver une intérimaire pour te remplacer. Contente-toi de prendre ton temps, tu pourras reprendre ton poste quand tu iras mieux.

— Non. (Ses yeux s'ouvrirent grands.) Franklin…

s'il vous plaît… j'aurais dû… le boulot chez Pop… Je ne…

Ses yeux se refermèrent, et le sommeil eut raison d'elle.

Cole leva les yeux vers Tyler.

— Pauvre gamine, dit Tyler.

Cole me regarda.

— Prenez ma voiture. Allez à la soirée de gala. Je vais rester un peu avec Lizzy.

— Tu en es sûr ?

— Sûr et certain.

Tyler hésita, puis posa un baiser sur le front de Lizzy avant de nous entraîner dehors.

— C'est horrible, dis-je. Elle a eu de la chance, cependant. Ç'aurait pu être pire.

Tyler acquiesça, l'air pensif.

— C'est toi qui lui as trouvé ce boulot ?

— Oui, je l'ai placée chez Eli Franklin. Un super poste. C'est la deuxième assistante de Franklin lui-même. Il est dans l'immobilier, et crois-moi qu'il réussit très bien. Nous avons eu la chance de l'ajouter à la liste de nos clients. Lizzy est la première personne qu'on place chez lui.

— Tu as aussi parlé d'aider les filles de la maison à trouver un emploi, dis-je.

Il fit oui de la tête.

— J'ai une agence de placement, Les Chevaliers du recrutement. J'ai acheté la boîte pour une bouchée de pain, et j'estime que c'était encore trop cher payé.

— Je crois me souvenir avoir lu que tu possédais une agence. (Je souris avec malice.) Tu possèdes tellement de choses que je n'arrive plus à suivre.

— Tu peux considérer ça comme un hobby. Toute leur structure était chaotique, mais j'ai changé le nom et j'ai travaillé corps et âme. L'effort et l'investissement ont fini par payer. L'entreprise est même devenue rentable. Et utile.

— Pas très sexy, le recrutement pour l'un des hommes d'affaires les plus puissants de Chicago, dis-je pour m'amuser tandis qu'on sortait de l'hôpital et qu'on se dirigeait vers le parking des urgences où Cole avait garé sa Range Rover.

— La presse veut du sexy, et moi, tout ce qui m'intéresse, c'est le profit et le côté fonctionnel. Dans ce cas précis, je voyais quelque chose qui pourrait être utile. Mais vu que je suis un faiseur de miracles, on a aussi réussi à dégager un petit profit.

— Quel genre d'utilité ? De toute évidence, le placement d'employés, mais…

— Les filles, dit-il. Celles que tu as rencontrées, bien sûr, mais aussi le reste des employées du Destiny. Des serveuses, des danseuses. Beaucoup de femmes se tournent vers le strip-tease quand elles n'ont pas les moyens de faire des études. Parce qu'elles se retrouvent avec un gamin mais sans mari. Elles n'ont pas le niveau scolaire pour s'assurer un salaire minimum. Les Chevaliers du recrutement les aident. Placement, aide aux frais scolaires, formation professionnelle. (Il haussa une épaule.) Ça fonctionne.

— Les Chevaliers du recrutement les aident, répétai-je. Tu veux dire que *tu* les aides.

— Je fais ce que je peux.

Nous étions arrivés à la voiture.

— Pourquoi ?

— Parce qu'elles méritent mieux, dit Tyler en m'ouvrant la portière. Et si elles sont prêtes à travailler pour obtenir mieux, je suis prêt à les aider.

Un bon salaire, une bonne couverture sociale, une politique stricte concernant l'attitude des clients à l'égard des filles. Une maison d'accueil semi-caritative. Et une attitude protectrice envers ces femmes. Tout cela suffisait à me faire fondre. Ce n'était pas le genre de chose que j'attendais de la part d'un brillant esprit criminel avec, qui plus est, une âme d'escroc. Ce n'était pas ce à quoi je m'étais attendue en arrivant à Chicago.

Mais je voyais Tyler de mes propres yeux. Et non pas ceux d'une femme qui aurait été séduite vite fait, bien fait. Je le regardai avec des yeux formés à voir des indices et des nuances. Et je dus admettre que j'aimais ce que je découvrais.

Ce Tyler était un homme qui s'était rué au chevet d'une de ses employées. Un homme qui avait non seulement sauvé des femmes, mais avait construit tout un système de soutien juste pour elles.

Il y avait peut-être un côté obscur dans certaines de ses affaires, mais au fond de son cœur, le Tyler que j'avais vu, touché et baisé était d'un tout autre bois que celui après lequel Kevin courait.

En supposant, bien évidemment, que je voie l'homme véritable. *Personne n'est ce qu'il a l'air d'être.*

La possibilité qu'il puisse ne me montrer que ce qu'il voulait que je voie me rongea, mais je la repoussai. Mon instinct et les preuves me disaient que j'avais vu le vrai Tyler.

Et quand on y réfléchissait, qu'y avait-il d'autre à regarder ?

— Tu es un homme bon, Tyler Sharp, dis-je doucement, une fois qu'il fut assis à côté de moi dans la voiture.

— Non, je ne le suis pas. (Il prit une longue inspiration lasse.) Mais je m'en sors de temps en temps.

Chapitre 21

— Je ne crois pas avoir déjà dîné au milieu des poissons, dis-je, quand Tyler me prit le bras pour me guider à l'un des comptoirs qu'on avait dressés sous l'œil vigilant d'un requin-marteau aux lignes épurées.

La soirée avait lieu au Shedd Aquarium, dans une des rotondes, celle consacrée à la barrière de corail. Pendant la journée, des régiments d'élèves et de touristes se baladaient dans cette salle. Mais elle était désormais remplie de deux cents hommes et femmes au moins, répartis par petits groupes, qui bavardaient, buvaient et observaient le monde sous-marin flotter à côté d'eux, dans un aquarium gigantesque qui trônait au milieu de cette pièce époustouflante.

— J'ai un peu l'impression d'être Ariel, dis-je, en faisant référence à *La Petite Sirène*.

— Est-ce que ça fait de moi le Prince charmant ?

Je lui fis un large sourire.

— Peut-être. Ça dépend de si tu me trouves du vin ou non.

— Une quête, dit-il, pour ma mie, dame Ariel. Venez, ma princesse, allons-nous-en gaiement.

Je ris.

— OK. Je retire ce que j'ai dit.

— J'admets que je ne suis pas un prince, dit-il. Mais tu es plus belle ce soir qu'aucune princesse ne l'a jamais été.

Il posa un doigt sous mon menton, releva mon visage et déposa un baiser délicat sur mes lèvres.

Je soupirai, je me sentais douce, féminine et romantique. Et je réalisai que je souriais en prenant son bras.

— À quoi tu penses ?

— J'ai l'impression d'être à un rendez-vous galant, dis-je. Si on considère de quelle façon on a occupé le temps qu'on a passé ensemble jusqu'ici, cette soirée est définitivement d'un genre nouveau.

Il porta ma main à ses lèvres et embrassa le bout de mes doigts.

— Déçue ?

— Non, murmurai-je. Pas le moins du monde.

On continua jusqu'au bar, il commanda un scotch et moi un verre de vin blanc.

— Je préfère le rouge, dis-je, en rejoignant la foule. Mais je ne suis pas habillée aussi chic, d'habitude. J'ai tout à coup horriblement peur de renverser du vin rouge sur ma robe.

— Si ça arrivait, il faudrait simplement que je te déshabille, dit-il avec un sourire sexy et confiant.

Je levai les yeux au ciel.

— Du calme, gamin. On est à une soirée chic, tu te rappelles ? Sois sage.

On continua notre circuit autour de l'aquarium de la barrière de corail et on arriva près d'une série de tables sur lesquelles trônaient plusieurs paniers qui contenaient chacun une écritoire et une feuille.

— Alors, quel est le but exact de cette soirée ?

— Récolter des fonds pour la recherche en neurologie pédiatrique, dit-il. Evan et Angie devraient être dans les parages. Ils parrainent tous les deux la soirée avec la fondation Jahn.

— Ce qui veut dire qu'ils ont fait une énorme donation ?

— En gros, oui. Dans la récolte de fonds, les donations servent en général à payer la soirée, durant laquelle on essaie ensuite de rembourser cette somme et de gagner encore plus d'argent en vendant des places par enchères silencieuses, ce genre de chose. (Il fit un signe de tête en direction de la table avec les paniers.) Tu vois un truc sur lequel tu voudrais parier ?

— Je doute d'avoir les moyens de m'offrir quoi que ce soit, mais on peut jeter un œil.

On marchait dans cette direction, quand Tyler s'arrêta.

— Attends. C'est Franklin. Eli Franklin, ajouta-t-il en pointant du doigt un grand homme mince avec des yeux marqués et des sourcils fournis.

— Le patron de Lizzy ?

— Je devrais lui dire ce qui s'est passé. Ça ne sert à rien d'attendre demain matin.

— D'accord, dis-je, et on se dirigea vers lui.

Mais un autre homme nous arrêta en chemin avant qu'on ne puisse le rejoindre – celui-ci, plus sophistiqué, avec des cheveux blancs.

— Tyler ! dit-il, en lui tendant sa main et en posant l'autre sur son dos pour lui donner une tape vigoureuse.

— Monsieur Danvers, dit Tyler. Quel plaisir. Avez-vous reçu les modifications de notre proposition pour votre système de sécurité ?

— Oui, oui. Bien sûr. Mais nous en parlerons plus tard. Ce n'est pas la peine d'ennuyer votre adorable compagne.

— Oh, je suis vraiment désolé, dit Tyler en m'attirant près de lui. Voici mon invitée, Sloane Watson. Sloane, voici Gregory Danvers, le P-DG des Investissements Covington, l'une des compagnies financières les plus influentes au monde.

Il y avait quelque chose dans son ton et sa façon de parler qui retint mon attention, et j'étais sûre, bon sang, qu'il avait fait exprès de ne pas me présenter. Je n'étais juste pas sûre de savoir pourquoi.

— C'est un plaisir, dit Danvers, quand je lui tendis la main. Tyler vous a tout dit de moi. Et vous, que faites-vous ?

— Sloane est détective, ajouta Tyler, et tout à coup, tout s'éclaira.

Qu'est-ce qu'il avait dit, déjà ? Qu'il avait des engagements sociaux où il lui serait utile d'avoir un flic à son bras.

— Est-ce vrai ? demanda M. Danvers. Sur quel genre de crime enquêtez-vous ?

J'ignorai le nœud désagréable dans mon estomac et lui souris.

— Des homicides, principalement, mais j'ai aussi travaillé aux mœurs et aux agressions sexuelles, et même un peu sur les crimes en col blanc. Excusez-moi, ajoutai-je, parce que j'avais besoin de m'éloigner et de me remettre les idées en place. J'aperçois Angelina. Je vais vous laisser discuter tous les deux et aller lui dire bonjour.

Je partis avant que Tyler ne puisse m'en empêcher et ignorai son froncement de sourcils quand il me vit m'échapper.

J'avais vraiment aperçu Angelina, qui se tenait près des paniers de tombola, mais, comme nous n'avions toujours pas été présentées, je n'avais pas vraiment l'intention d'aller la voir. Je me disais que j'allais plutôt finir mon verre de vin et en boire un autre, pour calmer mes nerfs.

Mon plan tomba complètement à l'eau, quand Angelina me rejoignit dans la queue du bar.

— Je suis Angelina Raine, dit-elle. Angie. Et tu es Sloane Watson.

— Oui, c'est moi, répondis-je, ce qui la fit rire.

— Je t'ai vue à ma soirée, mais je ne suis pas venue, volontairement. J'étais… (Elle s'interrompit en balançant la tête de droite à gauche, le temps de chercher ses mots.) Disons que j'attendais de voir ce que tout cela allait donner. (Elle jeta un coup d'œil à Tyler, de l'autre côté de la pièce.) On dirait que ça marche beaucoup mieux que ce à quoi tout le monde s'attendait.

Je me raclai la gorge, je me sentais bien trop fragile à cette seconde pour aborder ce sujet, ce qui m'énervait encore plus.

— Écoute, je te dois des excuses. Je ne sais pas ce que tu sais exactement…

— Tout. Evan m'a raconté toute l'histoire.

— Oh.

Je fronçai les sourcils en pensant à mon arrangement avec Tyler. Dans quelle mesure Evan connaissait-il toute l'histoire ?

— Il m'a expliqué que tu étais détective dans l'Indiana, et que tu cherchais une de tes amies qui a travaillé au Destiny. Il paraît qu'elle a finalement déménagé à Vegas, c'est ça ?

— On dirait bien.

Elle acquiesça.

— C'est ce que font certaines filles. Je suppose que les bonnes danseuses peuvent bien gagner leur vie là-bas.

— Je suis désolée de m'être incrustée, dis-je.

— C'est pas grave. Et tout ça s'est bien fini. Tu sors avec Tyler, désormais, ce que je trouve très amusant. Et tu travailles aussi au Destiny.

— Oui. Enfin, au Destiny, ce n'est pas que j'aie une envie irrépressible de quitter la police pour devenir stripteaseuse. J'espère simplement qu'Amy a dit à un de ses clients où elle allait.

— Tu t'inquiètes toujours pour elle.

— Pas trop. Mais on a une amie commune très enceinte, et je sais qu'Amy voulait être là pour la naissance.

— Elle a peut-être rencontré un mec, dit Angie. (Elle jeta un œil à Evan de l'autre côté de la salle.) Le bon mec peut te faire oublier tout le reste.

Je ris.

— Ça, tu l'as dit.

— Et c'est une transition parfaite, pour ne pas avoir

l'air malpolie en te demandant comment vont les choses avec Tyler.

— Oh. (Je secouai la tête.) On est juste…

Je n'étais pas sûre de savoir quoi dire. On avait un arrangement, et même si je l'avais peut-être oublié dans l'excitation d'être avec Tyler, cette soirée me l'avait fermement rappelé.

— Je vais bientôt rentrer à la maison, conclus-je un peu nullement.

Elle acquiesça doucement, comme si elle m'analysait. On atteignit le bar, et elle nous commanda un verre de vin à chacune, puis se retourna vers moi tandis que le barman nous les versait.

— Quel dommage, dit-elle. Kat et moi vous observions à la soirée. Et je vous ai observés, ce soir.

— Moi ?

— Oui, enfin, vous deux. Tyler surtout.

— Ah oui ?

Je m'arrêtai, je savais qu'il ne fallait pas insister. Je savais que ça n'avait pas d'importance, parce que tout ce que je pouvais vivre avec Tyler n'était que temporaire, et tout ce que je pouvais ressentir n'avait aucune importance. Ça ne pouvait pas avoir d'importance.

Tout ça était vrai – mais je voulais quand même savoir.

— Et qu'est-ce que tu as vu ? demandai-je.

— Plus que je n'en ai jamais vu, dit-elle. Je parle sans légitimité, je le sais bien. Mais je le connais depuis toujours, je l'aime comme un frère, et je l'ai vu avec beaucoup de femmes différentes. (Elle but une gorgée de vin.) Elles volent autour de lui comme des papillons autour de la lumière, tu comprends ?

J'acquiesçai. Je comprenais très bien.

— Mais je ne l'ai jamais vu courir pour de vrai après une femme. Et bon sang, ce qui est sûr, c'est que je ne l'ai jamais vu regarder une femme comme Evan me regarde.

— Oh.

Je sentis mon estomac se retourner un peu.

— Je…

Je m'interrompis. Je ne savais pas quoi dire. Mais à cette seconde, je me sentais étrangement et absurdement reconnaissante envers cette femme, qui m'était quasi inconnue.

— Je ne sais pas exactement pourquoi je te dis tout ça. Je veux dire, je sais que tu as un boulot qui va recommencer, et que tu ne travailles même pas dans cet État. Mais je devais avoir envie que tu saches combien tu étais différente. Si ça a la moindre importance pour toi.

Des larmes me piquèrent les yeux, et je baissai le regard sur mon verre de vin.

— Ouais, dis-je. Ça a une importance.

Angie partit retrouver Evan, et je m'installai dans un coin pour observer Tyler terminer sa conversation avec Danvers. Ç'avait l'air décontracté, jovial, et je pouvais voir que Tyler avait séduit son interlocuteur.

Quand Danvers s'en alla, Tyler se retourna, son regard balaya la salle et se posa sur moi. Il sourit aussitôt, et le poids qui m'accablait s'allégea d'une certaine façon. Mais pas complètement, sembla-t-il, vu que dès que Tyler arriva à ma hauteur, il posa un baiser sur ma tempe en me demandant ce qui n'allait pas.

— Rien, dis-je. Fatiguée. (Je penchai la tête et souris en coin.) Je n'ai pas beaucoup dormi dernièrement.

— Qui a besoin de dormir, quand il y a mieux à faire ?

Je levai les yeux au ciel, il me tendit son bras et je me blottis contre lui.

Je savais qu'il valait mieux que je me taise – que tout ça était stupide. Tyler lui-même n'avait-il pas dit que l'on ne sortait pas ensemble, que l'on ne faisait que baiser ? Et ne savais-je pas parfaitement que, quoi qu'il se passe entre nous, cela se terminerait le jour où je rentrerais dans l'Indiana ?

Bon sang.

Comment cet homme avait-il pénétré si vite et si fort dans mon cœur ? Comment s'était-il faufilé à travers toute ma garde ?

Je savais comment, bien sûr – il avait vu une part de moi que personne n'avait jamais vue. Une part que moi-même j'ignorais. Il avait brisé la carapace pour libérer ce qu'il y avait dessous. Cette sensation de liberté retrouvée n'était pas désagréable, mais elle me rendait également plus vulnérable.

À cette minute, même si je me détestais de ressentir ça, j'avais besoin d'une sorte de confirmation, de savoir si ce que j'éprouvais pour Tyler – et ce que je pensais qu'il éprouvait pour moi – était réel. Qu'il ne s'agissait pas d'une arnaque élaborée que je n'aurais pas encore démasquée.

À côté de moi, Tyler bavardait avec les gens qu'il croisait et saluait de la tête quelques amis. Mais son regard revenait toujours vers moi, l'air interrogateur. Il finit par m'attirer dans un coin.

— Est-ce qu'Angie t'a dit quelque chose qui t'a contrariée ?

— Quoi ? Non. Elle était super. Je l'aime bien.

— Elle est super, dit-il vaguement. Mais tu…

— Je vais bien, dis-je, en me hissant sur la pointe des pieds pour l'embrasser. Vraiment. (Je me raclai la gorge.) Alors, tu essaies de faire signer Danvers pour assurer sa sécurité ? Cette entreprise que tu possèdes ? BAS Sécurité ?

Il acquiesça.

— Jusqu'ici, on a eu une clientèle locale et limitée. Mais Covington a une envergure internationale. Ce serait un gros coup.

— C'est sûr ! Et avoir un flic à ton bras donne probablement une bonne impression. Une impression de confiance et de légalité, bien évidemment. Presque comme une garantie.

— Je vois.

Il glissa les mains dans ses poches.

— Je suis désolée, dis-je. Je ne voulais pas suggérer que…

— Suggérer ? Tu l'as dit de façon claire et nette. Et tu sais quoi, détective, tu as raison.

Le ton de sa voix s'était durci, et je me maudissais moi-même. J'aurais aimé ne jamais avoir évoqué le sujet, parce que j'avais le sentiment que tout était sur le point d'exploser.

— Tu n'écoutais pas, quand je t'ai exposé les raisons

de notre arrangement ? continua-t-il, le ton toujours dur, avec sa voix d'homme d'affaires. Parce que je pensais avoir été clair. Il y a certaines occasions où il me serait utile d'avoir un flic à mon bras. Eh bien, Sloane, ce soir en est une.

— Oui, dis-je, brusquement. J'avais saisi.

— *Bon sang*, dit-il, assez fort pour que quelques personnes se retournent et nous regardent. Merde, marmonna-t-il, puis il me saisit par le bras. Viens.

On s'éloigna de la rotonde, on contourna une de ces barrières en corde et on arriva dans une galerie déserte.

— Est-ce que tu le penses vraiment ? (J'entendais la colère monter dans sa voix, mais il y avait également autre chose. Quelque chose qui ressemblait à du chagrin.) Mon Dieu, Sloane, est-ce vraiment ce que tu penses ?

— Je…

Je secouai la tête, je ne savais pas quoi penser.

— Oui, c'est bon pour les affaires d'avoir un flic à mon bras. Et, oui, c'est une des raisons pour lesquelles toute cette histoire avec toi a commencé. Mais ce n'est plus comme ça aujourd'hui. Ce n'est pas pour ça que tu es ici. (Sa voix se radoucit, et il secoua la tête, comme s'il cherchait à y voir plus clair.) Tu n'es là que pour une seule raison, parce que j'ai envie que tu sois à mon côté.

J'avalai ma salive, le souffle me brûlait un peu la poitrine.

— Ce qu'il se passe entre nous a peut-être commencé comme un arrangement, un marché. Mais je crois que nous savons tous les deux que c'est en train de devenir bien plus, bordel. Pour moi, c'est juste une excuse pour être avec toi. Pour t'avoir près de moi, quand je veux et comme je veux. (Il passa la main sur mon épaule, nue dans la robe bleu ciel.) Je ne sais pas où tout ça va nous mener, Sloane, ni quand cela va finir. Tout ce que je sais, c'est que tu habites mon esprit, tu vis en moi, et c'est une partie de moi que je perdrai le jour où tu rentreras dans l'Indiana.

— Tyler.

Je devais lui dire quelque chose. Lui dire que j'étais soulagée. Lui dire que je ressentais la même chose. Lui dire que je ne m'étais jamais sentie de ma vie comme je me sentais quand j'étais près de lui. Mais je n'arrivais pas à trouver les mots, apparemment.

Alors, je fis la seule chose que je pouvais faire. Je me blottis contre lui et je l'embrassai.

Il me prit dans ses bras et me serra fort. Nos corps écrasés l'un contre l'autre, ses mains caressaient mon dos. Je me sentais bien, dans une sécurité complète, comme si j'avais vécu ma vie avec une pièce manquante, et que, maintenant que j'avais trouvé Tyler, tout était enfin en place.

J'étais en train de tomber amoureuse de cet homme. Vite et violemment, sans doute, mais j'en étais certaine. Qu'est-ce qu'il avait dit, déjà ? À notre rythme à nous ? Et il avait tellement raison. Mais l'amour n'était qu'une partie de l'équation et, à cet instant précis, je devais m'accrocher à mon espoir qu'on pourrait peut-être arriver à faire marcher cette histoire. S'il était vraiment blanc comme neige – si tout ce qu'il avait fait appartenait vraiment au passé – alors peut-être qu'on pourrait trouver un moyen d'aller de l'avant.

— Je suis désolé, dit-il, quand on se détacha. Je n'ai pas réfléchi. J'aurais dû te le dire avant. Je n'ai pas…

— Je sais. Ce n'est pas grave. (Je l'embrassai à nouveau, cette fois un petit baiser rapide avant de reculer avec un sourire suggestif.) Est-ce que tu as besoin de me faire parader devant quelqu'un d'autre ? Ou crois-tu que tu pourrais peut-être me faire sortir d'ici et de cette robe ?

Je vis la réponse dans ses yeux, mais son téléphone sonna avant qu'il ne puisse la prononcer à haute voix. Il jeta un coup d'œil à l'écran, prononça le nom de *Cole* du bout des lèvres et décrocha.

Il ne dit qu'un mot, *allô*, puis il se contenta d'écouter Cole.

Je le vis nettement changer d'expression. Je vis cet air détendu et calme se transformer en une colère violente et glaciale.

À la fin du coup de fil, ses yeux étaient enflammés, il avait beau regarder vers moi, je n'étais pas sûre qu'il me voyait vraiment.

— Tyler ?

— Il a essayé de la violer, dit-il. Lizzy s'est réveillée et elle a dit à Cole que ce salaud de Franklin avait essayé de la violer. C'est pour ça qu'elle roulait à toute vitesse. C'est pour ça qu'elle a eu un accident.

— Je suis désolée, dis-je, en posant la main sur son bras. Mais ne fais pas ça. Je sais à quoi tu penses, ne fais pas ça.

Il se contenta de me regarder, puis il courut jusqu'à la rotonde.

Et merde.

Je me précipitai après lui, j'examinai la foule. Je vis Franklin de l'autre côté de la pièce, près de la sortie, et soupirai de soulagement. Il fallait juste que j'arrive à faire sortir Tyler d'ici avant qu'il ne voie ce type…

Mais il était déjà trop tard. Tyler débarqua de nulle part, attrapa Franklin par le bras et le força à quitter la pièce tandis que je les observais depuis l'autre bout de la salle, impuissante.

Bon sang de putain de merde.

Je pressai le pas vers eux, en essayant de ne pas courir, chose que je ne pouvais de toute façon pas vraiment faire dans ces chaussures. Je m'arrêtai quand je vis Angie.

— Que se passe-t-il ? demanda-t-elle quand je lui attrapai la main.

— Va chercher Evan.

— Pourquoi ?

— Va le chercher, répondis-je en criant.

J'étais déjà repartie.

Je balançai ces maudites chaussures, relevai ma jupe et accélérai le rythme.

Ils n'étaient pas dans la première galerie. Je tournai sur moi-même en jurant, en essayant de comprendre où ils pouvaient bien être, bon sang, quand j'entendis le son du métal qui s'écrase. Je courus, puis m'arrêtai net en entrant dans une pièce sombre remplie de petits aquariums pleins de vie aquatique. Les méduses flottaient tout autour de moi comme des anges dans un ciel étoilé et, à mes pieds, Tyler écrasait son poing sur le visage de Franklin, lequel se recroquevillait sous un couvercle de poubelle.

— Tyler ! Lâche-le !

Il ne réagit pas. Je jurai un bon coup et me mêlai à la bagarre, en plongeant pour lui attraper les mains – comme j'aurais aimé avoir une foutue paire de menottes ! – et en hurlant à Franklin de rester à terre, et de ne pas bouger d'un maudit centimètre.

Bien évidemment, ce connard ne m'écouta pas. Il lança deux coups de pied, le premier me fit tomber à la renverse et le second atteignit Tyler en pleine mâchoire.

Et merde.

Tyler lui rendit la pareille en l'attrapant par le col et en lui assénant un coup de poing qui le fit tomber en arrière.

— Assez, dis-je, réussissant cette fois à attraper le bras de Tyler et à le coincer derrière lui pour l'immobiliser fermement.

Il était plus grand que moi, plus fort que moi, et je le savais assez en colère pour se défendre. J'espérais vraiment qu'il ne le fasse pas, putain.

— Respire, dis-je. Respire un grand coup avant de tuer ce connard.

J'entendis des pas qui s'approchaient, et levai les yeux vers Angie et Evan qui se hâtaient vers nous. Evan courut vers Tyler. Je le laissai gérer, en me disant qu'il était plus en mesure de s'occuper de Tyler que moi.

— Laisse tomber, dit Evan. Laisse tomber, ou ça va mal finir.

— Il a essayé de violer Lizzy, dit Tyler, quand il fut enfin calme et immobile. Il a dit qu'il l'avait vue danser au Destiny. Il m'a remercié – putain, ce connard m'a remercié – de lui avoir envoyé un petit cul aussi ferme ; que, c'est sûr, je savais bien les choisir.

— Oh, Tyler, non, dis-je.

— Et quand je lui ai dit qu'il n'était qu'un stupide connard, il m'a dit qu'elle l'avait cherché. Qu'elle portait des minijupes, qu'elle le provoquait et n'avait eu que ce qu'elle méritait.

Je vis la même rage envahir le visage d'Evan, puis le regardai marcher jusqu'à Franklin, toujours assis par terre. Il respirait fort et ça lui donnait l'air de passer la pire soirée de sa vie. Il leva les yeux vers Evan, puis sursauta quand ce dernier lui cracha dessus.

Je croisai Angie du regard, et je savais qu'elle aussi se retenait d'applaudir.

L'agent de sécurité débarqua quelques secondes après, et c'est là que la fête commença vraiment. Il prit nos premières dépositions, nos cartes d'identité, puis autorisa Angie et Evan à partir.

— Est-ce que tu veux qu'on reste avec vous ? me demanda Angie.

— Retournez à la soirée. Je vais m'assurer que Tyler vous appellera demain.

— OK, dit-elle, puis elle me prit spontanément dans ses bras. Prends soin de lui.

— Je le ferai, promis-je.

Je voulus rejoindre Tyler, mais l'agent insista pour que lui, Franklin et moi restions séparés. Je m'assis donc par terre en dessous de la méduse, jusqu'à ce que les flics débarquent. L'un d'eux alla directement vers Franklin. L'autre se dirigea vers Tyler.

Je me levai et me dirigeai vers le second détective. Il me rencontra à mi-chemin. Puis je fouillai dans mon sac et en sortis mon insigne.

— Détective, dis-je. Je peux vous dire un mot ?

Chapitre 22

— *Légitime défense, détective,* dis-je. *M. Sharp venait de dire à M. Franklin qu'il avait la preuve que ce dernier avait harcelé sexuellement une employée. Franklin l'a attaqué et Sharp s'est défendu.*

— *Et vous avez été témoin de la scène ?*

— *Oui. Je ne suis pas là pour vous dire comment faire votre travail, mais à votre place, je me contenterais de laisser tout le monde rentrer chez soi.*

Je me repassai cette scène encore et encore, comme un disque rayé.

— Tu as fait ce qu'il fallait faire, dit Tyler quand on rentra dans sa suite du Drake.

C'étaient ses premiers mots depuis qu'on avait quitté le gala de charité, et ils semblaient distants.

— Ce n'est pas le sentiment que ça donne.

— S'il porte plainte pour coups et blessures, la seule défense possible sera de mêler Lizzy à toute cette merde, dit-il en se dirigeant vers le salon. Est-ce ce que tu veux pour elle ?

— Tu n'avais pas à lui défoncer complètement la gueule, dis-je. Bon sang, à quoi pensais-tu ?

— Je pensais au fait qu'il avait agressé une fille innocente qui avait déjà suffisamment souffert.

— Oui, je sais. Bien sûr. (Je pris une inspiration.) Mais, Tyler, il y a des lois contre le viol, et même les tentatives de viol. Lizzy pourrait témoigner. Porter plainte pour agression, pour tentative de viol.

— C'est des conneries, et tu le sais, dit-il. Une ancienne stripteaseuse qui crie au viol ? Quel flic va la croire ?

— Moi je la croirai, dis-je, et je vis une lueur de chaleur dans ses yeux.

— Soit, dit Tyler. Mais même si le procureur la croyait, Franklin ne récolterait qu'un avertissement et ne passerait jamais par la case prison, on le sait tous les deux. Les lois ne suffisent pas toujours à rendre justice.

Je secouai la tête, je savais qu'il fallait laisser tomber. Que tout ça devenait bien trop personnel.

— Ça ne veut pas dire que tu peux la rendre toi-même.

— Et pourquoi pas ?

Je me contentai de le regarder, me forçant à rester silencieuse.

— Je suis sérieux, répéta-t-il. Pourquoi pas ?

— Parce que tu ne peux pas, explosai-je. Il y a des règles. Il y a des lois. (Je pensai à ma mère. À mon beau-père. Et j'entendis au loin, dans mon esprit, le bruit net d'un fusil de chasse. Je tremblai, tournai le dos à Tyler.) Tu ne comprends pas ? Il y a un système entier fondé sur ces règles et ces lois, c'est ce qui fait de nous des gens civilisés.

Il s'approcha de moi et posa les mains sur mes épaules.

— Ce système est plein de failles, et tu le sais.

Je haussai les épaules pour me dégager, fis deux pas en avant.

— Ouais ? Eh ben, ce n'est pas ton boulot de les colmater.

— Mon Dieu, Sloane, tu es plus intelligente que ça. Les règles ne fonctionnent pas toujours. Même un flic sait ça.

Je faisais les cent pas et crachais mes mots, assaillie par les souvenirs.

— Tu crois que parce que je suis flic, je ne sais pas ce que c'est de franchir les limites ? D'avoir les mains sales ? D'avoir à payer le prix de mes actes ?

Je tendis les mains devant moi, j'avais mal à la gorge parce que je savais qu'elles étaient couvertes de sang.

— Je l'ai tué, hurlai-je. J'ai tué mon propre beau-père, cette espèce de fils de pute, et j'en paie le prix chaque maudit jour que Dieu fait.

Une fois les mots crachés, je faillis m'étouffer, lançai un son aigu, comme si j'essayais de les ravaler. Mais il n'y avait pas de retour en arrière possible. Mes paroles, au contraire, semblaient flotter dans l'air entre nous.

Je restai figée sur place, à le fixer. Je m'attendais à voir une expression de choc sur son visage, de dégoût, au moins de surprise.

Je ne vis rien de tout ça.

— Oh ! mon Dieu, dis-je en m'effondrant sur le sol. Tu le savais. (Ma voix était morne. Affligée.) Je ne l'ai jamais dit à personne. Je ne sais pas pourquoi je te l'ai dit, à toi. Comment as-tu su ?

Il était par terre, me tenait dans ses bras, me caressait le dos pour me réconforter. Et je me rendis compte que je ne savais pas exactement quand il s'était mis à faire ça.

— Parce que je te vois, dit-il simplement.

Moi, j'entendis *Parce que je t'aime*.

Je clignai des yeux et des larmes coulèrent le long de mes joues.

— Tu me déglingues, Tyler.

— Eh bien, c'est réciproque. (Il déposa un baiser sur mon front.) Vas-tu me raconter ce qui s'est passé ?

Je ne voulais pas replonger dans ce souvenir, mais en même temps j'avais envie qu'il sache. J'avais envie de partager cette horreur avec quelqu'un qui me connaissait. Quelqu'un en qui j'avais confiance. Alors, je pris une grande inspiration et commençai doucement.

— Tu connais déjà une partie de l'histoire. Je vivais un cauchemar éveillé. Il la frappait. Il la violait. C'était un monstre. (Je pris une autre inspiration, en m'agrippant fort à sa main.) Quand j'ai eu quinze ans, il a essayé de me violer à mon tour. Il était ivre, je me suis défendue, mais j'ai décidé que c'était terminé. Bordel, c'était terminé.

— Qu'est-ce que tu as fait ?

— Mon père est flic, et même si mes parents étaient divorcés depuis toujours, on est restés très proches. Donc, je m'y connaissais en preuves. Je connaissais aussi mon père. Je savais par exemple qu'il avait un vieux fusil pourri dans son garage. Il avait appartenu à son père à lui, et il était dans un sale état. Mon père n'était pas chasseur, mais il n'avait pas l'intention de se séparer de ce flingue. Il le gardait là, dans le garage, pas chargé, derrière un frigo.

— Et tu l'as pris.

— Je l'ai pris, je l'ai nettoyé. Je l'ai laissé là jusqu'au soir que j'avais choisi. Puis j'ai passé la soirée chez une amie – aujourd'hui encore, ma copine est convaincue que je suis partie pour aller coucher avec Tommy Marquette – et j'ai conduit jusque chez mon père. Il travaillait de nuit, donc, c'était simple d'entrer dans le garage, de prendre le flingue et de déguerpir.

Je pris une grande inspiration, en essayant de combattre la vision de tous ces souvenirs.

— C'était l'été, et Harvey dormait toujours la lumière allumée. Il avait puni ma mère pour un truc – je ne me souviens plus quoi – et l'avait enfermée dans la salle de bains. Alors, je me suis tout simplement installée en face de sa fenêtre, aussi loin que mes talents de tireuse me le permettaient. Il y avait un mur en pierre, et je m'en suis servie pour poser le fusil en équilibre. J'ai guetté, l'ai eu dans mon viseur. Et j'ai appuyé sur la gâchette. Puis j'ai balancé l'arme dans un lac, et je suis retournée chez ma copine.

— Et c'était facile, dit Tyler.

J'acquiesçai.

— Oui.

— Parce que justice avait été faite.

Je secouai la tête.

— Non. Non, j'ai pété un câble et je suis allée trop loin. La justice, ç'aurait été qu'il soit enfermé pour le restant de ses jours. Je n'avais pas le droit de l'éliminer. (Je regardai Tyler, je soutins son regard pour essayer de lui faire comprendre.) Faire ça, c'était être exactement comme lui.

— Bon sang, bien sûr que non. Tu t'es protégée. Tu as protégé ta mère. La police t'avait déjà laissée tomber. Putain, qu'est-ce que tu pouvais bien faire d'autre ?

— Tu m'as demandé une fois pourquoi j'étais devenue flic. Harvey Grier est une des raisons. C'est comme une rédemption. Comme une seconde chance.

Il secoua la tête.

— Non. Non, tu as tort. Tu penses avoir franchi une limite, mais ce n'est pas le cas. C'était un être abominable, un monstre. Il n'y a rien de mal à tuer un monstre. (Il me prit les mains et les serra fort.) Tu as fait ce qu'il fallait faire. À l'époque, quand tu as voulu te protéger. Et ce soir aussi, pour me protéger moi. Tu es un putain de flic. Et je te promets que la justice est en sécurité avec toi.

Je réussis à esquisser un petit sourire.

— C'est un beau compliment, dis-je, de la part d'un génie criminel.

— Je suis blanc comme neige, répliqua-t-il avec un grand sourire.

Je lui caressai la joue, j'étais soudainement incroyablement fatiguée.

— J'aimerais tellement pouvoir te croire, dis-je. Parce que c'est le fossé fondamental entre nous. Et on ne peut aller nulle part en partant de là.

— Foutaises, dit-il, puis il m'embrassa si profondément que je crus que j'allais me noyer dans son baiser. Je te l'ai déjà dit. J'obtiens toujours ce que je veux. Et je ne fais pas les choses à moitié. Tu m'appartiens déjà, Sloane. Il ne s'agit plus que d'assembler les pièces du puzzle.

Chapitre 23

Des mains chaudes me caressèrent le dos pour me réveiller en douceur.

J'étais sur le ventre, j'allais me retourner, quand Tyler murmura au creux de mon oreille :

— Non. Ferme les yeux, et laisse-toi aller. Je dois me lever tôt à cause de quelques rendez-vous. Mais tu es trop tentante pour que je te laisser filer. Ne bouge pas.

Je m'exécutai et gémis quand ses mains écartèrent doucement mes cuisses pour m'explorer minutieusement. Des gestes légers comme une plume. Des baisers doux. Des caresses qui étaient vouées à m'apaiser, et non pas à m'exciter.

Il caressa délicatement mon sexe jusqu'à ce que je sois trempée et prête. Je laissai échapper un petit bruit de plaisir, mes hanches se balançaient en savourant cette gâterie, ce réveille-matin.

Puis il s'allongea sur moi, ses mains m'écartèrent pour que sa queue puisse glisser en moi. Il se mit à bouger en rythme – je pouvais déjà sentir l'orgasme approcher.

Chaque va-et-vient me faisait glisser sur les draps,

caressant ainsi doucement mon clito, provoquant et enflammant mon corps, me rapprochant de plus en plus de l'abîme, mais sans jamais vraiment m'y envoyer non plus.

Tyler se pencha alors en avant, il attrapa mes épaules tout en s'enfonçant de plus en plus profondément puis, avec un gémissement de satisfaction masculine, il explosa et s'écroula sur le lit à côté de moi, enroulant son bras et sa jambe autour de mon corps.

— Je n'ai pas pu résister à la tentation, dit-il quand je me retournai pour lui sourire. Tourne-toi et laisse-moi te caresser. Je vais t'emmener jusqu'au bout.

Je secouai la tête.

— Non, ça me plaît. D'être encore endormie et excitée. Je vais me rendormir et rêver de toi.

Il haussa un sourcil et se pencha pour m'embrasser.

— Dans ce cas, dit-il, fais de beaux rêves.

Je me laissai bercer par le son de la douche qui coulait. Et je m'abandonnai à ces beaux rêves jusqu'à ce que quelques rayons de soleil pénètrent dans la chambre et viennent me chatouiller le nez. Je m'assis lentement, je me sentais délicieusement exsangue. Puis je me mis à rire en voyant le petit chocolat en forme de cœur que Tyler avait laissé sur l'oreiller à côté de moi.

Je savais qu'il avait une journée chargée, on avait donc prévu de se retrouver au Destiny après mon service. Je m'étirai sur le lit, je me sentais bien, heureuse et femme.

La soirée de la veille s'était à la fois bien et mal passée, mais au bout du compte, je ne pouvais pas nier que je me sentais désormais encore plus proche de Tyler que je ne l'avais jamais été de qui que ce soit.

Et quand on était allés se coucher, j'étais si épuisée qu'il m'avait portée jusqu'au lit, il s'était blotti contre moi, ses bras me serraient fort et me protégeaient.

J'avais trouvé ça romantique et sensuel.

J'avais trouvé que ça ressemblait à de l'amour.

Je m'étirai encore une fois, attrapai mon téléphone pour vérifier l'heure, ravie de voir que je n'avais pas besoin de me presser. Je glissai hors du lit et décidai de laisser de côté les peignoirs molletonnés du Drake pour enfiler une des chemises de Tyler. C'était sans doute stupide, mais j'aimais m'envelopper de son odeur.

Il y avait des gaufres surgelées dans le congélateur, j'en mis une dans le grille-pain puis m'installai à la table de la cuisine pour feuilleter le journal que Tyler y avait laissé. Mais j'étais incapable de me concentrer sur les nouvelles. La soirée de la veille était encore bien trop présente à mon esprit et mes pensées se bousculaient.

Blanc comme neige.

C'était ce qu'il avait dit, et je voulais désespérément que ce soit vrai. J'espérais que ce soit vrai. Je pouvais envisager ma vie avec Tyler ; même si je me répétais que je ne devais pas penser à ce genre de chose, car cela ne pouvait mener qu'à la déception.

Quand bien même, il était impossible de nier qu'on allait bien ensemble à beaucoup de niveaux. Et maintenant – maintenant qu'il savait, pour mon beau-père – je n'avais plus aucun secret pour lui.

Je me sentais bien. Je me sentais honnête.

La gaufre sauta du grille-pain. Je l'attrapai avec deux doigts, puis fouillai le frigo pour trouver du sirop d'érable. Mais il n'y en avait pas, et je me rabattis sur le beurre de cacahuètes. J'en étalai une couche épaisse et pris une bouchée en me souvenant de son regard quand je lui avais hurlé mon secret à la figure.

Il savait. Je ne comprenais toujours pas comment, mais je supposais que ce qu'il avait dit était vrai – il me voyait vraiment.

Je pris une autre bouchée, mais cette fois elle était un peu trop grosse à avaler. Je la crachai dans une serviette et marchai jusqu'à l'évier. J'ouvris le robinet et restai là, débout, à regarder l'eau couler.

Il savait.

C'est vrai, on avait un lien fort tous les deux – impossible de le nier.

Mais tout de même, il savait. Après si peu de temps, qui plus est.

S'il avait compris en seulement quelques jours, et avec si peu d'informations, comment était-il possible que mon père soit passé à côté de cette vérité ?

À moins qu'il ne soit pas passé à côté.

Je courus jusqu'à la table et me laissai tomber sur la chaise – l'idée avait suffi à faire trembler chacun de mes muscles.

Est-ce qu'il savait ?

Je me léchai les lèvres et, avant de pouvoir changer d'avis, je pris mon téléphone.

Il répondit à la première tonalité.

— Salut, ma fille à moi. Comment va ta hanche ?

— Il y a un trou dedans, dis-je. À part ça, elle va bien.

— Petite marrante. Quoi de neuf ?

— Je… Papa, je voulais te poser une question.

— Très bien, dit-il d'une voix plus douce. Je t'écoute.

— C'est… c'est quand j'étais petite. Que j'habitais avec maman. Est-ce que tu savais… (Je pris une grande inspiration.) Papa, Grier abusait d'elle.

Il resta silencieux pendant un long moment. Quand il reprit la parole, sa voix était distante et triste.

— Je l'ai compris plus tard.

— J'aurais dû te le dire. Ça aurait peut-être aidé.

— Non… non, mon cœur. Tu étais une gamine. Tu vivais un enfer et tu faisais du mieux que tu pouvais. Tu t'en es bien sortie.

— C'était un monstre. Il n'y a pas eu un jour où je n'ai pas souhaité sa mort.

— Je te crois.

— Et puis… et puis quelqu'un l'a tué.

— Oui, quelqu'un l'a tué, dit-il, et je sus, parce que je connaissais sa voix comme il connaissait la mienne.

Je sus que mon père avait lui aussi gardé mon secret.

— Sloane ?

— Oui, papa ?

— C'est comme je dis toujours : la justice finit toujours par l'emporter.

— Tu crois que c'était vraiment le cas, papa ?

— Un peu que oui, mon cœur.

En raccrochant, je me rendis compte que j'étais en train de pleurer, mais aussi de sourire. Et pour la première fois depuis très longtemps, je laissai le poids de mon secret s'envoler.

J'avais envie de Tyler, mais il était en réunion, alors je fis ce que j'avais de mieux à faire. Je m'habillai, pris ma voiture et filai au Destiny.

J'allais être en avance, mais je m'en moquais. Je

pouvais me mélanger aux clients et voir s'il y en avait qui auraient peut-être connu Amy.

Je fronçai les sourcils en réalisant que je n'avais pas demandé à mon père ce qu'avait donné la vérification de son permis. En même temps, ça ne faisait pas longtemps, et je savais qu'il appellerait dès qu'il aurait une info.

Je voulus quand même appeler Candy pour faire le point et lui dire que tout concordait de plus en plus pour penser qu'elle s'était fait la belle à Vegas. Je mis le téléphone sur haut-parleur et composai son numéro en m'engageant sur l'autoroute qui conduisait au Destiny.

— Je voulais t'appeler aujourd'hui, dit-elle d'emblée en décrochant. Devine qui m'a téléphoné hier soir ?

— Amy, dis-je.

— Oui ! Elle avait une voix horrible, mais elle a dit que tout allait pour le mieux – elle a effectivement rencontré un mec, on avait donc raison là-dessus. Elle a perdu son téléphone. J'ai failli effacer son message avant même de l'écouter, je me disais que c'était une erreur de numéro, bref, elle m'a dit de ne pas s'inquiéter pour elle.

— Pourquoi dis-tu qu'elle avait une voix horrible ?

— Juste fatiguée. J'ai essayé de rappeler le numéro qui s'était affiché, mais on me dit qu'il ne fonctionne plus. Je sais pas trop ce que ça signifie. Je voulais lui dire de se détendre. Et de virer ce mec qui l'épuise à ce point. Mais bon, bonne nouvelle, non ?

— Super nouvelle.

— Elle a dit qu'elle serait là pour l'arrivée du bébé. Enfin, elle a dit le mois prochain, mais je suis sûre qu'elle voulait dire la semaine prochaine. Crois-moi, je vais lui botter le cul si elle est en retard.

— Je n'en doute pas.

Je raccrochai en souriant, contente d'avoir entendu du soulagement dans la voix de Candy. Je pensai à Saphir, et à sa frustration de ne pas savoir ce qu'il était arrivé à Emily, à son impression que la police n'avait pas fait son travail.

Je ne pouvais pas vraiment aider l'enquête, mais je pouvais peut-être aider à rassembler quelques infos. Je parcourus mon répertoire et appelai le détective Louis Carson, un type de la criminelle de Chicago. Je l'avais contacté pour lui poser des questions sur Tyler et les gars, quand j'étais arrivée en ville au début.

— Salut Watson, dit-il. Alors, toujours dans notre chère ville ?

— Oui. Et j'ai un service à vous demander.

Je lui racontai l'histoire d'Emily et mon envie d'aider Saphir, et lui demandai s'il avait la moindre information supplémentaire que j'aurais pu partager avec elle.

— J'en sais un peu sur cette affaire, dit-il. Je peux vous donner quelques infos, mais vous devez les garder pour vous. Le chef a voulu régler cette histoire assez vite, et il n'a toujours pas autorisé la publication du dossier. Ce sera fait dans pas longtemps, cependant, vous pourrez en parler à votre copine à ce moment-là.

— Je ne dirai rien jusqu'à ce que vous me donniez votre feu vert, promis-je, puis je l'écoutai me dire comment on l'avait trouvée dans un hangar abandonné, ça, tout le monde le savait, et qu'elle avait été torturée.

— Rien de sexuel, à ce qu'on a pu constater. Mais affamée et battue. Ce putain de taré l'a pas loupée.

— Merde.

— Je sais. On espère qu'il ne s'agit pas d'un tueur en série.

— Une quelconque information utile dans les conclusions du légiste ?

— Des restes d'adhésif et d'huile POE, dit-il en épelant les trois dernières lettres. On enquête là-dessus en ce moment, mais ces deux foutus produits sont assez communs.

Je le remerciai et on bavarda encore un peu jusqu'à ce que je sorte de l'autoroute. Je lui dis au revoir en m'arrêtant devant le Starbucks, qui était un peu plus bas dans la rue. J'y passais chaque fois que je venais travailler au Destiny, et le serveur sut que je voulais un grand café au lait avec du lait écrémé avant même que je ne lui demande. J'eus l'impression d'être une habituée.

J'achetai un muffin pour plus tard, pris mon café, retournai à la voiture et remontai la rue jusqu'au club. J'étais sur le point de me garer derrière le bâtiment, quand je vis la porte de service s'ouvrir et Tyler en sortir – il était avec Michelle.

Je m'arrêtai et les observai monter dans la Buick de Tyler. Ils démarrèrent. Alors, avec un petit pincement de culpabilité, je me mis à les suivre.

Malgré ce que je savais sur Michelle, je ne m'attendais pas que cette filature me mène à une garçonnière. Au contraire, grâce à ce que je savais sur elle – et surtout le commentaire de Tyler le premier jour dans son bureau, quand il avait dit vouloir l'utiliser pour un plan –, je me disais que j'étais sur le point de voir quelque chose que je n'avais vraiment pas envie de voir : la preuve que Tyler Sharp était loin d'être blanc comme neige.

L'idée me fit presque faire demi-tour.

Mais je ne pouvais pas. Il fallait que je continue. J'avais besoin de voir par moi-même.

Il s'arrêtèrent devant le Drake et le voiturier ouvrit la portière à Michelle. Je me garais de l'autre côté de la rue. Elle sortit de la voiture, très élégante dans son tailleur rouge avec une jupe droite. J'attendis que Tyler sorte à son tour, mais il resta dans la voiture et reprit sa route.

Je fronçai les sourcils. J'étais sur le point de le suivre, quand je remarquai le van blanc deux places devant moi, avec un autocollant BAS sur la vitre arrière.

D'accord, très bien.

Apparemment, je venais de débarquer au beau milieu d'une opération de BAS Sécurité. Et je me dis que je pouvais tout aussi bien passer pour savoir ce qu'ils trafiquaient.

J'allais sortir de la voiture pour faire exactement ça, quand mon téléphone sonna, et l'écran afficha le nom de Kevin. J'envisageai d'ignorer l'appel, mais cédai à la curiosité et répondis.

— Depuis le temps que j'espère avoir de tes nouvelles.

— Kevin, je te l'ai dit. Tu cours après des moulins à vent. Ce sont des mecs bien. Crois-moi.

— Non, dit Kevin. Tout est là. Ces trois-là ne sont pas nets. Ils salissent tout ce qu'ils touchent. Contrebande, contrefaçon, extorsion, j'en passe et des meilleures. Tu sais qu'ils possèdent une soi-disant entreprise de sécurité ? Mais je mettrais ma main à couper que ce n'est qu'une façade pour pouvoir récupérer des informations protégées.

Je jetai un coup d'œil par la vitre en direction du van BAS et fronçai les sourcils.

— Mon Dieu, Kevin. As-tu ne serait-ce qu'un élément de preuve de ce que tu avances ?

— Je sais ce que je sais, dit Kevin.

— Ouais, eh bien, moi pas.

Je raccrochai, trop frustrée et ailleurs pour continuer cette conversation.

Je regardai encore une fois en direction du Drake, puis le van en face de moi.

Je pensai à Tyler, et espérai ne pas avoir été une idiote finie de le laisser briser les murs que j'avais construits autour de moi et de s'être faufilé à travers mes fêlures. Mais même pleine d'espoir, je n'arrivais pas à oublier ce que Kevin venait de dire, *Ils salissent tout ce qu'ils touchent.*

Et je ne pouvais m'empêcher de penser que Tyler m'avait touchée, moi.

J'avais dit toute la vérité à Kevin – je n'avais rien concernant ces types. Mais même si c'était la vérité, ce n'était pas totalement vrai.

Ce qui était totalement vrai c'est que je n'avais pas cherché parce que, bon sang, j'avais peur de ce que je pourrais découvrir. Et si je découvrais quelque chose, est-ce que je mentirais ? Comme j'avais menti la veille au soir à ce détective ?

Merde. Que m'arrivait-il ?

J'avais gardé les yeux fermés là où, auparavant, j'aurais brandi ma lampe torche pour disperser les zones d'ombre.

Il fallait que tout ça s'arrête tout de suite. Ne serait-ce que parce que j'étais en train de tomber amoureuse de Tyler. Et il fallait que je sache si l'homme que j'aimais était un bandit.

Avant que je ne puisse me convaincre du contraire, je sortis de la voiture et marchai jusqu'au van. Je pris une grande inspiration, attrapai la poignée de la porte coulissante et ouvris.

À l'intérieur, Cole se retourna d'un coup pour me regarder, puis écrasa sa main sur un tableau de boutons, ce qui éteignit d'un seul coup une rangée de cinq moniteurs vidéo.

Mais ça n'avait pas d'importance, j'avais déjà vu. Michelle, en total look dominatrice, un fouet à la main, menaçant un homme que je reconnus pour l'avoir vu dans les journaux de Chicago. Alderman Brian Bentley, vêtu d'une muselière à boules et de menottes.

— Sloane, attends…

Je claquai la porte pour couper court à l'injonction de Cole. Puis je courus jusqu'à la voiture. J'entendis le van s'ouvrir, je l'entendis m'appeler à nouveau. Je m'en moquais. Je démarrai la voiture, me glissai parmi les autres et appuyai sur l'accélérateur.

Je mis la musique à fond, espérant que le rythme étoufferait mes pensées. Mais ça ne marchait pas. Les accusations de Kevin envahissaient mes pensées, tout comme ces images que j'avais vues dans le van. Une opération d'extorsion, supposai-je. Comment Evan avait-il appelé ça ? Un plan de protection ?

Mon Dieu. Putain, dans quoi étaient-ils mouillés ? Et, putain, qu'est-ce que je faisais ?

Il y avait un an, un mois, une semaine, j'aurais appelé

la police locale. Maintenant, je n'étais plus très sûre de savoir quoi faire.

J'étais tiraillée à cause de l'amour, mais cela ne me rendait-il pas aussi coupable qu'eux ?

Je ne savais pas. Tout ce que je savais, c'est que je ne pensais qu'à Tyler, il emplissait ma tête, bien plus que la musique hurlante diffusée par l'autoradio, celle que mon père m'avait envoyée.

Tyler, qui m'avait prise dans ses bras, provoquée, caressée, baisée. Dont le cœur avait battu en rythme avec le mien.

Je pensai à son humour. À sa compassion.

Je conduisais machinalement, mon esprit bouillonnait, et ce fut seulement quand le disque de mon père recommença pour la quatrième fois que je me rendis compte que je n'étais plus dans l'Illinois. Non seulement j'avais franchi la frontière du Wisconsin, mais j'arrivais tout juste à l'entrée de Kenosha.

J'avais peut-être conduit machinalement, mais mon inconscient avait eu un plan depuis le début.

Je n'étais venue qu'une fois dans la maison victorienne de la 5e Rue, mais je n'eus aucun mal à la retrouver. La pelouse était un vrai chantier la dernière fois, mais elle était désormais entretenue et propre, avec des fleurs colorées dans de jolis pots en terre. On avait rafraîchi les peintures, du moins sur la façade qui donnait sur la rue. J'aperçus des seaux et deux échelles sur le côté de la maison, et me dis que le reste des travaux étaient encore en cours.

Je m'arrêtai devant, éteignis le moteur et restai assise quelques minutes à débattre avec moi-même. Je pouvais entrer… ou je pouvais faire demi-tour et parcourir l'heure et demie de route qui me séparait de Chicago.

Je décidai d'entrer.

La maison était silencieuse. J'approchai de la porte d'entrée. Aucun signe de vie. Je ne savais pas si je devais être agacée ou soulagée d'être venue d'aussi loin en vain.

J'appuyai sur la sonnette et n'eus aucune réponse. Je sonnai à nouveau. Trois bonnes minutes passèrent, toujours pas de réponse, et je finis par décider que tout ce que j'aurais récolté de cette journée, c'est une bonne prise de tête et un trajet qui m'avait fait du bien.

Je fis demi-tour pour m'en aller, quand j'entendis le loquet s'ouvrir derrière moi.

Je me tournai et me retrouvai nez à nez avec Oscar Hernandez et son air de chien battu.

Il portait un marcel taché de café, et un bas de pyjama en flanelle qui avait connu des jours meilleurs. Les plis du sommeil ridaient son visage, se croisaient sous ses yeux gonflés.

— Bon sang, lieutenant, dis-je. Tu ne prends pas cette histoire de retraite à la légère.

— Watson ? (Ses yeux rouges se plissèrent de joie, et un grand sourire lui fendit le visage.) Ça alors, détective, Sainte Marie mère de Dieu, qu'est-ce que tu fous ici ?

— Je suppose que je me suis un peu perdue.

Il pencha la tête, et je vis son esprit malin danser derrière ses yeux injectés de sang.

— Tu ne parles pas de rues et de cartes routières.

— Je crois que non. (Je haussai une épaule.) J'avais besoin d'une bière. Je me suis dit que j'en trouverais une ici.

— Un peu, mon neveu, dit-il. En tout cas, il y en avait hier soir. Madame est en vacances chez Joey, dit-il en faisant référence à leur fille aînée. J'ai invité les potes hier.

— Une soirée tranquille à fumer des cigares en parlant littérature ?

— T'as raison. On s'est bourré la gueule en parlant de nos regrets de jeunesse. Ramène ton cul par ici, dit-il en reculant d'un pas et en me tenant la porte.

Je le suivis dans la cuisine et le regardai ouvrir le frigo pour voir ce qu'il avait.

— J'ai de la Heineken, ou de la Heineken. J'ai peut-être de la vodka à je sais pas quoi dans le congélo. Madame aime bien ces trucs parfumés à la crème chantilly.

— Je vais prendre une Heineken, dis-je. Et si tu as un paquet de chips caché quelque part, je t'aimerai pour l'éternité.

— Après ce qu'on a traversé, toi et moi, tu devrais m'aimer quoi qu'il arrive.

Mais il alla quand même jusqu'au garde-manger, et en ressortit avec un paquet de Vico et une boîte de Pringles.

— Vous êtes un homme bon, lieutenant.

— Ne l'oublie jamais.

Quinze minutes plus tard, nous étions assis sur les marches du perron, à respirer la brise de l'été et à regarder le lac. Je n'avais jamais imaginé mon partenaire comme étant un père la bricole, mais je dus admettre que pour une maison comme celle-là – grande et sublime, avec une énorme cour à l'arrière, des arbres et une vue sur le lac – peut-être que ça valait la peine de se poser dans la vie.

— Tu vas me dire ce qui te turlupine ? Parce que même si j'adore ta compagnie, je ne crois pas que tu aies fait tout ce chemin pour une bière et des chips.

— C'est vraiment une excellente bière, dis-je, en trinquant avec lui. Mais non. Pour être honnête, je ne sais pas trop pourquoi je suis venue. La voiture s'est un peu conduite toute seule.

— Depuis l'Indiana ? Cet arrêt maladie est vraiment en train de te rendre folle.

— Chicago, dis-je.

C'était une entrée en matière comme une autre. Je lui résumai toute l'histoire en laissant de côté les détails croustillants, parce que si on abordait ce sujet-là, il allait me falloir plus qu'une bière dans l'organisme.

— La dernière fois que j'ai vérifié, gamine, tu ne faisais pas partie de la police de Chicago.

Je lui jetai un regard en coin.

— Et ?

— Et quoi que ces types trafiquent, ça n'a rien à voir avec ton enquête sur ton amie disparue, non ?

— Non.

— Et c'est pour cette fille que tu es venue à Chicago.

— Oui.

— Alors, laisse tomber.

Je clignai des yeux.

— Laisser tomber ?

— Bon sang, Watson, tu vis littéralement pour ton boulot, plus que toutes les personnes que je connais. Tu n'as pas à réparer toutes les injustices, tu sais. Donc, à moins que ces types ne tuent des gens dans l'Indiana, leurs crimes et délits ne sont pas ton problème.

— Même si je baise avec l'un d'entre eux ?

Il soupira fort, et bruyamment.

— Non, mais merde, Watson. Maintenant, je vais avoir cette image dans la tête toute la journée.

Je me penchai en avant, les coudes sur les genoux et la tête dans mes mains.

— Je suis toute chamboulée, Oscar.

— Et merde. Ah ! putain. (Sa grosse main se posa sur mon dos et le caressa.) Tu te déchambouleras.

— Comment ?

— Aucune idée.

Je ris.

— Tu m'aides vraiment.

— OK, essaie ça : *Le cœur ne sait que ce que le cœur sait.*

Je me retournai vers lui.

— Eh ben, qu'est-ce que c'est que ces conneries fleur bleue dans ta bouche ?

— Elles viennent de Madame. C'est ce qu'elle avait l'habitude de me dire chaque fois que Joey ramenait un tocard qui ne me plaisait pas à la maison. Comme cet idiot de banquier qui l'a suivie jusqu'à chez nous, un jour, comme un chiot borné.

— Ça veut dire quoi ?

— Je crois que ça veut dire que si tu tombes amoureuse, t'es foutue. Donc, autant profiter.

— Ce n'est pas une mauvaise idée, à vrai dire.

— Eh oui, c'est tout moi, toujours à prêcher la bonne parole. Tu veux rester un peu ? Meredith sera de retour pour dîner.

— Nan. Je devrais rentrer. Mais merci. (Je me levai et le regardai.) Et l'idiot de banquier, qu'est-ce qu'il est devenu ?

— On a découvert en fin de compte qu'il n'était pas si idiot que ça. Il m'a donné les trois plus beaux petits-enfants de la planète.

Il se leva lui aussi, et contourna la maison avec moi pour m'accompagner jusqu'à ma voiture.

— Tu prends soin de cette hanche. Et si ce type reste dans les parages, tu me l'amènes. S'il existe un homme dans ce monde qui peut te chambouler, bon sang, je veux le rencontrer.

Chapitre 24

Je ne rejoignis pas le Drake en arrivant à Chicago. Je préférai me rendre à mon minuscule appartement. J'avais besoin de temps pour réfléchir. D'être seule. De laisser toutes les pièces se mettre en place dans ma tête. De déterminer ce que je savais. Et ce que je voulais.

Et de me mettre dans la tête qu'il n'y avait aucune solution à cet éternel dilemme cornélien du flic et du criminel.

Même si Hernandez avait raison et que je n'avais pas besoin de leur passer les menottes ou de les dénoncer à Kevin, ça ne changeait en rien la nature fondamentale du problème : j'étais tombée amoureuse d'un homme que je ne pouvais pas avoir.

J'avais besoin d'être seule.

J'aurais dû savoir que c'était trop demander.

J'ouvris ma porte et me retrouvai nez à nez avec Tyler, debout dans ma minuscule cuisine, en train de moudre du café, sexy en diable avec sa chemise blanche et son jean.

— Tu es entré par effraction, dis-je. Après tout, pourquoi pas ? Juste un autre crime à ajouter à la liste.

— Un délit mineur, si on considère la situation.

Il y avait une pointe d'humour dans sa voix douce. Je le connaissais suffisamment pour savoir qu'il essayait de contenir ma colère.

Je n'étais pas convaincue que ça marche.

— Je croyais que c'était Cole, le spécialiste des verrous.

— Non, dit-il. J'ai dit que c'était l'un de ses deux talents. Je ne crois pas que nous ayons discuté de mes talents variés à moi. (Il brandit une tasse.) Le café en fait partie.

— Qu'est-ce que tu fais là ? demandai-je, lasse.

Je marchai jusqu'au lit et m'assis au bord, épuisée. J'avais envie de me mettre en colère, j'en avais vraiment envie. J'avais envie de hurler, de fulminer, de crier et de délirer. Mais putain, j'étais juste trop fatiguée et triste.

— Cole m'a dit ce qui s'était passé.

— Ouais, j'avais deviné.

— Je ne t'ai jamais menti, dit-il.

Je soupirai.

— Non, tu ne m'as pas menti. Tu as contourné la vérité, mais tu n'as jamais menti. Et je n'ai jamais vraiment regardé. J'étais comme ces trois singes avec les mains sur leurs yeux, leurs bouches et leurs oreilles. Je n'ai vu que ce que je voulais voir.

— Tu n'as vraiment regardé qu'au Destiny, dit-il. Et l'endroit est clean. Evan a insisté pour qu'il le soit, si on voulait qu'il reste dans l'affaire.

Je secouai la tête.

— Non. Ce n'est pas le Destiny que je regardais. (Je pris une inspiration.) C'est toi. Tu m'en as mis plein les yeux. Tu m'as éblouie. Audacieux, sexy et excitant, et je me suis perdue dans ta lumière. Et maintenant, j'ai peur de ne te voir que trop bien.

— Alors, tu me punis parce que je suis ce que tu pensais que j'étais depuis le début ?

— Ne fais pas ça, dis-je en sentant la colère monter. Ne joue pas sur les mots. Pas maintenant. Pas là-dessus. Je suis flic, et tu le sais. J'ai peut-être vécu un fantasme avec toi, mais ça ne change pas le fait que j'ai juré de faire respecter la loi.

— Tu es devenue flic pour te punir, Sloane. Tu t'es construit une cage de règles et de lois. Mais ce n'est pas une obligation. Tu ne mérites pas qu'on te punisse. C'est la justice qui l'a emporté cette nuit-là, je te le promets.

Je secouai la tête.

— Non. Tout ça n'a rien à voir avec Harvey Grier. Rien, dis-je, bien qu'il se soit levé pour protester. Ces règles, ces lois, elles sont importantes pour moi. C'est ma vie.

— Et si j'avais envie que toi, tu sois ma vie à moi ?

Ses mots, dits de façon si simple et naturelle, furent comme un coup de poing dans mon estomac. Je dus faire un effort pour ne pas trembler de la tête aux pieds. Pour ne pas hurler. Ne pas lui crier de ne jamais redire ces mots-là, par pitié. Parce que l'idée elle-même était bien trop tentante, et que je ne pouvais pas me permettre d'être tentée.

Doucement, quand j'en fus enfin capable, je secouai la tête.

— On sait tous les deux que ça n'arrivera jamais.

Je m'assis, raide comme un piquet, et sentis les larmes monter. Je gardai les yeux grands ouverts, bien décidée à ne pas pleurer.

Il était debout près de l'évier, il fixait mon visage.

— Je n'ai jamais voulu une femme comme je te veux toi, dit-il, d'une voix si pleine de promesses et d'émotion brute qu'elle faillit me briser en deux. Et je n'ai jamais laissé aucune femme voir à travers mes failles comme je t'ai laissée le faire, toi. Je comprends tes hésitations et je les respecte. Mais il faut que tu saches une chose. Je vais tout faire pour les anéantir, putain.

Je passai les doigts dans mes cheveux.

— Je suis fatiguée. Et je suis perdue. J'ai envie d'être avec toi, mais je ne sais pas comment. Je te l'ai dit. C'est un fossé, et je ne vois pas comment on pourrait le franchir. Bon sang, Tyler, soyons sérieux, tu organises des plans d'extorsion.

— Non, dit-il. Pas d'extorsion. Ces cassettes n'ont pas pour but de récupérer de l'argent, elles sont un moyen de protection.

— Comment ça ?

— Tu serais sans doute surprise d'apprendre que beaucoup de politiciens ne sont pas exactement des citoyens modèles. Il se trouve que le fraîchement élu Alderman Bentley jouait à une époque un rôle clé dans une de nos affaires.

— Le genre d'affaire que je désapprouverais ?

Il n'hésita qu'une seconde et dit :

— Une opération de blanchiment d'argent. Bentley était au cœur du truc. Ce qui veut dire qu'il en sait bien trop sur nos histoires. Et maintenant que c'est un élu de la République, il pourrait être tenté d'utiliser ce genre d'information pour monter en grade.

— Mais il s'exposerait lui aussi.

— Sans doute. Mais ça peut quand même lui être bénéfique.

— Mais ça ne lui serait pas du tout bénéfique si ces photos étaient divulguées, dis-je.

— Voilà, c'est le plan. Il se tait, et les photos ne seront jamais publiées.

— Ça ne rend pas la chose moins illégale d'un iota.

Tyler haussa les épaules.

— Ça ne me concerne pas vraiment.

— Qu'est-ce qui te concerne ?

— Dernièrement ? Dernièrement, toi.

— Tyler…

J'avais l'impression que sa main serrait fort mon cœur.

— C'est vrai. C'est pour ça que je suis là, à t'en dire bien plus que je ne devrais. Est-ce que tu as la moindre idée de ce que je risque à tout te raconter ? Parce que, quand on y pense, tout ce que je t'ai dit pourrait nous détruire en une seconde. Je n'ai jamais été aussi imprudent de ma vie.

— Pourquoi maintenant ? demandai-je, espérant et craignant à la fois sa réponse.

— Parce que je suis un idiot, répondit-il. Je suis un idiot, parce que je suis en train de tomber amoureux d'un flic.

— Tyler.

Juste un mot, plein de passion et de désolation et, oui, d'amour.

Il s'éloigna du comptoir et s'agenouilla devant moi.

— C'est plus qu'un jeu, tout ça, pour moi, Sloane. Et tu es plus qu'un prix. Je veux une femme qui brûle avec moi. Qui fond en moi. Qui comble les creux de mon âme. C'est toi, Sloane. Est-ce que tu vois ça ?

Est-ce que tu le sais ? Tu es tout pour moi. Tu es mon univers tout entier.

J'avalai difficilement, dépassée par les émotions – la confusion, la peur, l'amour.

Il se redressa et posa sa bouche sur la mienne, un baiser à la fois tendre et possessif.

— Je t'ai dit un jour que je ne voulais pas de secret entre nous, dit-il en faisant glisser ses doigts le long de mon bras. J'étais sincère. Je veux tout te dire. Je ne vais pas t'ennuyer avec une liste détaillée, mais si tu as la moindre question, pose-la.

J'en avais tellement que je ne savais pas par où commencer, ou même si je voulais toutes les poser.

— Tu as dit que le Destiny était clean. Mais ça n'a pas toujours été le cas, n'est-ce pas ?

— Non, dit-il.

— Et il l'est désormais grâce à Evan. Il a fait ça pour Angie, n'est-ce pas ? Parce que ses activités auraient pu nuire à son beau-père ?

— Oui. Et je crois que le frisson que tout ça lui procurait avant était en train de disparaître. Il aime les affaires quand elles sont simples et sans détour. Personnellement, je préfère un autre type d'approche.

— Est-ce que tu en serais capable, cependant, demandai-je en réalisant combien ma voix était chargée d'espoir. Est-ce que tu pourrais abandonner tout ça ?

Il se tut pendant un si long moment que je crus qu'il n'allait finalement pas répondre. Et quand il se décida, ce ne fut vraiment pas ce à quoi je m'attendais.

— Est-ce que tu pourrais abandonner l'idée d'être flic ?

— Ce n'est pas pareil. Je fais respecter la loi. Toi

tu la contournes et la tords à ta convenance. Et tu ne peux pas faire ça. Tu ne peux pas tirer sur la corde et refuser de payer le prix si elle casse. (Je me léchai les lèvres.) C'est le nœud du problème. Je t'aime aussi, Tyler. Désespérément. Je n'en reviens pas de voir à quel point et à quelle vitesse c'est arrivé. Mais c'est arrivé. (Je soupirai.) Quand bien même, cela ne suffit pas, parce que je ne vois pas comment dépasser ça.

— Hé ben, ne le dépasse pas, dit-il. Pas encore. Nous avons vécu dans une bulle, trésor. Restons-y juste encore un peu.

Je pris une grande inspiration, et réfléchis à ce qu'il venait de dire. Il ne me restait plus que quelques jours avant la reprise du boulot, de toute façon. Et la vérité, c'était que j'aurais fait n'importe quoi pour quelques jours de plus avec cet homme.

— Très bien, dis-je, en regardant mon appartement pourri. Mais on peut s'installer au Drake ?

Chapitre 25

L'appartement que partageaient Angie et Evan était, me semble-t-il, l'endroit le plus incroyable que j'avais vu de toute ma vie. Il était gigantesque, et une baie vitrée surplombant le lac Michigan occupait tout un côté du salon. Les bateaux clignotaient sur l'eau, et on avait l'impression d'être perdu dans les étoiles de la nuit.

— Il appartenait à mon oncle, expliqua Angie. J'en ai hérité. Et vu qu'Evan aime l'endroit autant que moi, on vit principalement ici.

Ils nous avaient invités à boire un verre, Tyler et moi, ainsi que Cole et Kat. Kat était arrivée la première, j'avais donc vu clairement sa tête quand Cole était entré dans la pièce. Attraction, fascination, et puis, quand Cole avait dit à Angie que quelqu'un du nom de Bree ne viendrait finalement pas, déception.

J'aimais bien Cole, il avait un côté franc du collier qui me plaisait, et j'admirais son tempérament passionné. J'avais vu quelques-unes de ses œuvres, et j'avais été éblouie par leur beauté et leur puissance. Elles étaient pleines de métaphores, ce qui contrastait un peu avec ce type baraqué et son tatouage de dragon. Je repensai aussi à ce que je savais de Cole, de Michelle et du donjon. Et je ne pus m'empêcher de faire une petite prière pour Kat. Mais j'aurais été bien incapable de dire si elle devait insister et trouver une façon d'atteindre cet homme complexe, ou si elle devait simplement tourner la page.

— T'as de la bière, chair à dragon ? demanda Cole à Angie.

— Tu sais bien que oui. Sers-toi.

Il s'arrêta à côté de moi en allant à la cuisine.

— Je suis content que Tyler et toi vous soyez expliqués, dit-il.

Puis il me prit par surprise dans ses bras et me serra rapidement, mais fermement.

Cole se dirigea vers la cuisine, et le reste d'entre nous suivit Evan et Angie à travers le salon rempli d'œuvres d'art. La plupart des tableaux étaient encadrés, et chacun avait son propre éclairage.

Une pièce surpassait les autres, cependant. C'était une tapisserie faite à la main, encadrée et accrochée juste à côté du salon, dans un couloir adjacent.

— Ce n'est pas le plaid de Tyler ?

— La même femme leur en a donné un à chacun, dit Angie.

Je jetai un œil curieux à Tyler.

— Vraiment ? Comme c'est intéressant.

Kat pouffa, mais Tyler se contenta de lever les yeux au ciel.

— On arrête d'avoir des idées déplacées, détective. Ils ont été tissés par la grand-mère de la toute première fille qu'on a sauvée du trafic d'esclavage.

— Ils ont une grande valeur, ajouta Evan.

— C’est vrai, confirmai-je. Vous avez fait beaucoup pour beaucoup de gens.

Evan se tourna vers Angie.

— Pourquoi n’allez-vous pas vous installer sur la terrasse, entre filles ? On montera vos verres.

La terrasse était en réalité un espace extérieur immense, sur le toit du gratte-ciel. Angie et moi nous assîmes dans des fauteuils moelleux, tandis que Kat se laissait tomber lourdement par terre.

— Je pensais que tu préparais une arnaque, me dit Kat. Quand je t’ai vue pour la première fois, je veux dire.

— Une arnaque ?

Elle haussa les épaules.

— Je savais que les gars te surveillaient, et je ne comprenais pas pourquoi. Je ne savais pas que tu étais flic, alors je me suis dit que tu devais sans doute essayer de les entourlouper. Je n’arrivais pas à croire que quelqu’un puisse être assez stupide pour se croire capable d’arnaquer ces trois-là et de s’en sortir ensuite. Crois-moi, j’en sais quelque chose.

— Ah oui ? Comment ?

— Eh bien, pas personnellement, corrigea Kat. Mon père et Tyler ont conclu une affaire immobilière il y a quelques années, mais je n’avais rien à voir là-dedans. J’ai eu la version de mon père, bien évidemment. (Elle sourit.) C’est comme ça que je sais qu’on ne joue pas au plus fin avec Tyler Sharp.

— Il a arnaqué ton père ?

— Disons qu’il n’a pas laissé mon père l’arnaquer.

— Ça ressemble à Tyler, dis-je, et je ne pus m’empêcher de me demander de quel côté de la barrière jouait le père de Kat.

Les garçons arrivèrent peu après avec les verres, et la soirée trouva naturellement son rythme. Ils parlèrent de boulot et de différent projets, qui avaient tous l'air légaux, et je me demandai combien en savait Kat sur ce que faisaient ces types.

Quant à elle et à Angie, elles me posèrent toutes sortes de questions sur le fait d'être flic et stripteaseuse au Destiny. Pas banal, comme mélange, il faut le reconnaître.

Je buvais mon second verre de vin, quand Kat se leva en disant qu'elle devait y aller.

— Le boulot, dit-elle, puis elle fit une grimace. Il faut vraiment qu'on trouve un moyen plus simple de gagner sa vie.

Elle s'en alla. Angie et moi, on marcha jusqu'à la barrière de verre qui séparait la terrasse de l'abîme juste en dessous.

— Il est raide dingue de toi, dit Angie dès que les hommes ne purent plus nous entendre.

— Moi aussi, dis-je. Mais ça n'a aucune importance. Nos vies ne sont juste pas compatibles, tu comprends ? Et je serai de retour dans l'Indiana avant la fin de la semaine.

— Peut-être que ça marcherait. Je ne pensais pas que c'était possible entre Evan et moi, et regarde où on en est.

Je me tournai pour mieux la regarder.

— Je peux te poser une question ? Je sais que ton père est sénateur, commençai-je après qu'elle eut fait oui de la tête. Et je sais que les garçons sont impliqués dans quelques trucs qui sont loin d'être légaux.

Elle pencha la tête.

— Comment tu l'as découvert ?

— Tyler me l'a dit, répondis-je.

— Oh. (Ses yeux s'écarquillèrent.) Intéressant.

Je lui souris avec ironie.

— Ouais, bon. Je suppose qu'Evan est clean. Ton père étant ce qu'il est, et tout ça. J'ai raison ?

Elle acquiesça.

— Donc, il a changé. Evan, je veux dire. Il a changé pour toi.

— Il a changé, dit-elle. Mais c'était pour lui. Je ne crois pas que je pourrais vivre avec un homme qui n'est pas ce qu'il paraît. Tu pourrais, toi ?

— Non, dis-je. Je ne pourrais pas.

Mais je ne pouvais pas non plus vivre avec un criminel.

Quand on rejoignit les mecs, ils parlaient toujours boulot. Cette fois, de la galerie.

— Tu l'as mentionné, en effet, dis-je. Vous ouvrez une galerie d'art ?

— Oui, confirma Cole. L'endroit est incroyable. Tu devrais venir voir, Evan.

— Tu sais que je ne veux pas faire partie de l'affaire.

Je haussai un sourcil en regardant Tyler.

— Quelque chose de louche, sous cette belle peinture toute fraîche ?

Dès que j'eus refermé la bouche, Evan et Cole regardèrent fixement Tyler.

Il se contenta de hausser les épaules.

— Je lui ai tout raconté, dit-il. Tout.

Je les vis se contracter, puis se détendre, quand il continua.

— Je l'aime, ajouta-t-il en me tendant la main.

Les deux autres ne dirent rien, et je vis l'acceptation

dans leurs regards. La parole de Tyler avait été suffisante, me dis-je, en posant ma tête sur son épaule. Ils formaient une famille.

— Viens jeter un œil, dit Tyler à Evan. C'est pas comme si on allait te demander de signer un contrat avec ton sang. Et qui sait, ajouta-t-il, peut-être qu'on finira par devenir clean. Des choses plus étranges encore sont bien arrivées.

On resta encore deux heures, puis Tyler me prit par la main en trouvant une excuse pour les autres. Angie me serra dans ses bras, Cole et Evan m'embrassèrent tous les deux sur la joue. Je me rendis compte que j'avais l'impression d'être à ma place.

— Je les aime bien, dis-je. On peut rester un peu plus, si tu veux.

— On ne peut pas, dit-il en regardant l'heure sur son téléphone. On a un programme à respecter.

— Ah bon ?

— Oui, affirma-t-il avec un air coquin dans les yeux.

— Est-ce que tu vas me dire quoi ?

— Non, dit-il, mais quand on sortit de l'immeuble, je vis le premier indice : une limousine immense, assortie d'un chauffeur qui tenait la portière.

Je me tournai vers Tyler pour l'interroger, mais il secoua simplement la tête.

— Monte, dit-il, et je m'exécutai.

Il monta derrière moi, sauf qu'il tenait désormais dans la main une rose rouge sang. Il me la tendit, puis m'embrassa, longtemps et doucement.

— J'aime bien ça, dis-je, quand il se redressa. Mystérieux et romantique. On va loin ?

— Non, promit-il en me prenant par les épaules pour m'attirer contre lui.

La montre que lui avait offerte Jahn effleura mon épaule et, entre ça et le fait qu'on venait de quitter l'appartement qui lui avait appartenu, je me souvins soudainement de la question que je ne lui avais toujours pas posée.

— Pourquoi tu ne veux pas faire réparer cette montre ?

Il se tourna, me regarda et acquiesça.

— Howard Jahn était un homme incroyable. Brillant. Charmant. Un grand homme d'affaires. Il nous a enseigné tout ce que nous savons, Evan, Cole et moi, ajouta-t-il avec un sourire plein de sous-entendus. En revanche, il n'était pas très doué avec les femmes. Il gardait trop de secrets pour lui, et elles finissaient toujours par le quitter. Apparemment, une de ses premières épouses était si en colère contre lui qu'elle lui a balancé cette montre à la figure. Et puis une autre a fait la même chose. Plutôt que de la faire à nouveau réparer, il a décidé d'attendre jusqu'à ce qu'il trouve la femme idéale.

— Et elle n'est jamais arrivée, dis-je, en pensant à la montre cassée. C'est vraiment triste.

— Je sais, ça l'est vraiment. Mais quand il est tombé malade, il a écrit une lettre à chacun de nous trois. Et la mienne disait qu'il pensait que lui et moi avions quelque chose en commun, une certaine étincelle. Qu'on avait tous les deux besoin de trouver la fille qui nous comblerait. Qu'il espérait que je la trouverais bientôt, pour que je ne reste pas seul comme il l'était. (Il me regardait en parlant, et mon pouls s'accéléra.) Il a dit que le temps pourrait reprendre son cours quand je la trouverais. (Il eut un petit sourire plutôt charmant.) J'espère faire réparer cette montre assez vite.

— Ah oui ? dis-je en souriant.

— Oui, répondit-il, et il eut juste le temps de m'embrasser avant que la limousine ne s'arrête et que le chauffeur n'ouvre la portière.

Je jetai un œil à l'extérieur.

— L'aquarium ? Mais on n'y était pas il n'y a pas si longtemps ?

— Je crois qu'on devrait y retourner. J'aime bien cet endroit. Je veux qu'il soit synonyme de bons souvenirs pour toi aussi.

— Mais c'est le beau milieu de la nuit. C'est fermé.

— Pas pour nous, dit-il en me conduisant vers l'entrée.

Effectivement, on nous laissa entrer et on retourna à la rotonde de la barrière de corail.

— Tyler, dis-je, en murmurant à peine.

Il n'y avait qu'une seule table au milieu de la salle, recouverte d'une nappe blanche. Un violoniste jouait sur le côté et un cuisinier particulier se tenait debout, prêt à passer à l'action.

Une seule bougie éclairait la table, et il y avait un vase vide pour ma rose.

Je regardai la pièce, je le regardai lui, et je sentis les larmes inonder mes yeux.

— Pourquoi ? dis-je.

— Parce que je te regarde, et tout ce dont j'ai envie, c'est d'être en toi. De te caresser. De te jeter à terre et de te prendre, n'importe où, n'importe comment. Ça me submerge.

— Ça me submerge, moi aussi.

— Mais malgré tout ça, dit-il, je ne veux pas oublier de te faire la cour.

Il me prit la main et m'attira contre lui.

— Je suis sortie avec beaucoup de femmes, Sloane, mais je ne suis tombée amoureux que d'une seule. Je veux que ça marche.

— Moi aussi, murmurai-je, même si je n'étais pas sûre de savoir comment j'avais réussi à parler à travers ce torrent d'émotions. Mais je ne sais pas comment faire.

— On trouvera une solution ensemble.

Chapitre 26

— Un grand café au lait écrémé, c'est ça ? me demanda le serveur, et je fis une petite grimace.

— Je devrais peut-être en boire moins, dis-je. Mais oui.

Je venais de payer, et j'attendais au bout du comptoir que mon café soit prêt, quand Kevin débarqua.

— Il faut que je te parle, dit-il.

Je le regardai, bouche bée.

— Qu'est-ce que c'est que ce bordel ? Tu m'as suivie ?

— J'ai juste besoin de deux minutes.

— Mon Dieu, Kevin. Tu dérailles complètement.

— Non, pas du tout, dit-il, en me fourrant une enveloppe dans les mains. Voilà tout ce que j'ai sur eux, une liste longue comme mon bras des opérations dans lesquelles je les crois mouillés.

Mon cœur martela dans ma poitrine, j'avais peur que Tyler – que tous les Chevaliers – n'aient vraiment des ennuis. Je fis un effort pour avoir l'air impassible. Pour que Kevin ne voie pas ma réaction. Ou du moins qu'il croie qu'elle était due à l'excitation de poursuivre des criminels.

— Très bien, dis-je. J'y jetterai un œil.

Et j'avais bien l'intention de le faire, me dis-je. Minutieusement, avec Tyler. Et s'ils étaient dans la mouise de quelque façon que ce soit, ils pourraient se servir de la liste de Kevin comme d'une carte pour déterminer ce qu'ils devaient nettoyer en priorité.

Tyler n'était pas au Destiny quand j'y arrivai, je laissai donc l'enveloppe dans le tiroir du haut de son bureau, puis allai me préparer pour mon numéro.

Je portais mon minishort et j'étais prête à monter sur scène, quand Cole m'agrippa fermement par le bras.

— Putain, merde, Sloane, c'est quoi, ce délire ?

— Pardon ?

— Tyler est un mec bien, il te faisait confiance. Ce qui veut dire qu'on te faisait confiance, nous aussi. Mais bon sang, meuf, aucun d'entre nous n'aime être arnaqué, surtout pas Tyler.

Je réussis à dégager mon bras.

— De quoi tu parles ?

On pouvait voir que Cole faisait tout pour contrôler sa colère légendaire, mais je n'avais aucune idée de ce qui avait pu la provoquer. À cet instant précis, j'avais l'impression qu'il était capable de me transpercer comme il avait transpercé le mur de l'hôpital.

Je ne savais pas si l'un d'entre eux avait déjà tué quelqu'un, mais à cette seconde, bon sang, j'étais sûre que Cole en était capable.

— Fais bien attention à ce que tu fais, dit-il.

Puis il s'en alla.

— Cole !

Il se retourna, le doigt en l'air menaçant, le visage si tendu que je compris qu'il luttait pour ne pas exploser.

Puis il me tourna le dos et déguerpit.

Je n'arrivais pas à savoir si j'étais énervée qu'il ne m'ait pas dit quel était le problème, ou soulagée qu'il ne m'ait pas réduite en bouillie.

Quoi qu'il en soit, je voulais demander à Tyler ce qui se passait. Je savais qu'il était arrivé depuis environ une demi-heure, je me pressai donc vers son bureau et poussai la porte.

— C'est quoi, le problème de Cole, putain ? commençai-je, mais l'expression sombre de Tyler me glaça.

— Le problème de Cole ? répéta Tyler, en bondissant sur ses pieds, le visage en colère et blessé. La question, c'est plutôt quel est ton problème à toi, non ?

— Mon Dieu, toi aussi ? explosai-je. (J'étais perdue, et je fus soudain prise de nausée.) Putain, mais de quoi tu parles ?

— Cole t'a vue, dit-il. Tu bosses avec cette espèce de connard de Kevin Warner. Je te faisais confiance. Bon sang, Sloane, je t'aime. Comment as-tu pu…

— Espèce de fils de pute. (J'étais plus qu'en colère, et mes mots sortirent comme ça, calmes, durs et froids.) Maudit fils de pute. Tu crois vraiment que je te trahirais ? Que je travaille avec Kevin ? Il me harcèle, Tyler. Il veut que je trouve des preuves contre vous. Et je n'ai fait que lui dire que vous étiez clean. J'ai compromis tous mes putains de principes, pour lui dire que vous étiez clean.

Je me ruai vers son bureau et ouvris violemment le tiroir.

— Là. Voilà ce qu'il a sur vous. J'ai pensé que tu trouverais ça intéressant, si jamais tu voulais à tout hasard te sortir de la merde dans laquelle tu t'es fourré. Putain, ajoutai-je en frappant le bureau du poing. Je ne suis pas Amanda, Tyler. Je n'ai pas couru chez les flics. Je ne suis pas en train de te trahir.

Mais je n'avais pas la force de rester, alors, sans me retourner, je sortis en courant de la pièce, attrapai mon sac au vestiaire et rentrai au Drake sans prendre la peine de changer de vêtements.

Mon short et ma brassière eurent droit à quelques regards insistants sur le trajet, mais je les remarquai à peine, j'étais encore trop en colère.

Et ce ne fut qu'une fois dans la suite, tandis que je fouillais mon tiroir en cherchant mon jogging, que je me rendis compte de l'ironie de la situation. J'étais venue ici. Au Drake.

J'étais en colère et j'étais rentrée à la maison. Et pour moi, la maison, c'était là où était Tyler.

Je soupirai. J'aimais désespérément cet homme – je lui avais donné toute ma confiance – et voilà ce que je récoltais en retour. C'était du délire, non ?

J'enfilai un legging et mon soutien-gorge de sport, puis appelai la réception pour savoir où se trouvait la salle de gym. Il se révéla que le neuvième étage avait sa propre salle de sport ; je la trouvai sans problème et fus heureuse de voir qu'il y avait un punching-ball.

J'entourai vite fait mes mains de ruban adhésif, puis enfilai des gants de boxe. Je me mis à défoncer la gueule de ce punching-ball, tandis qu'un homme tout maigre avec des écouteurs courait sur le tapis roulant, en me lançant de temps à autre des regards inquiets. Ça n'avait rien d'étonnant. Si ce punching-ball avait été un être humain, il aurait été mort depuis longtemps.

Je ne sais depuis combien de temps je torturais ce punching-ball, quand la porte s'ouvrit et que Tyler entra. Je le vis approcher dans le miroir. Je ne me retournai pas. Je n'étais pas prête à me calmer.

— Tu veux me lancer quelques droites, à moi aussi ?

— Oh ! putain, oui.

— Il faut qu'on parle.

— Non, pas du tout.

Il s'approcha de moi, puis tendit les bras pour maintenir le sac en place.

— On peut parler ici devant tout le monde ou on peut retourner dans la chambre. Mais crois-moi, on va parler.

— Très bien.

Je me dirigeai vers la porte, puis attendis qu'il me l'ouvre, je portais toujours mes gants de boxe.

Il les regarda tandis qu'on longeait le couloir.

— Tu as l'intention de m'en mettre une ?

— Ça va dépendre de ce que tu vas dire.

— Je vais m'excuser, dit-il, et le poing qui écrasait mon cœur se desserra. Je vais peut-être même ramper à tes pieds.

Je croisai les bras en penchant la tête. Il ouvrit la porte de la suite.

— À bien y réfléchir, ouais, je crois que le rampement s'impose.

— Je suis désolé, dit-il encore, une fois que la porte fut refermée. Cette histoire entre nous, j'en ai désespérément envie, mais elle me fait peur aussi, je te l'ai dit. Quand Cole m'a dit ce qu'il avait vu, j'ai eu l'impression de revivre l'histoire d'Amanda. J'ai merdé.

— Ça, c'est sûr, dis-je en me servant de mes dents pour enlever les gants.

Je pris une grande inspiration. Ma colère se calmait. Je comprenais, vraiment. Mais ça n'en était pas moins vexant.

— La confiance doit être réciproque, continuai-je. Tu n'as pas confiance parce qu'elle t'a trahi. Mais elle ne te faisait pas confiance, elle non plus. Elle n'a pas cru que tu pouvais t'occuper de toi tout seul. Je ne fais pas facilement confiance non plus, dis-je en déroulant les bandes que j'avais autour des mains. Mais je te fais confiance à toi, Tyler. Je n'approuve peut-être pas ce que tu fais, mais j'ai confiance en toi.

— Moi aussi, j'ai confiance en toi, dit Tyler. Vraiment, même si j'ai magistralement merdé.

Je le regardai, et mon cœur palpita. Cet homme était tout pour moi, il était devenu tout mon univers. Et j'avais envie, j'avais besoin qu'il comprenne à quel point j'avais confiance en lui.

— Je sais que tu as confiance en moi, dis-je. (Doucement, avec plein de sous-entendus, je lui tendis les bandes.) Je t'aime, Tyler, et je te fais plus confiance qu'à n'importe qui d'autre. J'ai besoin que tu le saches. Que tu le comprennes vraiment.

Il pencha la tête, de toute évidence perplexe.

— Sloane, est-ce que tu es sûre ?

— J'en ai envie, dis-je. Tout ça n'est que dans ma tête, ça fait tellement d'années. Il la ligotait. Il lui faisait du mal. Je veux me défaire de ça. J'ai envie de toi. Attache-moi, Tyler. Attache-moi, fais-moi l'amour, et efface tous ces mauvais souvenirs.

Il me souleva comme si je pesais moins lourd qu'une plume, puis me porta jusqu'à la chambre et me posa délicatement sur le lit. Il s'installa à côté de moi et se pencha pour m'embrasser. Un baiser d'abord doux et gentil, puis plus intense, jusqu'à devenir presque une punition.

— J'ai envie de toi, dit-il. J'ai besoin de toi.

— Je sais. (Je resserrai mes bras autour de lui, l'agrippai fermement, j'avais encore envie qu'il m'embrasse, plus profondément, plus sexuellement.) J'ai besoin de toi, moi aussi.

— J'ai eu peur, tu sais. Pendant une seconde, j'ai eu peur d'avoir merdé au-delà du rattrapable. De t'avoir perdue.

— Jamais, dis-je, la voix tremblante de vérité.

Lentement, il enleva mon soutien-gorge de sport et prit mes seins dans sa bouche, l'un après l'autre, en suçant chacun d'entre eux jusqu'à ce que des étincelles bondissent de ma poitrine à mon sexe. Je me cambrai, j'avais envie de plus. Plus de lui. De ses caresses, de tout.

— Assieds-toi, dit-il, et remonte vers le haut du lit.

Je m'exécutai et me retrouvai assise contre un oreiller que Tyler avait placé sur la tête de lit en fer forgé.

— Enroule tes poignets sur l'un des barreaux, dit-il.

J'hésitai. J'avais imaginé qu'il m'attacherait les bras écartés de chaque côté.

— Ne t'inquiète pas, dit-il, comme s'il avait compris mon hésitation. Ça va te plaire. Ça va nous plaire à tous les deux.

J'acquiesçai, puis m'exécutai. Je prenais de grandes inspirations, comme pour garder les fantômes éloignés.

— Est-ce que ça va ? demanda Tyler, une fois mes mains posées au-dessus de ma tête.

— Oui, dis-je, surprise que mes mots soient sincères. (Je redressai la tête pour qu'il m'embrasse.)

Jusqu'ici, ça va. Ça va même très bien, ajoutai-je, parce que la vérité, c'est que je commençais à être excitée.

Savoir qu'il allait m'attacher, me prendre.

Savoir que j'étais sur le point de complètement m'abandonner, de me rendre totalement.

J'aurais dû être terrifiée. J'aurais dû être en train de m'agiter pour tenter désespérément de me libérer.

J'aurais dû être en train de lui balancer mon pied dans les couilles.

Mais je ne fis rien de tout ça. Bien au contraire. J'avais en réalité hâte de voir ce qui allait suivre, j'étais tout excitée. Parce que je faisais confiance à cet homme.

Il se retourna, puis ouvrit le dernier tiroir de la commode. Quand il revint, il tenait deux morceaux de corde rouge.

Je fronçai les sourcils.

— Je ne suis pas sûre de savoir si je dois être contente que tu aies de l'expérience, ou jalouse de n'être pas la première avec qui tu fais ça.

Il s'assit à côté de moi, puis m'embrassa doucement tandis que ses doigts jouaient avec mes seins. C'était un moment décontracté et intime et cela me rappela qu'à cet instant, plus que jamais auparavant, je lui appartenais vraiment et qu'il pouvait faire de moi ce qu'il voulait.

— Tu es la première, dit-il, la voix grave. La première et la seule.

— Tyler…

— Je sais. Je sais que ça ne peut pas durer. Tu as été claire là-dessus et je comprends. Mais ça ne change rien à la réalité. Je t'aime, Sloane, dit-il en m'enlevant mon legging. Et ça ne changera jamais. Maintenant, continua-t-il sur un ton un peu différent, remonte tes genoux sur ta poitrine.

Je me mordis la lèvre inférieure, mais m'exécutai. Puis je retins ma respiration quand il enroula la corde autour de ma jambe gauche, juste en dessous du genou, pour attacher fermement mon mollet à ma cuisse. Il prit le bout restant de la corde et l'attacha au barreau à côté de ma main, il serra fort pour qu'elle se tende et qu'elle puisse tenir ma jambe en l'air, le genou au niveau de ma poitrine, et mon sexe complètement exposé.

Il fit courir ses doigts sur moi.

— Ta chatte est tellement mouillée, Sloane. Je crois que tu penses à des choses coquines.

— Beaucoup, dis-je.

— Comme quoi ?

— Comme le fait que j'aime ça, murmurai-je quand il plongea trois doigts tout au fond de moi. Que j'aime être à ta merci, dis-je en forçant les mots à travers un gémissement de plaisir intense. Que j'aime savoir que je t'appartiens. Et ne pas savoir ce qui va se passer.

— Bien. Très bien, puis il répéta l'exercice avec l'autre jambe. Ravissant, dit-il, une fois la tâche accomplie. Maintenant, ferme les yeux.

Je m'exécutai, puis sursautai quand il attrapa mes genoux pour me relever un peu et me donner une fessée.

— Pas la meilleure des positions pour ça, dit-il. Mais je me souviens que Madame aimait bien la sensation. Je me demande jusqu'où elle aimerait aller.

— Très loin, murmurai-je. Jusqu'au bout, répondis-je, et il gloussa.

— Alors jusqu'au bout.

Je sentis sa main claquer à nouveau – par sur mon cul cette fois, mais sur mon sexe. Je hurlai, la sensation était inhabituelle et étrange, et pourtant très excitante aussi. Quand il le fit à nouveau, la piqûre s'attarda un peu plus, mon clito devint si sensible qu'il me semblait qu'un simple souffle d'air aurait pu me faire jouir.

— C'est si délicieux, murmura-t-il, et j'ouvris les yeux pour voir sa bouche se refermer intimement sur moi, et cette simple vue de lui me léchant fit trembler mon corps.

J'avais besoin qu'il me pénètre. C'est ce qu'il fit, d'abord avec sa langue – l'enfonçant si profondément que je dus me cambrer, autant que les cordes me le permettaient, puis m'écraser contre lui, une demande silencieuse pour qu'il me donne plus que ça.

Il me donna plus, sa bouche glissa jusqu'à ma poitrine et sa main s'amusa avec mon sexe, le tortura, envoya des vagues balayer mon corps. J'avais envie de me tortiller, de bouger. La minuscule marge de mouvement à laquelle j'avais droit ne diminuait en rien la montée de mon plaisir, et je fus submergée de sensations, j'étais certaine d'être sur le point d'exploser.

— J'y suis presque, dis-je. Oh ! mon Dieu, Tyler, j'ai envie de toi en moi. S'il te plaît, j'ai envie de te sentir en moi quand je jouirai.

Il se déshabilla rapidement, puis s'agenouilla entre mes jambes. Il me souleva juste un peu d'une main, et prit sa queue dans l'autre pour la poser contre moi.

— Oui, dis-je, le plaisir était si aigu que je faillis jouir à ce moment-là.

Puis Tyler s'accrocha à mes jambes et me pénétra.

— Regarde, dit-il. Ne ferme pas les yeux.

Je regardai, envoûtée par la façon dont son corps

s'enfonçait en moi par va-et-vient, dévastée par sa main qui vint jouer avec mon clito pour me faire décoller encore plus haut.

— Tu y es presque, dit-il. Je peux sentir à quel point tu es contractée. À quel point tu es proche. Allez, bébé. Allez, basculons ensemble.

J'écoutais le son de sa voix comme si elle pouvait m'emmener jusqu'au bout.

— Maintenant, Sloane, maintenant, cria-t-il et j'explosai avec lui, mon corps s'envola jusqu'aux cieux bien que je sois savamment attachée au lit.

Je fus déchirée par les tremblements qui semblèrent parcourir mon corps pendant une éternité. Tyler me laissa comme ça, ses doigts me caressant doucement comme pour extirper les toutes dernières gouttes de plaisir.

— Reste avec moi, murmura-t-il, tout en continuant de me toucher de façon si intime. Ne rentre pas dans l'Indiana. (Il caressa ma joue, embrassa mes lèvres, joua avec mon sexe.) Reste.

Je fermai les yeux – j'aurais aimé que la situation soit différente.

— J'aimerais. Tyler, tu dois savoir que j'aimerais vraiment. Mais je ne peux pas. Je suis flic. Je ne peux pas abandonner. Ça fait partie de ce que je suis. Tu le sais.

— Eh ben, sois flic à Chicago. Ou bien dans une boîte privée de sécurité. Bon sang, tu pourrais travailler pour BAS.

Je ris.

— Parce que c'est une institution si respectable ?

— Je veux juste que tu restes. Pour l'instant, je me moque de savoir comment.

Je penchai la tête en arrière et regardai mes mains, toujours attachées. Puis mes jambes, complètement écartées, et sa main qui me caressait toujours.

— À cet instant précis, tu pourrais me convaincre.

— Tentant, dit-il. Très tentant.

— Tu sais, cette histoire de confiance doit être mutuelle. Je devrais peut-être t'attacher toi aussi.

Son sourire n'était que malice sexuelle.

— Tu devrais peut-être. Je crois que j'aimerais être à ta merci.

Il tendit la main pour me détacher, et mon téléphone sonna.

— Bon sang, dis-je. Laisse le répondeur s'enclencher.

Il l'attrapa, et je le vis hésiter.

— C'est ton père. Tu veux répondre ?

— Mets-le sur haut-parleur, dis-je, car je n'étais pas en position de tenir un téléphone. C'est peut-être important.

— Salut, papa, lançai-je, une fois que Tyler eut posé le téléphone sur le lit. Écoute, ce n'est pas vraiment le moment. J'ai un peu les mains liées, à cette seconde.

À côté de moi, Tyler fit les gros yeux.

— Je ne serai pas long. Mais je voulais que tu saches que mon pote de la police de Vegas m'a rappelé. Amy a bien été condamnée. Pour racolage.

Je regardai Tyler.

— Merde. Merci de m'avoir prévenue.

— Attends, ce n'est pas tout. Ils l'ont fichée. Je lui ai fait comparer la photo de son arrestation avec celle de son permis de conduire. Trésor, elles ne correspondent pas.

— Répète ça.

— Celle qui utilise la carte d'identité d'Amy n'est pas Amy.

Merde, merde, merde, merde.

J'avais un mauvais pressentiment. Un très, très mauvais pressentiment.

— Papa, il faut que j'y aille.

Je fis un signe de tête vers le téléphone, et Tyler raccrocha.

— Détache-moi, dis-je en hâte. Détache-moi tout de suite.

— Que se passe-t-il ?

— Je ne suis pas certaine. (Je m'assis et me passai les doigts dans mes cheveux.) Merde. C'est juste là. Ce pressentiment. Quelque chose ne colle pas, et ça a un rapport avec Vegas.

— Le fait qu'elle n'y soit pas.

Je le regardai, quand ce qui m'échappait m'apparut enfin.

— Emily.

Il pencha la tête.

— Attends, reviens, ralentis. Tu penses à quoi ?

Je me levai et me mis à faire les cent pas : le mouvement m'aidait à réfléchir.

— Je ne crois pas qu'Amy soit allée à Vegas. Je ne crois pas qu'elle y soit allée du tout. OK, dis-je, puis je levai la main pour le faire taire avant que ses mots n'interrompent le fil de mes idées. Emily était censée être en route pour Vegas, mais on l'a retrouvée morte à Chicago. Et Amy était supposée être partie à Vegas, mais on n'a jamais eu de ses nouvelles.

— Darcy a reçu une carte postale, souligna-t-il. Et tu as dit qu'elle avait appelé Candy.

— Une carte postale sans adresse pour lui répondre. Un coup de fil qui est allé directement sur répondeur, et qui mentionnait le mauvais mois.

Il fronça un sourcil.

— Le mauvais mois ?

— Attends une seconde. Je vais y venir. Je dois vérifier un truc.

J'attrapai mon téléphone et fis une recherche sur Internet concernant les huiles POE. Une seconde plus tard, j'avais appris que les huiles POE étaient utilisées pour les réfrigérateurs.

— Putain. Putain, putain, putain.

— Éclaire-moi, dit Tyler.

— Appelle Saphir. Tu as son numéro de portable, n'est-ce pas ?

Il acquiesça, puis composa le numéro et déclencha le mode haut-parleur. J'en profitai pour lui expliquer ce à quoi je pensais.

— Si mon instinct ne me trompe pas, Amy n'a jamais envoyé cette carte postale. Quelqu'un d'autre l'a fait à sa place. Et l'appel a été passé d'un téléphone prépayé. Et Candy a trouvé qu'elle avait une voix horrible dans son message. Et Amy lui a dit qu'elles se verraient le mois prochain. Amy connaît la date d'accouchement de Candy. Elle ne se planterait pas à ce point-là. Elle a fait exprès de donner une mauvaise date. Elle nous donnait un indice et, putain, je suis passée à côté – *Saphir*, ajoutai-je quand celle-ci décrocha.

— Salut. (Elle avait l'air confuse.) Tyler ?

— Son téléphone. C'est Sloane. Écoute, est-ce que tu sais qui a proposé ce job à Amy, celui qu'elle a refusé pour aller à Vegas ?

— Euh, ouais, c'était Big Charley. Tu sais, le type tranquille et gentil qui…

— Je le connais. Merci.

Je raccrochai et vis sur le visage de Tyler qu'il pensait la même chose que moi.

— De l'huile réfrigérante, dit-il. Il s'occupe de distributeurs de boissons. Et il a proposé un job aux deux filles.

— À Lizzy aussi.

J'enfilais déjà mes habits. Tyler en fit autant.

— Il a proposé un job à Lizzy ?

— Je n'ai pas tilté au début, répondis-je en me pressant vers la porte de service. Elle a dit qu'elle aurait dû prendre le boulot chez Pop. Elle parlait de Soda Pop, les distributeurs de boissons.

— Blondes avec une frange, ajouta Tyler, songeur. Toutes les trois.

— On prend ma voiture, dis-je en appuyant sur le bouton de l'ascenseur.

Je voulais avoir mon flingue.

On prit ma voiture, mais je laissai Tyler conduire. Non seulement il savait où se trouvait le bureau de Big Charley, mais il naviguait bien mieux que moi à travers les rues de Chicago.

— On sait qu'Amy est en vie, dis-je. Ou qu'elle l'était il y a peu. (Je filai un coup de pied au tableau de bord.) Le type lui a fait appeler Candy juste après que je suis allée lui parler. Putain, il a une sacrée paire de couilles, ce salaud.

— Comment tu veux gérer ça ?

Je sortis mon Glock de la boîte à gants et vérifiai le chargeur. Je fis glisser le barillet et y fourrai une balle.

— On ne pourra pas obtenir de mandat. Je ne suis

pas d'ici et on n'a pas le temps, de toute façon. Donc, on se pointe à son bureau et on lui demande poliment où elle est.

— Et s'il ne nous le dit pas ?

Je le regardai dans les yeux.

— Alors on deviendra méchants.

Le hangar de Charley était situé près du Destiny, et Tyler nous y conduisit à la vitesse de la lumière.

— C'est moi qui ai le flingue, dis-je. Donc, si ça dégénère, tu restes derrière moi.

— Si j'avais connu le programme, je serais venu armé, moi aussi.

Je lui jetai un coup d'œil, puis secouai la tête. J'aurais dû me douter qu'il possédait une arme quelque part.

— Pas le temps d'aller la chercher maintenant. Et on se pointe à cette sauterie comme si tout était normal, compris ?

— Je sais ce que j'ai à faire.

Il y avait un Interphone sur la porte d'entrée du hangar, Tyler sonna, et je fus soulagée d'entendre la voix de Big Charley nous répondre. Je m'étais attendue à devoir discuter avec ses employés. La chance était peut-être de notre côté.

— Salut, Charley. C'est Tyler Sharp. J'ai une proposition à te faire.

— Ah oui ? Quel genre ?

— Le genre dont je ne veux pas parler en hurlant dans un Interphone. Laisse-moi entrer.

Il y eut une pause, puis la porte émit un son électrique et s'ouvrit. On entra dans un hangar qui ressemblait à un labyrinthe fait de distributeurs de boissons. Tyler était déjà venu, et il me conduisit jusqu'au côté opposé de la salle, vers une pièce défraîchie avec une porte en bois. À l'intérieur, Big Charley était assis derrière un bureau en bois bon marché. Je regardai Tyler, espérant qu'il pouvait lire dans mes pensées. Je voulais que Charley se lève de ce bureau, parce qu'on ne pouvait pas savoir ce qu'il cachait derrière.

Tyler s'assit sur le canapé miteux et sortit son téléphone.

— On est sur une nouvelle affaire, dit-il en tapant l'écran de son téléphone. Viens ici. J'ai des photos et des plans à te montrer. Ça devrait être très lucratif.

Charley fronça les sourcils en me regardant.

— Elle est cool, le rassura Tyler. Elle ne dira rien, n'est-ce pas, bébé ?

— Rien, monsieur.

Charley haussa un sourcil et rejoignit Tyler sur le canapé.

— OK, montre-moi ce que t'as.

— Amy Dawson, Emily Bennett, dis-je, en le regardant bien dans les yeux. Il ne s'agit pas de ce qu'on a, il s'agit de ce que tu fais.

— Je ne sais pas de quoi vous parlez, putain, affirma-t-il, mais j'avais déjà vu la vérité dans ses yeux.

— Où ça, bon sang ? questionnai-je, cette fois en pointant mon Glock vers sa poitrine. Où sont-elles ?

— Je vous l'ai dit, je ne sais pas de quoi vous parlez, putain.

— Je vais voir s'il y a des clés ou un truc comme ça, intervint Tyler en se dirigeant vers le bureau de Charley. Aucune clé, mais voilà qui est intéressant.

Il brandit un Beretta 9 mm, puis vint me rejoindre.

— Tyler…

— Tu sais, Charley. Je prends toute cette histoire

très à cœur. Et je crois que je peux être bien plus convaincant que la demoiselle.

— Va te faire foutre.

— J'ai bien pensé que tu allais dire ça, puis il tira dans le genou de ce salaud.

Mes oreilles bourdonnèrent.

— Où ça ? demanda Tyler. Lâche-le tout de suite, ou je tire dans l'autre genou.

— Le coffre, bredouilla Charley, la voix serrée par la douleur. Au fond du hangar.

— On l'emmène avec nous, dis-je à Tyler en me dirigeant vers la porte. Il y a sûrement un cadenas.

Tyler prit Charley dans ses bras et le fit asseoir dans le fauteuil à roulettes de son bureau. On se mit à courir à travers le hangar, et ce connard de taré pleurait, gémissait et répétait combien il avait mal.

— Ouais, je suppose qu'Emily Bennett ne se sentait pas très bien non plus. Et si Amy est morte, tu ne te sentiras plus jamais bien.

On arriva devant la porte du coffre et, comme prévu, elle était verrouillée avec un énorme cadenas à code. Tyler et son nouveau Beretta réussirent à convaincre Charley de leur donner la combinaison.

On ouvrit violemment la porte.

— Amy ! Amy, c'est Sloane, appelai-je.

Je ne criai pas trop fort, juste au cas où, même si je ne pensais pas vraiment qu'il y avait quelqu'un d'autre. Ce n'était pas un réseau de trafiquants, juste un connard de pervers.

— Sloane ?

J'entendis à peine le mot, tant sa voix était faible, et tant mes oreilles résonnaient toujours. Mais je l'entendis, et je courus à travers la petite pièce, pour la trouver fourrée dans une cage à chien cachée sous une couverture qui remuait.

J'ouvris la cage tandis que Tyler fouillait le reste de la pièce pour s'assurer qu'il n'y avait pas d'autres filles.

— Viens, ma belle. C'est fini, maintenant. Tu es hors de danger.

Je l'enroulai dans la couverture pour la réchauffer – elle était sous le choc. Elle se mit à ramper dans un coin aussi loin que possible de Big Charley.

— Quel est le nom de famille de ce salaud ? demandai-je à Tyler.

— Dodd.

— Charles Dodd, vous êtes en état d'arrestation pour le meurtre d'Emily Bennett et la tentative de meurtre d'Amy Dawson. Vous avez le droit de garder le silence, commençai-je, puis je lui récitai le reste de ses droits.

Je ne faisais pas partie de la police de Chicago. Mais à cette seconde, je m'étais dit qu'on ne m'en tiendrait pas rigueur.

— Vous n'allez pas m'arrêter, dit Charley.

— J'ai comme l'impression que c'est déjà fait.

— Pas si vous êtes avec lui. Parce que j'ai beaucoup de paperasses sur lui et ses copains. Beaucoup d'informations. Je suis soigneux, là-dessus. Je fais attention à bien garder des traces de tout. Je prends des notes. J'écris tout. Et je suis plutôt du genre à partager.

Mon estomac ne fit qu'un tour, et j'eus un léger renvoi dans la gorge. Je savais exactement comment tout ça allait se passer. Charley avait beau être un meurtrier, il réussirait à négocier un accord. Parce que les Chevaliers étaient un gibier bien plus gros et appétissant pour les flics d'ici et leur tableau de chasse, *idem* pour le FBI. Charley prendrait peut-être dix ans, et il sortirait dans trois. Et les Chevaliers finiraient en taule pour le reste de leur vie.

Merde. Merde. Putain de merde.

— Oh ouais, je crois que la demoiselle sait de quoi je parle, s'esclaffa Charley.

Il y avait une façon de s'en sortir, cependant.

Je relevai mon Glock. Je l'avais fait avec Grier, et ce type était au moins aussi mauvais. Je pouvais le faire. Le faire disparaître et sauver Tyler, moi qui n'avais pas pu sauver ma mère.

Je posai mon doigt sur la gâchette et commençai à appuyer. C'est la voix de Tyler qui m'arrêta.

— Non, dit-il d'un ton ferme.

— C'est notre seule option. Il a raison. Tu iras en prison. Vous irez tous.

— On a toujours su que c'était un risque, répliqua Tyler. Je n'aime pas perdre, mais ça fait partie du jeu. Ça fait partie de l'excitation.

Je sentis les larmes couler le long de mes joues.

— Laisse-moi le faire. Laisse-moi le faire pour que tu puisses rester avec moi.

— Et te détruire par la même occasion ? Tu crois que je ne sais pas ce que ça t'a coûté pour Grier ? Je ne vais pas te laisser rajouter ça par-dessus, Sloane, dit-il doucement. Baisse ton arme. Appelle les flics. Ce qui arrivera arrivera.

Je baissai lentement mon flingue. Et je sus à cet instant que je n'aimerais jamais quelqu'un autant que j'aimais cet homme incroyablement courageux.

— Oh oui, c'est ça, dit Big Charley. C'est bon

comme ça, n'est-ce pas, Amy chérie. C'est une de mes préférées, et j'en ai eu beaucoup. De très jolies, puis elles maigrissent et elles sont parfaites pour moi. Je les laisse manger sur mes bottes. Je les laisse les lécher jusqu'à ce qu'elles soient nickel. Je les laisse me sucer, si elles sont vraiment sages. Je ne les baise pas – non, ça, non. Mais il faut bien que je les surveille. Qu'elles restent alertes. Je les oblige à se masturber. Et si elles ne jouissent pas, eh ben, pas de nourriture. Elles maigrissent de plus en plus.

Il continua de déblatérer. Je ne savais pas si c'était tout le sang qu'il avait perdu, s'il croyait fermement qu'il s'en sortirait sans problème ou s'il était simplement complètement taré. Tout ce que je savais, c'est que je ne pouvais pas supporter ça. Toutes ces filles. Toute cette torture.

Amy.

Et l'idée qu'il puisse être à nouveau libre dans trente-six mois. Peut-être même moins.

Mon doigt s'agita sur la gâchette. Je regardai Tyler, puis Charley.

Il le faut. Cette fois, ce sera vraiment rendre justice.

Je n'attendis pas de voir s'il avait compris ce qui se passait. Je levai simplement mon flingue, et puis, sachant que tout était parfaitement justifié, je renvoyais ce diable d'où il venait, en enfer.

Les ambulanciers nous assurèrent qu'Amy allait s'en sortir, puis ils l'emmenèrent à l'hôpital. Tyler et moi fûmes interrogés séparément, chacun dut donner sa version des faits à un inspecteur différent. Je ne savais pas comment tout ça allait finir, mais je n'étais pas vraiment inquiète. Tyler avait trouvé un autre pistolet dans le bureau de Charley et, après avoir tiré quelques balles dans le coffre, il l'avait placé dans la main du cadavre pour donner l'impression très convaincante qu'il s'agissait d'un cas de légitime défense.

Quand les flics en eurent fini avec nous, je rejoignis Tyler qui m'attendait dans le hangar. Je tombai dans ses bras et on s'effondra sur le sol, appuyés contre un distributeur de Coca-Cola.

— Je t'aime, dis-je, puis je l'embrassai.

Il se leva et me tendit la main.

— Allez, détective, rentrons à la maison.

Chapitre 27

— Reste.

Nous étions à Grant Park, on se baladait au milieu des statues de l'*Agora*, et j'avais l'impression d'être aussi perdue qu'elles.

Tyler me força à m'arrêter.

— Reste, répéta-t-il. Je t'aime, Sloane Watson. Je ne veux pas te perdre. (Il prit mon visage dans sa main.) Je t'ai dit un jour que j'obtenais toujours ce que je voulais. C'est toi que je veux. Ne fais pas de moi un menteur.

Je réussis à esquisser un sourire minuscule.

— Je te veux, moi aussi. Mais j'aime mon boulot. Et tu as peut-être raison. Peut-être que je suis devenue flic en partie pour me punir. Pour me servir de ces règles et de ces lois, de toute cette procédure sévère, comme d'une cage pour me punir de ce que j'ai fait. Je n'en sais rien. Mais ça n'a pas d'importance.

— Ça a de l'importance, dit-il, mais je secouai la tête.

— Non, parce que peu importe comment j'ai commencé, je crois vraiment à ce que je fais. Rendre justice à ceux à qui on a causé du tort.

Je pris une inspiration, puis constatai l'horrible vérité.

— Tu as raison. Je peux repousser les limites. Je peux plier les règles. Et, oui, je peux même en enfreindre quelques-unes. Dieu sait que je l'ai prouvé. Mais je ne pourrais jamais prétendre être un gardien de la loi assermenté, quand l'homme qui est dans mon lit l'enfreint dès qu'il en a l'occasion. Et pas pour sauver des filles, mais pour son enrichissement personnel.

— Sloane…

Je posai un doigt sur ses lèvres. J'avais entendu l'angoisse dans sa voix, mais il fallait que je continue, parce que si je ne finissais pas, j'avais peur de revenir sur ma décision. Et je ne pouvais pas le faire. Tant qu'on ferait chacun ce qu'on faisait, c'était la bonne décision. C'était la seule décision.

On le savait tous les deux, au bout du compte.

— S'il te plaît, dis-je, laisse-moi finir. Je t'aime. Mon Dieu, je t'aime avec une force et une intensité que je n'aurais jamais crues possibles. Et j'emporterai tes secrets avec moi dans la tombe. Mais si nous vivons ensemble – si le flic et le criminel vivent ensemble –, je vivrai un mensonge, et cela me rongera à petit feu jusqu'à ce que je ne sois plus celle de qui tu es tombé amoureux.

— Alors, ne vis pas dans le mensonge. Démissionne.

— Tu sais bien que ce n'est pas possible. Ça fait partie de ce que je suis. Tu dis que tu m'aimes, et je sais que c'est vrai. Mais, Tyler, tu me vois mieux que quiconque, alors tu sais que j'ai raison. Tu sais que ça fait partie de moi.

Je réussis à esquisser un sourire, mince et un peu triste.

— C'est pour cette raison que je ne peux pas te demander d'arrêter, à toi non plus. Tu es l'homme que tu es. Je ne suis pas amoureuse d'une version allégée de ce que tu es, je suis amoureuse de toi. Désespérément. Éperdument.

— Tu me brises le cœur, Sloane. Je ne croyais pas que c'était possible avant de te rencontrer.

— Je suis désolée, dis-je, tandis qu'une larme coulait le long de ma joue. Mais je dois partir. Je dois rentrer chez moi.

Avant que je ne puisse l'en empêcher, il m'attira contre lui et colla ses lèvres aux miennes, ses lèvres douces et pourtant si fermes. Possessives et tendres à la fois.

Quand il se redressa, je vis ce feu familier dans ses yeux d'un bleu glacial.

— Je ne veux pas essayer de te faire changer d'avis. Pas maintenant, en tout cas. Mais je veux dire une chose, et je veux que tu m'écoutes. Que tu m'entendes vraiment, d'accord ?

J'acquiesçai.

— Tu as raison. Je te vois. Je vois tout de toi. Le bon, le mauvais, le courageux, l'audacieux. Je vois la femme qui se bat pour ce qui est juste. Et, trésor, tu n'as pas besoin d'un insigne pour faire ça.

Il porta ma main à ses lèvres et m'embrassa doucement la paume.

— C'est peut-être un au revoir, continua-t-il. Mais ce n'est pas un adieu.

Chapitre 28

— N'est-ce pas le plus beau bébé du monde ? demanda Candy en inondant de câlins sa nouvelle petite fille. Mon adorable Brianna.

— Elle est incroyable, répondis-je sincèrement.

À côté de moi, Amy acquiesça pour confirmer. Elle était encore un peu secouée, mais elle avait plutôt bien récupéré depuis une semaine.

— Je ne croyais pas avoir la chance de te rencontrer un jour, dit Amy en se penchant pour caresser la tête du bébé.

Elle se tourna vers moi, et je vis la gratitude dans ses yeux, elle était au bord des larmes.

— Est-ce que tu veux la prendre dans tes bras ? demanda Candy à Amy.

— Oh oui !

— Prends un fauteuil, lui proposai-je en faisant glisser jusqu'au lit une des ces chaises inconfortables prévues pour les visiteurs.

Amy prit le bébé dans ses bras, elle le tenait comme si c'était de la porcelaine, et se mit à chanter doucement. Je les regardai, puis me tournai vers Candy pour lui sourire. Elle me fit signe de m'approcher et je contournai le lit avec précaution pour venir m'asseoir à côté d'elle.

— Et comment se sent la maman ?

— Bien. Fatiguée. Même si celle-ci m'a donné moins de fil à retordre que Sam.

— Est-ce qu'il est content d'avoir une petite sœur ?

— Il est plus que ravi. Jim vient de l'emmener au magasin, dit-elle en parlant du barman qu'elle avait épousé, et qui était l'homme de sa vie. Il va acheter à sa petite sœur un lapin en peluche. Et peut-être quelque chose pour lui aussi, ajouta-t-elle en me faisant un clin d'œil.

— Je suis contente, dis-je.

J'étais soudain sentimentale comme une idiote. Et j'essayais vraiment de toutes mes forces de ne pas penser à Tyler. Je l'avais constamment à l'esprit, et ce n'était pas une mission facile.

— Regardez-moi, je suis dans un lit confortable, j'ai la télévision, mon bébé, des amies et des gens pour s'occuper de moi. Je vais bien, déclara Candy. Et toi, comment vas-tu ?

— Super, affirmai-je, en feignant un sourire enjoué.

— Tyler lui manque, dit Amy, et je lui lançai un regard noir. (Elle se contenta de sourire.) Oh, c'est vrai. Quand on est montées en voiture après ma sortie de l'hôpital, il est venu nous dire au revoir. C'était romantique à souhait.

Ce n'était pas *romantique* pensai-je, c'était une vraie *torture*.

Je m'étais enfuie. Je l'avais laissé derrière moi. Et même si j'avais été absolument certaine que c'était la bonne chose à faire, j'étais désormais hantée par le regret, les souvenirs, la solitude et le manque.

Je me penchai vers Candy et les embrassai, elle et le bébé.

— Je repasserai demain, d'accord ? Je dois y aller. Je suis toujours en service.

C'était un mensonge – j'étais en congé pour la journée, en fait – mais il fallait que je sorte d'ici. J'adorais Candy, mais j'avais besoin d'être seule.

J'avais passé beaucoup de temps seule. Seule et au calme, mais j'avais désormais l'impression d'être vide.

Mon appartement était vide, lui aussi, me dis-je une demi-heure plus tard devant ma chère porte bleue. Je soupirai, puis glissai la clé dans la serrure. Je devrais peut-être prendre un hamster. Juste pour qu'il y ait un autre être vivant quand je rentrerais à la maison.

Je poussai la porte, et entendis distinctement quelqu'un refermer violemment un tiroir.

Merde.

Je fus aussitôt sur mes gardes. J'étais allée voir Candy directement après mon service, et je portais toujours mon arme sous mon petit blouson en lin. J'attrapai mon Glock, et sentir le poids de l'arme dans ma main me rassura aussitôt.

Je sécurisai le périmètre, entrai tête baissée et me retrouvai nez à nez avec Tyler.

Un millier d'émotions m'assaillirent – la joie, la confusion, et même la colère parce que j'essayais si durement de l'oublier, et qu'il était là à me faire trébucher.

Mais, surtout, je sentis l'amour.

J'avais envie de courir vers lui et de me jeter dans ses bras. Je voulais le couvrir de baisers. Je voulais caresser chaque centimètre de son corps, juste pour me prouver qu'il était réel.

Je ne fis rien de tout ça. Non, je posai calmement mon arme sur le guéridon de l'entrée, puis le regardai.

— Bon sang, Tyler, j'aurais pu te tirer dessus. Tu ne peux pas entrer chez les gens par effraction.

— Je n'allais quand même pas attendre dans le couloir, répliqua-t-il, la voix sérieuse, même si on pouvait voir l'amusement dans ses yeux.

Il élimina toute distance entre nous en trois grandes enjambées – il n'était plus qu'à quelques centimètres.

— Tu m'as manqué, dit-il, et la puissance de ses mots sembla résonner entre nous deux.

Mon Dieu, il m'avait manqué, à moi aussi. La façon dont il me regardait m'avait manqué. La façon dont on allait si bien ensemble.

Je baissai les yeux.

— Ne fais pas ça. Tu ne me facilites pas la tâche.

— Je n'essaie pas de le faire. Je t'ai prévenue que ce n'était qu'un au revoir.

Je restai là, debout, mon cœur se serrait douloureusement, et j'essayais en vain de trouver les mots.

— Je t'ai apporté quelque chose, dit-il en sortant une petite boîte plate de la poche de sa veste.

Par réflexe, je tendis la main, mais il recula la sienne d'un coup.

— À une condition.

— Laquelle ?

— Il faut que tu acceptes ma proposition.

— Tyler…

— Je te veux, Sloane. Et on sait tous les deux que j'obtiens toujours ce que je veux.

Je secouai la tête.

— S'il te plaît. Je ne peux pas revivre tout ça encore une fois. C'est trop dur de te laisser.

— Alors, ne le fais pas.

Je sentis les larmes envahir mes yeux. Maudit Tyler – maudit soit-il pour rendre les choses plus difficiles qu'elles n'auraient dû l'être.

— J'ai longuement discuté avec Evan et Cole de BAS, et on va nettoyer l'affaire pour qu'elle devienne légale. Pour résumer… ponctua-t-il avec un haussement d'épaules, on lance une nouvelle entreprise. Des enquêtes privées. Très spécialisées. Beaucoup de personnes se font avoir par le système. On n'aurait jamais rendu justice à Emily si tu ne t'étais pas occupée d'elle. Amy n'aurait jamais connu sa filleule si tu ne t'étais pas occupée d'elle.

Je me léchai les lèvres, je laissai la vérité de ce qu'il venait de dire remplir le vide de mon cœur.

— Tu peux être qui tu es, Sloane. Tu n'as juste pas besoin d'insigne. Après, évidemment, si tu estimes que tu en as besoin…

Il s'interrompit et me tendit la boîte.

Je l'ouvris. Au milieu du papier de soie rose se trouvait une rutilante étoile de shérif en argent et, pour la première fois depuis longtemps, j'explosai de rire.

— Je t'ai dit un jour que je te donnerais toujours ce dont tu as besoin. S'il te plaît, Sloane, je crois que nous avons tous les deux besoin de ça. Veux-tu venir travailler avec nous ? Veux-tu venir vivre avec moi ?

Je regardai l'insigne, puis l'homme que j'aimais. L'homme qui me connaissait de façon si intime et qui m'aimait si complètement.

L'homme qui était venu me chercher, sexy et sublime, charmant et brillant, et qui venait non seulement avec une solution, mais aussi avec une étoile en argent.

Comment dire non à ça ?

Impossible.

Alors, je fis la seule chose qui me restait à faire. Je me jetai dans ses bras et l'embrassai.

Je me redressai, et il baissa les yeux vers moi en souriant.

— Est-ce que c'est un oui ?

— Oui, répondis-je, le cœur près d'exploser. C'est un oui.

Je l'embrassai à nouveau, et cette fois le baiser fut plus intense, il dura plus longtemps. C'était un baiser qui célébrait les choses perdues et retrouvées. Un baiser qui contenait le souvenir du passé et la promesse du futur.

Un baiser qui me coupait le souffle et me faisait trembler les genoux.

— Tyler, murmurai-je. Si tu ne me fais pas l'amour maintenant, je crois que je vais devoir t'arrêter.

Il rit.

— Dans ce cas, détective… (Il s'interrompit en m'enlevant mes vêtements avec une grande efficacité.) Mon Dieu, Sloane, tu m'as manqué, dit-il, tandis que ses mains parcouraient chaque centimètre de mon corps.

— Oui.

J'étais incapable de répondre quoi que ce soit de plus élaboré. Un mot simple qui, d'une certaine façon, exprimait tout ce qui m'avait manqué depuis que je l'avais quitté, et tout ce que j'avais trouvé en lui.

Il me conduisit jusqu'à mon lit, puis m'allongea doucement et recouvrit mon corps du sien. Nos baisers étaient fous et avides, ses mains douces et affamées à la fois.

— Tu es à moi, murmura-t-il en me caressant, en m'explorant, en me provoquant.

— Oui, répondis-je en me cambrant dans ses mains.

J'étais brûlante et prête, et quand il passa son pouce sur ma lèvre inférieure, je l'aspirai, le suçai jusqu'à ce qu'il grogne avec une profonde satisfaction.

— En moi, dis-je. J'ai besoin de toi en moi. J'ai besoin de nous sentir ensemble. S'il te plaît, Tyler. S'il te plaît, maintenant.

— Je t'aime, Sloane, murmura-t-il tandis que j'écartais les jambes et qu'il glissait en moi. Je t'aime, répéta-t-il tandis que nous tanguions ensemble, plus profondément et plus vite, avec cette tempête délicieuse qui montait et grondait de plus en plus fort. Aujourd'hui, dit-il, la voix sur le point de se briser. Et pour toujours, ajouta-t-il en explosant en moi.

Mon plaisir à moi fut comme le *crescendo* d'une mélodie, il monta toujours plus haut, et encore un peu jusqu'à ce qu'il n'ait plus nulle part où aller et plus d'autre option que celle d'exploser dans une myriade de couleurs, de lumière et de musique.

Il me serra fort jusqu'à ce que je reprenne mes esprits, et je me blottis contre lui.

— Je t'aime, Tyler. Je t'aimerai toujours.

Il soupira, un son plein de chaleur et de plaisir, puis il fit doucement courir ses doigts sur mon épaule nue.

— J'ai un dernier cadeau pour toi, dit-il. Je n'ai pas envie de bouger, mais je veux te le donner maintenant. (Il sourit, ce qui accentua sa fossette.) Ne t'en va pas.

— Jamais.

Il quitta le lit une seconde, puis revint avec un autre paquet emballé. Celui-ci était rouge et moins sophistiqué. Je lui jetai un coup d'œil.

— C'est toi qui as fait l'emballage ?

Il haussa une épaule. Je plissai les yeux, attrapai la carte, puis le regardai d'un air sincèrement perplexe.

— La carte affirme que c'est un cadeau de moi pour toi.

— Oui, effectivement.

— C'est moi qui t'offre ce cadeau ? Cette chose mystérieuse que je n'ai jamais vue ?

— Tu l'as vue, dit-il, en tendant la main.

Avec un rire décontenancé, je lui tendis le paquet. Il le porta à son oreille et le secoua doucement. Son expression donnait presque à croire qu'il n'avait pas la moindre idée de ce que c'était.

— Vas-y, dis-je, jouant le jeu. Ouvre-le.

Il arracha l'emballage et ouvrit la boîte. Puis il la pencha délicatement pour me montrer ce qu'il y avait dedans.

— La montre de Jahn, murmurai-je en la sortant de la boîte, puis en la portant à mon oreille. Tu l'as fait réparer.

— Non, dit-il, la voix pleine d'amour. Tu l'as réparée, toi.

Je clignai des yeux pour retenir des larmes de compréhension et de joie. Puis je secouai la tête, souriant avec sincérité.

— On l'a réparée ensemble, dis-je.

— Oui, confirma-t-il. Ensemble.

Il enfila la montre autour de son poignet, comme si c'était une consécration.

— On va faire une foutue bonne équipe, toi et moi, dis-je.

Il m'attira contre lui et me serra dans ses bras.

— Chérie, on en fait déjà une…

Remerciements

Un grand merci à tous ceux que j'ai croisés sur les réseaux sociaux, certains seulement à travers 140 caractères sur Twitter, d'autres le temps d'une seconde sur ma page ou mon profil Facebook (sincèrement, quel monde incroyable que celui où l'on a la chance de faire la connaissance et d'interagir avec des gens qui deviendront ensuite des amis, des béta-lecteurs, et tout ça parfois en 140 caractères seulement !).

Chacun d'entre vous me fait rire et sourire. Le soutien et l'enthousiasme des gens à mon égard me rendent à la fois joyeuse et modeste. Alors je vous dis à tous : *#Vousêteslesmeilleurslesgars (#YouGuysAreTheBest).*

Je dois un remerciement tout particulier à Neil Orme, que j'ai trouvé sur Google le jour où je cherchais la réponse à une question (désolée, je vous gâche la surprise !), et qui m'a répondu par mail, alors que je ne le connaissais ni d'Ève ni d'Adam, en moins d'une heure ; à Dana pour ses relectures, son enthousiasme et ses conseils sur Chicago ; et à Elle et à Christie, pour le hashtag, l'emoticon et leur aide pour l'image du teaser. *#VousSavezQueVousAssurez*

Et surtout, je dois remercier les personnes fabuleuses de chez Bantam, qui se sont vraiment démenées. *#MonEditeurEstUneSuperStar* (*#MyPublisherIsAwesome-Sauce*).

Ouvrage composé par
PCA 44400 Rezé

Imprimé en Espagne par
Liberdúplex
à Sant Llorenç d'Hortons (Barcelone)
en mars 2016

POCKET – 12, avenue d'Italie – 75627 Paris Cedex 13

Dépôt légal : avril 2016
S25973/01